GRöLS Verlage

„Bücher sind wie Fallschirme. Sie nützen uns nichts, wenn wir sie nicht öffnen."

Gröls Verlag

Redaktionelle Hinweise und Impressum

Das vorliegende Werk wurde zugunsten der Authentizität sehr zurückhaltend bearbeitet. So wurden etwa ursprüngliche Rechtschreibfehler regelmäßig *nicht* behoben, denn kleine Unvollkommenheiten machen das Buch – wie im Übrigen den Menschen – erst authentisch. Mitunter wurden jedoch zum Beispiel Absätze behutsam neu getrennt, um den Lesefluss zu erleichtern.

Um die Texte zu rekonstruieren, werden antiquarische Bücher von Lesegeräten gescannt und dann durch eine Software lesbar gemacht. Der so entstandene Text wird von Menschen gegengelesen und korrigiert – hierbei treten auch Fehler auf. Wenn Sie ebenfalls antiquarische Texte einreichen möchten, finden Sie weitere Informationen auf www.groels.de

Viel Freude bei der Lektüre wünscht Ihnen das Team des Gröls-Verlags.

Adressen

Verleger: Hermann-Josef Gröls,

Im Borngrund 26, 61440 Oberursel

Externer Dienstleister für Distribution & Herstellung:

BoD, In de Tarpen 42, 22848 Norderstedt

Unsere „Edition | Werke der Weltliteratur“ hat den Anspruch, eine der größten und vollständigsten Sammlungen klassischer Literatur in deutscher Sprache zu werden. Nach und nach versammeln wir hier nicht nur die „üblichen Verdächtigen“ von Goethe bis Schiller, sondern auch Kleinode der vergangenen Jahrhunderte, die – zu Unrecht – drohen, in Vergessenheit zu geraten. Wir kultivieren und kuratieren damit einen der wertvollsten Bereiche der abendländischen Kultur. Kleine Auswahl:

Francis Bacon • Neues Organon • **Balzac** • Glanz und Elend der Kurtisanen • **Joachim H. Campe** • Robinson der Jüngere • **Dante Alighieri** • Die Göttliche Komödie • **Daniel Defoe** • Robinson Crusoe • **Charles Dickens** • Oliver Twist • **Denis Diderot** • Jacques der Fatalist • **Fjodor Dostojewski** • Schuld und Sühne • **Arthur Conan Doyle** • Der Hund von Baskerville • **Marie von Ebner-Eschenbach** • Das Gemeindekind • **Elisabeth von Österreich** • Das Poetische Tagebuch • **Friedrich Engels** • Die Lage der arbeitenden Klasse • **Ludwig Feuerbach** • Das Wesen des Christentums • **Johann G. Fichte** • Reden an die deutsche Nation • **Fitzgerald** • Zärtlich ist die Nacht • **Flaubert** • Madame Bovary • **Gorch Fock** • Seefahrt ist not! • **Theodor Fontane** • Effi Briest • **Robert Musil** • Über die Dummheit • **Edgar Wallace** • Der Frosch mit der Maske • **Jakob Wassermann** • Der Fall Maurizius • **Oscar Wilde** • Das Bildnis des Dorian Grey • **Émile Zola** • Germinal • **Stefan Zweig** • Schachnovelle • **Hugo von Hofmannsthal** • Der Tor und der Tod • **Anton Tschechow** • Ein Heiratsantrag • **Arthur Schnitzler** • Reigen • **Friedrich Schiller** • Kabale und Liebe • **Nicolo Machiavelli** • Der Fürst • **Gotthold E. Lessing** • Nathan der Weise • **Augustinus** • Die Bekenntnisse des heiligen Augustinus • **Marcus Aurelius** • Selbstbetrachtungen • **Charles Baudelaire** • Die Blumen des Bösen • **Harriett Stowe** • Onkel Toms Hütte • **Walter Benjamin** • Deutsche Menschen • **Hugo Bettauer** • Die Stadt ohne Juden • **Lewis Caroll** • *und viele mehr….*

Aristoteles - Nikomachische Ethik

Erstes Buch.
Erstes Kapitel.

Jede Kunst und jede Lehre, desgleichen jede Handlung und jeder Entschluß, scheint ein Gut zu erstreben, weshalb man das Gute treffend als dasjenige bezeichnet hat, wonach alles strebt. Doch zeigt sich ein Unterschied der Ziele. Die einen sind Tätigkeiten, die anderen noch gewisse Werke oder Dinge außer ihnen. Wo bestimmte Ziele außer den Handlungen bestehen, da sind die Dinge ihrer Natur noch besser als die Tätigkeiten.

Da der Handlungen, Künste und Wissenschaften viele sind, ergeben sich auch viele Ziele. Das Ziel der Heilkunst ist die Gesundheit, das der Schiffsbaukunst das Schiff, das der Strategik der Sieg, das der Wirtschaftskunst der Reichtum. Wo solche Verrichtungen unter *einem* Vermögen stehen, wie z. B. die Sattlerkunst und die sonstigen mit der Herstellung des Pferdezeuges beschäftigten Gewerbe unter der Reitkunst, und diese wieder nebst aller auf das Kriegswesen gerichteten Tätigkeit unter der Strategik, und ebenso andere unter anderen, da sind jedesmal die Ziele der architektonischen, d. h. der leitenden Verrichtungen vorzüglicher als die Ziele der untergeordneten, da letztere nur um der ersteren willen verfolgt werden. Und hier macht es keinen Unterschied, ob die Tätigkeiten selbst das Ziel der Handlungen bilden oder außer ihnen noch etwas anderes, wie es bei den genannten Künsten der Fall ist.

Wenn es nun ein Ziel des Handelns gibt, das wir seiner selbstwegen wollen, und das andere nur um seinetwillen, und wenn wir nicht alles wegen eines anderen uns zum Zwecke setzen – denn da ginge die Sache ins unendliche fort, und das menschliche Begehren wäre leer und eitel –, so muß ein solches Ziel offenbar das Gute und das Beste sein. Sollte seine Erkenntnis nicht auch für das Leben eine große Bedeutung haben und uns helfen, gleich den Schützen, die ein festes Ziel haben, das Rechte besser zu treffen? So gilt es denn, es wenigstens im Umriß darzustellen, und zu ermitteln, was es ist und zu welcher Wissenschaft oder zu welchem Vermögen es gehört.

Allem Anscheine nach gehört es der maßgebendsten und im höchsten Sinne leitenden Wissenschaft an, und das ist offenbar die Staatskunst. Sie bestimmt, welche Wissenschaften oder Künste und Gewerbe in den Staaten vorhanden sein, und welche und wie weit sie von den Einzelnen erlernt werden sollen. Auch sehen wir, daß die geschätztesten Vermögen: die Strategik, die Oekonomik, die Rhetorik, ihr untergeordnet sind. Da sie also die übrigen praktischen Wissenschaften in den Dienst ihrer Zwecke nimmt, auch autoritativ vorschreibt, was man zu tun und was man zu lassen hat, so dürfte ihr Ziel die Ziele der anderen als das höhere umfassen, und dieses ihr Ziel wäre demnach das höchste menschliche Gut. Denn wenn dasselbe auch für den Einzelnen und für das Gemeinwesen das nämliche ist, so muß es doch größer und vollkommener sein, das Wohl des Gemeinwesens zu begründen und zu erhalten. Man darf freilich schon sehr zufrieden sein, wenn man auch nur einem Menschen zum wahren Wohle verhilft, aber schöner und göttlicher ist es doch, wenn dies bei einem Volke oder einem Staate geschieht. Darauf also zielt die gegenwärtige Disciplin ab, die ein Teil der Staatslehre ist.

Was die Darlegung betrifft, so muß man zufrieden sein, wenn sie denjenigen Grad von Bestimmtheit erreicht, den der gegebene Stoff zuläßt. Die Genauigkeit darf man nicht bei allen Untersuchungen in gleichem Maße anstreben, so wenig als man das bei den verschiedenen Erzeugnissen der Künste und Handwerke tut. Das sittlich Gute und das Gerechte, das die Staatswissenschaft untersucht, zeigt solche Gegensätze und solche Unbeständigkeit, daß es scheinen könnte, als ob es nur auf dem Gesetze, nicht auf der Natur beruhte. Und eine ähnliche Unbeständigkeit haftet auch den verschiedenen Gütern und Vorzügen an, indem viele durch sie zu Schaden kommen. Schon mancher ist wegen seines Reichtums und mancher wegen seines Mutes zugrunde gegangen. So muß man sich denn, wo die Darstellung es mit einem solchen Gegenstande zu tun hat und von solchen Voraussetzungen ausgeht, damit zufrieden geben, die Wahrheit in gröberen Umrissen zu beschreiben. Und ebenso muß man wo nur das häufiger Vorkommende behandelt und vorausgesetzt werden kann, auch nur solches folgern wollen. Ganz ebenso hat aber auch der Hörer die einzelnen Sätze aufzunehmen. Darin zeigt sich der Kenner, daß man in den einzelnen Gebieten je den Grad von Genauigkeit verlangt, den die Natur der Sache zuläßt, und es wäre geradeso verfehlt, wenn man von einem Mathematiker Wahrscheinlichkeitsgründe annehmen, als wenn man von einem Redner in einer Ratsversammlung strenge Beweise fordern wollte.

Jeder beurteilt nur dasjenige richtig, was er kennt, und ist darin ein guter Richter; deshalb wird für ein bestimmtes Fach der darin Unterrichtete und schlechthin der in allem Unterrichtete gut urteilen können. Darum ist ein Jüngling kein geeigneter Hörer der Staatswissenschaft. Es fehlt ihm die Erfahrung im praktischen Leben, dem Gegenstande und der Voraussetzung aller politischen Unterweisung. Auch wird er, wenn er den Leidenschaften nachgeht, diesen Unterricht vergeblich und nutzlos hören, da dessen Zweck nicht das Wissen, sondern das Handeln ist. Es macht hier auch keinen Unterschied, ob einer an Alter oder an Charakter der Reife ermangelt. Denn der Mangel hängt nicht von der Zeit ab, sondern kommt daher, daß man der Leidenschaft lebt und nach ihr seine Ziele wählt. Für solche Leute bleibt das Wissen ebenso nutzlos, wie für den Unenthaltsamen, der das Gute will und es doch nicht tut. Wohl aber dürfte für diejenigen, die ihr Begehren und Handeln vernunftgemäß einrichten, diese Wissenschaft von großem Nutzen sein.

So viel stehe als Einleitung über den Hörer, über die Art, wie wir verstanden sein wollen, und über den Gegenstand, den wir zu behandeln haben.

Zweites Kapitel.

Nehmen wir jetzt wieder unser Thema auf und geben wir, da alles Wissen und Wollen nach einem Gute zielt , an, welches man als das Zielgut der Staatskunst bezeichnen muß, und welches im Gebiete des Handelns das höchste Gut ist. Im Namen stimmen hier wohl die meisten überein: Glückseligkeit nennen es die Menge und die feineren Köpfe, und dabei gilt ihnen gut leben und sich gut gehaben mit glückselig sein als eins. Was aber die Glückseligkeit sein soll, darüber entzweit man sich, und die Menge erklärt sie ganz anders als die Weisen. Die einen erklären sie für etwas Greifbares und Sichtbares wie Lust, Reichtum und Ehre, andere für etwas anderes, mitunter auch dieselben Leute bald für dies bald für das: der Kranke für Gesundheit, der Notleidende für Reichtum, und wer seine Unwissenheit fühlt, bewundert solche, die große, seine Fassungskraft übersteigende Dinge vortragen. Einige dagegen meinten, daß neben den vielen sichtbaren Gütern ein Gut an sich bestehe, das auch für alle diesseitigen Güter die Ursache ihrer Güte sei.

Alle diese Meinungen zu prüfen dürfte der Mühe nicht verlohnen; es wird genügen, wenn wir uns auf die gangbarsten und diejenigen, die einigermaßen begründet erscheinen, beschränken.

Wir müssen hierbei vor Augen halten, daß ein grosser Unterschied ist zwischen den Erörterungen, die von den Principien ausgehen, und denen, die zu ihnen aufsteigen. Das war ja die Frage, welche auch Plato mit Recht aufwarf und untersuchte, ob der Weg von den Principien aus- oder zu ihnen hingehe, ähnlich wie man in der Rennbahn von den Preisrichtern nach dem Ziele läuft oder umgekehrt. Man muß also ohne Zweifel mit dem Bekannten anfangen; dieses ist aber zweifach: es gibt ein Bekanntes für uns und ein Bekanntes schlechthin. Wir nun werden wohl mit dem für uns Bekannten anfangen müssen. Deshalb muß man eine gute Charakterbildung bereits mitbringen, um die Vorträge über das sittlich Gute und das Gerechte, überhaupt über die das staatliche Leben betreffenden Dinge, in ersprießlicher Weise zu hören. Denn wir gehen hier von dem „Daß“ aus, und ist dieses hinreichend erklärt, so bedarf es keines „Darum“ mehr. Wer nun so geartet ist, der kennt entweder die Principien schon oder kann sie doch leicht erlernen. Bei wem aber weder das eine noch das andere gilt, der höre, was *Hesiod* sagt:

Der ist von allen der Beste, der selber jegliches findet.
Aber auch jener ist tüchtig, der guter Lehre Gehör gibt.
Wer aber selbst nichts erkennt, noch fremden Zuspruch bedächtig
Bei sich erwägt, der ist wohl unnütz unter den Menschen.

Drittes Kapitel.

Wir aber wollen den Punkt erörtern, von dem wir abgeschweift sind.

Nimmt man die verschiedenen Lebensweisen in Betracht, so scheint es einmal nicht grundlos, wenn die Menge, die rohen Naturen, das höchste Gut und das wahre Glück in die Lust setzen und darum auch dem Genußleben fröhnen. Drei Lebensweisen sind es nämlich besonders, die vor den anderen hervortreten: das Leben, das wir eben genannt haben, dann das politische Leben und endlich das Leben der philosophischen Betrachtung. Die Menge nun zeigt sich ganz knechtisch gesinnt, indem sie dem Leben des Viehes den Vorzug gibt, und doch kann sie zu einiger Rechtfertigung anführen, daß viele von den Hochmögenden die Geschmacksrichtung des Sardanapal teilen.

Die edeln und tatenfrohen Naturen ziehen die Ehre vor, die man ja wohl als das Ziel des öffentlichen Lebens bezeichnen darf. Indessen möchte die Ehre doch etwas zu oberflächliches sein, als daß sie für das gesuchte höchste Gut des Menschen gelten könnte. Scheint sie doch mehr in den Ehrenden als in dem Geehrten zu sein. Vom höchsten Gute aber machen wir uns die Vorstellung, daß es dem Menschen innerlich eigen ist und nicht so leicht verloren geht. Auch scheint man die Ehre zu suchen, um sich selbst für gut halten zu können. Denn man sucht seitens der Einsichtigen und derer, die einen kennen, geehrt zu werden, und zwar um der Tugend willen. So muß denn, falls ein solches Verhalten etwas beweist, die Tugend das Bessere sein. Nun könnte man ja vielmehr diese für das Ziel des Lebens in der staatlichen Gemeinschaft ansehen. Aber auch sie erscheint als ungenügend. Man kann scheints auch schlafen, während man die Tugend besitzt, oder sein Leben lang keine Tätigkeit ausüben und dazu noch die größten Übel und Mißgeschicke zu erdulden haben, und wem ein solches Lebenslos beschieden ist, den wird niemand glücklich nennen, außer um eben nur seine Behauptung zu retten. Doch genug hiervon; diese Sache ist ja bereits in den encyklischen Schriften hinreichend besprochen worden.

Die dritte Lebensweise ist die theoretische oder die betrachtende; sie wird uns in einem späteren Abschnitte beschäftigen.

Das auf Gelderwerb gerichtete Leben hat etwas Unnatürliches und Gezwungenes an sich, und der Reichtum ist das gesuchte Gut offenbar nicht. Denn er ist nur für die Verwendung da und nur Mittel zum Zweck. Eher könnte man sich deshalb für die vorhin genannten Ziele entscheiden, da sie wegen ihrer selbst geschätzt werden. Aber auch sie scheinen nicht das rechte zu sein, so viel man auch schon zu ihren Gunsten gesagt hat. So sei denn diese Frage verabschiedet.

Viertes Kapitel.

Besser ist es vielleicht auf das Universelle das Augenmerk zu richten und die Frage zu erörtern, wie dasselbe gemeint ist. Freilich fällt uns diese Untersuchung schwer, da befreundete Männer die Ideen eingeführt haben. Es dürfte aber vielleicht besser, ja Pflicht zu sein scheinen, zur Rettung der Wahrheit auch der eigenen Meinungen nicht zu schonen, zumal da wir Philosophen sind. Denn da beide uns lieb sind, ist es doch heilige Pflicht, die Wahrheit höher zu achten.

Diejenigen nun, welche diese Lehre aufgebracht haben, haben überall da keine Ideen angenommen, wo sie von einem Früher und Später redeten, daher sie auch für die Gesamtheit der Zahlen keine Idee aufgestellt haben. Nun steht aber das Gute sowohl in der Kategorie der Wesenheit als in der der Qualität und der Relation. Das „An-sich" aber und die Wesenheit ist von Natur früher als die Relation. Denn diese gleicht einem Nebenschößling und einem Zubehör des Seienden. Folglich kann für diese Kategorien eine gemeinsame Idee nicht bestehen.

Da ferner das Gute in gleich vielen Bedeutungen mit dem Seienden ausgesagt wird (denn es steht in der Kategorie der Substanz, z. B. Gott, Verstand, in der der Qualität: die Tugenden, der Quantität: das rechte Maß, der Relation: das Brauchbare, der Zeit: der rechte Moment, des Ortes: der Erholungsaufenthalt u. s. w.), so gibt es offenbar kein Allgemeines, das gemeinsam und eines wäre. Denn dann würde man von ihm nicht in allen Kategorien, sondern nur in einer sprechen.

Ferner, da es von dem zu *einer* Idee Gehörigen auch nur eine Wissenschaft gibt, so wäre auch nur eine Wissenschaft von allem Guten. Nun aber sind ihrer viele, selbst von dem unter einer Kategorie Stehenden. So ist die Wissenschaft des rechten Moments im Kriege die Feldherrnkunst, in der Krankheit die Heilkunst, und die Wissenschaft des rechten Maßes bei der Nahrung die Heilkunst, bei den leiblichen Anstrengungen die Gymnastik.

Man könnte aber auch fragen, was sie mit jenem „An-sich“, das sie zu allem hinzusetzen, eigentlich meinen, da doch in dem Menschen an sich und dem Menschen ein und derselbe Begriff wiederkehrt, der des Menschen. Insofern beide Mensch sind, können sie nicht unterschieden sein. Dann gilt aber das gleiche für das Gute an sich und das Gute. Auch wird jenes Gute an sich nicht etwa darum in höherem Sinne gut sein, weil es ewig ist. Ist doch auch, was lange besteht, deshalb nicht weißer, als was nur einen Tag besteht.

Annehmbarer erscheint hier die Theorie der *Pythagoreer*, die das Eins in die Reihe der Güter stellen. Ihnen mag auch *Speusipp* gefolgt sein. Doch hiervon muß anderswo gehandelt werden.

Gegen das Gesagte könnte aber ein Bedenken laut werden, als ob nämlich jene Theorie nicht von allem Guten gelten solle, sondern ihr zufolge nur das seiner selbst wegen Erstrebte und Geliebte nach einer Idee benannt werde, während das, wodurch es hergestellt oder erhalten oder sein Gegenteil verhindert wird, seinetwegen und in anderem Sinne gut hieße. Das Gute hätte also dann zweierlei Bedeutungen: das eine wäre gut an sich, das andere gut durch jenes. Trennen wir denn das an sich Gute von dem Nützlichen und sehen wir, ob es nach *einer* Idee benannt wird. Welche Beschaffenheit soll es haben, um gut an sich zu sein? Soll es das sein, was auch für sich allein erstrebt wird, wie das Denken, Sehen, gewisse Freuden und Ehren? Denn wenn wir auch wohl diese Dinge wegen etwas anderem erstreben, so kann man sie doch zu dem an sich Guten rechnen. Oder wäre es schlechterdings nichts anderes als die Idee? In diesem Fälle wäre sie als Vorbild müßig. Wären aber auch die genannten Dinge an sich gut, so muß der Begriff der Güte in ihnen allen eindeutig auftreten, ganz so wie der Begriff weiß im Schnee und Bleiweiß. Nun ist aber bei der Ehre, der Klugheit und der Lust als Gütern dieser Begriff jedesmal anders und verschieden. Also ist das Gute nichts Gemeinsames, unter eine Idee Fallendes.

Aber inwiefern spricht man nun doch von *dem* Guten? Das viele Gute scheint doch nicht zufällig denselben Namen zu haben. Ist es also vielleicht darum, weil es von einem herkommt oder insgesamt auf eines hinzielt, oder heißt es vielmehr in analoger Weise gut? Nach dieser Weise ist ja was für den Leib das Auge ist, für die Seele der Verstand, und ähnliche Analogien gibt es noch viele. Aber wir müssen diesen Punkt wohl für jetzt fallen lassen, da eine genauere Behandlung desselben in einen anderen Teil der Philosophie gehört.

Ebenso ist es nicht dieses Ortes, die Ideenlehre weiter zu verfolgen. Wenn auch wirklich das gemeinsam ausgesagte Gute etwas Einzelnes und getrennt für sich Bestehendes sein sollte, so leuchtet doch ein, daß der Mensch es weder in seinem Handeln verwirklichen, noch es erwerben könnte. Um ein solches Gut aber handelt es sich grade. Nun könnte man ja denken, die Kenntnis jenes getrennten Gutes fördere einen in bezug auf das Gute, das man erwerben und tun kann, und es wäre uns wie ein Muster, mit dessen Hilfe wir auch das für uns Gute besser erkennen, und, wenn wir es erkannt, erlangen könnten. Aber wenn auch diese Erwägung einigermaßen annehmbar klingt, so findet sie doch an den Künsten ihre

Widerlegung. Denn während dieselben insgesamt nach einem Gute streben und das suchen, was daran noch mangelt, lassen sie die Erkenntnis dieses Guten außer Acht. Es hat aber doch wohl wenig Schein, daß alle Künstler ein derartiges Hilfsmittel nicht kennen und nicht einmal vermissen sollten. Auch wäre es sonderbar, was es einem Weber oder Zimmermann für sein Gewerbe nützen sollte, das Gute an sich zu kennen, oder wie einer ein besserer Arzt oder Strateg werden sollte, wenn er die Idee des Guten geschaut hat. Auch der Arzt scheints faßt nicht die Gesundheit an sich in's Auge, sondern die des Menschen, oder vielmehr die dieses Menschen in concreto. Denn er heilt immer nur den und den. Hierüber also sei soviel gesagt.

Fünftes Kapitel.

Kommen wir nun wieder auf das fragliche Gut zurück, um zu ermitteln, was es sein möge. Wir sehen, daß es in jeder Tätigkeit und Kunst immer ein anderes ist: ein anderes in der Medizin, in der Strategik u. s. w. Was ist nun also das eigentümliche Gut einer jeden? Doch wohl das, wegen dessen in jeder alles andere geschieht. Das wäre in der Medizin die Gesundheit, in der Strategik der Sieg, in der Baukunst das Haus, in anderen Künsten wieder ein anderes, und bei allem Handeln und Wollen das Ziel. Dieses ist es immer, wegen dessen man das übrige tut. Wenn es daher für alles, was unter die menschliche Handlung fällt, ein gemeinsames Ziel gibt, so ist dieses das durch Handeln erreichbare Gut, und wenn mehrere, diese. So ist denn unsere Erörterung auch auf diesem Wege wieder zu dem gleichen Ergebnisse gelangt. Jedoch müssen wir versuchen, dasselbe noch besser zu verdeutlichen.

Da der Ziele zweifellos viele sind und wir deren manche nur wegen anderer Ziele wollen, so leuchtet ein, daß sie nicht alle Endziele sind, während doch das höchste Gut ein Endziel und etwas Vollendetes sein muß. Wenn es daher nur ein Endziel gibt, so muß dieses das Gesuchte sein, und wenn mehrere, dasjenige unter ihnen, welches im höchsten Sinne Endziel ist. Als Endziel in höherem Sinne gilt uns das seiner selbst wegen Erstrebte gegenüber dem eines andern wegen Erstrebten und das, was niemals wegen eines anderen gewollt wird, gegenüber dem, was ebenso wohl deswegen wie wegen seiner selbst gewollt wird, mithin als Endziel schlechthin und als schlechthin vollendet, was allezeit seinetwegen und niemals eines anderen wegen gewollt wird. Eine solche Beschaffenheit scheint aber vor allem die Glückseligkeit zu besitzen. Sie wollen wir immer wegen ihrer selbst, nie wegen eines anderen, während wir die Ehre, die Lust, den Verstand und jede Tugend zwar auch ihrer selbst wegen wollen (denn wenn wir auch nichts weiter von ihnen hätten, so würden uns doch alle diese Dinge erwünscht sein), doch wollen wir sie auch um der Glückseligkeit willen in der Überzeugung eben durch sie ihrer teilhaftig zu werden. Die Glückseligkeit dagegen will keiner wegen jener Güter und überhaupt um keines anderen willen.

Zu demselben Ergebnisse mag uns der Begriff des Genügens führen. Das vollendet Gute muß sich selbst genügen. Wir verstehen darunter ein Genügen nicht blos für den Einzelnen, der für sich lebt, sondern auch für seine Eltern, Kinder, Weib, Freunde und Mitbürger überhaupt, da der Mensch von Natur für die staatliche Gemeinschaft bestimmt ist. Indessen muß hier eine Grenze gezogen werden. Denn wollte man dies noch weiter auf die Vorfahren und Nachkommen und auf die Freunde der Freunde ausdehnen, so käme man an kein Ende. Dies soll später in Betracht genommen werden. Als sich selbst genügend gilt uns demnach das, was für sich allein das Leben begehrenswert macht und keines weiteren bedarf. Für etwas Derartiges aber halten wir die Glückseligkeit, ja, für das Allerbegehrenswerteste, ohne daß sie mit anderem, was man auch begehrt, von gleicher Art wäre. Denn wäre sie das, so würde sie offenbar durch den Hinzutritt des kleinsten Gutes noch in höherem Grade begehrenswert werden, da das Hinzugefügte ein Mehr des Guten bedeutet und das größere Gut auch naturgemäß immer mehr begehrt wird.

Also: die Glückseligkeit stellt sich dar als ein Vollendetes und sich selbst Genügendes, da sie das Endziel alles Handelns ist.

Sechstes Kapitel.

Jedoch mit der Erklärung, die Glückseligkeit sei das höchste Gut, ist vielleicht nichts weiter gesagt, als was jederman zugibt. Was verlangt wird ist vielmehr, daß noch deutlicher angegeben werde, was sie ist.

Dies dürfte uns gelingen, wenn wir die eigentümlich menschliche Tätigkeit ins Auge fassen. Wie für einen Flötenspieler, einen Bildhauer oder sonst einen Künstler, und wie überhaupt für alles, was eine Tätigkeit und Verrichtung hat, in der Tätigkeit das Gute und Vollkommene liegt, so ist es wohl auch bei dem Menschen der Fall, wenn anders es eine eigentümlich menschliche Tätigkeit gibt. Sollte nun der Zimmermann und der Schuster bestimmte Tätigkeiten und Verrichtungen haben, der Mensch aber hätte keine und wäre zur Untätigkeit geschaffen? Sollte nicht vielmehr, wie beim Auge, der Hand, dem Fuße und überhaupt jedem Teile eine bestimmte Tätigkeit zutage tritt, so auch beim Menschen neben allen diesen Tätigkeiten noch eine besondere anzunehmen sein? Und welche wäre das wohl? Das Leben offenbar nicht, da dasselbe ja auch den Pflanzen eigen ist? Für uns aber steht das spezifisch Menschliche in Frage. An das Leben der Ernährung und des Wachstums dürfen wir also nicht denken. Hiernach käme ein sinnliches Leben in Betracht. Doch auch ein solches ist offenbar dem Pferde, dem Ochsen und allen Sinnenwesen gemeinsam. So bleibt also nur ein nach dem vernunft-begabten Seelenteile tätiges Leben übrig, und hier gibt es einen Teil, der der Vernunft gehorcht, und einen anderen, der sie hat und denkt. Da aber auch das tätige Leben in doppeltem Sinne verstanden wird, so kann es sich hier nur um das aktuell oder wirklich tätige Leben, als das offenbar Wichtigere, handeln.

Wenn aber das eigentümliche Werk und die eigentümliche Verrichtung des Menschen in vernünftiger oder der Vernunft nicht entbehrender Tätigkeit der Seele besteht, und wenn uns die Verrichtung eines Tätigen und die Verrichtung eines tüchtigen Tätigen als der Art nach dieselbe gilt, z. B. das Spiel des Citherspielers und des guten Citherspielers, und so überhaupt in allen Fällen, indem wir zu der Verrichtung noch das Merkmal überwiegender Tugend oder Tüchtigkeit hinzusetzen und als die Leistung des Citherspielers das Spielen, als die Leistung des guten Citherspielers aber das gute Citherspiel bezeichnen, wenn, sagen wir, dem so ist, und wir als die eigentümliche Verrichtung des Menschen ein gewisses Leben ansehen, nämlich mit Vernunft verbundene Tätigkeit der Seele und entsprechendes Handeln, als die Verrichtung des guten Menschen aber eben dieses nur mit dem Zusatze: gut und recht – wenn endlich als gut gilt, was der eigentümlichen Tugend oder Tüchtigkeit des Tätigen gemäß ausgeführt wird, so bekommen wir nach alle dem das Ergebnis: *das menschliche Gut ist der Tugend gemäße Tätigkeit der Seele*, und gibt es mehrere Tugenden: *der besten und vollkommensten Tugend gemäße Tätigkeit*. Dazu muß aber noch kommen, daß dies ein volles Leben hindurch dauert; denn wie eine Schwalbe und ein Tag noch keinen Sommer macht, so macht auch ein Tag oder eine kurze Zeit noch niemanden glücklich und selig.

Siebentes Kapitel.

Dies möge als Umriß der Darstellung des höchsten Gutes gelten. Denn man muß dasselbe wohl zunächst nach den Grundlinien beschreiben und darauf diese im einzelnen ausführen. Sind erst die Grundlinien einer Sache vorhanden, so kann jeder daran weiter arbeiten und das einzelne nachtragen, und die Zeit ist hierbei eine gute Finderin und Helferin. So erklärt sich auch das Wachstum der Künste: das Fehlende dazutun kann jeder.

Man denke auch an die schon oben gemachte Bemerkung und verlange Genauigkeit nicht bei allen Gegenständen in gleichem Maße, sondern immer nur nach Maßgabe des gegebenen Stoffes und nur soweit, als es zu dem jeweiligen Vorhaben paßt. Der Zimmerman und der Geometriker suchen die gerade Linie in verschiedener Weise; der eine nur, insofern er sie für seine Arbeit braucht, während der andere wissen will, was und wie beschaffen sie ist; denn er betrachtet die Wahrheit. Ebenso ist auf allen anderen Gebieten zu verfahren, damit nicht das Beiwerk zuletzt das Werk überwuchert.

Man darf auch nicht unterschiedslos überall nach der Ursache fragen. Bei einigem genügt es vielmehr, das „daß“ gehörig nachzuweisen, wie auch bei den Prinzipien; das „daß“ ist ja Erstes und Prinzip. Die Prinzipien selbst aber werden teils durch Induktion erkannt, teils durch Wahrnehmung, teils durch eine Art Gewöhnung, teils noch auf andere Weise. Man muß sie also im einzelnen auf die ihrer Besonderheit entsprechende Art zu ermitteln suchen und sich rechte Mühe geben, sie zutreffend zu bestimmen. Denn das Prinzip als Anfang dürfte mehr als die Hälfte des Ganzen sein und schon von selbst vieles erklären, was man wissen möchte.

Achtes Kapitel.

Wir müssen dasselbe jedoch nicht nur auf grund der Schlußfolgerung und der begrifflichen Voraussetzungen zu ermitteln suchen, sondern ebenso auf grund der darüber herrschenden Ansichten. Mit der Wahrheit stimmen alle Tatsachen überein, mit dem Irrtum aber gerät die Wahrheit bald in Zwiespalt.

Man unterscheidet drei Arten von Gütern: äußere Güter, Güter der Seele und Güter des Leibes. Von diesen gelten die der Seele als die wichtigsten, als Güter im vollkommensten Sinne. Die seelischen Akte und Tätigkeiten legen wir aber der Seele bei. Mithin möchte unsere Begriffsbestimmung zutreffend sein, wenn anders jene alte, auch von den Philosophen allgemein adoptierte Schätzung der Güter etwas beweist.

Auch darum erscheint sie als richtig, weil sie als Endziel gewisse Akte und Tätigkeiten aufstellt. Denn so liegt das Endziel in Gütern der Seele, auch insofern sie den äußeren Gütern gegenüberstehen.

Ebenso stimmt es zu ihr, daß man von dem Glücklichen sagt, er lebe gut und gehabe sich gut. Mit unserer Definition ist ja ungefähr so viel gesagt wie gutes Leben und gutes Gehaben.

Neuntes Kapitel.

Auch alle Erfordernisse zur Glückseligkeit, die man von den verschiedenen Seiten geltend gemacht hat, scheinen sich in unserer Bestimmung zu finden. Die einen halten die Glückseligkeit für Tugend, andere für Klugheit, andere für eine Art Weisheit, wieder andere für alles dieses oder eines davon in Verbindung mit Lust oder doch nicht ohne Lust. Andere nehmen auch noch den äußeren Segen hinzu. Diese Ansichten werden teils von vielen Alten, teils von einzelnen berühmten Männern vertreten. Von beiden ist aber nicht anzunehmen, daß sie ganz und gar fehl gehen, vielmehr werden sie je in einer Beziehung, wo nicht gar in den meisten, Recht haben.

Mit denen also, die die Glückseligkeit in die Tugend oder auch in eine Tugend setzen, stimmen wir überein. Denn in den Bereich der Tugend fällt die ihr gemäße Tätigkeit. Nur möchte es keinen kleinen Unterschied machen, ob man das höchste Gut in ein Besitzen oder ein Gebrauchen, in einen bloßen Habitus oder in eine Tätigkeit setzt. Der Habitus kann ja, wie z. B. bei einem, der schläft oder sonst wie ganz untätig ist, vorhanden sein, ohne irgend etwas Gutes zu verrichten, der Aktus, die Tätigkeit, aber nicht. Denn sie wird notwendig handeln und gut handeln. Wie aber in Olympia nicht die Schönsten und Stärksten den Kranz erlangen, sondern die, die kämpfen (denn nur unter ihnen befinden sich die Sieger), so werden auch nur die, die recht handeln, dessen, was im Leben schön und gut ist, teilhaftig.

Auch ist ihr Leben an und für sich genußvoll. Lust genießen ist etwas Seelisches, und lustbringend ist für jeden dasjenige, wovon er ein Liebhaber ist, wie z. B. das Pferd für den Pferdeliebhaber, und für den Liebhaber des Schauspiels dieses. Ebenso ist das Gerechte für den Freund der Gerechtigkeit und überhaupt das Tugendgemäße für den Freund der Tugend lustbringend. Bei der Menge freilich steht das Lustgewährende miteinander im Widerspruch, weil es diese Eigenschaft nicht von Natur hat, dagegen gewährt den Liebhabern des sittlich Guten dasjenige Lust, was sie von Natur gewährt. Diese Eigenschaft haben aber die tugendgemäßen Handlungen, und so müssen dieselben gleichzeitig für den Tugendhaften und an sich mit Lust verbunden sein. Daher bedarf auch sein Leben der Lust nicht wie einer äußern Zugabe, sondern es hat dieselbe schon in sich. Denn abgesehen von dem Gesagten ist der nicht wahrhaft tugendhaft, der an sittlich guten Handlungen keine Freude hat, und niemand wird einen Mann gerecht nennen, wenn er an gerechten, oder freigebig, wenn er an freigebigen Handlungen keine Freude hat, und so weiter. Ist dem aber so, dann müssen die tugendgemäßen Handlungen an sich genußreich, überdies aber auch gut und schön sein, und zwar dieses alles im höchsten Maße, wenn anders der Tugendhafte richtig über sie urteilt. Das tut er aber wie gesagt. Und somit ist die Glückseligkeit das Beste, Schönste und Genußreichste zugleich, und diese Dinge liegen nicht auseinander, wie die Aufschrift zu *Delos* will:

Schönstes ist was Gerechtestes ist, das Beste Gesundsein,
Aber das Süsseste ist, wenn man erlangt was man liebt.

Denn dieses alles kommt den besten Tätigkeiten zugleich zu. In diesen aber oder der besten ihrer liegt nach uns die Glückseligkeit.

Indessen bedarf dieselbe wie gesagt auch wohl der äußeren Güter, da es unmöglich oder schwer ist, das Gute und Schöne ohne Hilfsmittel zur Ausführung zu bringen. Vieles wird wie durch Werkzeuge mit Hilfe der Freunde, des Reichtums und des Einflusses im Staate zustande gebracht; andererseits trübt der Mangel gewisser Dinge, wie ehrbarer Herkunft, braver Kinder, körperlicher Schönheit die Glückseligkeit. Der kann nicht als sonderlich glücklich gelten, der von ganz häßlichem Äußern oder ganz gemeiner Abkunft oder einsam und kinderlos ist, und noch weniger vielleicht einer, der ganz lasterhafte Kinder oder Freunde hat oder die guten Freunde und Kinder, die er hatte, durch den Tod verlor. Deshalb also bedarf die Glückseligkeit wie gesagt auch solcher äußeren Güter, und so mag es sich erklären, daß einige das äußere Wohlergehen der Glückseligkeit gleich setzen, wie andere die Tugend.

Zehntes Kapitel.

Daher wirft sich auch die Frage auf, ob die Glückseligkeit durch Lernen, Gewöhnung oder sonst eine Übung erworben, oder durch eine göttliche Fügung oder auch durch Zufall dem Menschen zu teil wird.

Man kann nun annehmen, daß wenn irgend etwas ein Geschenk der Götter an die Menschen ist, dann die Glückseligkeit von Gott kommt, und zwar um so mehr, als sie von den menschlichen Gütern das Beste ist.

Indessen gehört das wohl mehr zu einer anderen Untersuchung. Aber selbst wenn sie nicht von den Göttern verliehen, sondern durch Tugend und ein gewisses Lernen oder Üben erworben wird, scheint sie zu dem Göttlichsten zu gehören; denn der Preis und das Ziel der Tugend muß doch das Beste und etwas Göttliches und Seliges sein. Dann wäre sie auch für viele zugleich erreichbar, da sie allen, die in bezug auf die Tugend nicht gleichsam verstümmelt sind, durch Schulung und sorgfältige Bemühung zu teil werden könnte. Wenn es aber besser ist, daß der Mensch auf diese Weise glücklich wird statt durch Zufall, so darf man annehmen, daß es sich auch wirklich so verhält, da alles, was die Natur hervorbringt, immer so vollkommen angelegt ist, als es nur sein kann. Dasselbe gilt von dem, was die Kunst und jede mit Einsicht wirkende Ursache, besonders die beste und höchste, hervorbringt. Das Größte und Schönste aber dem Zufall zu überlassen, wäre Irrtum und Lästerung.

Dasselbe geht aber auch aus unserer Begriffsbestimmung hervor, nach der die Glückseligkeit eine gewisse tugendgemäße Tätigkeit der Seele ist. Soll das gelten, so können die übrigen Güter teils von selbst der Tugend niemals fehlen, teils kommen sie für dieselbe naturgemäß nur als brauchbare und hilfreiche Werkzeuge in betracht. Auch stimmt dies mit dem anfänglich Gesagten, wo wir das Ziel der Staatskunst für das beste und höchste erklärt haben. Der Staatskunst ist es um nichts so sehr zu tun, als darum, die Bürger in den Besitz gewisser Eigenschaften zu setzen, sie nämlich tugendhaft zu machen und fähig und willig, das Gute zu tun.

Daher nennen wir billigerweise weder einen Ochsen noch ein Pferd noch sonst ein Tier glückselig. Denn kein Tiern ist des Anteils an einer solchen Tätigkeit fähig. Und aus demselben Grunde ist auch kein Kind glückselig, weil es wegen seines Alters noch nicht in der gedachten Weise tätig sein kann, und wenn Kinder hin und wieder doch so genannt werden, so geschieht es in der Hoffnung, daß sie es erst werden. Denn zur Glückseligkeit gehört wie gesagt vollendete Tugend und ein volles Leben. Im Leben tritt mancher Wechsel, mancher Zufall ein, und der Glücklichste kann im Alter noch von schweren Unglücksfällen getroffen werden, wie in den Heldengedichten von *Priamus* erzählt wird; wer aber solches Unglück erfahren und elend geendet hat, den preist niemand glücklich.

Elftes Kapitel.

Sollen wir nun auch sonst keinen Menschen glücklich nennen, so lange er lebt, sondern nach dem Ausspruche des *Solon* sein Ende abwarten? Und wenn dies gelten soll, wäre der Mensch vielleicht auch dann glückselig, wenn er gestorben ist? Oder ist das letztere nicht durchaus ungereimt, besonders für uns, die wir dic Glückseligkeit für eine Tätigkeit erklären? Wenn wir aber nicht den Verstorbenen glückselig nennen und auch Solon es so nicht meint, sondern nur, daß man erst dann einen Menschen mit Sicherheit glücklich nennen kann, weil er dann allem Übel und Ungemach enthoben ist, so hat auch das sein Bedenken. Denn es scheint auch noch für den Verstorbenen, so gut wie für den Lebenden, der nichts davon erfährt, Übel und Güter zu geben, z. B. Ehrungen und Diffamationen, Glück und Unglück der Kinder und der Nachkommen überhaupt. Aber auch dabei findet sich ein Bedenken. Ein Mensch, der bis in sein hohes Alter glücklich gelebt hat und ebenso gestorben ist, kann noch mancherlei Veränderungen in seinen Nachkommen erleiden; die einen können tugendhaft sein und ein dem entsprechendes Lebenslos genießen, die anderen umgekehrt, und sonst können sie noch auf alle mögliche Weise von ihren Eltern sich unterscheiden. Und da wäre es nun ungereimt, wenn der Todte sich mit veränderte und bald glücklich bald unglücklich würde. Ungereimt wäre es aber auch, wenn die Schicksale der

Nachkommen nicht einmal für gewisse Zeit die Eltern oder Vorfahren mit berühren sollten.

Kommen wir indessen auf das erste Bedenken zurück. Denn mit ihm findet gleichzeitig vielleicht auch dieses zweite seine Erledigung.

Soll man wirklich das Ende abwarten müssen und dann erst einen Menschen glücklich preisen dürfen, nicht als wäre er es dann, sondern weil er es vorher war, wie wäre es da nicht ungereimt, daß zur Zeit seines Glückes dieses Wirkliche nicht mit Wahrheit von ihm soll ausgesagt werden, weil man die Lebenden wegen der Wechselfälle des Schicksals nicht glücklich preisen mag, und weil die Glückseligkeit für etwas Bleibendes und sehr schwer Wandelbares gilt, während die Geschicke sich oft bei denselben Menschen im Kreise bewegen? Offenbar müßte man, wenn man sich so nach den Schicksalen richten wollte, denselben Menschen oftmals glückselig und wieder unglückselig nennen und so den Glückseligen für eine Art Chamäleon erklären und für einen Mann, der auf schwachen Füßen steht. Ist es nicht vielmehr ganz und gar verkehrt, hier auf die Schicksale zu sehen, da in ihnen nicht das Heil und Unheil liegt, sondern das menschliche Leben, wie wir gesagt haben, der Glücksgüter nur wie einer Zugabe bedarf, während für die Glückseligkeit die tugendhaften Handlungen entscheidend sind und für die Unglückseligkeit die entgegengesetzten?

Übrigens erhält unsere Definition auch durch dieses Bedenken eine erneute Bestätigung. Bei keinem menschlichen Dinge ist eine solche Beständigkeit zu finden wie in den tugendhaften Tätigkeiten. Sie erscheinen ja noch beständiger als das Wissen, und unter ihnen selbst sind wieder die vornehmsten die beständigsten, insofern der Glückliche am meisten und am anhaltendsten in ihnen lebt. Denn daher kommt es wohl, daß sie nicht in Vergessenheit geraten. So wird denn das Geforderte sich wirklich bei dem wahrhaft Glücklichen finden, und sein Leben lang wird er sein, was sein Name besagt. Denn stets oder häufiger als alles andere wird die Tugend der Gegenstand seiner Tätigkeit und seiner Betrachtung sein, und stets wird die Unglücksfälle aufs beste und „in alle

Weise würdiglich“ zu tragen wissen der wahrhaft tugendhafte Mann, der Mann „auf viereck'ger Basis ohne Fehl“.

Da aber vieles von der Laune des Glücks abhängt, Großes und Kleines, so leuchtet ein, daß die kleinen Glücks- wie Unglücksfälle für das Leben keinen Ausschlag geben; große und viele Ereignisse dagegen machen, wenn sie glücklich ausfallen, das Dasein noch glücklicher (denn sie selbst sind naturgemäß des Lebens Schmuck, und der Gebrauch, den man von ihnen macht, wird lobenswert und tugendgemäß sein); fallen sie aber umgekehrt aus, so sind sie für das Lebensglück wie ein Druck und eine Trübung, da sie schmerzen und an mancher Tätigkeit verhindern. Allein auch hier wird die sittliche Schönheit durchleuchten, wenn man viele schwere Schläge des Schicksals gelassen erträgt, nicht aus Gefühllosigkeit, sondern aus edler und hoher Gesinnung.

Wenn aber wirklich, wie wir das vorhin ausgesprochen haben, die Tätigkeiten es sind, die über das Leben entscheiden, so kann keiner, der glückselig ist, unglückselig werden, da er niemals hassenswertes und schlechtes tun wird. Der wahrhaft Tugendhafte und Verständige wird, das steht zu hoffen, jedes Geschick mit Würde tragen und immer dasjenige tun, was unter den jedesmaligen Umständen das beste ist, wie wir uns ja auch den guten Strategen als einen Mann vorstellen, der sein Heer, wie es eben ist, so gut als möglich zum Kriege verwendet, und den guten Schuster als einen Mann, der aus dem verfügbaren Leder so gute Schuhe wie möglich macht, und so weiter durch den ganzen Bereich der Künste. Ist dem aber so, dann kann der Glückselige zwar niemals ganz unglücklich werden, aber freilich auch nicht vollkommen glücklich sein, wenn ihm das Los eines Priamus beschieden ist. So ist denn auch sein Stand nicht etwa buntem Wechsel unterworfen. Denn einerseits wird er seiner Glückseligkeit nicht leicht und nicht durch die ersten besten Unfälle, sondern nur durch schwere und zahlreiche Schicksalsschläge verlustig gehen, andererseits wird er aber auch nach solchen Heimsuchungen nicht in kurzer Zeit wieder glückselig werden können, sondern, wenn überhaupt, erst nach langer und geraumer Zeit, wenn er in derselben großer Güter teilhaftig geworden ist.

Was hindert uns demnach als glückselig zu bezeichnen denjenigen, der gemäß vollendeter Tugend tätig und dabei mit den äußeren Gütern wohl ausgestattet ist, und das nicht blos eine kurze Zeit, sondern ein ganzes, volles Leben lang. Oder sollen wir noch hinzusetzen, daß er auch in Zukunft so leben und in diesen Verhältnissen sterben müsse, da wir die Zukunft nicht kennen und doch von der Glückseligkeit behaupten, daß sie Endziel und schlechthinnige Vollendung ist. Demgemäß werden wir diejenigen unter den Lebenden glückselig nennen, denen die genannten Dinge zukommen und zukommen werden, aber freilich glückselig nur als Menschen.

Hierüber sei denn soviel festgestellt. Daß aber die Schicksale der Nachkommen und aller Freunde die Glückseligkeit ganz und gar nicht berühren sollen, erscheint doch allzu inhuman und den allgemeinen Überzeugungen widersprechend. Da aber der Ereignisse so viele und so vielfach verschiedene sind und uns manche mehr, manche weniger berühren, so wäre es eine langwierige, ja endlose Aufgabe, alle einzelnen Fälle zu unterscheiden, und es wird genügen, wenn wir nur im allgemeinen und im Umriß darüber sprechen.

Da also, wie von den eigenen Unglücksfällen nur ein Teil von Belang und Gewicht ist, andere aber unbedeutender erscheinen, es sich grade so mit den Schicksalen aller Freunde verhält, und da ferner der Unterschied, ob Unfälle Lebende oder Verstorbene treffen, ungleich größer ist als der, ob gesetzwidrige und furchtbare Handlungen in den Tragödien vorkommen oder in der Wirklichkeit, so muß freilich auch dieser Unterschied in Rechnung gebracht werden, aber wohl noch mehr der Umstand, daß man bezüglich der Verstorbenen im Ungewissen darüber ist, ob sie an den Gütern und Übeln dieses Lebens noch Anteil haben. Denn aus den angeführten Gründen ist wohl, wenn auch etwas Gutes oder Schlimmes die Todten noch berührt, dasselbe nur etwas Schwaches und Geringes entweder an sich oder für sie, oder doch nur von der Bedeutung und Beschaffenheit, daß es sie nicht glücklich macht, wenn sie es nicht sind, noch, wenn sie es sind, sie ihrer Glückseligkeit beraubt. Es mochte nun das Glück wie das Unglück ihrer Freunde für die Hingeschiedenen wirklich von einiger Bedeutung sein, doch nur in der Art und so weit, daß es weder die Glückseligen unselig machen, noch sonst ihren Zustand umgestalten kann.

Zwölftes Kapitel.

Nachdem wir dies festgestellt haben, wollen wir zusehen, ob die Glückseligkeit zu den des Lobes oder vielmehr zu den der Ehre würdigen Dingen gehört. Denn zu den bloßen Vermögen gehört sie offenbar nicht.

Jedes Lobenswerte scheint darum gelobt zu werden, weil es eine bestimmte Qualität hat und sich zu etwas in bestimmter Weise verhält. Wir loben den Gerechten, den Starkmütigen und überhaupt den Tugendhaften und die Tugend, wegen der Handlungen und Werke; ebenso den Starken, den Schnellfüßigen u. s. w., weil er eine bestimmte Qualität besitzt und sich zu etwas gutem und trefflichem in bestimmter Weise verhält. Das erhellt auch aus dem Lobe, das wir den Göttern spenden: es erschiene lächerlich, wenn wie es von unseren Verhältnissen hernähmen, und dieses darum, weil das Lob, wie wir gesagt haben, um einer bestimmten Beziehung willen gespendet wird. Wenn aber das Lob auf solches geht, so leuchtet ein, daß es für das Beste kein Lob gibt, sondern etwas Größeres und Besseres, wie man denn auch sieht. Wir preisen die Götter glücklich und selig, und ebenso preisen wie die göttlichsten der Menschen glücklich. Ebenso die besten der Güter: Niemand lobt die Glückseligkeit so wie die Gerechtigkeit, sondern man preiset sie wie etwas Göttlicheres und Besseres.

Auch *Eudoxus* scheint über die Güter sehr richtig zu urteilen, wenn er der Lust den höchsten Preis zuerkennt; denn daß sie, obwohl zu den Gütern gehörig, nicht gelobt werde, das sei, meinte er, ein Beweis, daß sie besser ist als das Lobenswerte, und solches sei Gott und das Gute. Das Lob nämlich gebührt der Tugend, weil man durch sie fähig wird, das Gute zu tun, Preis aber den Werken, leiblichen sowohl als geistigen.

Doch dieses genauer zu bestimmen, gehört wohl eher in die Theorie der Lobreden. Für uns erhellt aus dem Gesagten, daß die Glückseligkeit zu den verehrungswürdigen und vollkommenen Dingen zählt. Und das wohl auch deswegen, weil sie Prinzip ist. Denn um des Prinzips willen tun wir alle alles übrige, das Prinzip aber und der Grund des Guten gilt uns für etwas Ehrwürdiges und Göttliches.

Dreizehntes Kapitel.

Da aber die Glückseligkeit eine der vollendeten Tugend gemäße Tätigkeit der Seele ist, so haben wir die *Tugend* zum Gegenstande unserer Untersuchung zu machen, da wir dann auch die Glückseligkeit besser werden verstehen lernen. Um die Tugend scheint auch der wahre Staatsmann sich am meisten zu bemühen, da er die Bürger tugendhaft und den Gesetzen gehorsam machen will. Ein Beispiel dafür haben wir an den Gesetzgebern der Kreter und Lacedämonier und wohl noch an einigen anderen dieser Art. Wenn sonach diese Betrachtung zur Staatskunst gehört, so bleibt unsere Untersuchung zweifellos dem eingangsbezeichneten Plane treu. Die Tugend aber, der unsere Betrachtung gilt, kann selbstverständlich nur die menschliche sein. Wir wollten ja auch nur das menschliche Gut und die menschliche Glückseligkeit zu ermitteln suchen.

Unter menschlicher Tugend verstehen wir aber nicht Tüchtigkeit des Leibes, sondern solche der Seele, wie wir ja auch unter der Glückseligkeit eine Tätigkeit der Seele verstehen. Ist aber dem also, so muß der Staatsmann und der Lehrer der Staatswissenschaft bis zu einem gewissen Grade mit der Seelenkunde vertraut sein, grade wie wer die Augen oder sonst einen Leibesteil heilen will, deren Beschaffenheit kennen muß, und zwar jener noch vielmehr als dieser, weil die Staatskunst viel würdiger und besser ist als die Heilkunst. In der Tat machen sich die tüchtigen Ärzte mit der Untersuchung des Körpers sehr viel zu schaffen. So muß nun auch der Lehrer der Staatskunst die Seele zum Gegenstande seiner Betrachtung machen, aber immer nur um der angegebenen Zwecke willen und soweit, als es für diese Zwecke genügt; noch genauer darauf einzugehen, ist wohl für die gestellte Aufgabe der Mühe zu viel.

Einiges aus der Seelenlehre ist nun in den exoterischen Schriften ausreichend behandelt und mag hier Verwendung finden. So, daß die Seele einen unvernünftigen und einen vernünftigen Teil hat. Ob diese beiden Teile sich so von einander unterscheiden wie die Teile des Körpers und alles Teilbare, oder ob sie ihrer Natur nach untrennbar und nur dem Begriffe nach zwei sind wie die innere und äußere Seite der Kreisperipherie, ist für unseren Zweck gleichgültig. In dem unvernünftigen Vermögen ist wieder ein Teil wie ein allem Lebendigen Gemeinsames, nämlich das vegetative Vermögen, das Prinzip der Ernährung und des Wachstums. Denn ein solches Seelenvermögen ist wohl in allem, was sich ernährt, schon für die Embryonen anzunehmen und ebenso für die ausgebildeten Individuen, und zwar mit besserem Fug und Grunde als irgend ein anderes. Dasselbe hat nun offenbar eine generelle, nicht die spezifisch menschliche Vollkommenheit. Denn dieser Teil und dieses Vermögen scheint ganz besonders im Schlafe tätig zu sein; im Schlafe aber sind der Gute und der Schlechte am wenigsten zu erkennen. Daher auch das Sprüchwort: Zwischen den Glücklichen und den Unglücklichen ist ihr halbes Leben lang kein Unterschied. Dies ist auch nicht auffallend. Denn der Schlaf ist eine Untätigkeit der Seele, insofern sie tugendhaft und schlecht genannt wird, nur daß manche von den im wachen Zustande vorausgegangenen Bewegungen sich allmälig im Schlafe einigermaßen zur Geltung bringen und in diesem Anbetracht die Träume tugendhafter Menschen besser werden als die beliebiger Leute.

Doch genug hiervon und lassen wir das vegetative Vermögen, da es von Natur an der menschlichen Tugend keinen Teil hat. Es scheint aber auch ein anderer Teil der Seele ohne Vernunft zu sein, jedoch in gewisser Beziehung an der Vernunft teil zu nehmen. Wir loben nämlich an dem Enthaltsamen und Unenthaltsamen die Vernunft und den vernünftigen Seelenteil. Denn er ermahnt richtig und zum Guten. Aber die Erfahrung lehrt, daß den Genannten noch ein anderes Prinzip außer der Vernunft eingepflanzt ist, das dieser widerstrebt und widerstreitet. Wie gelähmte Leibesteile, wenn man sie nach rechts bewegen will, umgekehrt sich nach links drehen, so und nicht anders verhält es sich mit der Seele: die

Begierden des Unenthaltsamen gehen auf das Gegenteil von dem, was die Vernunft gebietet, nur daß man die Verkehrung am Leibe sieht, dagegen an der Seele nicht. Trotzdem mögen wir überzeugt sein, daß auch in der Seele etwas außer der Vernunft vorhanden ist, was dieser entgegensteht und widerstreitet. In wie weit dasselbe von der Vernunft verschieden ist, ist hier gleichgültig. Und doch scheint es wie gesagt an der Vernunft teil zu nehmen. Es gehorcht ihr ja beim Enthaltsamen. Noch gehorsamer aber ist es beim Mäßigen und Starkmütigen, bei denen alles mit der Vernunft im Einklang steht.

Es erweist sich also auch das unvernünftige Vermögen als zweifach: das pflanzliche hat gar nichts mit der Vernunft gemein, das sinnlich begehrende dagegen und überhaupt das strebende Vermögen nimmt an ihr in gewisser Weise teil, insofern es auf sie hört und ihr Folge leistet. Das wäre also etwa in der Art, wie wir uns in praktischen Dingen nach dem Rate des Vaters und der Freunde, nicht wie in der Wissenschaft nach den Sätzen der Mathematik richten. Daß aber der unvernünftige Teil gewissermaßen von der Vernunft überredet wird, beweisen auch die Ermahnungen, alle Zurechtweisung und Ermunterung. Soll man aber diesem Teil ebenfalls Vernunft zuschreiben, so ist auch das vernünftige Vermögen zweifach: das eine hat eigentlich Vernunft und hat sie in sich selbst, das andere hat sie wie ein Kind, das auf seinen Vater hört.

Nach diesem Unterschiede wird auch die Tugend eingeteilt. Von den Tugenden nennen wir die einen *dianoëtische* oder *Verstandestugenden*, die anderen *ethische* oder *sittliche Tugenden*. Verstandestugenden sind Weisheit, Verstand und Klugheit, sittliche Tugenden Freigebigkeit und Mäßigkeit. Denn wenn wir von dem sittlichen Charakter sprechen, sagen wir nicht, daß einer weise oder verständig, sondern daß er sanft und mäßig ist. Wir loben aber auch den Habitus der Weisheit. Ein lobenswerter Habitus wird aber Tugend genannt.

Zweites Buch.
Erstes Kapitel.

Wenn sonach die Tugend zweifach ist, eine Verstandestugend und eine sittliche Tugend, so entsteht und wächst die erstere hauptsächlich durch Belehrung und bedarf deshalb der Erfahrung und der Zeit; die sittliche dagegen wird uns zuteil durch Gewöhnung, wovon sie auch den Namen erhalten hat, der nur wenig von dem Worte Gewohnheit verschieden ist.

Daraus erhellt auch, daß keine von den sittlichen Tugenden uns von Natur zuteil wird. Denn nichts natürliches kann durch Gewöhnung geändert werden. Der Stein z. B., der sich von Natur nach unten bewegt, kann nicht gewöhnt werden, sich nach oben zu bewegen, wenn man ihn auch durch vieltausendmaliges Emporschleudern daran gewöhnen wollte, und ebensowenig kann das Feuer an die Bewegung nach unten oder sonst etwas an ein seiner Natur entgegengesetztes Verhalten gewöhnt werden. Darum werden uns die Tugenden weder von Natur noch gegen die Natur zuteil, sondern wir haben die natürliche Anlage, sie in uns aufzunehmen, zur Wirklichkeit aber wird diese Anlage durch Gewöhnung.

Ferner bringen wir von dem, was wir von Natur besitzen, zuerst die Vermögen mit, und dann erst äußeren wir die entsprechenden Tätigkeiten, wie man an den Sinnen sehen kann. Wir haben ja nicht durch oftmaliges Sehen oder oftmaliges Hören den betreffenden Sinn bekommen, sondern es ist umgekehrt dem Besitze der Gebrauch gefolgt, nicht dem Gebrauche der Besitz. Die Tugenden dagegen erlangen wie nach vorausgegangener Tätigkeit, wie dies auch bei den Künsten der Fall ist. Denn was wir tun müssen, nachdem wir es gelernt haben, das lernen wir, indem wir es tun. So wird man durch Bauen ein Baumeister und durch Citherspielen ein Citherspieler. Ebenso werden wir aber auch durch gerechtes Handeln gerecht, durch Beobachtung der Mäßigkeit mäßig, durch Werke des Starkmuths starkmüthig. Das bestätigen auch die Vorgänge im Staatsleben. Die Gesetzgeber machen die Bürger durch Gewöhnung tugendhaft; das ist wenigstens die Absicht jedes

Gesetzgebers; wer es aber nicht recht angeht, der verfehlt seinen Zweck, und darauf läuft der ganze Unterschied von guter und schlechter Staatsverfassung hinaus.

Ferner entsteht jede Tugend aus denselben Ursachen, durch die sie zerstört wird, gerade wie es bei den Künsten der Fall ist. Durch Citherspielen wird man z. B. ein guter und auch ein schlechter Citherspieler, und entsprechendes gilt vom Baumeister und jedem anderen Handwerker oder Künstler. Wer nämlich gut baut, wird dadurch ein guter Baumeister, und wer schlecht baut, ein schlechter. Wäre dem nicht so, so bedürfte es keines Lehrers, sondern jeder käme als Meister oder als Stümper auf die Welt. Grade so ist es nun auch mit den Tugenden. Durch das Verhalten im kommerziellen Verkehr werden wir gerecht oder ungerecht; durch das Verhalten in Gefahren und die Gewöhnung, vor ihnen zu bangen oder ihnen zu trotzen, werden wir mannhaft oder feige. Und ganz ebenso ist es mit den Anlässen zur Begierde oder zum Zorne: die einen werden mäßig und sanftmütig, die anderen zügellos und jähzornig, je nachdem sie in solchen Fällen sich so verhalten oder so, mit einem Worte: aus gleichen Tätigkeiten erwächst der gleiche Habitus. *Daher müssen wir uns Mühe geben, unseren Tätigkeiten einen bestimmten Charakter zu verleihen*; denn je nach diesem Charakter gestaltet sich der Habitus. Und darum ist nicht wenig daran gelegen, ob man gleich von Jugend auf sich so oder so gewöhnt; vielmehr kommt hierauf sehr viel oder besser gesagt alles an.

Zweites Kapitel.

Da die gegenwärtige Untersuchung keine bloße Erkenntnis verfolgt, wie es sonst bei den Untersuchungen der Fall ist (denn wir betrachten die Tugend nicht, um zu wissen, was sie ist, sondern um tugendhaft zu werden; sonst wäre unsere Arbeit zu nichts nütze), so müssen wir unser Augenmerk auf die *Handlungen* und auf die Art ihrer Ausführung richten. Denn die Handlungen sind es, wie wir gesagt haben, durch welche die Beschaffenheit des Habitus bestimmt wird.

Daß man nun nach der rechten Vernunft handeln muß, ist eine allgemeine Regel, die wir hier zu Grunde legen, um hernach zu bestimmen, was die rechte Vernunft ist, und wie sie sich zu den anderen Tugenden verhält. Das aber möge im voraus als zugestanden gelten, daß jede Theorie der Sittlichkeit nur allgemeine Umrisse liefern und nichts mit unbedingter Bestimmtheit vortragen darf. Darum haben wir ja auch gleich eingangs bemerkt, daß die Anforderungen an eine Erörterung sich je nach dem Stoffe richten müssen. Was aber dem Bereiche des sittlichen Handelns und des im Leben Nützlichen angehört, hat nichts an sich, was ein für alle mal feststände, so wenig als das Gesunde. Und wenn das schon für die allgemeinen Regeln gilt, so läßt das Einzelne und Konkrete noch weniger genaue und absolut gültige Vorschriften zu, da es unter keine Kunst und keine Lehrüberlieferung fällt. Hier muß vielmehr der Handelnde selbst wissen, was dem gegebenen Fall entspricht, wie dies auch in der Heilkunst und in der Steuermannskunst geschieht. Aber trotz dieses Charakters unserer Disziplin müssen wir sehen, wie zu helfen ist.

Zuerst kommt in Betracht, daß Dinge dieser Art ihrer Natur nach durch Mangel und Übermaß zu Grunde gehen. Man kann das, wenn man für Unbekanntes Bekanntes als Beweis benutzen soll, an der Stärke und der Gesundheit sehen. Übertriebene Körperübungen ebenso wie unzureichende führen den Verlust der Leibeskraft herbei. Desgleichen verdirbt ein Übermaß oder ein unzureichendes Maß von Speise und Trank die Gesundheit, während das rechte Maß sie hervorbringt, stärkt und erhält. Ebenso ist es nun auch mit der Mäßigkeit, dem Starkmut und den anderen Tugenden. Wer alles flieht und fürchtet und nichts erträgt, wird feig, dagegen wer gar nichts fürchtet und gegen alles angeht, tollkühn. Desgleichen wird wer jede Lust genießt und sich keiner enthält, zügellos, wer aber jede Lust flieht, wie die sauertöpfischen Leute, verfällt in eine Art Stumpfsinn. Denn Mäßigkeit und Starkmut wird durch das Zuviel und Zuwenig aufgehoben, durch die rechte Mitte aber erhalten.

Aber nicht blos die Entstehung, das Wachstum und der Untergang kommt aus denselben und durch dieselben Ursachen; auch die Tätigkeiten werden mit diesen Ursachen auf einem Felde liegen. So ist es ja auch bei den Dingen, die uns bekannter sind, wie bei der Stärke: sie entsteht dadurch, daß man viele Nahrung zu sich nimmt und viele Anstrengungen erträgt, und der Starke vermag wieder am besten dergleichen zu tun. Ebenso verhält es sich mit den Tugenden: durch die Enthaltung von sinnlichen Genüssen werden wir mäßig, und sind wir es geworden, so können wir uns ihrer am besten enthalten. Desgleichen mit dem Mute: indem wir uns gewöhnen, Gefahren zu verachten und zu bestehen, werden wir mutig, und sind wir es geworden, werden wir am leichtesten Gefahren bestehen können.

Als ein Zeichen des Habitus muß man die mit den Handlungen verbundene Lust oder Unlust betrachten. Wer sich sinnlicher Genüsse enthält und eben hieran Freude hat, ist mäßig, wer aber hierüber Unlust empfindet, ist zuchtlos. Und wer Gefahren besteht und sich dessen freut oder wenigstens keine Unlust darüber empfindet, ist mutig, wer aber darüber Unlust empfindet, ist feig. Denn die sittliche Tugend hat es mit der Lust und der Unlust zu tun. Der Lust wegen tun wir ja das sittlich Schlechte, und der Unlust wegen unterlassen wir das Gute. Darum muß man, wie *Plato* sagt, von der ersten Kindheit an einigermaßen dazu angeleitet worden sein, über dasjenige Lust und Unlust zu empfinden, worüber man soll. Denn das ist die rechte Erziehung.

Die Tugenden bewegen sich ferner um das Tun und Leiden. Da aber mit allem, was man tut und leidet, Lust und Unlust verbunden ist, so wird die Tugend sich um Lust und Unlust bewegen.

Dies zeigen auch die Strafen an, die darin bestehen, daß Genußbringendes entzogen und Schmerzliches angetan wird. Sie sind gleichsam ein Heilverfahren; die Heilung eines Übels aber pflegt von seinem Gegenteil auszugehen.

Ferner bewegt sich, wie wir vorhin sagten, jeder Habitus bei seiner Betätigung von Natur aus in dem und um das, wodurch er geeignet ist, verschlechtert oder verbessert zu werden. Nun wird er aber verschlechtert durch Lust und Unlust, wenn er bei beiden sucht und flieht, was er nicht soll, oder wann er nicht soll, oder wie er nicht soll, oder wie sonst noch derartiges im Begriffe unterschieden wird. Daher bestimmt man wohl auch die Tugend als eine gewisse Unempfindlichkeit und Ruhe, jedoch mit Unrecht, weil man Unempfindlichkeit schlechthin fordert, statt zu sagen, wie man unempfindlich sein muß und wie nicht, und wann, und was sonst noch hieher gehört. Als Voraussetzung gelte also, daß eine derartige Tugend überall da, wo es sich um Lust und Unlust handelt, das Beste vollbringt, wie die Schlechtigkeit das Gegenteil.

Eben dies kann uns auch noch durch folgendes klar werden. Da drei Dinge Gegenstand des freien Strebens und drei Gegenstand des Fliehens sind: das sittlich Gute, das Nützliche und das Angenehme oder Lusterregende, und deren Gegenteil: das Böse, das Schädliche und das Unangenehme oder Unlusterregende, so gilt zwar für alles dieses, daß der Tugendhafte darin das Rechte trifft und der Schlechte es verfehlt, am meisten aber gilt es für die Lust. Denn sie ist allen Sinnenwesen gemeinsam und mit allem, was unter die menschliche Wahl fällt, verbunden, Auch das sittlich Gute und das Nützliche erscheint ja als lustbringend.

Ferner ist die Lust mit uns allen von Kindesbeinen an verwachsen, daher es schwer hält, dieses durch das Leben in uns festgewurzelte Gefühl abzustreifen.

Auch machen wir, die einen mehr die anderen weniger, Lust und Unlust zur Richtschnur unserer Handlungen. Diese beiden Gefühle sind darum notwendig die Angelpunkte unserer ganzen Theorie. Denn es ist für das Handeln von der größten Wichtigkeit, ob man in der rechten oder in der verkehrten Weise Lust und Unlust empfindet.

Endlich ist es, wie *Heraklit* sagt, noch schwerer, die Lust zu bekämpfen als den Zorn. Um das Schwerere aber bemüht sich allezeit wie die Kunst so die Tugend, und durch dieses wird das Gute zum Besseren. Und so dreht sich auch aus diesem Grunde das ganze Geschäft der Tugend und der Staatskunst um Lust und Unlust. Wer sich hier gut verhält, ist gut, und wer sich schlecht verhält, ist schlecht.

So hätten wir denn dargelegt, daß die Tugend es mit Lust und Unlust zu tun hat, daß sie an den Ursachen ihrer Entstehung auch die ihres Wachstums und, wenn sich an ihnen etwas ändert, auch ihres Untergangs besitzt; endlich, daß sie in denselben Dingen, woraus sie entsteht, sich tätig erweist.

Drittes Kapitel.

Man könnte jedoch fragen, wie wir sagen dürfen, daß man durch Handlungen der Gerechtigkeit gerecht und durch Handlungen der Mäßigkeit mäßig werden müsse, da man doch, um sich gerecht und mäßig zu verhalten, schon gerecht und mäßig sein müsse, grade wie man, um Grammatik und Musik zu üben, schon ein Grammatiker und Musiker sein muß.

Aber dieses ist ja nicht einmal bei den Künsten richtig. Man kann doch auch durch Zufall, oder wenn ein anderer einem vorspricht, so reden, wie die Sprachlehre es vorschreibt. So wird man denn erst dann ein Sprachkundiger sein, wenn man nicht blos redet wie die Grammatik vorschreibt, sondern auch, weil sie es so vorschreibt, was beides dann der Fall sein wird, wenn man gemäß selbsteigener Kenntnis der Grammatik redet.

Überdies ist es auch mit den Künsten nicht in gleicher Weise wie mit den Tugenden bestellt. Die Erzeugnisse der Künste haben ihre Güte in sich selbst, so daß es genügt, wenn man sie so hervorbringt, daß sie eine bestimmte Beschaffenheit haben. Eine dem sittlichen Bereiche angehörende Handlung aber ist nicht schon dann eine Handlung der Gerechtigkeit und Mäßigkeit, wenn sie selbst eine bestimmte Beschaffenheit hat, sondern erst dann, wenn auch der Handelnde bei der Handlung gewisse Bedingungen erfüllt, wenn er erstens wissentlich, wenn er zweitens mit Vorsatz, und zwar mit einem einzig auf die sittliche Handlung gerichteten Vorsatz, und wenn er drittens fest und ohne Schwanken handelt. Für die Künste zählen diese Bedingungen nicht mit, da es bei ihnen nur auf das Wissen und Können ankommt. Für die Tugend aber bedeutet das Wissen wenig oder nichts, das andere dagegen, was nur durch fortgesetzte Übung der Gerechtigkeit und Mäßigkeit erworben wird, bedeutet nicht wenig, sondern alles. Die Werke werden mithin als Werke der Gerechtigkeit und Mäßigkeit bezeichnet, wenn sie solche sind, wie sie der Gerechte und Mäßige verrichtet. Dagegen ist gerecht und mäßig, nicht wer sie verrichtet, sondern wer sie so verrichtet, wie es der Gerechte und der Mäßige tun.

Es ist also richtig gesprochen, daß man durch Handlungen der Gerechtigkeit ein gerechter und durch Handlungen der Mäßigkeit ein mäßiger Mann wird. Niemand aber, der sie nicht verrichtet, ist auch nur auf den Wege, tugendhaft zu werden. Aber der große Haufe gibt sich damit nicht ab, sondern man glaubt schon, wenn man nur hohe Worte redet, ein Philosoph zu sein und so ein braver Mann zu werden. Und so macht man es wie die Kranken, die den Arzt zwar aufmerksam anhören, aber von seinen Anordnungen nichts befolgen. Sowenig also jene bei solchem Heilverfahren körperlich wohl fahren können, können diese es geistig, wenn das ihre Philosophie ist.

Viertes Kapitel.

Hiernächst müssen wir untersuchen, *was die Tugend ist*.

Da es dreierlei psychische Phänomene gibt: Affekte, Vermögen und jene dauernden Beschaffenheiten, die man Habitus nennt, so wird die Tugend von diesen dreien eines sein müssen. Als Affekte bezeichnen wir: Begierde, Zorn, Furcht, Zuversicht, Neid, Freude, Liebe, Haß, Sehnsucht, Eifersucht, Mitleid, überhaupt alles, was mit Lust oder Unlust verbunden ist; als Vermögen das, was uns für diese Gefühle empfänglich macht, was uns z. B. befähigt, Zorn oder Trauer oder Mitleid zu empfinden; als Habitus endlich das, was macht, daß wir uns in Bezug auf die Affekte richtig oder unrichtig verhalten, wie wir uns z. B. in Bezug auf den Zorn unrichtig verhalten, wenn er zu stark oder zu schwach ist, richtig dagegen, wenn er die rechte Mitte hält, und ähnliches gilt für die übrigen Affekte.

Affekte nun sind die Tugenden und die Laster nicht, weil wir nicht wegen der Affekte tugendhaft oder lasterhaft genannt werden, wohl aber wegen der Tugenden und Laster, und weil wir nicht wegen der Affekte gelobt und getadelt werden – denn man wird nicht gelobt; wenn man sich fürchtet oder wenn man zornig wird, und nicht getadelt, wenn man einfach zornig wird, sondern wenn es auf bestimmte Weise geschieht –, wohl aber wird uns wegen der Tugenden und der Laster Lob oder Tadel zu teil. Ferner werden wir zornig und geraten wir in Furcht ohne vorausgegangene Selbstbestimmung, die Tugenden aber sind Akte der Selbstbestimmung oder können doch von diesem Akte nicht getrennt werden. Überdies sagen wir, daß wir durch die Affekte bewegt, durch die Tugenden und Laster aber nicht bewegt, sondern in eine bestimmte bleibende Disposition gebracht werden.

Aus diesen Gründen sind die Tugenden auch keine Vermögen. Denn wir heißen nicht darum gut oder böse, weil wir das bloße Vermögen der Affekte besitzen, noch werden wir darum gelobt oder getadelt. Überdies sind die Vermögen Naturgabe, gut oder böse aber sind wir nicht von Natur, wie wir schon oben ausgeführt haben.

Wenn nun die Tugenden keine Affekte und auch keine Vermögen sind, so bleibt nur übrig, daß sie ein Habitus sind.

So hätten wir denn erklärt, was die Tugend der Gattung nach ist.

Fünftes Kapitel.

Aber diese Bestimmung, daß die Tugend ein Habitus ist, reicht nicht hin; wir müssen auch angeben, welcher Art derselbe ist.

Hier ist zu sagen, daß jede Tugend oder Tüchtigkeit einerseits dasjenige selbst, woran sie sich findet, vollkommen macht andererseits seiner Leistung die Vollkommenheit verleiht. Die Tüchtigkeit des Auges macht z. B. das Auge selbst und seine Leistung gut, da sie bewirkt, daß wir gut sehen. Desgleichen macht die Tüchtigkeit des Pferdes, daß es selbst gut ist, und daß es gut läuft, den Reiter gut trägt und vor dem Feinde gut stand hält. Wenn sich dieses nun bei allem so verhält, so muß auch die Tugend des Menschen ein Habitus sein, vermöge dessen er selbst gut ist und sein Werk gut verrichtet.

Wie das geschehen könne, haben wir schon angegeben, stellt sich aber auch noch auf anderem Wege heraus, wenn wir betrachten, von welcher Art die Natur der Tugend ist. In allem, was kontinuierlich und was teilbar ist, läßt sich ein Mehr, ein Weniger und ein Gleiches antreffen, und zwar entweder mit Rücksicht auf die Sache selbst oder mit Rücksicht auf uns. Das Gleiche aber ist ein Mittleres zwischen Übermaß und Mangel. Mittleres der Sache nach nennen wir dasjenige, was von beiden Enden gleich weit entfernt ist, und dieses ist bei allem eines und dasselbe, dagegen Mittleres für uns, was weder ein Übermaß noch einen Mangel hat, und dieses ist nicht bei allem eines und dasselbe. Wenn z. B. zehn viel sind und zwei wenig, so nimmt man sechs für das der Sache nach Mittlere, weil es um gleich viel mehr und weniger ist. Das ist die Mitte nach dem arithmetischen Verhältnisse. Das Mittlere für uns kann dagegen so nicht bestimmt werden. Wenn für jemanden zehn Pfund zu verzehren viel sind und zwei Pfund wenig, so wird der Ringmeister nicht sechs vorschreiben. Denn auch das ist vielleicht für den, der sie zu sich nehmen soll, viel oder wenig, wenig für einen Milo , viel für einen Anfänger in den Übungen. Dasselbe gilt für den Wettlauf und Ringkampf. So meidet denn jeder Kundige das Übermaß und den Mangel und sucht und wählt die Mitte, nicht die Mitte der Sache nach, sondern die Mitte für uns.

Wenn nun jede Wissenschaft und Kunst ihre Leistung dadurch zu einer vollkommenen gestaltet, daß sie auf die Mitte sieht und dieselbe zum Zielpunkte ihres Tuns macht – deswegen pflegt man ja von gut ausgeführten Werken zu sagen, es lasse sich nichts davon und nichts dazu tun, in der Überzeugung, daß Übermaß und Mangel die Güte aufhebt, die Mitte aber sie erhält –, wenn also die guten Künstler wie gesagt diese Mitte bei ihrer Arbeit im Auge behalten, und wenn die Tugend gleich der Natur sicherer und besser ist als alle Kunst , so muß wohl dies als Schlußsatz sich ergeben, daß die Tugend nach der Mitte zielt, die sittliche oder Charaktertugend wohl verstanden, da sie es mit den Affekten und Handlungen zu tun hat, bei denen es eben ein Übermaß, einen Mangel und ein Mittleres gibt. Beim Zagen z. B. und beim Trotzen, beim Begehren, Zürnen, Bemitleiden und überhaupt bei aller Empfindung von Lust und Unlust gibt es ein Zuviel und Zuwenig, und beides ist nicht gut; dagegen diese Affekte zu haben, wann man soll, und worüber und gegen wen und weswegen und wie man soll, das ist die Mitte und das Beste, und das ist die Leistung der Tugend. Ebenso gibt es bei den Handlungen ein Übermaß, einen Mangel und eine Mitte. Die Tugend aber liegt auf dem Felde der Affekte und Handlungen, wo das Übermaß verfehlt ist und der Mangel Tadel erfährt, die Mitte aber Lob erntet und das Rechte trifft. Beides aber, gelobt werden und das Rechte treffen, ist der Tugend eigentümlich. Mithin ist die Tugend eine Mitte, da es ihr wesentlich ist, nach dem Mittleren zu zielen.

Ferner kann man auf vielfache Weise fehlen – das Schlechte gehört ja zum Unbegrenzten, wie die *Pythagoreer* bildlich sagten, das Gute aber zum Begrenzten –, dagegen kann man es nur auf eine Weise recht machen; weshalb auch jenes leicht ist und dieses schwer. Denn es ist leicht das Ziel zu verfehlen, aber schwer es zu treffen. Auch aus diesem Grunde gehört demnach das Übermaß und der Mangel dem Laster an, die Mitte aber der Tugend. Denn „Nur eine Weise kennt die Tugend, doch viele das Laster".

Sechstes Kapitel.

Es ist mithin die Tugend ein *Habitus des Wählens, der die nach uns bemessene Mitte hält und durch die Vernunft bestimmt wird und zwar so, wie ein kluger Mann ihn zu bestimmen pflegt*. Die Mitte ist die zwischen einem doppelten fehlerhaften Habitus, dem Fehler des Übermaßes und des Mangels; sie ist aber auch noch insofern Mitte, als sie in den Affekten und Handlungen das Mittlere findet und wählt, während die Fehler in dieser Beziehung darin bestehen, daß das rechte Maß nicht erreicht oder überschritten wird.

Deshalb ist die Tugend nach ihrer Substanz und ihrem Wesensbegriff Mitte; insofern sie aber das Beste ist und alles gut ausführt, ist sie Äußerstes und Ende.

Doch faßt nicht jede Handlung oder jeder Affekt eine Mitte, da sowohl manche Affekte, wie Schadenfreude, Schamlosigkeit und Neid, als auch manche Handlungen, wie Ehebruch, Diebstahl und Mord, schon ihrem Namen nach die Schlechtigkeit in sich schließen. Denn alles dieses und ähnliches wird darum getadelt, weil es selbst schlecht ist, nicht sein Zuviel und Zuwenig. Demnach gibt es hier nie ein richtiges Verhalten, sondern immer lediglich ein verkehrtes, und das Gute und Schlechte liegt bei solchen Dingen nicht in den Umständen, wie wenn es sich z. B. beim Ehebruch darum fragte, mit wem und wann und wie er erlaubt sei, sondern es ist überhaupt gefehlt, irgend etwas derartiges zu tun. Ebensowenig nun darf man bei der Ungerechtigkeit, Feigheit und Zuchtlosigkeit nach einer Mitte oder nach einem Zuviel oder Zuwenig fragen. Denn so bekämen wir eine Mitte des Zuviel und Zuwenig und ein Zuviel des Zuviel und ein Zuwenig des Zuwenig. Wie es vielmehr bei der Mäßigkeit und dem Starkmut kein Zuviel und Zuwenig gibt, weil die Mitte gewissermaßen Ende und Äußerstes ist, so gibt es auch in jenen Dingen keine Mitte und kein Zuviel und Zuwenig, sondern wie man sie auch tun mag, immer ist es gefehlt. Denn es gibt beim Zuviel und Zuwenig überhaupt keine Mitte, wie bei der Mitte kein Zuviel und Zuwenig.

Siebentes Kapitel.

Dies ist aber nicht nur so allgemein aufzustellen, sondern auch ins Einzelne zu verfolgen. In den Erörterungen, die das Handeln betreffen, sind die allgemeinen Sätze am leersten, während die partikulären einen größeren Inhalt an Wahrheit haben. Denn die Handlungen bewegen sich um das Einzelne, und mit ihm müssen die Behauptungen übereinstimmen. Dieses Einzelne wollen wir aus der Einteilung entnehmen.

Bei den Affekten der Furcht und der Zuversicht ist der Mut die Mitte. Wer hier durch Übermaß fehlt, hat, wenn es durch Furchtlosigkeit geschieht, keinen besonderen Namen – wie denn so manches keine eigene Benennung hat –, geschieht es aber durch ein Übermaß von Zuversicht, so heißt er tollkühn; wer aber durch ein Übermaß von Furcht und einen Mangel an Zuversicht fehlt, heißt feig.

Bei den Affekten der Lust und der Unlust, nicht bei allen jedoch und am wenigsten bei allen Unlustempfindungen, ist die Mitte Mäßigkeit, das Übermaß Zuchtlosigkeit oder Unmäßigkeit. Menschen, die auf dem Gebiete der Lustempfindungen zu wenig tun, gibt es wohl kaum. Darum haben auch sie keinen eigenen Namen erhalten. Wir wollen sie indessen unempfindlich nennen.

In Geldsachen, im Geben wie im Nehmen, ist die Mitte Freigebigkeit, das Übermaß und der Mangel Verschwendung und Geiz, und zwar so, daß beide Fehler beide Extreme aufweisen, jedoch umgekehrt zu einander. Der Verschwender gibt zu viel und nimmt zu wenig; der Geizige dagegen nimmt zu viel und gibt zu wenig. Diese allgemeinen und summarischen Daten mögen einstweilen genügen. Später wollen wir hierüber Genaueres feststellen.

Es gibt auch in Geldsachen noch andere Charaktereigenschaften : die Hochherzigkeit als Mitte (denn der Hochherzige unterscheidet sich von dem Freigebigen: bei ihm handelt es sich um großes, bei dem anderen um kleines), ferner die Sucht, geschmacklosen und großtuerischen Aufwand zu machen, als Übermaß, endlich die Engherzigkeit als Mangel. Diese Extreme decken sich nicht mit denen der Freigebigkeit. Inwiefern sie es nicht tun, soll später gesagt werden.

In Bezug auf Ehre und Schande ist die Mitte Hochsinn, das Übermaß heißt Aufgeblasenheit, der Mangel ist niederer Sinn. Wie aber nach dem vorhin Gesagten die Freigebigkeit, deren unterscheidendes Merkmal darin liegt, sich im Kleinen zu betätigen, sich zu der Hochherzigkeit verhält, so verhält sich zum Hochsinn, der auf große Ehre gerichtet ist, eine gewisse Eigenschaft, die auf die Ehre im Kleinen ausgeht. Man kann nämlich auf die rechte Weise nach der Ehre verlangen und mehr, als recht ist, und weniger. Wer in diesem Verlangen zu weit geht, heißt ehrgeizig; wer nicht weit genug geht, heißt ein Mensch ohne Ehrgeiz; wer aber die Mitte einhält, für den fehlt die bezeichnende Benennung. Ebenso sind die Eigenschaften selbst ohne Namen; nur diejenige des Ehrgeizigen heißt Ehrgeiz. Und darum erheben hier die beiden Extreme Anspruch auf die Mitte, und auch wir nennen denjenigen, der hier die rechte Mitte einhält, bald ehrgeizig, bald frei von Ehrgeiz und haben bald für den Ehrgeizigen, bald für den Nichtehrgeizigen ein Lob. Warum wir dieses tun, soll später dargelegt werden. Jetzt wollen wir noch das Übrige in der begonnenen Weise besprechen.

Auch bei dem Zorne gibt es ein Übermaß, einen Mangel und eine Mitte. Da aber die Sprache fast keinen Namen dafür hat, so wollen wir den Menschen, der die Mitte einhält, sanftmütig und so dann die Mitte Sanftmut nennen. Von den Extremen soll der, der das Zuviel hat, zornmütig und sein Fehler Zornmütigkeit heißen, wer das Zuwenig hat, etwa zornlos und das Zuwenig Zornlosigkeit.

Es gibt auch noch drei andere Mitten, die zwar in einer Hinsicht mit einander übereinstimmen, aber im übrigen verschieden sind. Sie beziehen sich alle drei auf den geselligen Verkehr in Worten und Handlungen, unterscheiden sich aber dadurch, daß die eine sich auf die Wahrheit in denselben bezieht, die beiden anderen auf das Angenehme, einmal das Angenehme des Scherzes und dann das Angenehme im sonstigen Verkehr. Auch hierüber müssen wir sprechen, damit wir desto deutlicher erkennen, daß die Mitte in allem das Lobenswerte ist, die Extreme aber weder recht noch lobenswert sind, sondern tadelnswert. Für die meisten Eigenschaften fehlen hier wieder die Bezeichnungen. Wir wollen jedoch versuchen, ihnen wie den übrigen Namen zu geben um der Deutlichkeit und Verständlichkeit willen.

Bezüglich der Wahrheit soll wer die Mitte einnimmt, wahrhaft und die Mitte Wahrhaftigkeit heißen. Ihre Entstellung nach seiten des Zuviel heiße Prahlerei und wem sie eigen ist, prahlerisch, die nach Seiten des Zuwenig Ironie oder verstellte Unwissenheit, die Person ironisch.

Bei jener Annehmlichkeit, die der Scherz zu bereiten pflegt, heiße wer die Mitte hält, artig, die Eigenschaft Artigkeit, das Übermaß Possenreißerei und die Person Possenreißer; wer endlich hier zu wenig hat, steif und die Art Steifheit.

Bezüglich der Annehmlichkeit im Verkehr überhaupt heiße wer sie uns in der rechten Weise bereitet, freundlich und die Mitte Freundlichkeit ; wer hier zu viel tut, wird, wenn es ohne Eigennutz geschieht, gefallsüchtig, und wenn es aus Selbstsucht geschieht, schmeichlerisch genannt. Wer endlich hierin zurückbleibt und in allen Stücken widerwärtig ist, wird als streitsüchtig und eigensinnig bezeichnet.

Auch bei den Affekten und dem durch sie bestimmten Verhalten gibt es eine Mitte. So ist die Scham keine Tugend, und doch wird der Schamhafte gelobt. Denn auch hier redet man von einem, der die Mitte hält, von einem anderen, der die Sache übertreibt, wie der Blöde, der sich über alles schämt, und von einem dritten, der zu wenig oder gar kein Schamgefühl hat, dem Unverschämten. Wer aber die Mitte beobachtet, ist schamhaft. Ferner ist Entrüstung die Mitte zwischen Neid und Schadenfreude. Alle diese drei Affekte führen sich auf die Freude und die Betrübnis über das, was dem Nächsten begegnet, zurück. Wem die Entrüstung eigen ist, der betrübt sich, wenn es denen, die es nicht verdienen, gut geht; der Neidische, ihn überbietend, betrübt sich über alle, denen es gut geht, und der Schadenfrohe ist so weit davon entfernt, sich zu betrüben, daß er sich vielmehr freut.

Doch hierüber zu reden wird sich an einem anderen Orte Gelegenheit bieten. Von der Gerechtigkeit aber werden wir erst weiterhin handeln, indem wir sie, die einen doppelten Sinn hat, in ihre beiden Seiten zerlegen und von jeder zeigen, wie sie eine Mitte ist. Desgleichen werden wir von den logischen oder Verstandestugenden erst später sprechen.

Achtes Kapitel.

Da es somit dreierlei Eigenschaften gibt, zwei verkehrte, die eine an Übermaß krankend, die andere an Mangel, und eine gute, die Mitte, so ist jede jeder in gewisser Weise entgegengesetzt. Die Extreme sind der

Gegensatz zur Mitte und zu einander, und die Mitte ist der Gegensatz zu den Extremen. Denn wie Gleiches gegen Kleineres gehalten größer und gegen Größeres gehalten kleiner ist, so ist die Mitte im Vergleich zum Mangel ein Übermaß und im Vergleich zum Übermaß ein Mangel, und dieses gilt gleichmäßig für die Affekte und für die Handlungen. Der Mutige erscheint gegen den Feigling als tollkühn und gegen den Tollkühnen als feig; desgleichen der Mäßige gegen den Unempfindlichen als zügellos und gegen den Zügellosen als unempfindlich, und der Freigebige gegen den Knicker als Verschwender und gegen den Verschwender als knickerig. Daher schieben die Extremen den Mittleren von sich weg je einer dem anderen zu und nennen den Mutigen, wenn es der Feigling ist, tollkühn, und wenn es der Tollkühne ist, feig, und ähnlich geht es bei den übrigen Eigenschaften.

Während diese Dinge in der angegebenen Weise einander entgegengesetzt sind, stehen die Extreme doch in einem größeren Gegensatze zu einander als zur Mitte. Denn sie stehen von einander weiter ab als von der Mitte, wie das Große vom Kleinen und das Kleine vom Großen weiter absteht als beide vom Gleichen. Auch zeigen manche Extreme eine gewisse Ähnlichkeit mit der Mitte, so die Tollkühnheit mit dem Mute, und die Verschwendung mit der Freigebigkeit. Dagegen haben die Extreme mit einander die größte Unähnlichkeit. Was aber am weitesten von einander absteht, bestimmt man als Gegenteil oder als konträren Gegensatz, und so muß denn auch was weiter von einander absteht, in vollkommenerem Sinn Gegenteil von einander sein.

Zu der Mitte bildet bald der Mangel bald das Übermaß den größeren Gegensatz, so bei dem Mute nicht die Tollkühnheit, ein Übermaß, sondern die Feigheit, ein Mangel, dagegen bei der Mäßigkeit nicht die Stumpfsinnigkeit, ein Defekt, sondern die Zuchtlosigkeit, ein Übermaß. Dieses rührt von einer doppelten Ursache her. Die eine liegt in der Sache selbst. Weil das eine Extrem der Mitte näher und ähnlicher ist, so stellen wir nicht es selbst, sondern sein Gegenteil zu ihr in Gegensatz; so stellen wir, weil dem Mute die Tollkühnheit ähnlicher und näher zu sein scheint, die Feigheit aber unähnlicher, vielmehr diese letztere in Gegensatz zum

Mute, weil das von der Mitte Entferntere als mehr gegenteilig erscheint. Das ist also die eine, in der Sache liegende Ursache. Die andere liegt in uns selbst. Das, wozu wir von Natur irgend wie mehr geneigt sind, erscheint als der Mitte mehr entgegengesetzt. So neigen wir von Hause aus mehr zur Lust, weshalb wir leichter den Weg der Zuchtlosigkeit als der Wohlanständigkeit betreten. Diejenige Seite nun, nach der wir leichter zunehmen, gilt uns als der stärkere Gegensatz, und deshalb ist die Zuchtlosigkeit, ein Übermaß also, in höherem Grade der Mäßigkeit entgegengesetzt.

Neuntes Kapitel.

Daß also die sittliche Tugend eine Mitte ist und in welchem Sinne, daß sie ferner eine Mitte zwischen zwei Fehlern, dem des Übermaßes und dem des Mangels ist, daß sie das endlich ist, insofern sie bei den Affekten und Handlungen auf die Mitte abzielt, haben wir zur Genüge auseinandergesetzt.

Daher ist es auch schwer, tugendhaft zu sein. Denn in jedem Dinge die Mitte zu treffen ist schwer. So kann z. B. nicht jedweder den Mittelpunkt eines Kreises finden, sondern nur der Wissende. So ist es auch jedermans Sache und ein Leichtes, zornig zu werden und Geld zu verschenken und zu verzehren. Aber das Geld zu geben, wem man soll und wie viel man soll, und wann und weswegen und wie, das ist nicht mehr jedermans Sache und nicht leicht. Darum ist das Gute auch so selten, so lobenswert und so schön.

Wer daher die Mitte treffen will, muß sich vor allem von dem stärkeren Gegensatz zu ihr entfernen, wie auch Kalypso rät:

„Dort von dem dampfenden Gischt und dem Wirbel halte das Fahrzeug fern!“

Denn von den Extremen ist das eine schlimmer als das andere. Da es nun schwer ist, das Mittlere ganz genau zu treffen, so muß man nach dem Sprüchwort mit der zweitbesten Fahrt zufrieden sein und das kleinere

Übel wählen, und das wird sich am besten auf die von uns angegebene Weise bewerkstelligen lassen. Auch muß man beachten, wozu man selbst am meisten neigt, und in dieser Beziehung sind die Einzelnen von Haus aus sehr verschieden. Wohin jedoch unsere Neigung steht, verrät unsere besondere Art, Lust und Unlust zu empfinden. Da müssen wir uns mit eigener Anstrengung auf die andere Seite zu bringen suchen. Denn indem wir so dem Verkehrten recht weit aus dem Wege gehen, werden wir zur Mitte gelangen, ähnlich wie man es macht, um krummes Holz grade zu biegen.

Bei allen Dingen müssen wir am meisten vor der Lust und dem, was sie hervorruft, auf der Hut sein, da wir hier nicht als unbestochene Richter urteilen. Wie die Volksältesten sich der Helena gegenüber verhielten, so müssen wir es der Lust gegenüber tun und uns das Wort der troïschen Greise immer wiederholen

„Gleicht sie an Schönheit doch der unsterblichen Göttinnen einer.
Aber so schön sie auch ist, so mag sie doch lieber nach Hause
Segeln, daß nur kein Unheil uns und die Unsern betreffe."

Denn wenn wir sie in dieser Art von uns weisen, werden wir am wenigsten fehlen. Dies also ist, summarisch gesprochen, das Verfahren, um nach Möglichkeit die Mitte zu treffen. Das mag, besonders in den einzelnen Fällen, schwer sein. Es ist nicht leicht, zu bestimmen, wie und wem und aus welcher Veranlassung und wie lange man zürnen soll, und wir loben bald die, die darin zu wenig tun, und nennen sie sanftmütig, bald rühmen wir cholerischen Personen männlichen Charakter nach. Wer aber das rechte Maß nur um ein kleines verfehlt, sei es durch ein Zuviel oder ein Zuwenig, den trifft kein Tadel, wohl aber den, der es bedeutend verfehlt, weil er nicht unbemerkt bleibt. Von welchem Punkte und Grade an man aber Tadel verdient, läßt sich nicht leicht in Worte fassen, wie das ja überhaupt in der Natur des sinnlich Wahrnehmbaren liegt. Solches aber, was dem Bereich des Handelns angehört, ist singulär und konkret und untersteht deshalb dem Urteil des Sinnes.

Soviel jedoch gelte nun als ausgemacht, daß der mittlere Habitus zwar in allen Dingen lobenswert ist, daß man aber hin und wieder nach seiten des Zuviel oder des Zuwenig abweichen muß, um die Mitte und das Rechte leichter zu treffen.

Drittes Buch.
Erstes Kapitel.

Da die Tugend es mit Affekten und Handlungen zu tun hat und diese, wenn sie freiwillig sind, Lob und Tadel finden, wenn aber unfreiwillig, Verzeihung, zuweilen auch Mitleid, so kann der Moralphilosoph nicht wohl umhin, den Begriff *des Freiwilligen* und *des Unfreiwilligen* zu erörtern. Aber auch *für die Gesetzgeber* ist dieses von Nutzen behufs der Feststellung von Belohnungen und Strafen.

Unfreiwillig scheint zu sein was aus Zwang oder Unwissenheit geschieht. Erzwungen oder gewaltsam ist dasjenige, dessen Prinzip außen liegt, und wo der Handelnde oder der Gewalt Leidende nichts dazu tut, z. B. wenn ihn der Wind oder Menschen, in deren Gewalt er ist, irgend wohin führen. Wenn aber etwas aus Furcht vor größeren Übeln oder wegen etwas Gutem getan wird – z. B. wenn ein Tyrann, der unsere Eltern und Kinder in seiner Gewalt hat, eine schimpfliche Handlung von uns verlangte und jene geschont würden, wenn wir die Handlung verrichteten, dagegen sterben müßten, wenn wir uns ihrer weigerten –, so kann man zweifeln, ob solche Handlungen freiwillig oder unfreiwillig sind. Die gleiche Bewandtnis hat es mit den Gütern, die man bei einem Seesturm über Bord wirft. Schlechthin freiwillig tut das niemand, dagegen um sich und die Anderen zu retten, tut es jeder, der Vernunft besitzt. Derartige Handlungen sind also gemischter Natur, indessen neigen sie sich mehr auf die Seite des Freiwilligen. Denn im Augenblicke ihrer Ausübung sind sie frei gewählte, und das Ziel und die Vollendung einer Handlung richtet sich jedesmal nach der Zeit. Und darum muß etwas mit Rücksicht auf die Zeit der Handlung als freiwillig und unfreiwillig bezeichnet werden. Nun geschieht sie aber, wann sie geschieht, freiwillig. Denn auch das Prinzip, das bei derartigen Handlungen die Glieder des Leibes bewegt, liegt in dem Handelnden selbst. Liegt aber das Prinzip der Handlung in ihm, so steht es bei ihm sie zu verrichten oder nicht. Mithin ist solches freiwillig, schlechthin aber vielleicht unfreiwillig, da niemand sich für derartiges an sich entscheiden würde.

Man wird aber auch wegen solcher Handlungen bisweilen gelobt, wenn man nämlich Schimpfliches oder Schmerzliches erträgt, wo es für Großes und Schönes geschieht; fehlt aber diese Bedingung, so wird man getadelt. Denn das Schimpflichste ertragen, wo keinerlei Gut oder nur ein kleines auf dem Spiele steht, verrät den schlechten Mann. Für manche Dinge erhält man zwar kein Lob, aber Verzeihung, wenn man nämlich tut, was man nicht sollte, aus Furcht vor Dingen, die über das Vermögen der menschlichen Natur hinausgehen und von niemanden ertragen werden könnten. Indessen mag es auch solche Handlungen geben, zu denen man sich nicht zwingen lassen darf und denen man den Tod unter den größten Qualen vorziehen muß. Was z. B. den *Alkmäon* des *Euripides* zum Muttermorde gezwungen hat, ist offenbar lächerlich.

Es ist aber zuweilen schwer zu entscheiden, welches von zwei Dingen man wählen, und welches von zwei Übeln man ertragen soll; noch schwerer aber ist es, bei dem als Pflicht Erkannten zu beharren. Denn meistens ist das, was man zu erwarten hat, schmerzlich und das, wozu man gezwungen werden soll, schimpflich. Darum hat man für jemanden Lob oder Tadel, je nachdem er dem Zwange nachgegeben hat oder nicht.

Was soll nun also als *erzwungen* gelten? Das, antworten wir, dessen Ursache außen ist und wo der Handelnde nichts dazu tut. Was an sich unfreiwillig ist, aber für den Augenblick und aus der und der Rücksicht gewählt wird und sein Prinzip in dem Handelnden hat, ist an sich zwar unfreiwillig, jedoch für jetzt und um der und der Rücksicht willen freiwillig. Doch hat es mehr von der Art des Freiwilligen, da die Handlungen stets in bestimmten Fällen erfolgen und die Tat im bestimmten Falle eben freiwillig ist. Welche Wahl aber jedesmal zu treffen ist, läßt sich nicht leicht bestimmen, weil es von Fall zu Fall zahlreiche Verschiedenheiten gibt.

Wollte man aber das Lustbringende und das sittlich Gute für ein Zwingendes ausgeben, insofern es nämlich außen ist und darum Zwang ausüben soll, dann wäre alles ohne Ausnahme zwingend. Denn um dieser Dinge willen tuen alle alles. Auch sind die erzwungenen und unfreien Handlungen schmerzlich, während das um der Lust und des Guten willen Getane uns Freude macht. Es ist also lächerlich, die äußeren Güter anzuklagen und nicht sich selbst, der man so leicht von Derartigem gefangen wird, lächerlich, das Gute sich selbst zuzuschreiben, das Schimpfliche aber auf Rechnung des äußeren Reizes zu setzen. Erzwungen ist und bleibt doch wessen Prinzip außen ist, wo aber das den Zwang Erduldende nichts dazu tut.

Zweites Kapitel.

Was *aus Unwissenheit* geschieht, ist zwar alles nicht freiwillig getan, aber für unfreiwillig können doch nur diejenigen Handlungen gelten, denen Schmerz und Reue folgt. Wer etwas aus Unwissenheit getan hat, aber über die Handlung kein Mißfallen empfindet, hat zwar nicht freiwillig in dem gehandelt, was er ja nicht wußte, aber auch nicht unfreiwillig, da er keine Betrübnis darüber fühlt. Wer also das aus Unwissenheit Getane bereut, erscheint als jemand, der *unfreiwillig* gehandelt hat, wer es aber nicht bereut – dies soll nämlich ein Anderes sein –, als jemand, der *nicht freiwillig* gehandelt hat. Denn da er sich von jenem unterscheidet, so erhält er besser eine besondere Bezeichnung.

Es ist auch gewiß nicht das nämliche, ob man etwas aus Unwissenheit tut oder ohne es zu wissen. Wer betrunken oder zornig aufgeregt ist, handelt sicher nicht aus Unwissenheit, sondern aus einer dieser beiden Ursachen, aber nicht mit Wissen, sondern ohne Wissen. Aber nun weiß auch jeder Bösewicht nicht, was er tun und was er meiden soll, und eben dieser Mangel ist es, durch den der Mensch ungerecht und überhaupt schlecht wird.

Endlich darf da von unfreiwillig keine Rede sein, wo man nicht weiß, was einem frommt. Freigewollte Unwissenheit ist keine Ursache des Unfreiwilligen, sondern der Schlechtigkeit; auch nicht die Unkenntnis der allgemeinen sittlichen Vorschriften – denn gerade ihretwegen erfährt man Tadel –, sondern die Unkenntnis des Einzelnen, in dem und um das sich das Handeln bewegt. Hier findet ja auch Mitleid und Verzeihung statt. Denn wer ein Einzelnes nicht weiß, handelt unfreiwillig.

Es ist nun wohl nicht unpassend, anzugeben, welche und wie viele Einzelheiten überhaupt bei einer Handlung in Betracht kommen können. Es fragt sich da also, wer etwas tut, und was er tut und in bezug auf was oder an wem, oft auch, womit, ob z. B. mit einem Werkzeug, und weshalb, ob z. B. der Rettung halber, und wie, z. B. ob gelinde oder intensiv. Über alles dieses zusammen kann nun niemand, der kein Narr ist, sich in Unwissenheit befinden, selbstverständlich auch nicht über die Person des Handelnden; denn wer kännte sich nicht selbst? dagegen wohl über das, was man tut, wie man z. B. sagt, es sei einem in der Rede ein Wort versehentlich entfallen, oder man habe nicht gewußt, daß es ein Geheimnis war, wie es dem *Äschylus* mit den Mysterien ging, oder man habe etwas zeigen wollen, eine Wurfmaschine z. B., und sie sei losgegangen. Man kann auch seinen Sohn für einen Feind halten wie die *Merope*, oder meinen, eine Lanze, die in Wirklichkeit spitz ist, sei vorn abgerundet, oder ein Stein sei ein Bimstein. Es kann auch vorkommen, daß man zu seiner Verteidigung einen Schlag führt und damit den Gegner tödtet, oder daß man einem einen Hieb, wie ihn die Faustkämpfer führen, weisen will und ihn dabei niederstreckt.

Da es also in bezug auf alle diese Umstände der Handlung eine Unwissenheit geben kann, so scheint derjenige, der einen dieser Umstände nicht gekannt hat, unfreiwillig gehandelt zu haben, und dies um so mehr, je wichtiger die betreffenden Umstände sind. Als die wichtigsten erscheinen aber der Gegenstand und der Zweck der Handlung. Soll man indessen von jemanden wegen solcher Unwissenheit sagen können, daß er unfreiwillig gehandelt hat, so muß er auch über die Handlung Schmerz und Reue empfinden.

Drittes Kapitel.

Da unfreiwillig ist was aus Zwang oder Unwissenheit geschieht, so möchte *freiwillig* sein: *wessen Prinzip in dem Handelnden ist und zwar so, daß er auch die einzelnen Umstände der Handlung kennt*. Denn es ist wohl verkehrt, wenn man als unfreiwillig bezeichnet was aus Zorn oder Begierde geschieht.

Denn, erstlich würden dann keine anderen Sinnenwesen mehr freiwillig, das heißt spontan, tätig sein und ebensowenig die Kinder.

Sodann fragte es sich, ob nichts, was aus Begierde und Zorn von uns geschieht, freiwillig getan ist, oder das Gute wohl, das Schimpfliche nicht. Das wäre doch lächerlich, da in beiden Fällen eine und dieselbe Ursache zu Grunde liegt. Auch wäre es wohl ungereimt, unfreiwillig zu nennen, was man doch zu begehren die Pflicht hat. Man hat ja die Pflicht über bestimmte Dinge sich zu erzürnen und andere, wie Gesundheit und Lehre, zu begehren.

Auch scheint das Unfreiwillige schmerzlich zu sein. Was aber aus Begierde geschieht, ist lustbringend.

Ferner, was ist für ein Unterschied zwischen einem Fehltritt mit Überlegung und einem Fehltritt aus Zorn, daß man sagen sollte, dieser sei unfreiwillig, jener nicht? Beide soll man ja meiden, und die unvernünftigen Affekte scheinen doch um nichts weniger menschliche Affekte zu sein. Aus Zorn und Begierde entspringen aber die Handlungen des Menschen.

Also ist es ungereimt, Handlungen, die im Affekt geschehen, für unfreiwillig auszugeben.

Viertes Kapitel.

Nachdem wir das Freiwillige und Unfreiwillige erklärt haben, ist das nächstfolgende, daß wir den Begriff der *Entschließung* oder der *Willenswahl* erörtern. Die Willenswahl scheint vor allem das Eigentümliche der Tugend auszumachen und noch mehr als die Handlungen selbst den Unterschied der Charaktere zu begründen.

Die Willenswahl ist etwas freiwilliges, fällt aber nicht mit dem Freiwilligen zusammen, sondern letzteres hat einen weiteren Umfang. Das Freiwillige oder Spontane findet sich auch bei den Kindern und den anderen Sinnenwesen, eine Willenswahl dagegen nicht; und rasche Handlungen des Augenblicks nennen wir zwar freiwillig, sagen aber nicht, daß sie auf grund vorbedachter Willenswahl geschehen sind.

Die aber sagen, sie sei Begierde oder Zorn oder Wille oder eine Meinung, scheinen nicht recht zu reden.

Denn die unvernünftigen Wesen haben an der Willenswahl keinen Teil, an Begierde und Zorn aber wohl.

Und wer an sittlicher Kraftlosigkeit leidet, handelt zwar aus Begierde, aber nicht aus vorbedachter Wahl, und umgekehrt handelt der Enthaltsame zwar aus freier Wahl, aber doch nicht aus Begierde.

Und die Begierde streitet mit der Willenswahl, doch die Begierde nicht mit der Begierde.

Und die Begierde hat es zu tun mit Lust und Unlust, die Willenswahl aber mit dem einen so wenig als mit dem anderen.

Noch weniger ist die Willenswahl mit Zorn oder Eifer identisch. Denn was im Zorn geschieht, scheint am allerwenigsten auf vorbedachter Wahl zu beruhen.

Aber auch Wille ist sie nicht, wenn auch anscheinend ihm verwandt. Denn es gibt keine Wahl des Unmöglichen, und sagte jemand, er erwähle es, so würde er für einen Thoren gelten. Dagegen gibt es ein Wollen des Unmöglichen, z. B. nicht zu sterben. Und das Wollen geht auch auf solches, was man selber gar nicht verwirklichen kann, z. B. daß ein

Schauspieler oder Wettkämpfer den Sieg gewinne; dagegen wählt solches niemand, sondern nur das, was man durch sich selbst erreichen zu können glaubt. Ferner geht der Wille mehr auf den Endzweck, die Wahl auf die Mittel zum Zwecke. So wollen wir z. B. die Gesundheit, die Mittel dazu aber wählen wir, und wollen die Glückseligkeit und sagen, daß wir sie wollen, dagegen zu sagen, daß wir sie wählen, geht nicht an. Denn die Willenswahl scheint überhaupt nur da eine Stelle zu finden, wo etwas in unserer Macht steht.

Doch auch Meinung kann sie nicht gut sein. Eine Meinung scheint man von allem haben zu können, von dem Ewigen und dem Unmöglichen sowohl, wie von dem, was in unserer Gewalt steht. Sie wird nach Falschheit und Wahrheit, nicht nach bös und gut unterschieden, sondern hiernach wird vielmehr die Willenswahl eingeteilt. Und so wird denn wohl niemand dieselbe für ganz identisch mit Meinung setzen.

Sie ist aber auch mit keiner bestimmten Meinung dasselbe.

Denn je nachdem wir das Gute oder das Böse wählen, haben wir eine bestimmte sittliche Qualität, aber nicht je nach unseren Meinungen.

Und durch die Willenswahl bestimmen wir uns, etwas uns eigen zu machen oder ihm aus dem Wege zu gehen oder zu sonst etwas dergleichen, eine Meinung aber haben wir darüber, was etwas ist, und wem es frommt oder wie; dagegen die Tatsache, daß wir uns etwas aneignen oder es meiden, ist selten Objekt unseres Meinens oder Nachdenkens.

Auch wird die Willenswahl mehr deshalb gelobt, weil sie auf das Rechte gerichtet oder recht beschaffen, die Meinung aber deshalb, weil sie wahr ist.

Und wir erwählen das, von dessen Güte wir vorzüglich gewiß sind; dagegen meinen wir etwas, wenn wir es nicht genau wissen.

Auch trifft nicht derselbe Mensch die beste Willenswahl, der die besten Meinungen hat, sondern bei Manchen sind die Meinungen besser, während sie aus Schlechtigkeit das wählen, was sie nicht sollen.

Übrigens ist es gleichgültig, ob die Meinung der Willenswahl vorausgeht oder ihr nachfolgt; denn dies steht nicht in Frage, sondern ob die Willenswahl dasselbe ist, wie eine gewisse Meinung.

Was ist also nun die Willenswahl und welcher Art, da sie keines der genannten Dinge ist? Offenbar etwas Freiwilliges. Aber nicht alles Freiwillige ist frei gewählt. Sollte sie also nicht jenes Freiwillige sein, das *überlegt* oder *vorbedacht* ist? Die Willenswahl erfolgt ja mit Verstand und Vernunft, und auch ihr Name scheint leise anzudeuten, wie es sich bei ihr darum handelt, *daß etwas vor anderem gewählt wird*.

Fünftes Kapitel.

Überlegt man alles, und kann jedes Ding überlegt werden, oder hat die Überlegung bei manchen Dingen keine Stelle? – Natürlich kann nicht das als ihr Gegenstand gelten, was etwa ein Thor oder Narr, sondern nur das, was der Verständige überlegt.

Das Ewige nimmt niemand in Überlegung, z. B. die Welt oder die Inkommensurabilität der Diagonale und der Seite. Auch nicht das, was im Bereich des Bewegten liegt, aber immer in derselben Weise vor sich geht, sei es aus Notwendigkeit, sei es von Natur oder wegen einer anderen Ursache, wie die Sonnenwenden und Sonnenaufgänge. Ebensowenig das, was bald so eintrifft bald anders, wie Dürre und Regen, und das Zufällige, wie das Auffinden eines Schatzes. Aber auch nicht die menschlichen Dinge insgesamt; so überlegt z. B. kein Lacedämonier, welches für die Scythen die beste Staatsverfassung wäre. Von all diesem wird nichts durch uns getan. Handlungen, die bei uns stehen, die überlegen wir, und die sind auch allein noch übrig.

Als Ursachen gelten nämlich die Natur, die Notwendigkeit und der Zufall, sodann der Verstand und alles menschliche Tun. Jeder Mensch aber überlegt das, was durch ihn selbst getan werden kann. Im Bereich der exakten und selbständigen Fächer freilich, z. B. bezüglich der Schriftzeichen, gibt es keine Überlegung – es ist ja kein Streit darüber, wie man sie schreiben muß –, wohl aber überlegen wir das, was durch uns selbst geschieht, aber nicht immer in derselben Weise, so z. B. das Verfahren in Ausübung der Heilkunst und beim Erwerb; auch ist in der Steuermannskunst, weil sie weniger auf feste Regeln gebracht ist, mehr Raum für Überlegung als in der Gymnastik, und so im übrigen, nur daß die Künste, weil hier die Meinungen weiter auseinandergehen, mehr Überlegung erfordern als die Wissenschaften. Das Überlegen bewegt sich ferner um das, was meistens eintrifft, ohne daß jedoch der Ausgang ganz sicher ist, und um das, was unentschieden ist. Mitberater ziehen wir bei großen Dingen zu, wo wir uns selbst nicht das genügende Urteil zuschreiben.

Unsere Überlegung betrifft nicht das Ziel, sondern die Mittel, es zu erreichen. Der Arzt überlegt nicht, ob er heilen, der Redner nicht, ob er überzeugen, der Staatsmann nicht, ob er dem Gemeinwesen eine gute Verfassung geben, und überhaupt niemand, ob er sein Ziel verfolgen soll, sondern nachdem man sich ein Ziel gestellt hat, sieht man sich um, wie und durch welche Mittel es zu erreichen ist; wenn es durch verschiedene Mittel möglich scheint, sieht man zu, durch welches es am leichtesten und besten erreicht wird; und wenn es durch eines regelrecht verwirklicht wird, fragt man wieder, wie es durch dasselbe verwirklicht wird, und wodurch wiederum jenes, bis man zu der ersten Ursache gelangt, die als letzte gefunden wird. Auf diese so beschriebene Weise verfährt man bei der Überlegung suchend und analysierend, d. h. zergliedernd, wie wenn es sich um die Konstruktion einer geometrischen Figur handelte. Doch ist nicht jedes Suchen eine Überlegung, z. B. das Suchen des Geometrikers nicht; dagegen ist jede Überlegung ein Suchen, und das, was bei der Zergliederung als letztes herauskommt, ist bei der Verwirklichung durch die Handlung das erste. Stößt man auf eine Unmöglichkeit, so steht man von der Sache ab, z. B. wenn sich Geldmittel erforderlich zeigen, die man nicht aufbringen kann. Erscheint die Sache aber möglich, so nimmt man sie in die Hand. Möglich ist was durch uns ausgeführt werden kann. Denn was mit Hilfe von Freunden geschieht, geschieht gewissermaßen durch uns selbst, da in uns die Ursache liegt, die sie zum Handeln bewegt. Man sucht bald über die nötigen Werkzeuge ins klare zu kommen, bald über die Weise ihres Gebrauchs, wie es sich auch in den übrigen Dingen bald darum handelt, wodurch, bald darum, wie oder durch welches Verfahren etwas ausgeführt werden soll.

Der Mensch ist also wie gesagt Prinzip der Handlungen. Die Überlegung aber bezieht sich auf das, was er selbst tun kann. Was er aber tut, ist Mittel zum Zwecke. Mithin fällt der Zweck nicht unter die Überlegung, sondern die Mittel zum Zwecke. Ebenso wenig die Einzeldinge; man überlegt z. B. nicht, ob der vorliegende Gegenstand Brod, oder ob das Brod gehörig gebacken ist. Denn das sagt uns die Wahrnehmung. Wollte man aber immer überlegen, so käme man an kein Ende.

Gegenstand der Überlegung und der Willenswahl ist eines und dasselbe nur mit dem Unterschied, daß das Gewählte schon bestimmt ist. Denn das, wofür die Überlegung sich entschieden hat, ist eben das Gewählte. Ein jeder hört nämlich auf zu überlegen, wie er handeln soll, wenn er den Anfang der Handlung auf sich selbst zurückgeführt hat, und zwar auf das, was das Herrschende in ihm ist. Das ist nämlich das Wählende. Das zeigen auch die alten Verfassungen, von denen *Homer* gesungen, wo die Könige das, was sie beschlossen haben, dem Volke kund geben.

Da also Gegenstand der Willenswahl etwas von uns Abhängiges ist, das wir mit Überlegung begehren, *so ist auch die Willenswahl ein überlegtes Begehren von etwas, was in unserer Macht steht*. Denn insofern wir uns vorher aufgrund der Überlegung ein Urteil gebildet haben, begehren wir mit Überlegung.

So hätten wir denn die Willenswahl in allgemeinen beschrieben, auch gesagt, welcherlei Dinge sie umfaßt, und daß sie sich auf die Mittel zum Zwecke bezieht.

Sechstes Kapitel.

Was den Willen betrifft, so wurde bereits gesagt, daß er auf den Zweck geht. Doch meinen die einen, er gehe auf das Gute, die anderen, er gehe auf das gut Scheinende. Für die, welche das Gute als Gegenstand des

Wollens bezeichnen, folgt aber dann, daß das, was jemand will, der nicht richtig wählt, nicht als gewollt gelten kann – denn wäre es gewollt, so wäre es auch gut, und doch wäre es unter Umständen schlecht –; dagegen für die, denen das gut Scheinende Gegenstand des Wollens ist, folgt, daß der Gegenstand des Wollens nicht von Natur ein solcher ist, sondern daß es für jeden dasjenige ist, was ihm so scheint. Das ist aber bei dem einen dies, bei dem anderen ist es das, und unter Umständen das Gegenteil vom ersten.

Wenn dieses also keinen Beifall findet, soll man da nicht sagen, schlechthin und in Wahrheit sei das Gute Gegenstand des Wollens, für den Einzelnen aber das ihm gut Scheinende? Für den Tugendhaften also sei es das in Wahrheit Gute, für den Schlechten aber jedes Beliebige, grade wie in Bezug auf den Körper denen, die sich wohl befinden, dasjenige gesund ist, was es in Wahrheit ist, dagegen den Kranken etwas anderes; und ähnlich ist es auch mit dem Bittern und Süßen, dem Warmen, dem Schweren u. s. w. Der Tugendhafte nämlich urteilt über alles und jedes richtig und findet in allem und jedem das wahrhaft Gute heraus. Denn für jeden Habitus gibt es ein eigenes Gutes und Lustbringendes, und das ist vielleicht des Tugendhaften unterscheidendster Vorzug, daß er in jedem Ding das Wahre sieht und gleichsam die Regel und das Maß dafür ist. Die Menge aber wird durch die Lust betrogen, die ein Gut scheint, ohne es zu sein. Darum wählen sie die Lust, als sei sie ein Gut, und fliehen den Schmerz, als sei er ein Übel.

Siebentes Kapitel.

Da nun also der Zweck Gegenstand des Wollens ist und die Mittel zum Zweck Gegenstand der Überlegung und Willenswahl, so sind wohl die auf diese Mittel gerichteten Handlungen frei gewählt und freiwillig. In solchen Handlungen bestehen aber die Tugendakte. Aber auch die Tugend wie das Laster steht bei uns. Denn wo das Tun in unserer Gewalt ist, da ist es auch das Unterlassen, und wo das Nein, da auch das Ja. Wenn demnach die tugendhafte Handlung bei uns steht, so steht auch deren tugendwidrige Unterlassung bei uns, und wenn die tugendhafte Unterlassung bei uns steht, so steht auch die tugendwidrige Begehung bei uns. Steht es aber bei uns, das Gute und das Böse zu tun und zu unterlassen – und das machte nach unserer früheren Darlegung die Tugendhaftigkeit und Schlechtigkeit der Person aus –, so steht es folgerichtig bei uns, sittlich und unsittlich zu sein.

Demnach ist der Ausspruch, daß „mit Willen schlecht und ungern glücklich keiner ist“, teils falsch, teils wahr. Niemand ist unfreiwillig glücklich, aber die Schlechtigkeit ist etwas Freiwilliges. Oder man müßte unsere Ausführungen von vorhin anzweifeln und läugnen, daß der Mensch das Prinzip und der Urheber seiner Handlungen sei, wie er auch der Vater seiner Kinder ist. Muß man uns aber beipflichten, und können wir unsere Handlungen auf keine anderen Prinzipien als auf solche zurückführen, die in unserer Macht stehen, so folgt notwendig, daß wessen Prinzip bei uns steht, das auch selbst bei uns steht und freiwillig ist.

Dafür legen nicht blos die Einzelnen für sich, sondern auch die Gesetzgeber selbst Zeugnis ab. Denn sie züchtigen und strafen die, welche Böses tun, so weit es nicht aus Zwang oder unverschuldeter Unwissenheit geschehen ist; die aber das Gute tun, zeichnen sie aus, wobei ihre Absicht ist, die einen zu ermuntern, die anderen abzuschrecken. Niemand aber muntert zu Dingen auf, dic nicht bei uns stehen und nicht freiwillig sind, da es gar nichts nützen könnte, wenn man sich überreden ließe, keine Hitze oder Schmerz oder Hunger oder sonst dergleichen zu empfinden. Denn man empfände es doch. Selbst die Unwissenheit bestraft das Gesetz, wenn sich herausstellt, daß man an derselben selber schuld ist. So trifft die, die sich in der Trunkenheit vergehen, ein doppeltes Strafmaß, weil die Ursache in dem Betrunkenen selbst liegt. Es stand bei ihm, sich nicht zu betrinken. Die Trunkenheit aber war die Ursache seiner Unwissenheit. Auch die, welche eine Bestimmung der Gesetze nicht kennen, die sie kennen sollten und unschwer kennen könnten, trifft Strafe. Ebenso wird es in Bezug auf alles andere gehalten, wo anzunehmen ist, daß jemand es aus Fahrlässigkeit nicht weiß, auf Grund der Erwägung, daß es bei dem

Betreffenden stand nicht unwissend zu sein, da er Herr war, die nötige Sorgfalt anzuwenden.

Aber vielleicht ist er nun einmal so, daß er keine Sorgfalt anwendet. – Aber, daß man ein solcher geworden ist, ist man selber schuld, indem man sich gehen läßt; und daß man ungerecht und zügellos ist, ist man selber schuld, der eine dadurch, daß er fortgesetzt Unrecht begeht, der andere dadurch, daß er in Trinkgelagen und ähnlichen Dingen seine Zeit hinbringt. Denn die Akte, die man in einer bestimmten Richtung ausübt, machen einen zu einem solchen, wie man ist. Man sieht das an denen, die sich auf irgend einen Wettkampf oder ein Geschäft einüben. Sie tun dies, indem sie beharrlich die erforderlichen Akte verrichten.

Wenn man nicht weiß, daß Akte, die in bestimmter Richtung erfolgen, einen entsprechenden Habitus erzeugen, so nimmt sich das beinahe wie Stumpfsinn aus. Es ist aber auch unvernünftig, wenn man Unrecht tut und dabei nicht den Willen haben soll, ungerecht zu sein, und zuchtlos lebt und nicht den Willen haben soll, zuchtlos zu sein. Wer mit klarer Erkenntnis tut, was ihn ungerecht macht, ist doch wohl freiwillig ungerecht. Dagegen wird er freilich nicht, wenn er nur will, aufhören, ungerecht zu sein, und gerecht werden, so wenig als ein Kranker auf diese Weise gesund werden wird, während dagegen seine Krankheit unter Umständen freiwillig ist, wenn er nämlich zügellos gelebt hat und den Ärzten nicht gefolgt ist. Einmal gewiß stand es ihm frei, nicht krank zu werden, jetzt aber, wo er sich hat gehen lassen, nicht mehr, so wenig einer den Stein, den er aus der Hand entlassen hat, wieder an sich nehmen kann. Und doch ist das Werfen und Schleudern des Steines seine freie Tat, weil das Prinzip davon in ihm liegt. Ebenso stand es dem Ungerechten und dem Zügellosen ursprünglich zwar frei, dies nicht zu werden, und deswegen sind sie es freiwillig. Nachdem sie es aber geworden sind, steht es ihnen nicht mehr frei, es nicht zu sein.

Aber nicht blos die fehlerhaften Beschaffenheiten der Seele sind freiwillig, bei manchen sind es auch die des Leibes, und diese Menschen tadeln wir denn auch. Wer von Natur mißgestaltet ist, den tadelt niemand, wohl aber den, der es aus Mangel an Gymnastik und durch

Vernachlässigung seines Körpers ist. Ebenso hält man es mit Krankheiten und Gebrechen. Niemand macht einem Blinden Vorwürfe, wenn er es von Natur oder in Folge einer Krankheit oder eines Schlages ist, sondern man bemitleidet ihn vielmehr. Wer es dagegen in Folge von Trunkenheit oder sonstigen Ausschweifungen ist, den wird jedermann tadeln. Die verschuldeten körperlichen Fehler werden mithin getadelt, die unverschuldeten aber nicht. Wenn dem aber so ist, so müssen auch in den anderen Dingen diejenigen Fehler, die dem Tadel unterliegen, verschuldet sein.

Wollte man aber sagen, Alle strebten nach dem, was ihnen gut scheint oder was sie sich als gut vorstellen, sie seien aber nicht Herr ihrer Vorstellung, sondern wie einer sei, so stelle er sich das Ziel vor, so ist zu erwiedern, daß wenn jedermann an einem Habitus, den er hat, in der oder jener Weise schuld ist, er in derselben Weise auch an seiner Vorstellung selber schuld sein muß. Soll aber niemand an dem Schlechten, was er tut, selber schuld sein, sondern es aus Unkenntnis des Zieles tun, indem er dadurch das Beste für sich zu erreichen glaubt, und will man gleichzeitig geltend machen, daß das Streben nach dem Ziele kein Gegenstand seiner Wahl ist, sondern einer gleichsam mit einem geistigen Gesichtssinn geboren sein muß, um vermöge desselben richtig zu urteilen und das wahrhaft Gute zu erwählen, und soll der von guter Art sein, bei dem dieses Vermögen gut geraten ist – ist es doch das Größte und Schönste, was man von keinem anderen empfangen und lernen, sondern nur so besitzen kann, wie die Natur es gegeben hat, und in dieser guten und schönen Naturbegabung besteht die vollkommene und wahre Wohlgeartetheit –, ist das also wahr, wie wäre dann die Tugend eher freiwillig als das Laster? Für beide, den guten und den schlechten Mann, ist ja das Ziel ebenmäßig entweder ein von Natur oder ein wie immer vorgestelltes und gegebenes, das andere aber beziehen sie auf das Ziel und tun es wie immer. Mag also das Ziel nicht von Natur einem jeden wie immer erscheinen, sondern man auch selbst etwas dazu tun, oder mag das Ziel natürlich, die Tugend aber dadurch freiwillig sein, daß das übrige von dem Tugendhaften freiwillig getan wird – die Verkehrtheit muß um nichts weniger freiwillig sein, weil dem schlechten Manne die gleiche Selbstbestimmung bezüglich seiner Handlungen, wenn auch nicht bezüglich des Zieles, zukommt. Wenn demnach die Tugenden, wie man behauptet, freiwillig sind – denn einerseits sind wir an unseren Beschaffenheiten irgend wie mit schuld, und anderseits hängt die Qualität des Zieles, das wir uns vorsetzen, von unserer eigenen Qualität ab –, so müssen auch die Laster freiwillig sein; denn beide verhalten sich gleich.

Achtes Kapitel.

Wir haben also bisher von den Tugenden im allgemeinen gehandelt und sie sowohl der Gattung nach im Umriß dahin bestimmt, daß sie eine Mitte und ein Habitus sind, wie auch angegeben, wodurch sie entstehen, und erklärt, daß sie in eben diesem sich auch wieder betätigen. Desgleichen haben wir ausgeführt, daß sie in unserer Gewalt, freiwillig und so beschaffen sind, wie es die rechte Vernunft vorschreibt; daß aber die Handlungen in höherem Grade freiwillig sind als der Habitus, indem wir über die Handlungen, die Kenntnis der Umstände vorausgesetzt, von Anfang bis zu Ende Herr sind; bei einem Habitus aber sind wir es nur über den Anfang, seine Zunahme jedoch durch die einzelnen Akte bleibt uns unbemerkt, wie es bei Krankheiten geschieht. Weil es aber bei uns stand, so zu handeln oder nicht so, darum ist der Habitus freiwillig.

Neuntes Kapitel.

Nunmehr wollen wir uns wieder zu den einzelnen Tugenden wenden und angeben, was sie sind, was sie zum Gegenstande haben und wie sie geübt werden, woraus sich auch ergeben wird, wie viele ihrer sind.

Zuerst wollen wir von dem *Mute* handeln.

Daß er die Mitte im Gebiete der Affekte der Furcht und Zuversicht ist, wurde schon oben bemerkt. Was wir aber fürchten, ist natürlich das Furchterregende, und dieses ist einfach gesagt ein Übel. Darum erklärt man auch die Furcht für die Erwartung eines Übels. Wir fürchten nun zwar alle Übel, wie Schande, Armut, Krankheit, Freundelosigkeit, Tod. Doch scheint sich der Mut nicht auf sie alle zu beziehen. Bei einigen Übeln ist Furcht Pflicht und sittlich gut und das Gegenteil sittlich schlecht, z. B. bei der Schande. Wer sie fürchtet, ist ein anständiger und fein fühlender Mensch, und wer sie nicht fürchtet, ist ein Mensch ohne Schamgefühl, der freilich von manchen im uneigentlichen Sinne mutig genannt wird, weil er mit dem Mutigen insofern eine Ähnlichkeit besitzt, als dieser auch in gewisser Hinsicht keine Furcht hat. Armut aber und Krankheit und überhaupt was nicht von Schlechtigkeit herrührt, darf man vielleicht nicht fürchten, doch ist auch der nicht mutig, der gegenüber diesen Dingen keine Furcht hat. Indessen nennen wir auch ihn so wegen einer gewissen Ähnlichkeit, da manche, die in Gefahren des Krieges feig sind, freigebige Leute sind und sich aus Geldverlusten nichts machen. Auch ist der gewiß kein Feigling, der wegen Gewalttaten an Weib und Kindern oder wegen Neid oder sonst dergleichen in Furcht ist, noch ist der schon ein mutiger Mann, der gleichmütig bleibt, wenn er Schläge bekommen soll.

Was für Schrecknisse wären es also, mit denen der Mutige es zu tun hat? Sollten es nicht die größten sein? Niemand ist ja mehr als er im stande das Schreckliche zu ertragen. Was aber am meisten Furcht erregt, ist der Tod. Er ist das Ende, und für den Todten scheint es nichts gutes und schlimmes mehr zu geben. Indessen scheint es der Mutige auch nicht mit dem Tode in jeder Gestalt zu tun zu haben, z. B. nicht mit dem Tod auf dem Meere oder in einer Krankheit. Unter welchen Umständen muß er also dem Tod gegenüberstehen? Gewiß unter den rühmlichsten. Das sind aber diejenigen, die der Krieg im Gefolge hat. Hier ist die Gefahr am größten und ruhmvollsten zugleich. Damit stimmen denn auch die Ehren überein, die in den Freistaaten und von den Fürsten den im Kampfe Gefallenen zuerkannt werden.

Demnach wird mutig im eigentlichen Sinne heißen wer angesichts eines rühmlichen Todes und alles dessen, was auf einmal den Tod nahe bringt, also besonders in Krieg und Schlacht, furchtlos und unverzagt ist. Indessen ist der mutige Mann auch auf dem Meere oder in

Krankheiten ohne Furcht, aber nicht so wie die Seeleute. Die einen glauben an keine Rettung und sterben nicht gern den Tod des Ertrinkens, die anderen sind auf grund ihrer Erfahrung voller Zuversicht.

Auch bewährt sich die Mannhaftigkeit unter Umständen, wo eine Abwehr möglich ist, oder das Sterben Ruhm bringt. Bei den angezeigten Todesarten aber ist keines von beiden der Fall.

Zehntes Kapitel.

Das Furchterregende ist nicht für alle Menschen dasselbe. Auch sprechen wir von Furchterregendem und Schrecklichem, was über Menschliches hinausgeht. Dieses ist für jedermann schrecklich, der nur vernünftig ist. Was aber für Menschen Furcht oder Schrecken erregt, wie auch was Zuversicht einflößt, ist je nach der Größe und einem Mehr und Minder verschieden.

Der Mutige ist unerschrocken, wie es ein Mensch zu sein hat. Er wird sonach auch solche über menschliche Kraft hinausgehende Dinge fürchten, sie jedoch so, wie man soll und die Vernunft heischt, tragen, des Guten und Schönen wegen, das der Zweck der Tugend ist. Man kann diese Dinge mehr oder weniger fürchten und auch was nicht schrecklich ist, fürchten, als wenn es schrecklich wäre. Hierbei besteht ein Fehler darin, daß man sich fürchtet, da man nicht soll, weitere Fehler darin, daß dies geschieht, wie man oder wann man nicht soll, und in dergleichen mehr; dieselben Fehler gibt es in Bezug auf die Zuversicht.

Wer also erträgt und fürchtet was man soll und weswegen man es soll, und wie und wann, und wer in gleicher Weise Zuversicht hat, der ist mutig. Denn der mutige Mann leidet und handelt, wie es sich gebührt und die Vernunft vorschreibt. Das Ziel jedes Aktus aber ist ein dem Habitus Gemäßes. So ist es also der Mut, der dem mutigen Manne als das sittlich Gute vorschwebt, und dieses Gute ist denn auch für ihn das Ziel, von dem ja jedes Ding seine Bestimmtheit erhält. Und so ist es des sittlich Guten wegen, daß der Mutige erträgt und tut was dem Mute gemäß ist.

Was diejenigen betrifft, die hier durch Übermaß fehlen, so hat wer es durch Furchtlosigkeit tut, keinen eigenen Namen, wie wir ja schon oben bemerkt haben, daß vieles keinen eigenen Namen hat; er wird aber so was wie ein Verrückter oder Stumpfsinniger sein, wenn er nichts, kein Erdbeben und keine Meereswogen, fürchtet, wie man von den Kelten sagt. Wer durch ein Übermaß von Zuversicht dem Furchtbaren gegenüber fehlt, ist *tollkühn*. Es scheint aber auch Tollkühne zu geben, die Prahler sind und den Mut nur affektieren. Demnach wollen sie sich dem Furchterregenden gegenüber nur so zu verhalten scheinen, wie jener es wirklich tut, und ahmen ihm, wo sie irgend können, nach. Darum sind auch die meisten unter den Tollkühnen Poltrons. Denn während sie, wo es geht, sich übertrieben mutig zeigen, halten sie vor dem, was wirklich furchtbar ist, nicht stand.

Wer sich übermäßig fürchtet, ist *feig*. Auf ihn trifft zu, daß er fürchtet was er nicht soll, und wie er nicht soll, und alles dergleichen. Es mangelt ihm auch an Zuversicht, aber an dem Übermaß von Furcht vor allem Unangenehmen wird er besser erkannt. Der Feige hofft also zu wenig, weil er vor allem zurückschreckt. Von dem Mutigen gilt das Gegenteil. Denn die Zuversicht verrät den Mann der frohen Hoffnung.

Die Dinge also, mit denen der Feige, der Tollkühne und der Mutige es zu tun haben, sind dieselben, aber ihr Verhalten zu ihnen ist verschieden. Die einen haben ein Zuviel und Zuwenig, der andere hält sich in der Mitte und handelt, wie es sich gehört. Die Tollkühnen sind voreilig und voll Entschiedenheit vor der Gefahr, in der Gefahr aber lassen sie nach. Die Mutigen aber sind bei der Tat wacker, vorher dagegen ruhig.

Elftes Kapitel.

Wie gesagt also, der Mut ist Mitte in Bezug auf solches, was bei den bezeichneten Gefahren Zuversicht und Furcht einflößt; er wählt und duldet, weil es so sittlich gut und das Gegenteil schlecht ist.

Wenn man aber stirbt, um der Armut oder einer unglücklichen Liebe oder einem Schmerze zu entgehen, so verrät das nicht den mutigen, sondern den feigen Mann. Es ist Weichlichkeit, die Widerwärtigkeiten zu fliehen, und man erleidet in dem gedachten Falle den Tod nicht aus einem sittlichen Beweggrunde, sondern blos um einem Übel zu entrinnen.

Der Mut ist also eine Eigenschaft von der angegebenen Art. Man spricht aber noch von weiteren Arten des Mutes, und zwar in fünffacher Weise.

Erstens vom bürgerlichen Mute. Er ist dem eigentlichen Mute am ähnlichsten. Denn die Bürger halten in den Gefahren Stand wegen der gesetzlichen Strafen, Ehrenverluste und Auszeichnungen. Und darum gelten auch die Bürger derjenigen Gemeinwesen für die mannhaftesten und mutigsten, wo die Feiglinge ehrlos und die Mutigen geehrt sind. Von dieser Art sind die Tapferen, von denen *Homer* singt, wie *Diomedes* und *Hektor:* "Alsbald würde Polydamas mich mit Schmähung belasten"; und *Diomedes* spricht: „Hektor sagt ja vielleicht vor den Troern in der Versammlung: Tydeus Sohn ist vor mir (in Angst zu den Schiffen geflohen)". Dieser Mut ist dem von uns beschriebenen am ähnlichsten, weil er seinen Beweggrund in der Tugend hat, in dem Ehrgefühl nämlich, in dem Verlangen nach dem sittlich Schönen, der Ehre, und in der Furcht vor etwas sittlich Häßlichem, der Schande. Hieher kann man auch diejenigen rechnen, die von ihren Gebietern gezwungen werden. Sie sind jedoch geringer, weil sie nicht aus Scham, sondern aus Furcht sich mutig zeigen, indem sie nicht das Schimpfliche oder sittlich Häßliche, sondern das Schmerzbringende scheuen. Denn ihre Herren zwingen sie, wie *Hektor* spricht: „Doch wen fern vor dem Kampfgewühl sich bergen ich sehe, nicht soll helfen ihm das, zu entfliehen den Hunden". Dasselbe tun diejenigen, welche bestimmte Soldaten in die erste Reihe stellen und, wenn sie zurückweichen, sie schlagen, ebenso diejenigen, welche sie vor Gräben und ähnlichen Hindernissen der Flucht aufstellen. Das ist alles Zwang. Man soll aber nicht aus Zwang mutig sein, sondern darum, weil es sittlich schön ist.

Auch die Erfahrung auf den verschiedenen Gebieten scheint eine Art Mut zu sein, weshalb *Sokrates* meinte, der Mut sei ein Wissen. Solchen Mut hat der eine in diesem, der andere in jenem Dinge, im Kriegswesen haben ihn die Soldaten. Der Krieg scheint nämlich viel leere Schrecken zu haben, was diese Leute am besten wissen, und darum erscheinen sie den anderen, die hierüber kein Urteil haben, als mutig. Sodann sind sie Dank ihrer Erfahrung und Übung vorzugsweise befähigt, Wunden beizubringen und sich selbst davor zu schützen, weil sie die Waffen zu gebrauchen verstehen und eine Ausrüstung haben, die am tauglichsten ist, um Wunden zu schlagen und sich selbst davor zu hüten. Sie kämpfen also gleichsam wie Bewaffnete mit Waffenlosen und wie gelernte Ringkämpfer mit Ungeübten. Denn auch in solchen Wettkämpfen sind nicht die Mutigsten die Kampfestüchtigsten, sondern die Kräftigsten und körperlich Bestgebauten. Soldaten werden feige, wenn die Gefahr Oberhand nimmt und sie an Zahl und Ausrüstung zurückstehen. Sie ergreifen zuerst die Flucht, während ein Bürgerheer stand hält und stirbt, wie es bei *Hermäus* geschah. Denn die Bürger halten die Flucht für schimpflich, und der Tod ist ihnen lieber als eine solche Rettung. Jene aber setzen sich von vornherein nur in der Annahme ihrer Überlegenheit der Gefahr aus und ergreifen, wenn sie ihren Irrtum gewahr werden, die Flucht, weil sie den Tod mehr fürchten als die Schande. So ist der Mutige nicht.

Auch den Zorn führt man auf den Mut zurück. Denn mutig scheinen auch die zu sein, die im Zorn, wie die Tiere auf die, die sie verwundet haben, losfahren, weil auch die Mutigen zum Zorne geneigt sind. Der Zorn ist ja am ersten bereit, in Gefahren drauf los zu gehen, weshalb auch *Homer* sagt: „Und flößte Kraft seinem Zorn ein“ und: „Regte ihm Unmut und Zorn auf“ und: „Grimmiger Mut in den Nüstern“ und: „Es kochte das Blut ihm“ , lauter Ausdrücke, die das Erwachen und den Drang des Zornes zu bezeichnen scheinen. Der mutige Mann handelt nun aus dem Beweggrund der Sittlichkeit, aber der Zorn hilft ihm dabei. Die Tiere aber werden durch das Schmerzgefühl bestimmt, und ihr Verhalten rührt daher, daß sie verwundet worden sind oder dies fürchten. Denn wenn sie unbehelligt in Wald und Sumpf sind, greifen sie keinen an. Sie sind also nicht mutig, weil sie von Schmerz und Zorn getrieben werden, hervorzubrechen und gegen die Gefahr anzugehn ohne Voraussicht des drohenden Unheils. Sonst müßte auch der hungrige Esel mutig sein, der trotz der Schläge nicht vom Fressen abläßt. Bestehen doch auch die Ehebrecher ihrer Begierde zu Liebe manches Wagnis. Also: ein Wesen, das von Schmerz oder Zorn getrieben gegen die Gefahr angeht, ist nicht mutig. Doch scheint der Mut aus Zorn der natürlichste zu sein, und er mag, wenn sich noch vernünftige Überlegung und der rechte Beweggrund hinzugesellen, als wirklicher Mut gelten. Auch die Menschen empfinden nun im Zorne Schmerz und bei der Rache Freude. Wer aber deshalb kämpft, ist zwar streitbar, aber nicht mutig, weil er nicht aus sittlichem Beweggrund und nach der Vorschrift der Vernunft, sondern aus Leidenschaft handelt. Immerhin hat er etwas von dem mutigen Manne an sich.

Auch die sind nicht eigentlich mutig, die es aus Hoffnungsfreudigkeit sind. Ihre Zuversicht in Gefahren beruht darauf, daß sie schon oft und über viele Gegner den Sieg davon getragen haben. Sie sind aber mit den Mutigen verwandt, weil beiden die Zuversicht eigen ist. Doch besitzen die Mutigen sie aus den angegebenen Gründen, solche Leute aber nur darum, weil sie meinen, sie seien die Stärkeren und hätten kein Unheil zu befahren. So machen es aber auch diejenigen, die sich einen Rausch angetrunken haben. Sie werden hoffnungsfreudig; kommt es aber anders, als sie denken, so machen sie sich aus dem Staube. Dagegen galt es uns für die Art des Mutigen, dem, was für einen Menschen furchtbar ist oder scheint, darum die Stirne zu bieten, weil es so sittlich schön und das Gegenteil häßlich ist. Darum gehört auch gewiß größerer Mut dazu, in plötzlichen Gefahren furchtlos und unerschrocken zu sein, als in vorhergesehenen. Denn jenes entspringt mehr aus einem festen Habitus oder beruht auch weniger auf Vorbereitung. Für Vorausgewußtes entscheidet man sich wohl auch auf Grund von vernünftiger Überlegung, für Unvorhergesehenes dagegen nach seinem besonderen Habitus.

Mutig scheinen auch die Unwissenden zu sein, und sie stehen nicht weit von den Hoffnungsfreudigen ab, sind aber doch schlechter, weil sie gar keine Selbstachtung haben. Jene dagegen haben sie und halten darum auch eine Zeitlang stand. Die aber nur getauscht sind, wenden sich, wenn sie merken, daß es anders steht, als sie meinten, alsbald zur Flucht. So erging es den *Argivern*, als sie auf die *Lakoner* stießen, während sie meinten, es seien die *Sikyonier*.

So wäre denn dargelegt, von welcher Beschaffenheit die Mutigen sind samt denen, die nur so scheinen.

Zwölftes Kapitel.

Obgleich der Mut es mit den Affekten der Zuversicht und der Furcht zu tun hat, so doch nicht mit beiden gleich sehr, sondern mehr mit den furchterregenden Dingen. Wer bei solchen sich nicht beunruhigt und ihnen gegenüber sich recht verhält, ist mutiger, als wer es den muterweckenden Dingen gegenüber tut. Demnach wird man, wie gesagt worden, darum mutig genannt, weil man das Schmerzliche erträgt. Deshalb ist der Mut mit Schmerz verknüpft und erhält gerechtes Lob. Denn es ist schwerer, Schmerzliches zu ertragen, als sich des Lustbringenden zu enthalten.

Nun erscheint ja freilich das Ziel des Mutes als lustbringend, jedoch möchte die Lust leicht vor dem, was sie rings umgibt, verschwinden, wie es bei den Wettkämpfen der Fall ist. Denn den Faustkämpfern macht das Ziel, dessentwegen sie fechten, der Kranz und die Ehre, Freude, die Schläge aber, die sie erhalten, thuen ihnen, da sie doch menschliches Fleisch besitzen, weh und machen ihnen, zusammen mit aller ihrer Mühe und Anstrengung, Leid; und da nun des Unangenehmen für sie soviel, das Ziel aber gering ist, so scheint dasselbe gar nichts Lustbringendes an sich zu haben. Steht es nun der Art auch mit dem Mute, so müssen Tod und Wunden dem Mutigen schmerzlich und unwillkommen sein, und doch wird er sie willig hinnehmen, weil dieses sittlich schön und sein Gegenteil häßlich ist. Und je mehr er die ganze Tugend besitzt und je glücklicher er ist, um so schmerzlicher fällt ihm das Sterben. Denn einem Manne wie ihm gebührt es am meisten zu leben, und der Tugendhafte wird mit offenen Augen der höchsten Güter beraubt, und dieses muß ihn schmerzen. Darum aber ist sein Mut nicht geringer, sondern eher wohl größer, weil er das Ruhmvolle im Kriege jenen Gütern vorzieht. So ist denn nicht bei allen Tugenden insgesamt das Moment der lustbringenden Tätigkeit zu finden, außer insofern sie ihr Ziel erreicht. Die besten Lohnsoldaten mögen aber Männer der beschriebenen Art nicht sein, sondern das sind eher solche, die von dem wahren Mute weniger als sie, von sonstigen sittlichen Werten aber nichts besitzen. Derlei Leute sind bereit, allen Gefahren entgegenzugehen und ihr Leben für eine Kleinigkeit aufs Spiel zu setzen.

Über den Mut sei denn soviel gesagt. Sein Wesen wenigstens im Umriß zu bestimmen, kann nach dem Obigen nicht schwer fallen.

Dreizehntes Kapitel.

Nach dem Mute wollen wir von der *Mäßigkeit* handeln, da diese beiden die Tugenden des unvernünftigen Seelenteils sind.

Wir haben schon bemerkt, daß die Mäßigkeit die Mitte in Bezug auf die Lust ist. Mit der Unlust hat sie es weniger und nicht in gleicher Weise zu tun. In demselben Bereiche bewegt sich die Unmäßigkeit.

Wir wollen also nun bestimmen, auf was für Lüste und Ergötzungen sie sich bezieht. Man muß zwischen seelischen und leiblichen Lüsten unterscheiden; den ersteren gehören z. B. der Ehrgeiz und die Wißbegierde an. Man freut sich da beide Male, das zu haben, was man liebt, wobei nicht der Leib, sondern vielmehr die Seele, der Geist, affiziert wird. Mit Bezug auf solche Lust wird aber niemand mäßig oder unmäßig genannt. Ebensowenig mit Bezug auf eine andere nicht leibliche Lust. Wer z. B. gern allerlei Geschichten hört und erzählt und sich über alles Mögliche tagelang unterhält, den nennen wir wohl einen Schwätzer, aber nicht unmäßig, und auch den nennen wir nicht so, der sich über den Verlust von Geld oder Freunden ungebührlich grämt.

Die Mäßigkeit im Gegenteil bezieht sich auf die leiblichen Lüste, aber auch hier wieder nicht auf alle. Wer an Dingen, die unter den Gesichtssinn fallen, wie Farben, Gestalten, Bildern, Freude hat, wird weder mäßig noch unmäßig genannt, und doch gibt es auch bei solcher Art Freude ein rechtes Maß und ein Zuviel und Zuwenig. Ebenso ist es mit dem, was unter das Gehör fällt. Wer übermäßiges Vergnügen an Musik oder am Theater hat, den nennt niemand unmäßig, so wenig wie man einen, der hier Maß hält, mäßig nennt. Auch das Verhalten in Bezug auf den Geruchssinn wird nicht so bezeichnet, es sei denn blos mitfolgender Weise. Den nämlich, der Freude an dem Dufte von Äpfeln, Rosen und Rauchwerk hat, nennen wir nicht unmäßig sondern vielmehr den, der sie hat am Geruch von Leckereien und Salben (wie die Weiber sie gebrauchen). An solchem Geruch freut der Unmäßige sich, weil er dadurch an die Gegenstände seiner Begierde erinnert wird. Auch sonst sieht man wohl, wie ein Hungriger am Geruch von Speisen sich freut; aber sich an Dingen von jener Art zu ergötzen, verrät den Unmäßigen; denn dessen Begierde ist auf sie gerichtet.

Die anderen lebenden Wesen ergötzen sich in Rücksicht auf die bezeichneten Sinne nur mitfolgend. Die Hunde freuen sich nicht am Geruch des Hasen, sondern an seinem Fraße, aber der Geruch brachte sie auf seine Fährte. Und der Löwe freut sich nicht am Brüllen des Ochsen, sondern daran, daß er ihn verzehren kann. Seine Nähe aber wurde er durch seine Stimme gewahr, und darum sieht es so aus, als freute er sich an ihm. Desgleichen freut er sich nicht darum, weil er einen Hirsch oder eine wilde Ziege gesehen oder aufgespürt hat, sondern weil er einen Fraß haben wird. Mithin hat es die Mäßigkeit und die Unmäßigkeit mit denjenigen Lüsten zu tun, an denen auch die anderen Sinnenwesen Anteil haben, weshalb solche Lust auch als knechtisch und tierisch erscheint. Das ist die Lust des Gefühls und des Geschmacks.

Freilich scheint für die Unmäßigen auch der Geschmack wenig oder gar nicht in Betracht zu kommen. Denn die eigentliche Geschmacksfunktion ist das Kosten der Geschmäcke, wie es beim Proben der Weine und dem Bereiten der Speisen üblich ist. Hieran aber ergötzt man sich nicht allzusehr, wenigstens hat der Unmäßige es hiermit nicht zu tun, sondern mit dem Sinnenkitzel, der ganz durch das Gefühl vermittelt ist, beim Essen, Trinken und dem nach der Aphrodite genannten Genuß; daher sich auch ein gewisser Schlemmer einen Hals länger als den eines

Kranichs wünschte, weil seine Lust auf dem Gefühl beruhte. Es ist also der gemeinste Sinn, mit dem es die Unmäßigkeit zu tun hat, und mit Recht gilt sie als schimpflich, weil sie uns nicht anhaftet, insofern wir Menschen, sondern insofern wir Sinnenwesen nach Art der Tiere sind. Darum ist es tierisch, sich an solchen Dingen zu erfreuen und sie am meisten zu lieben. Die edelsten auf dem Gefühl beruhenden Genüsse fallen freilich nicht in den Bereich der Mäßigkeit und Unmäßigkeit, wie z. B. die, die in den Gymnasien durch Frottieren und Erwärmung ausgelöst werden. Denn das Gefühl des Unmäßigen umfaßt nicht den ganzen Körper, sondern einzelne Teile.

Die Begierden scheinen teils allen Menschen gemeinsame, teils eigentümliche und willkürlich angenommene zu sein. So ist die Begierde nach Nahrung natürlich; denn jeder Mensch begehrt im Bedürfnisfalle nach trockener oder flüssiger Nahrung, und mitunter nach beiden; und nach dem Beilager begehrt, wie *Homer* sagt, der junge und kräftige Mann. Nach der oder der Nahrung aber begehrt schon nicht mehr jeder und auch derselbe nicht immer nach derselben. Deshalb scheint dies an unserem freien Willen zu liegen, wiewohl es auch einen natürlichen Grund hat. Denn dem Einen ist dieses, dem Anderen jenes angenehm, und manches ist für Alle angenehmer als das erste Beste.

Bezüglich der natürlichen Begierden fehlen nun Wenige und immer nur in *einer* Hinsicht, nämlich nach seiten des Zuviel. Denn jedes Beliebige unterschiedslos essen und trinken bis zur Überfüllung heißt das natürliche Maß durch die Menge überschreiten, da die natürliche Begierde nur auf Ausfüllung des Mangels geht. Darum heißt ein solcher Mensch ein Vielfraß, weil er sich über Gebühr anfüllt. In diese Art Ausschreitung verfallen überaus knechtische und niedrige Naturen.

Dagegen bezüglich der den Einzelnen eigentümlichen Lüste wird von Vielen und in vielerlei Weise gefehlt. Denn während man von besonderen Liebhabereien spricht entweder da, wo man sich an Dingen freut, die nicht die rechten sind, oder wo man sich zu viel oder in gemeiner, pöbelhafter Weise oder überhaupt nur nicht so freut, wie es sich geziemt, überschreiten die Unmäßigen im Gegenteil in allen Rücksichten das Maß.

Sie haben ihre Freude entweder an Dingen, die nicht die rechten, vielmehr hassenswert sind, oder wenn man sich auch an dergleichen freuen darf, so tun sie es doch mehr als man darf oder in gemeiner Weise.

Daß also das Übermaß in betreff der Lust Unmäßigkeit ist und dem Tadel unterliegt, ist klar. Was aber die Unlust angeht, so wird man nicht wie bei dem Mute darum, weil man sie erträgt, tugendhaft, in unserem Falle also mäßig genannt, und im entgegengesetzten Falle unmäßig, sondern der Unmäßige heißt darum so, weil es ihn mehr als recht ist schmerzt, das Lustbringende entbehren zu müssen, so daß die Lust selbst ihm den Schmerz verursacht, der Mäßige aber heißt darum so, weil ihn die Abwesenheit des Lustbringenden und der Verzicht darauf nicht schmerzt.

Vierzehntes Kapitel.

Der Unmäßige begehrt also alles Lustbringende oder das am meisten Lustbringende und wird von der Begierde dermaßen getrieben, daß ihm die Lüste lieber sind als alles andere. Deshalb empfindet er nicht weniger Schmerz, wenn er sie begehrt, als wenn er sie entbehren muß. Denn die Begierde ist mit Schmerz verknüpft, obschon es ungereimt erscheinen könnte, daß man der Lust wegen Unlust empfinden soll.

Solche, die es in betreff der Lust ermangeln lassen und sich weniger als recht ist daran freuen, kommen wohl selten vor. Eine derartige Empfindungslosigkeit ist nicht menschlich. Sogar die anderen Sinnenwesen machen einen Unterschied bezüglich der Nahrungsmittel und nehmen die einen gern zu sich, die anderen nicht. Wenn aber für einen nichts lustbringend ist und kein Unterschied zwischen dem einen und dem anderen sinnlichen Eindruck für ihn besteht, so ist er wohl weit davon entfernt, ein Mensch zu sein. Ein solcher hat auch keinen Namen erhalten, weil er nicht leicht vorkommt.

Der Mäßige hält in diesen Dingen die Mitte ein. An den Ausschweifungen, die den Unmäßigen zu höchst erfreuen, erfreut er sich nicht, eher ekeln sie ihn; sodann erfreut er sich an unerlaubten Dingen überhaupt nicht und an erlaubten nicht übermäßig. Ihre Abwesenheit schmerzt ihn und nach ihrem Genüsse verlangt ihn nur mäßig, nicht mehr als recht ist, noch zur unrechten Zeit, noch sonst in ungehöriger Weise. Jenes Lustbringende, das zur Gesundheit oder zum Wohlbefinden gehört, begehrt er mit Maß und wie es recht ist, ebenso was sonst noch angenehm ist, soweit es nicht diesem hinderlich oder ungeziemend ist oder seine Vermögensverhältnisse übersteigt. Wer diese Rücksichten hintansetzt, liebt solche Genüsse mehr als schicklich, der Mäßige aber ist nicht so, sondern wie die rechte Vernunft es vorschreibt.

Fünfzehntes Kapitel.

Von dem Freiwilligen scheint die Unmäßigkeit mehr an sich zu haben als die Feigheit, da die eine auf der Lust, die andere auf der Unlust beruht und die Lust Gegenstand einer strebenden, die Unlust Gegenstand einer fliehenden Bewegung ist. Die Unlust bringt auch aus dem Gleichgewicht und verdirbt die Natur dessen, der sie hat, die Lust aber bewirkt solches am Menschen nicht, sondern steigert seine Freiwilligkeit; daher ist sie auch tadelnswerter. Man kann sich in betreff der Lust ja auch leichter an das Richtige gewöhnen, weil sich soviele Gelegenheiten dazu bieten und die Gewöhnung mit keiner Gefahr verbunden ist, während es bei den furchterregenden Dingen umgekehrt ist.

Jedoch scheint die Feigheit in ganz anderem Maße freiwillig zu sein wie ihre einzelnen Äußerungen. Sie ist ohne Unlustgefühl, diese aber bringen den Feigen durch dieses Gefühl so außer sich, daß er die Waffen wegwirft und sich sonst schmachvoll benimmt, weshalb solche Handlungen selbst als erzwungen erscheinen. Bei dem Unmäßigen sind umgekehrt die jedesmaligen Betätigungen seines Fehlers freiwillig, da sie mit Begierde und Verlangen erfolgen, und das Ganze ist es weniger, da niemand unmäßig zu sein begehrt.

Das (mit Unmäßigkeit gleichbedeutende) Wort *Zuchtlosigkeit* (oder das verwandte *Ungezogenheit*) gebrauchen wir auch von den Fehlern der Knaben, da beide Verkehrtheiten einige Ähnlichkeit miteinander haben.

Ob der Name von diesem auf jenes oder umgekehrt übergegangen ist, macht hier nichts aus; jedenfalls hat das von beiden, das ihn zuerst bekommen hat, ihn dem späteren gegeben, eine Übertragung, die nicht wenig passend erscheint. Was nämlich nach dem Bösen trachtet und stark wachsen kann, bedarf der Züchtigung. Dieses beide findet sich aber vorzüglich bei der Begierde und bei den Knaben. Auch die Knaben leben nach ihren Begierden, und am meisten verlangen sie nach der Lust. Ist nun die Begierde nicht gehorsam und dem Herrschenden untertan, so wächst sie ins Unermäßliche. Denn das Verlangen nach der Lust ist unersättlich und kommt dem Unverständigen von allen Seiten; die Befriedigung der Begierde steigert die angeborene Neigung, und wenn die Begierden und Genüsse groß und stark sind, so schalten sie selbst die Überlegung aus. Darum dürfen die Begierden nur mäßig und gering an Zahl sein und keineswegs der Vernunft widerstreiten. Wo sich aber ein solches findet, da reden wir von Folgsamkeit und Wohlgezogenheit. Wie nämlich ein Knabe nach der Vorschrift seines Erziehers leben muß, so muß sich das begehrende Vermögen im Menschen an die Vorschrift der Vernunft halten. Daher muß beim Mäßigen der begehrende Seelenteil mit der Vernunft übereinstimmen; denn beide haben das sittlich Schöne zum Ziele, und nun begehrt einerseits der Mäßige was er soll und wie und wann er soll, und anderseits ist es grade dieses, was die Vernunft gebietet.

So weit denn unsere Erörterung über die Mäßigkeit.

Viertes Buch.

Erstes Kapitel.

Im Anschluß hieran wollen wir von der *Freigebigkeit* handeln. Sie erscheint als die Mitte in Bezug auf Vermögensobjekte; denn der Freigebige wird nicht wegen kriegerischer Tüchtigkeit oder wegen der Vorzüge des Mäßigen oder auch wegen gerechter Entscheidungen gelobt, sondern mit Bezug auf seine Art, Vermögensobjekte hinzugeben und an sich zu nehmen, besonders sie hinzugeben. Vermögensobjekt ist uns alles, dessen Wert nach Geld bemessen wird. Die Verschwendung und der Geiz ist Übermaß und Mangel in dem die Vermögensobjekte betreffenden Verhalten.

Geiz sagt man immer von solchen aus, die sich mehr als recht ist um Geld und Gut bemühen, mit der Bezeichnung Verschwendung aber verbindet man manchmal noch einen Nebengedanken, indem man die Unenthaltsamen und die, welche für ihre Ausschweifungen viel ausgeben, verschwenderisch nennt. Diese scheinen darum auch am schlimmsten zu sein, da sie viele Untugenden zugleich haben. Indessen paßt eigentlich für sie die Bezeichnung Verschwender nicht. Ein Verschwender möchte sein wer die eine Untugend hat, seinen Besitz zu zerstören. Verschwender ist wer durch sich selbst zugrunde geht, und die Zerstörung des eigenen Besitzes scheint auch so eine Art Selbstruinierung zu sein, weil der Besitz die Grundlage der Existenz ist. In diesem Sinne also nehmen wir das Wort Verschwendung.

Man kann alles, wovon es einen Gebrauch gibt, gut und schlecht gebrauchen. Der Reichtum gehört aber zu den für den Gebrauch bestimmten Dingen, und da nun jedes Ding am besten gebraucht wer die darauf bezügliche Tugend besitzt, so wird auch den Reichtum am besten gebrauchen wer die auf Geld und Gut sich beziehende Tugend besitzt. Das ist aber der Freigebige. Der Gebrauch von Geld und Gut scheint aber im Aufwenden und Ausgeben, der Besitz dagegen mehr im Einnehmen und Zusammenhalten zu bestehen. Daher kommt es dem Freigebigen mehr zu, zu geben wem man soll, als zu nehmen von wem man soll, und nicht zu nehmen von wem man nicht soll. Denn es gehört mehr zur Tugend, daß sie in der rechten Weise handelt, als daß sie in der rechten Weise leidet, und es ist ihr eigentümlicher, das Gute zu tun, als das Schlechte zu meiden. Nun gehört aber offenbar das Geben auf die Seite des richtigen Handelns und der Vollbringung des Guten, das Nehmen und Empfangen dagegen auf die Seite der rechten Art des Leidens und der Vermeidung des Schlechten.

Auch wird Dank und höheres Lob dem zuteil, der gibt, nicht dem, der nicht nimmt.

Und es ist leichter, nicht zu nehmen als zu geben, da man sich eher dazu entschließt, Fremdes nicht zu nehmen als Eigenes wegzugeben.

Und freigebig heißt wer gibt; wer aber nicht nimmt, erhält nicht das Lob der Freigebigkeit und des Edelsinns, obwohl er nichtsdestoweniger ob seiner Gerechtigkeit gelobt wird; wer aber nimmt, erhält gar kein Lob.

Liebe aber und Freundschaft gewinnt kaum einer durch eine Tugend sosehr als der Freigebige, da er sich nützlich erweist. Das geschieht aber durch Geben.

Zweites Kapitel.

Die tugendhaften Handlungen sind sittlich schön und werden um des sittlich Schönen willen verrichtet. So wird denn auch der Freigebige und Edelgesinnte um des sittlich Schönen oder des Guten willen und auf die rechte Weise geben; er wird also geben denen er soll und soviel und wann er soll, und überhaupt mit Beobachtung alles dessen, was zum richtigen Geben gehört; und er wird das gern und ohne Unlust tun; denn das tugendhafte Handeln ist lustbringend oder doch frei von Unlust ; am allerwenigsten ruft es Unlust hervor.

Wer gibt wem er nicht soll, oder wer nicht aus einem sittlichen, sondern aus einem anderen Beweggrunde gibt, kann nicht freigebig heißen, sondern muß einen anderen Namen bekommen. Ebensowenig wer mit Unlust gibt; ihm ist das Geld lieber als die edle Tat; so ist aber der Freigebige nicht gesinnt.

Er wird auch nicht da nehmen, wo er nicht soll, da ein solches Nehmen nicht nach der Art eines Mannes ist, der Geld und Gut nicht achtet. Auch bittet er nicht leicht um etwas. Denn wer gern Wohltaten spendet, versteht sich nicht leicht dazu, solche zu empfangen. Nehmen wird er woher er soll, das heißt aus Eigenem, nicht als ob Nehmen schön wäre, sondern weil es notwendig ist, damit er geben kann. Er wird auch sein Vermögen nicht vernachlässigen, da er ja mit demselben Anderen nützlich sein will. Auch wird er nicht dem ersten Besten geben, um geben zu können, wem er soll, und wann und wo es gut ist.

Es ist auch die Weise des Freigebigen und Edelgesinnten, im Geben die Mitte so stark zu überschreiten, daß er für sich das Geringere behält, da es ihm eigen ist, nicht auf sich selbst zu sehen.

Man schätzt die Freigebigkeit nach dem Vermögen. Denn sie beruht nicht auf der Größe der Gabe, sondern auf der Gesinnung des Gebers, und mit der steht es bei dem Freigebigen so, daß er nach dem Maße seines Vermögens gibt. Darum kann es gar wohl geschehen, daß die kleinere Gabe einer größeren Freigebigkeit entspringt, weil sie aus geringeren Mitteln verabreicht wird.

Freigebiger scheinen die zu sein, die ihr Vermögen nicht erworben, sondern ererbt haben. Sie haben keine Erfahrung von der Not, und jedermann hängt mehr an dem, was von ihm selber kommt. So haben es ja auch die Eltern mit ihren Kindern und die Dichter mit ihren Werken.

Der Freigebige ist nicht leicht reich. Er legt es ja nicht darauf an, zu empfangen und zusammenzuhalten, sondern neigt eher zur Verschwendung, da er das Geld nicht seinerselbst, sondern des Gebens wegen schätzt. Deshalb schilt man auch das Schicksal, weil die, die es am meisten verdienen, am wenigsten reich sind. Und doch geht das ganz natürlich zu. Denn man kann nicht reich werden, wenn man auf das Erwerben keine Sorge verwendet, wie das ja auch bei allen anderen Gütern der Fall ist. Darum wird der Freigebige aber doch nicht geben wem er nicht soll und wann er nicht soll, und wie die Fehler alle heißen.. Denn da handelte er nicht mehr nach der Regel der Freigebigkeit, und bei einer derartigen Verwendung seines Geldes bliebe ihm nichts mehr zur Verwendung am rechten Orte übrig. Denn, wie gesagt, freigebig ist wer nach Maß seines Vermögens und am rechten Orte austeilt.

Wer hier durch Übermaß fehlt, ist ein *Verschwender*. Darum nennen wir die Gewaltherrscher nicht Verschwender, da es nicht leicht erscheint, daß sie bei ihren großen Mitteln mit ihren Geschenken und Aufwendungen sich übernehmen. Der Freigebige wird nun, da die Freigebigkeit die Mitte beim Geben und Nehmen von Geld und Gut ist, am rechten Ort und im rechten Maße geben und aufwenden, und zwar gleichmäßig im kleinen und im großen, und wird es mit Freude tun. Und nehmen wird er woher er soll, und wie er soll. Denn da seine Tugend in beiden Beziehungen die Mitte ist, so wird er beides so tun, wie er soll. Dem geziemenden Geben entspricht ja ein eben solches Nehmen , während das nicht geziemende Nehmen ihm widerspricht. Die entsprechenden Eigenschaften treten also gleichzeitig in derselben Person auf, die widersprechenden aber selbstverständlich nicht. Wenn der Freigebige einmal wider Gebühr und Schicklichkeit eine Ausgabe gemacht hat, so wird er Unlust darüber empfinden, mit Maß jedoch und auf die rechte Art. Denn es gehört zur Tugend, am rechten Ort und auf die rechte Art Lust und Unlust zu empfinden. Mit ihm ist auch in Geldsachen gut verkehren. Denn er kann sich ein Unrecht gefallen lassen, da er das Geld nicht hochschätzt, und es ihn mehr verdrießt, wenn er eine geschuldete Ausgabe unterlassen, als er Unlust empfindet, wenn er eine nicht geschuldete gemacht hat. Einem *Simonides* machte ein solcher Mann keine Freude.

Drittes Kapitel.

Der *Verschwender* aber fehlt auch hierin, da er Lust und Unlust nicht am rechten Ort und auf die rechte Art empfindet, wie uns im folgenden noch deutlicher werden wird.

Wir haben gesagt, daß die Verschwendung und der Geiz ein Übermaß und ein Mangel sind, und zwar in zwei Dingen, dem Geben und dem Nehmen. Auch den Aufwand rechnen wir zum Geben. Die Verschwendung tut nun im Geben und Nichtnehmen zu viel und im Nehmen zu wenig, der Geiz dagegen im Geben zu wenig und im Nehmen zu viel, außer es müßte sich um eine Kleinigkeit handeln. Die beiden Seiten der Verschwendung bleiben nun nicht lange mit einander verbunden, da es nicht leicht ist, allen zu geben, wenn man von niemanden nimmt – Privatleuten gehen ja beim Geben bald die Mittel aus, und Privatleute sollen ja die Verschwender sein –; denn ein Mensch der gedachten Art scheint um nicht wenig besser zu sein als der Geizige. Er kann ja leicht durch das Alter und durch den Mängel gebessert werden und zur Mitte gelangen. Denn er besitzt die Eigenschaften des Freigebigen, indem er gibt und nicht nimmt, freilich beides nicht auf rechte und geziemende Weise. Gewöhnte er sich hieran oder würde er sonst wie zu einer Änderung seines Verhaltens vermocht, so wäre er freigebig. Er würde geben wem er soll, und nicht nehmen von wem er nicht soll. Er scheint also auch keinen schlechten Charakter zu haben. Im Geben und Nichtnehmen zu viel zu tun, verrät keinen schlechten und gemeinen, sondern nur einen törichten Mann. Jedenfalls gilt ein Verschwender dieser Art für viel besser als ein Geizhals, nicht blos aus den schon angegebenen Gründen, sondern auch darum, weil er vielen Menschen gutes erweist, der Geizhals aber keinem, nicht einmal sich selbst.

Die meisten Verschwender freilich nehmen, wie gesagt, da, wo sie es nicht sollen, und sind insofern nicht edelgesinnt, sondern den Geizigen gleich zu achten. Sie lernen zugreifen, weil sie ausgeben wollen, aber es nicht leicht können, indem ihnen die Mittel schnell ausgehen und sie sich dieselben darum von anderer Seite verschaffen müssen. Zugleich nehmen sie auch, da sie sich über die Erlaubtheit ihrer Handlungen keine Rechenschaft geben, ohne Rücksicht, wo sie nur bekommen können. Sie wollen nur geben; das Wie und Woher kümmert sie nicht. Darum sind ihre Gaben auch keine Erweise von Freigebigkeit, weil sie nicht sittlich gut sind, aus keinem sittlichen Beweggrunde entspringen und auch nicht in rechter Weise verteilt werden. Vielmehr bereichern sie oft Leute, die von rechtswegen arm sein sollten, und mögen Personen von bravem Charakter nichts geben, während sie Schmeichler oder Leute, die ihnen sonst ein Vergnügen machen, mit Geschenken überhäufen. Darum sind die Meisten von ihnen auch unmäßig. Denn da sie leichthin Aufwand machen, geben sie auch gern für Ausschweifungen Geld aus, und weil ihr Leben des sittlichen Haltes entbehrt, neigen sie den Lüsten zu.

Auf solche Abwege gerät der Verschwender, wenn er keine rechte Leitung hat; trifft er aber auf jemanden, der sich seiner annimmt, so kann er wohl noch zur Mitte und zu dem Schicklichen gelangen.

Dagegen ist der *Geiz* unheilbar. Denn das Alter und jede Schwäche scheint geizig zu machen. Und der Geiz liegt mehr in der menschlichen Natur als die Verschwendung, da die meisten Menschen mehr Freude am Gelderwerb als am Geben haben.

Der Geiz hat einen weiten Umfang und viele Formen, da man auf vielerlei Weise geizig sein kann. Während er nämlich in zwei Dingen besteht, einem Zuwenig im Geben und einem Zuviel im Nehmen, so ist doch nicht beides allen Geizigen vollständig eigen, sondern zuweilen kommt hier eine Trennung vor, indem die einen im Nehmen zu viel und die anderen im Geben zu wenig tun. Denn die Leute, die man unter Bezeichnungen wie Knicker, Knauser, Filze befaßt, lassen es sämtlich am Geben fehlen, fremdes Gut dagegen begehren sie nicht und wollen sie nicht wegnehmen, die einen aus einem gewissen Rechtsgefühl und aus Scheu vor der Schlechtigkeit – denn manche scheinen ihr Geld darum festzuhalten oder versichern wenigstens es darum festzuhalten, damit sie nicht einmal später zu einer unehrenhaften Handlung genötigt seien. Zu diesen gehören auch der Kümmelspalter und seines gleichen; er heißt so, weil er den Grundsatz, keinem etwas zu schenken, auf die Spitze treibt –. Die anderen wiederum hüten sich vor ungerechter Hinwegnahme aus Furcht, da es nicht leicht ist, selbst fremdes Gut wegzunehmen, ohne daß Andere einem dasselbe tun. Darum halten sie sich an den Grundsatz, weder zu nehmen noch zu geben.

Andere wiederum tun im Nehmen zu viel und nehmen woher sie können und was sie können, wie die, die schimpfliche Gewerbe betreiben: Hurenwirte und dergleichen, und Wucherer, die kleine Summen zu hohen Zinsen ausleihen. Denn alle diese nehmen woher sie nicht sollen und mehr als sie sollen. Als gemeinsam erscheint bei ihnen schimpfliche Gewinnsucht, da sie alle eines Gewinnes, und zwar eines kleinen Gewinnes wegen sich Schimpf und Schande gefallen lassen. Denn die Großes nehmen, jedoch nicht woher und was sie sollen, wie die

Gewaltherrscher, wenn sie Städte verwüsten und Tempel berauben, nennen wir nicht geizig, sondern vielmehr verrucht, gottlos und ungerecht. Dagegen gehören der Falschspieler und der Kleiderdieb und Räuber zu den Geizigen, weil sie schändlichen Gewinn suchen. Der Gewinn ist es ja, für den diese beiden Menschenklassen bei der Arbeit sind und Schande auf sich nehmen, und die einen setzen sich um des Raubes willen den größten Gefahren aus, die anderen übervorteilen ihre Freunde, denen sie geben sollten. Beide trachten also, da sie gewinnen wollen woher man nicht soll, nach schändlichem Erwerb, und jedes derartige Nehmen ist als gemeiner Geiz charakterisiert.

Der Geiz wird billig als das Gegenteil der Freigebigkeit bezeichnet. Er ist unsittlicher als die Verschwendung, und man fehlt in dieser Beziehung mehr als durch die Verschwendung, die wir beschrieben haben.

So viel sei denn von der Freigebigkeit und den ihr entgegengesetzten Lastern gesagt.

Viertes Kapitel.

Nach diesem liegt es nahe, auch von der *Hochherzigkeit* zu handeln. Scheint sie doch auch eine Tugend zu sein, die sich auf Hab und Gut bezieht. Sie erstreckt sich jedoch nicht wie die Freigebigkeit auf alle das Geld betreffenden Handlungen, sondern nur auf den Aufwand, und hier übertrifft sie die Freigebigkeit durch die Größe; denn sie ist, wie schon der Name einigermaßen anzeigt, der schickliche Aufwand im Großen. Groß ist nun ein relativer Begriff; der Aufwand eines Mannes, der aus seinen Mitteln ein Kriegsschiff stellt, ist ein anderer als der eines Mannes, der für die Kosten einer Festgesandtschaft aufkommt. So richtet sich denn die Schicklichkeit nach der Person und wechselt hier je nach der Sache und den Umständen. Wer im Kleinen oder Mittelmäßigen nach Gebühr ausgibt, heißt nicht hochherzig; also nicht wer mit *Ulisses* sagen kann: „Oft gab ich dem Bettler“ ; sondern wer dies im großen tut. Der Hochherzige ist edelgesinnt und freigebig; der Freigebige aber ist darum noch keineswegs hochherzig. Das Zuwenig dieses Habitus heißt *Engherzigkeit*, das Zuviel *Großtuerei*, *protzerhaftes Wesen* und was solcher Bezeichnungen mehr sind, die nicht ein Zuviel bei übrigens rechtmäßiger Veranlassung, sondern ein Prunken am unrechten Ort und auf unrechte Art ausdrücken. Wir werden darauf weiter unten zurückkommen.

Der Hochherzige gleicht einem Wissenden. Er weiß das Schickliche zu beurteilen und auf geziemende Weise großen Aufwand zu machen. Denn der Habitus wird, wie wir zu Anfang gesagt haben, durch die Akte sowie durch die Objekte charakterisiert, worauf er sich bezieht. Und so sind die Aufwendungen des Hochherzigen groß und der Schicklichkeit und Würde entsprechend, nicht minder aber die Werke, denen der Aufwand gilt, und so wird denn der Aufwand, den er macht, ebenso *groß* wie für das Werk *schicklich* sein. Das Werk muß also des Aufwands, der Aufwand des Werkes würdig sein oder es noch übertreffen. Solchen Aufwand aber macht der Hochherzige aus sittlichem Beweggrunde, wie es ja jeder Tugend eigen ist, und auch gern und ohne Bedenken, da das genaue Rechnen engherzig ist. Und er sieht mehr darauf, daß die Ausführung auf das schönste und geziemendste geschieht, als was sie kostet, und wie sie am billigsten wird. Der Hochherzige nun muß auch freigebig sein, da auch der Freigebige aufwendet was er soll und wie er soll, aber grade hierin, im Was und Wie, besteht das „Große" unseres Mannes, besteht die Große der Freigebigkeit, die es sonst mit denselben Dingen zu tun hat, und er wird mit dem gleichen Aufwand dasselbe Werk prächtiger und großartiger gestalten. Denn der Wert eines Besitzstückes und der eines Werkes ist nicht der gleiche. Bei einem Besitzstück, Gold z. B., entscheidet der höhere Preis über seinen Wert, bei einem Werke dagegen seine Größe und Schönheit. Der Anblick eines solches Werkes ruft unsere Bewunderung hervor, und Bewunderung zollen wir auch den Schöpfungen hochherzigen Sinnes. Der Wert des Werkes ist also seine überragende Pracht und Größe.

Fünftes Kapitel.

Zu den hochherzigen Aufwendungen gehören die sogenannten Ehrenleistungen, einmal Weihegeschenke für die Götter, Tempelbauten und Opfer, dann Aufwendungen für alles, was zum Kult der Dämonen, der Halbgötter, gehört, endlich alles, was edler Wetteifer für das Gemeinwesen leistet, wie wenn man z. B. glaubt, einen Festchor glänzend ausstatten oder ein Kriegsschiff stellen oder auch der Stadt einen Schmaus geben zu sollen.

Bei allen Aufwendungen aber ist, wie gesagt, auch bezüglich der Person, die sie macht, zu berücksichtigen, wer sie ist und welche Mittel sie zur Verfügung hat. Hier muß das rechte Gleichmaß vorhanden sein, so daß der Aufwand sich nicht nur für das Werk geziemt, sondern auch für die Person. Darum kann kein Unbemittelter hochherzig, das heißt im großen Stile freigebig sein. Er hat ja nicht wovon er schicklich und geziemend Aufwand machen könnte, und wollte er es versuchen, so wäre er töricht. Denn es wäre eine Verläugnung von Maß und Schicklichkeit, während doch das rechte Handeln sich nach dem Können richtet. Schicklich ist dagegen solcher Aufwand einerseits für reiche Leute, mögen sie nun ihren Besitz sich selbst oder ihren Vorfahren oder Verwandten verdanken, andererseits für Männer von edler Abkunft oder hohem Ansehen und dergleichen. Denn in all dem liegt Größe und Würde.

So ist denn vor allem, wie gesagt, dieses die Art, in der sich der Hochherzige zeigt, und dieses die Art von Aufwendungen, die Hochherzigkeit bekunden. Denn die genannten Ausgaben sind die größten und ehrenvollsten. Von den Privatausgaben aber gehören hieher die nur einmal vorkommenden, wie für Hochzeiten und dergleichen, ferner die Aufwendungen für eine Sache, um die sich die ganze Stadt oder die Vornehmen bemühen, die Kosten für die Aufnahme und das Geleite von Gästen und für Geschenke und Gegengeschenke. Denn der Hochherzige macht keinen Aufwand für sich, sondern für die Allgemeinheit, und die Geschenke haben eine gewisse Ähnlichkeit mit den Weihegaben.

Der Hochherzige muß aber auch sein Haus entsprechend seinem Reichtum bauen, da auch dies eine Ehre ist, und er muß für dauerhaftere Werke einen höheren Aufwand machen, da diese ihrem Stoffe nach am schönsten sind. Auch muß er in allem das Geziemende beobachten. Nicht das nämliche geziemt sich, wo es sich um Götter und wo es sich um Menschen, und nicht das nämliche, wo es sich um einen Tempel und wo es sich um ein Grabmal handelt. Jeder Aufwand hat seine eigenartige Größe. Am großartigsten ist ein solcher, der im großen groß ist; aber auch der ist großartig, der in einem anderen Falle entsprechend groß ist. Die Größe der Sache ist von der Größe das Aufwands wohl zu unterscheiden. Der schönste Ball und das schönste Ölfläschchen hat die Großartigkeit, die ein Geschenk für Kinder haben kann, wenn auch die Gabe geringen Wert besitzt und noch keine Freigebigkeit beweist. Daher gehört es zur Weise des Hochherzigen, in jeder Art von Fällen etwas großes zu tun. Denn so kann sein Verfahren nicht leicht überboten werden und entspricht der Bedeutung der Sache, welcher der Aufwand gilt.

Sechstes Kapitel.

So also ist der Hochherzige, der Mann der Freigebigkeit im großen beschaffen. Wer aber hier zu viel tut und ein *Protzer* ist, tut insofern zu viel, als er ungebührlichen Aufwand macht, wie wir gesagt haben. Er verwendet viel bei Anlässen, die nur einen bescheidenen Aufwand erfordern, indem er z. B. eine alltägliche Gesellschaft von guten Freunden wie Hochzeitsgäste bewirtet oder, falls er die Kosten einer Komödie zu bestreiten hat, für den Aufzug des Chores Purpurdecken ausbreiten läßt, wie die *Megarenser*. Und das alles wird er nicht aus sittlichen Beweggründen tun, sondern um seinen Reichtum zu zeigen, und in der Erwartung, dadurch die Bewunderung auf sich zu ziehen. Er macht wenig Aufwand wo viel, und viel Aufwand wo wenig sich gehören würde.

Der *Engherzige* und *Kleinliche* wird es in allem fehlen lassen und bei den größten Aufwendungen durch Knausern im kleinen das Ganze um seine Schönheit bringen. Bei allem, was er ausführt, bedenkt er sich und ist besorgt, wie es am billigsten abgemacht werden kann, und dabei klagt er beständig und meint überall mehr zu tun, als er soll.

Diese Charakterrichtungen sind nun zwar wirkliche sittliche Mängel, doch bringen sie nicht in Schande, weil sie dem Nächsten nicht schaden und ihre sittliche Häßlichkeit nicht besonders hervorsticht.

Siebentes Kapitel.

Die *Seelengröße*, der *Hochsinn* , scheint schon dem Namen nach auf hohes und großes zu gehen. Suchen wir also vorab zu ermitteln, auf was für großes er geht. Ob wir hier nach dem Habitus selbst oder nach seinem Inhaber fragen, macht keinen Unterschied.

Hochsinnig scheint zu sein wer sich selbst großer Dinge für würdig hält und deren auch würdig ist. Denn wer es unbilligerweise tut, ist ein Tor, kein tugendhafter Mann aber ist ein Tor oder ein Unverständiger. So ist denn ein solcher Mann hochsinnig. Denn wer nur kleiner Dinge würdig ist und sich selbst nur deren für würdig hält, ist besonnen, nicht hochsinnig. Der Hochsinn beruht auf Größe, wie auch die Schönheit einen großen Körper erfordert, während kleine Personen wohl zierlich und gut proportioniert sein können, schön aber nicht.

Wer sich großer Dinge für würdig hält, ohne es zu sein, ist *aufgeblasen*; wer größerer, als er würdig ist, ist nicht immer aufgeblasen; wer kleinerer, als er würdig ist, hat *niederen Sinn*, mag er nun großer oder mittelmäßiger oder kleiner Dinge würdig sein, wofern er sich nur noch tiefer stellt. Am meisten scheint hier derjenige niederen Sinnes zu sein, der großer Dinge wert ist. Denn was täte er erst, wenn er nicht so großer Dinge wert wäre?

Der Hochgesinnte stellt in Bezug auf Größe das Extrem dar, die Mitte aber insofern, als er sich richtig verhält. Denn er bewertet sich selbst nach Würde. Die Anderen tun zu viel oder zu wenig. Wenn er sich nun großer Dinge wert hält und wert ist, und beides ganz besonders von den allergrößten gilt, so muß es sich hier ganz besonders um Eines handeln. Nun gebraucht man das Wort Wert von den äußeren Gütern. Von diesen

Gütern aber gilt uns als höchstes jenes, was wir den Göttern erweisen, wonach der Sinn der Würdigsten vor allem steht und was der Preis für das Schönste ist. Ein solches Ding aber ist die Ehre; sie ist von allen äußeren Gütern das größte. So wird es also die Ehre und die Unehre sein, denen gegenüber der Hochgesinnte sich verhält wie es recht ist. Aber auch abgesehen von Vernunftgründen zeigt die Erfahrung, daß der Hochsinn es mit der Ehre zu tun hat. Die Ehre, die gebührende, ist es nämlich ganz besonders, deren die Großen sich wert halten.

Wer niederen Sinnes ist, schätzt sich zu niedrig ein, niedriger, als er selbst verdient, und niedriger im Vergleich zur Würde des Hochgesinnten. Dagegen der Aufgeblasene bewertet sich zu hoch, wenn er nach sich selbst, nicht aber, wenn er nach dem Hochgesinnten gemessen wird.

Der Mann der hohen Gesinnung muß, wenn anders er des Größten wert ist, auch der Beste sein. Denn des Größeren ist immer der Bessere, und des Größten der Beste wert. Mithin muß der wahrhaft Hochgesinnte tugendhaft sein. Ja, der eigentümliche Vorzug des Hochgesinnten scheint sogar das Große in jeder Tugend zu sein. Würde es doch zu hoher Gesinnung keineswegs passen, Hals über Kopf die Flucht zu ergreifen oder eine Ungerechtigkeit zu begehen. Denn weswegen täte Schändliches wem nichts groß ist? Und gingen wir so die anderen Tugenden der Reihe nach durch, der Hochgesinnte erschiene jedesmal sehr lächerlich, wenn er dieselben nicht besäße. Verdiente er ja auch nicht einmal Ehre, wenn er ein schlechter Mann wäre. Denn die Ehre ist der Tugend Preis, und den Guten wird sie zuerkannt. So erscheint denn die hohe Gesinnung wie ein Schmuck der anderen Tugenden. Sie hebt sie auf eine höhere Stufe und kann ohne sie nicht zur Entwickelung kommen. Daher ist es schwer, wahrhaft hochgesinnt zu sein. Denn es ist nicht möglich ohne vollendete Charakterbildung.

Der Hochgesinnte hat es also vorzüglich mit Ehre und Unehre zu tun. Über die großen Ehren und die, die ihm von seiten der Besten widerfahren, wird er sich in maßvoller Weise freuen, als empfinge er was ihm gebührt oder auch weniger als das. Denn eine Ehre, die der vollendeten Tugend würdig wäre, gibt es nicht. Doch wird er solche Ehren wenigstens sich gefallen lassen, weil man ihm nichts größeres erweisen kann. Eine Anerkennung aber, die ihm vom ersten Besten oder wegen einer Kleinigkeit zu teil wird, wird ihn vollkommen gleichgültig lassen, weil sie seiner nicht würdig ist. Ebenso läßt ihn eine Verunglimpfung kalt, da sie ihn nicht mit Recht treffen kann.

Vorzüglich also, wie gesagt, bewährt sich der Hochgesinnte als solcher in seinem Verhalten gegenüber der Ehre. Indessen wird er auch in Bezug auf Reichtum, Macht und jede Art von Glücksfällen und Unglücksfällen sich maßvoll benehmen, und wird sich weder im Glück übermäßig freuen, noch im Unglück sich übermäßig betrüben. Das tut er ja auch nicht in betreff der Ehre, die doch das Größte ist. Denn Macht und Reichtum sind um der Ehre willen begehrenswert, und die sie haben, wollen ihretwegen geehrt werden. Wem nun selbst die Ehre ein Geringes ist, für den muß auch anderes gering sein. Daher machen Hochgesinnte den Eindruck, als wären sie stolz.

Achtes Kapitel.

Auch Glücksgüter scheinen zum Hochsinn beizutragen. Die Männer von vornehmer Abkunft, Einfluß und Besitz hält man der Verehrung wert. Sie befinden sich in hervorragender Stellung, und alles, was im guten hervorragt, steht in erhöhtem Ansehn. Darum machen solche Vorzüge auch den Menschen hochsinniger, da man ihretwegen von manchen Seiten Ehre erfährt. Aber in Wahrheit macht nur die Tugend verehrungswürdig; wem aber beides geworden, wird mehr dafür angesehen. Die aber ohne Tugend derartige Vorzüge besitzen, haben weder gerechten Grund sich selbst für großer Dinge würdig zu halten, noch werden sie mit Recht hochgesinnt genannt. Denn jene Würdigkeit und diese Gesinnung ist ohne Tugend gar nicht möglich. Ja, die sich solcher Vorzüge erfreuen, werden auch stolz und übermütig, da es ohne Tugend nicht leicht ist, das Glück maßvoll zu ertragen. Und da sie es nicht ertragen können und über Andere erhaben zu sein glauben, so begegnen sie diesen verächtlich und tun selbst was ihnen einfällt. Denn sie wollen es dem Hochgesinnten gleich tun, ohne doch ihm ähnlich zu sein, und so tun sie es, wo sie es allein können: die Werke der Tugend verrichten sie nicht, verachten aber die Anderen. Wenn aber der Hochsinnige verachtet, tut er es mit Fug, da er richtig urteilt; der große Haufe aber bestimmt sich zur Verachtung nach bloßer Laune.

Der Hochgesinnte bringt sich nicht für kleines in Gefahr und ist nicht waghalsig, weil er dafür wenige Dinge hoch genug achtet. Dagegen setzt er sich um großes der Gefahr aus, und tut er es, so schont er seines Lebens nicht, da es ihm zu schlecht ist, um jeden Preis zu leben. Er vermag wohl zu tun, scheut sich aber, Wohltaten zu empfangen. Denn jenes ist dem Höheren, dieses dem Niederen angemessen. Er erwiedert die Wohltaten durch größere, so daß der Spender der ersten Wohltat ihm verpflichtet wird und den Vorteil hat. Sie gelten auch für solche, die für Personen, denen sie gutes erwiesen, ein gutes Gedächtnis haben, nicht aber für solche, von denen sie es empfangen haben. Denn der Empfänger einer Wohltat steht unter dem Geber, und er will überlegen sein. Auch hört er von Diensten, die er anderen erwiesen, gern reden, nicht aber von denen, die sie ihm erzeigt. Deshalb, meint man, zähle auch Thetis dem Zeus nicht die Wohltaten auf, die sie ihm erwiesen , und auch die Lacedämonier taten dieses gegen die Athener nicht, sondern erwähnten nur die von ihnen empfangenen. Auch ist es dem Hochgesinnten eigen, Andere um nichts anzusprechen oder es doch ungern zu tun, aber gerne gefällig zu sein; ferner gegenüber Hochstehenden und Reichen eine vornehme Haltung zu beobachten, aber gegen gewöhnliche Leute sich einer schlichten Freundlichkeit zu befleißen. Denn jenen überlegen zu sein, ist schwer und rühmlich, bei diesen aber ist es leicht; und unter jenen seine Würde geltend zu machen, ist nicht unedel, aber gegen Niedrige ist es eben so widerwärtig, als gegen Schwache seine Stärke zu gebrauchen.

Es ist nicht seine Art, sich an Dinge heranzumachen, die in Ansehen bringen, oder wo Andere die erste Rolle spielen. Er ist langsam und bedächtig, außer wo es sich um eine große Ehre oder um ein großes Ding handelt. Nicht vielerlei nimmt er in die Hand; aber was er tut, ist groß und gibt einen Namen. Er muß auch ein offener Hasser sein und ein offener Freund. Denn nur die Furcht versteckt sich. Ihm steht die Wahrheit unvermeidlich höher als Menschenmeinung, und er kann nicht anders als offen reden und handeln. Denn er ist voller Freimut, weil er auf die Personen nicht achtet. Darum ist er auch wahrhaftig, wofern er nur nicht ironisch spricht, was er vor der Menge zu tun liebt.

Es ist ihm auch eigen, daß er nicht in fremder Abhängigkeit leben kann als nur in der von Freunden. Denn das ist knechtisch, daher auch alle Schmeichler lohndienerisch und die Menschen von niedriger Gesinnung Schmeichler sind. Auch das Bewundern ist nicht seine Sache, da nichts groß für ihn ist. Auch nicht die Erinnerung an erlittene Beleidigungen. Denn er hält sich nicht viel mit Erinnerungen auf, besonders nicht mit solchen an erlittene Unbilde, sondern sieht darüber hinweg.

Es ist auch nicht seine Art, viel von Menschen zu reden, weder von sich, noch von Anderen. Ihm liegt ja nicht daran, daß er gelobt werde, noch daß Andere getadelt werden. Aber auch vom Loben ist er kein Freund. Und weil er überhaupt nicht viel von Anderen spricht, so sagt er auch nichts Schlimmes von ihnen, nicht einmal von seinen Feinden, es sei denn, wenn sie übermütig werden.

Am wenigsten hat er die Neigung, über des Lebens Notdurft und täglichen Anspruch zu jammern und um Abhilfe zu bitten. Denn so stellt sich nur an wem solche Dinge sehr am Herzen liegen. Ihm ist es mehr um den Besitz des Schönen, das keinen Gewinn abwirft, zu tun, als um das, was Vorteil und Nutzen bringt. Denn das steht einem Manne der sich selbst genügt, besser an.

Man hat auch die Vorstellung, daß der Gang des Hochgesinnten langsam, seine Stimme tief, seine Rede ruhig sein müsse. Denn ein Mann, dem weniges wichtig ist, pflegt nicht eilfertig zu sein und wer nichts für groß erachtet, seine Stimme nicht anzustrengen. Das laute Sprechen und hastige Gehen kommt aber daher, daß man einen solchen hohen Standpunkt im gegebenen Falle verläugnet.

Neuntes Kapitel.

So also ist der Mann der hohen Gesinnung beschaffen. Wem aber hier ein Mangel anhaftet, hat *niederen Sinn,* und wem ein Übermaß anhaftet, ist *aufgeblasen.* Jedoch scheinen auch solche Leute nicht eigentlich böse zu sein, da sie keine lasterhaften Handlungen begehen, aber sie leiden doch an einem Charakterfehler.

Da der *Mann niederen Sinnes,* der *Mann ohne Seelengröße,* des Guten wert wäre, so beraubt er sich dessen, worauf er Anspruch hätte, und verrät so gewissermaßen ein sittliches Gebrechen, da er sich selbst des Guten nicht für wert erachtet; auch scheint er sich selber nicht zu kennen, da er sonst nach dem, was er verdient, und was doch gut ist, verlangen würde. Indessen scheinen solche Personen nicht dumm zu sein, sondern sie machen sich vielmehr zu viele Gedanken und sind darum ängstlich. Eine solche verkehrte Selbsteinschätzung muß den Menschen aber auch verschlechtern. Denn während jedermann nach dem strebt, was ihm gebührt, verzichten solche Leute, gleich Unberufenen, auf schöne Taten und hohe geistige Bestrebungen und entsprechend dann auch auf die äußeren Güter.

Die *Aufgeblasenen* sind töricht und der Selbsterkenntnis bar und dies in augenscheinlicher Weise. Sie machen sich an rühmliche und hohe Dinge, als wären sie ihnen gewachsen, und offenbaren dann nur ihr Unvermögen. Sie zieren sich auch in Kleidung und Haltung und dergleichen, tragen ihre Glücksgüter zur Schau und reden von ihrer eigenen Person, als ob sie sich damit in Ansehen brächten.

Dem Hochsinn ist der niedere Sinn mehr entgegengesetzt als die Aufgeblasenheit. Denn der niedere Sinn kommt häufiger vor und ist der schlimmere Fehler.

Zehntes Kapitel.

Während der Hochsinn es, wie gesagt, mit der Ehre im großen zu tun hat, scheint die Ehre, wie wir schon in den ersten Abschnitten erklärt haben, auch noch Gegenstand einer anderen Tugend zu sein, einer Tugend, die sich zum Hochsinn ähnlich wie die Freigebigkeit zur Hochherzigkeit verhält. Denn diese beiden Tugenden halten sich vom Großen fern, geben uns aber in betreff des Mittelmäßigen und Kleinen die rechte Verfassung.

Wie es also beim Nehmen und Geben von Geld und Geldeswert eine Mitte wie ein Übermaß und einen Mangel gibt, so gibt es auch bei der Ehrbegierde ein Mehr und ein Minder als sich gehört, wie auch eine Mitte, die bewirkt, daß man die Ehre da sucht, wo sie wirklich zu finden ist, und zugleich im Verlangen nach Ehre das rechte Maß beobachtet. Wir tadeln einerseits den *Ehrgeizigen*, weil er im Übermaß und aus unrechter Quelle Ehre gewinnen will, anderseits tadeln wir den *Nichtehrgeizigen*, weil er nicht einmal die Ehre sucht, die aus dem sittlich Schönen erwächst. Es kommt aber auch, wie wir schon in den früheren Abschnitten bemerkt haben, vor, daß wir den Ehrgeizigen als mannhaft und für das Gute begeistert und den Nichtehrgeizigen als maßvoll und besonnen mit Lob erheben.

Man sieht also, daß man die Bezeichnung „ehrgeizig" in verschiedenem Sinne gebraucht, und wir darum, wenn wir jemanden so nennen, es nicht immer mit Bezug auf das Nämliche tun, sondern beim Lobe daran denken, daß einer mehr auf Ehre sieht als der große Haufe, beim Tadel dagegen daran, daß er es mehr tut als recht ist. Da nun die Mitte keine eigene Bezeichnung hat, so scheinen die Extreme um sie, als wäre sie unbesetzt, zu streiten. Aber wo Übermaß und Mangel ist, da ist auch eine Mitte. Und da man nach der Ehre teils mehr teils weniger als sich geziemt, streben kann, so kann es auch in geziemender Weise geschehen, und mit dem Lobe, das hier gespendet wird, ist dieser Habitus gemeint, der in Bezug auf die Ehre die Mitte hält und keinen Namen hat.

Er erscheint, gegen den Ehrgeiz gehalten, als Mißachtung der Ehre, gegen die Mißachtung der Ehre gehalten, als Ehrgeiz, gegen beides gewissermaßen als beides. Dies scheint auch bei den anderen Tugenden der Fall zu sein, nur daß in unserem Falle blos die Extremen sich gegenüber zu stehen scheinen, weil derjenige, der sich in der Mitte hält, keinen Namen hat.

Elftes Kapitel.

Sanftmut ist die Mitte bei den Zornesaffekten. Da aber der Mittlere und auch so ziemlich die Extremen unbenannt sind, so beziehen wir die Sanftmut, die doch nach Seiten des gleichfalls unbenannten Mangels neigt, auf den Mittleren. Das Übermaß kann man *Zornmütigkeit* nennen. Denn der Affekt ist *Zorn*, was ihn aber hervorruft, ist vieles und verschiedenes.

Wer nun zürnt worüber er soll, und wem er soll, und dazu wie, wann und solange er soll, wird gelobt, und so wäre er denn der *Sanftmütige*, wenn anders die Sanftmut Lob erhält. Denn der Sanftmütige soll ein Mann sein, der sich nicht verwirren und von seinem Affekt fortreißen läßt, sondern in der Art, in der Veranlassung und in der Dauer seines Zornes nur der Vernunft Gehör gibt. Er scheint aber vielmehr nach seite des Mangels zu *fehlen*, weil der Sanftmütige nicht zur Rache, sondern vielmehr zum Verzeihen geneigt ist.

Der Mangel, mag er nun *Zornlosigkeit* oder sonst was immer sein, erfährt Tadel. Denn die nicht zürnen worüber sie sollen, und nicht wie sie sollen, noch wann, noch wem sie sollen, scheinen töricht zu sein. Man meint ja, ein solcher Mensch habe keine Empfindung und könne nicht gekränkt werden und sei wehrlos, da er nicht zornig werde. Sich aber Schimpf gefallen zu lassen und seine Angehörigen nicht dagegen zu schützen, verrät knechtischen Sinn.

Das Übermaß kann in allen Beziehungen stattfinden. Man kann zürnen wem man nicht soll, und worüber man nicht soll, und ärger und schneller und länger als man soll. Aber nicht alles findet sich in derselben Person vereinigt. Das wäre unmöglich; denn das Schlechte vernichtet sich selbst und würde in seiner Vollständigkeit unerträglich. Die *Zornmütigen* werden nun zwar schnell zornig und werden es über wen sie es nicht sollen, und worüber sie nicht sollen, und ärger als sie sollen. Sie hören aber schnell auf zu zürnen, und das ist das beste an ihnen. Dieses widerfährt ihnen, weil sie den Zorn nicht in sich verschließen, sondern wegen ihrer Reizbarkeit offen herausfahren und dann wieder ruhig werden. Übermäßig aufgeregt aber sind die *Jähzornigen* und bei allem und über alles zum Zorne geneigt; daher auch ihr Name. Die *Bittern* sind schwer versöhnlich und zürnen lange Zeit. Denn sie verschließen ihren Grimm in sich. Die Ruhe aber stellt sich ein, wenn man Vergeltung geübt hat. Denn die Rache setzt dem Zorne ein Ziel, indem sie Freude an Stelle des Schmerzes hervorruft. So lange dieses nicht geschieht, bleibt der Druck auf ihnen lasten. Denn da ihre Stimmung nicht nach außen tritt, so redet auch niemand ihnen gütlich zu, und um für sich selber den Zorn zu verwinden, braucht es Zeit. Solche Leute sind sich selbst und ihren besten Freunden eine schwere Last. *Grimmig* nennen wir die, die aus unrechtem Anlaß und mehr und länger als sich gehört, zürnen und nicht eher aufhören, bis Rache oder Strafe erfolgt ist.

Zu der Sanftmut stellen wir mehr das Übermaß des Zorns in Gegensatz. Denn einmal kommt dasselbe häufiger vor, da es mehr in der menschlichen Art liegt, sich zu rächen. Und dann ist auch mit den Grimmigen schlechter umgehen als mit denen, die übermäßig milde sind.

Aus dem Gesagten ergibt sich eine Wahrheit, von der wir schon bei früherer Gelegenheit gesprochen haben. Es ist nicht leicht, genau zu bestimmen, wie und wem und worüber und wie lange man zürnen soll, und welches die Grenze des rechten und des verkehrten Verhaltens ist. Denn wer dieselbe nur um weniges überschreitet, sei es nach seiten des Zuviel oder des Zuwenig, erfährt keinen Tadel. Zuweilen loben wir diejenigen die das Zuwenig haben und nennen sie sanftmütig; zuweilen loben wir auch die Zornigen als zum Herrschen geeignet. Wie weit also und wie man von der Mitte abweichen muß, um dem Tadel zu verfallen, läßt sich nicht leicht mit Worten angeben, da das Urteil es hier mit dem Einzelnen zu tun hat und dem Sinne anheimfällt.

So viel ist jedenfalls klar, daß die Mitte ein lobenswerter Habitus ist, vermöge dessen wir zürnen wem wir sollen und worüber wir sollen, und was sonst noch alles hieher gehört; und daß das Übermaß und der Mangel tadelnswert sind, und zwar wenn beide gering sind in geringem Maße, wenn bedeutender, in höherem, und wenn sehr bedeutend, im höchsten Maße.

Man sieht also, daß man sich an den mittleren Habitus zu halten hat.

Hiermit sind die auf den Zorn bezüglichen Charaktereigenschaften erledigt.

Zwölftes Kapitel.

Was den Umgang, das Zusammenleben und den Verkehr in Worten und Handlungen betrifft, so scheinen die einen *gefallsüchtig* zu sein, jene nämlich, die alles den Leuten zu liebe loben, einem in keiner Sache entgegentreten, sondern sich für verpflichtet halten, denen, die mit ihnen verkehren, nicht unangenehm zu werden. Diejenigen, die umgekehrt wie die Vorigen in allem widersprechen und sich nicht im mindesten darum kümmern, ob sie jemanden unangenehm werden, werden *eigensinnig* und *streitsüchtig* genannt.

Es ist klar, daß die genannten Charaktereigenschaften tadelnswert und die zwischen ihnen in der Mitte liegende Eigenschaft, vermöge deren man billigt und verwirft was man soll und wie man soll, lobenswert ist. Sie hat aber keinen Namen bekommen, gleicht jedoch am meisten der Gesinnung, die den Verkehr unter Freunden bestimmt. Denn wer den mittleren Habitus besitzt, ist das, was wir meinen, wenn wir von einem rechten Freunde sprechen, nur daß bei diesem noch die Liebe hinzukommt. Denn der Unterschied dieser Eigenschaft von der Freundschaft besteht darin, daß ihr der Affekt abgeht, die Liebe zu denen, mit welchen man verkehrt. Wer die gedachte Eigenschaft hat, nimmt jegliches gebührend auf, nicht weil er liebt oder haßt, sondern weil es so in seinem Wesen liegt. Er wird dies gleichmäßig gegen Unbekannte und Bekannte, gegen Nahestehende und Fernstehende tun, nur freilich gegen jeden, wie es sich paßt. Denn es ist nicht geziemend, das gleiche Interesse an Vertrauten und Fremden zu nehmen, und ebensowenig sie ohne Unterschied unangenehm zu berühren.

Im allgemeinen also gilt, wie gesagt, daß er im Verkehr sich auf die rechte Art verhalten wird. Er ist von der Rücksicht auf das Gute und Nützliche bestimmt, wenn er bestrebt ist, verletzendes zu vermeiden oder Anderen Vergnügen zu machen. Denn da er es mit dem Angenehmen und Unangenehmen des Umgangs zu tun hat, so wird er, falls er zu dem Vergnügen Anderer nicht beitragen kann, ohne daß es für ihn unsittlich oder schädlich ist, dasselbe jedesmal mißbilligen und lieber Anstoß erregen. Und wenn eine Handlung ihrem Urheber keinen kleinen Schimpf oder Schaden bringt, der Widerspruch aber eine kleine Unlust hervorruft, so wird er nicht zustimmen, sondern seine Mißbilligung äußern. Er wird sich anders im Verkehr mit Hochgestellten und mit gewöhnlichen Leuten, mit näheren und entfernteren Bekannten verhalten und ebenso die sonstigen Unterschiede berücksichtigen, indem er jedem gibt was ihm zukommt. An und für sich macht er sich lieber angenehm und scheut sich zu verletzen, berücksichtigt dabei jedoch die Folgen, wenn sie größer sind, ich meine das Gute und Nützliche. Auch wird er gegebenen Falls wegen einer darauf folgenden großen Freude eine kleine Unlust hervorrufen.

So also ist beschaffen wer die Mitte hält, doch hat er keine eigene Bezeichnung erhalten. Von denen, die sich angenehm machen wollen, ist derjenige, der nur hierauf und auf sonst nichts bedacht ist, *gefallsüchtig*; wer es aber dabei auf seinen Vorteil, auf Geld und Geldeswert, abgesehen hat, ist ein *Schmeichler*. Wer aber gegen jedermann unangenehm ist, der ist, wir haben es schon gesagt, *eigensinnig* oder *launenhaft* und *streitsüchtig* oder *zänkisch*.

Der Gegensatz scheint hier nur in den Extremen zu liegen, weil die Mitte unbenannt ist.

Dreizehntes Kapitel.

So ziemlich auf gleichem Gebiete liegt jene Tugend, die der *Prahlerei* gegenüber die Mitte darstellt. Auch sie ist unbenannt, doch schadet es nicht, auch dergleichen Eigenschaften zu erörtern, da man durch die Behandlung des Einzelnen eine bessere Erkenntnis der Moral erlangt, und man weiter auch in der Überzeugung, daß die Tugenden Mitten sind, bestärkt wird, wenn man sieht, daß es überall so ist. Was nun die gesellschaftlichen Tugenden betrifft, so ist von denen, die es mit dem Angenehmen und Unangenehmen des Umgangs zu tun haben, die Rede gewesen, und so wollen wir denn jetzt von denen handeln, die der Wahrheit und Unwahrheit in Wort und Werk und Gebahrung zugetan sind.

Der *Prahler* scheint sich den Anschein rühmlicher Eigenschaften zu geben, solcher, die er nicht hat, und größerer als er hat; der *Ironische* umgekehrt scheint seine wirklichen ehrenvollen Eigenschaften zu verläugnen oder zu verkleinern; derjenige endlich, der die Mitte hält, der als Mann der Wahrheit in Wort und Tat immer er selbst ist, gibt was er Lobenswertes an sich hat, zu, ohne es zu vergrößern oder zu verkleinern. Dies aber kann man freilich so wohl zu einem besonderen Zweck tun als ohne das. Doch jedermann spricht und handelt und lebt so, wie er habituell ist, so lange er keinen besonderen Zweck verfolgt.

Nun ist die Lüge an sich schlecht und tadelnswert und die Wahrheit gut und lobenswert. Und so ist auch der Wahrhaftige, der die Mitte hält, lobenswert; die aber mit Lügen umgehen, verdienen beide Tadel, nur der Prahler in höherem Maße. Wir wollen also jeden für sich betrachten, und zwar zuerst den Wahrhaftigen. Wir haben es aber wohlgemerkt jetzt nicht mit dem zu tun, der in Verträgen oder überhaupt in Dingen, die Gerechtigkeit und Ungerechtigkeit betreffen, wahrhaft ist – denn solches geht eine andere Tugend an –, sondern mit demjenigen, der auch wo nichts derartiges in Frage steht, in Rede und Leben bei der Wahrheit bleibt, weil er habituell so ist. Ein solcher Mann muß wohl billig gesinnt sein. Denn der Wahrheitsliebende, der auch wo nichts darauf ankommt, die Wahrheit sagt, wird dies um so eher tun, wenn es darauf ankommt.

Denn er wird sich vor der Lüge als einer Unsittlichkeit hüten, weil er sie an sich schon verabscheut. Ein solcher Mann aber ist des Lobes würdig. Er weicht von der Wahrheit (wenn sie nicht ganz feststeht) lieber nach Seiten des Zuwenig ab. Denn dies scheint passender zu sein, weil Übertreibungen widerwärtig sind.

Wer sich ohne besondere Absicht größer macht als er ist, gleicht zwar etwas einem schlechten Manne, weil er sonst nicht gern löge, ist aber wohl mehr ein leerer und eitler als ein böser Mensch. Hat er aber eine Absicht dabei, so ist er, wenn dieselbe auf Ehre und Ansehen gerichtet ist, wie der Prahler nicht allzusehr zu tadeln, geht sie aber auf Geld und Geldeswert, so zeigt er sich in einem häßlicheren Lichte. Die Prahlerei liegt aber nicht in dem Vermögen zu prahlen, sondern in dem freien Willen. Man ist ein Prahler auf Grund eines Habitus, weil man nämlich entsprechend beschaffen ist, wie man auch ein richtiger Lügner ist, weil man am Lügen selbst Freude hat, während ein anderer um des Ansehens oder des Gewinns willen lügt. Die also prahlen, um sich ein Ansehen zu geben, schreiben sich Eigenschaften zu, wegen deren man gelobt oder glücklich gepriesen wird. Die es aber des Gewinnes wegen tun, schreiben sich solche zu, von denen einmal ihre Nebenmenschen Vorteil haben, und deren Nichtvorhandensein sich sodann verbergen läßt; sie geben sich z. B. für kluge Wahrsager oder Ärzte aus. Darum legt man sich meistens grade dieses bei und tut groß damit. Denn hier treffen die genannten Bedingungen zu.

Die *Ironischen*, die sich in der Rede kleiner machen, geben sich als Leute von feinerer Sitte. Denn sie scheinen sich nicht aus Gewinnsucht solcher Rede zu bedienen, sondern um alle Aufgeblasenheit zu vermeiden. Am liebsten verläugnen sie was ihnen große Ehre macht, wie auch *Sokrates* zu tun pflegte. Die sich aber in kleinen und offenkundigen Dingen verstellen, nennt man „Baukopanurgen“ (sich zierende Schlauköpfe) und findet sie lächerlich, und zuweilen erscheint diese Eigenschaft als Prahlerei, z. B. wenn man ein lakonisches Kleid trägt. Denn wie in dem Übermaß, so steckt auch im übertriebenen Mangel Prahlerei. Die aber die Ironie mit

Maß und in nicht gar zu handgreiflichen und offenkundigen Dingen anwenden, erscheinen als freie und anmutige Menschen.

Den Gegensatz zur Wahrhaftigkeit scheint die Prahlerei zu bilden, weil sie der schlimmere Fehler ist.

Vierzehntes Kapitel.

Da es im Leben auch eine Erholung gibt und bei dieser eine mit heiterem Scherze verbundene Unterhaltung, so scheint es auch hier eine angemessene Art des Verkehrs zu geben, eine Art zu sprechen was und wie man soll, und ebenso zu hören, obschon es auch wieder einen Unterschied macht, ob man bei solchen Gesprächen das Wort führt oder blos zuhört. Offenbar findet sich aber auch hier der Mitte gegenüber ein Zuviel und ein Zuwenig.

Die nun im Scherzen zuviel tun, erweisen sich als *Possenreißer* und lästige Menschen, indem sie schlechterdings darauf aus sind, Spaß zu machen, und sich mehr Mühe geben, Lachen hervorzurufen, als etwas Anständiges zu sagen und die aufgezogene Person nicht zu verletzen. Die aber selbst niemals scherzen und denen, die einen Scherz machen, böse sind, erscheinen als *steif* und *trocken*. Die aber angemessen zu scherzen wissen, heißen *artig* und *gewandt*, als wüßten sie sich wohl zu wenden. Denn solche Scherze sind gleichsam Bewegungen des Charakters, des inneren Menschen, und wie man die Körper nach ihren Bewegungen beurteilt, so auch des Menschen sittliche Eigenart. Da aber das Komische ungemein beliebt ist und die Meisten für Scherz und Spott mehr als gebührlich eingenommen sind, so werden auch wohl die Possenreißer als angenehme Leute artig genannt. Daß sie sich aber von ihnen unterscheiden, und zwar nicht wenig, erhellt aus dem Gesagten.

Dem mittleren Habitus in dieser Beziehung ist auch die *Wohlanständigkeit* eigentümlich. Es verrät den anständigen Menschen, nur solches zu sagen und anzuhören, was sich für einen gesitteten und vornehmen Mann paßt. Gewisse Scherze nämlich geziemt es sich wohl für einen solchen Mann zu machen und anzuhören: es ist ein

Unterschied zwischen dem Scherz vornehmer und roher, dem Scherz gebildeter und ungebildeter Personen. Man kann das auch an den Lustspielen der Alten und der Neueren sehen: jenen lag das Komische in der Zotenreißerei, diesen liegt es vielmehr in der Doppelsinnigkeit, was beides in Bezug auf Schicklichkeit nicht wenig verschieden ist.

Wie ist nun der, der auf die rechte Weise *spottet*, zu bestimmen? Etwa dahin, daß er sage was für einen humanen Mann paßt, oder dahin, daß er den Hörer nicht kränke oder ihn gar ergötze? Oder sollte auch das zu unbestimmt sein? Ist doch dem dies, dem jenes unangenehm und angenehm, wonach sich dann auch die Aufnahme richtet, die das Gehörte findet. So wird denn gelten müssen, daß unser Mann sich nur solches zu sagen erlaubt, was er selbst gern mit anhört. Er wird sich also nicht alles erlauben. Der Spott ist eine Art Schmähung, und die Gesetzgeber verbieten gewisse Schmähungen; vielleicht sollten sie auch gewisse Spöttereien verbieten. Der freie und gebildete Mann wird sich nun von selbst so verhalten, indem er sich selbst gleichsam Gesetz ist.

So also ist der Mann der Mitte beschaffen, mag man ihn nun wohlanständig oder artig nennen.

Der Possenreißer hat eine Schwäche fürs Lächerliche. Er schont weder sich noch andere, wenn er nur die Leute zum Lachen bringen kann, und sagt Dinge, dergleichen ein feiner Mann nicht sagen, zum Teil nicht einmal anhören würde.

Der steife und griesgrämige Mann ist für solchen Verkehr unbrauchbar. Zur Unterhaltung trägt er nichts bei und nimmt Anstoß an allem. Und doch scheint Erholung und heiterer Scherz für das Leben notwendig.

So hätten wir denn von dreien Mitten im geselligen Leben gehandelt, die es sämtlich mit dem Verkehr in bestimmten Reden und Handlungen zu tun haben. Ihr Unterschied liegt darin, daß es sich bei der einen um die Wahrheit, bei den beiden anderen um das Lustbringende handelt. Und von denen, die es mit der Lust zu tun haben, bewegt sich die eine im Scherz, die andere in dem Verkehr des sonstigen Lebens.

Fünfzehntes Kapitel.

Von der *Scham* kann man nicht wohl wie von einer Tugend sprechen, da sie mehr von einem Affekt als von einem Habitus an sich hat. Man bestimmt sie als eine Furcht vor Schande, und sie betätigt sich ähnlich wie die Furcht vor Schrecklichem: wer sich schämt, errötet; wer den Tod fürchtet, erblaßt. So scheinen denn beide in gewissem Sinne etwas Körperliches zu sein, was wohl mehr einen Affekt als einen Habitus verrät.

Dieser Affekt paßt nicht für jedes Alter, sondern blos für das jugendliche. Wir nehmen an, daß der Mensch in diesem Alter diese Eigenschaft haben müsse, weil er unter dem Einflüsse der Leidenschaft steht und viele Fehler begehen würde, vor denen er durch das Schamgefühl behütet bleibt. Und wenn junge Leute Scheu und Scham zeigen, loben wir sie, bei einem alten Mann aber wird niemand die Verschämtheit loben, weil wir meinen, daß er nichts tun dürfe, worüber man sich schämen muß. Den tugendhaften Mann trifft es nicht, sich zu schämen, da man sich nur über Verkehrtheiten zu schämen braucht, die eben nicht vorkommen dürfen.

Wenn manches wirklich, manches nur nach menschlicher Auffassung schimpflich ist, so verschlägt das nichts. Man soll keines von beiden tun, und so wird man sich gar nicht zu schämen haben. Es verrät einen schlechten Mann, wenn man fähig ist, etwas, was irgend wie schimpflich ist, zu tun.

Ist man so gesinnt, daß man nach einer schlechten Handlung sich schämen würde, und hält sich deshalb für rechtschaffen, so ist das ungereimt. Denn man schämt sich über freiwillige Handlungen, der rechtschaffene Mann wird aber nie mit freiem Willen böses tun. So müßte denn die Scham bedingungsweise eine sittliche Eigenschaft sein, insofern man sich nämlich in dem Falle schämen würde, daß man wirklich schlechtes täte. Die Tugenden ertragen aber keine Bedingungen.

Wenn es eine Schlechtigkeit ist, unverschämt zu sein und ohne Scham und Scheu Schimpfliches zu tun, so ist es darum noch keine Tugend, bei solchen Handlungen Scham zu empfinden.

Auch die Enthaltsamkeit ist keine reine Tugend, sondern eine Eigenschaft von gemischter Art. Das wollen wir weiter unten nachweisen. Jetzt aber wollen wir von der Gerechtigkeit handeln.

Fünftes Buch.
Erstes Kapitel.

In Bezug auf die *Gerechtigkeit* und die *Ungerechtigkeit* ist zu untersuchen, mit was für Handlungen sie es zu tun hat, was für eine Mitte die Gerechtigkeit ist, und wovon das Gerechte die Mitte ist. Bei dieser Untersuchung wollen wir dasselbe Verfahren wie bei den vorhergehenden beobachten.

Wir sehen, daß jedermann mit dem Worte Gerechtigkeit einen Habitus bezeichnen will, vermöge dessen man fähig und geneigt ist, gerecht zu handeln, und vermöge dessen man gerecht handelt und das Gerechte will, und ebenso mit dem Worte Ungerechtigkeit einen Habitus, vermöge dessen man ungerecht handelt und das Ungerechte will. Dieses gelte denn auch uns als erste und allgemeinste Voraussetzung. Denn mit einem Habitus hat es eine andere Bewandtnis als mit den Wissenschaften und Vermögen. Ein und dasselbe Vermögen und ein und dasselbe Wissen umfaßt die Gegensätze ; ein Habitus aber, der es mit dem einen Glied des Gegensatzes zu tun hat, hat es nicht auch mit dem anderen zu tun. Von der Gesundheit z. B. kann nicht Entgegengesetztes ausgehen, sondern nur Gesundes. Wir sprechen von gesundem Gange, wenn Einer so geht, wie es ein gesunder Mensch tut. Demgemäß wird ein Habitus bald aus dem entgegengesetzten Habitus, bald aus seinem Subjekt erkannt. Weiß man was guter Stand der Gesundheit ist, so weiß man auch was schlechter Stand der Gesundheit ist, und ebenso wird aus dem was Gesundheit schafft, die Gesundheit und aus dieser jenes erkannt. Ist guter Stand der Gesundheit so viel als Festigkeit des Fleisches, so muß ihr schlechter Stand Schwammigkeit des Fleisches, und was Gesundheit schafft das sein, was dem Fleische Festigkeit gibt.

Wird das eine Glied eines Gegensatzes vieldeutig ausgesagt, so folgt meistens, daß auch das andere so ausgesagt wird; ist z. B. das Wort Recht vieldeutig, so ist es auch das Wort Unrecht.

Zweites Kapitel.

Man scheint nun tatsächlich von Gerechtigkeit und Ungerechtigkeit in mehrfachem Sinne zu sprechen, nur daß diese Homonymie, diese Verschiedenheit der Bedeutung bei Gleichheit des Wortes , nicht groß ist und sich darum versteckt oder nicht so offen hervortritt wie bei Dingen, die weit von einander liegen. Der Unterschied ist ja groß, wenn er in der Gestalt liegt, wenn z. B. das Wort Schlüssel gleichzeitig den Knochen unter dem Halse der Tiere und das Werkzeug zum Schließen der Türen bezeichnet.

Bestimmen wir also, wie viele Bedeutungen der Ausdruck „der Ungerechte“ hat. Ungerecht scheint zu sein: einmal der *Gesetzesübertreter*, sodann zweitens der *Habsüchtige*, der andere übervorteilt, endlich drittens der *Feind der Gleichheit*. Hieraus erhellt denn auch, daß gerecht sein wird wer die Gesetze beobachtet und Freund der Gleichheit ist. Mithin ist das Recht das Gesetzliche und das der Gleichheit Entsprechende, das Unrecht das Ungesetzliche und das der Gleichheit Zuwiderlaufende.

Da nun in der einen Klasse der Ungerechten der Habsüchtige steht, so wird derselbe es mit den Gütern zu tun haben, nicht mit allen, sondern mit denen, die äußeres Glück und Unglück bedingen, die zwar schlechthin und an sich immer gut sind, aber nicht immer für den Einzelnen. Die Leute aber beten und bemühen sich einzig um sie. Das sollte nicht sein. Sie sollten vielmehr beten, daß das schlechthin Gute auch ihnen gut sein möge, und sollten erwählen was für sie gut ist.

Der Ungerechte will aber nicht immer zu viel haben, sondern unter Umständen auch zu wenig, nämlich von dem, was an sich ein Übel ist. Da aber das kleinere Übel gewissermaßen als ein Gut erscheint und die Habsucht auf Güter gerichtet ist, so scheint ein solcher Mensch habsüchtig zu sein. In Wirklichkeit aber ist er ein Freund der Ungleichheit. Das ist nämlich der weitere und gemeinsame Begriff.

Auch der Gesetzesübertreter ist ungerecht. Dieses, die Gesetzwidrigkeit oder die Ungleichheit, umfaßt jede Ungerechtigkeit und ist jeder Ungerechtigkeit gemeinsam.

Drittes Kapitel.

Da uns der Gesetzesübertreter als ungerecht und der Beobachter des Gesetzes als gerecht galt, so ist offenbar alles Gesetzliche in einem bestimmten Sinne gerecht und Recht. Was nämlich von der gesetzgebenden Gewalt vorgeschrieben ist, ist gesetzlich, und jede gesetzliche Vorschrift bezeichnen wir als gerecht oder Recht. Die Gesetze handeln aber von allem, indem sie entweder den allgemeinen Nutzen verfolgen oder den Nutzen der Aristokraten oder den der Herrscher, mögen sie dies dank ihrer Tugend oder sonst einer auszeichnenden Eigenschaft sein. Und so nennen wir in einem Sinne gerecht *was in der staatlichen Gemeinschaft die Glückseligkeit und ihre Bestandteile hervorbringt und erhält.*

Das Gesetz schreibt aber vor, sowohl die Werke des Mutigen zu verrichten, z. B. seinen Posten nicht zu verlassen, nicht zu fliehen, nicht die Waffen von sich zu werfen, als auch die Werke des Mäßigen, z. B. nicht Ehebruch zu treiben und keine Gewalttat zu begehen, und die des Sanftmütigen, z. B. nicht zu schlagen oder zu schimpfen. Und ebenso verfährt es bezüglich der anderen Tugenden und Laster, hier gebietend, dort verbietend, und zwar tut es das in der rechten Weise, wenn es selbst gut gefaßt ist, dagegen schlechter, wenn es nachlässig, wie aus dem Stegreif entworfen ist.

Diese Gerechtigkeit ist die vollkommene Tugend, nicht die vollkommene Tugend überhaupt, sondern so weit sie auf andere Bezug hat – deshalb gilt sie oft für die vorzüglichste unter den Tugenden, für eine Tugend so wunderbar schön, daß nicht Abend- nicht Morgenstern gleich ihr erglänzt ; daher auch das Sprüchwort: in der Gerechtigkeit ist jegliche Tugend enthalten ; und für die vollkommenste Tugend, weil sie die Anwendung der vollkommenen Tugend ist –. Vollkommen ist sie aber, weil ihr Inhaber die Tugend *auch gegen andere ausüben kann* und nicht bloß für sich selbst. Denn viele können die Tugend in ihren eigenen Angelegenheiten ausüben, aber in dem, was auf andere Bezug hat, können sie es nicht. Darum scheint es ein treffender Spruch von *Bias* zu sein: „Erst das Amt zeigt den Mann". Denn der Amtsinhaber hat es ja mit anderen zu tun und gehört der Gemeinschaft an. Eben darum scheint auch die Gerechtigkeit allein unter den Tugenden ein fremdes Gut zu sein, weil sie sich auf andere bezieht. Denn sie tut was anderen frommt, sei es dem Herrscher, sei es dem gemeinen Wesen. Der Schlimmste ist also wer seine Schlechtigkeit sowohl gegen sich selbst wie gegen seine Freunde kehrt, der Beste aber wer seine Tugend nicht sowohl sich als anderen zugute kommen läßt. Denn dieses ist ein schweres Ding.

Die gesetzliche Gerechtigkeit ist demnach klein bloßer Teil der Tugend, sondern sie ganz, und die ihr entgegengesetzte Ungerechtigkeit kein Teil der Schlechtigkeit, sondern wieder sie ganz.

Wie die Tugend und diese Gerechtigkeit sich trotzdem unterscheiden, erhellt aus dem Gesagten. Beide sind dasselbe, ihr Begriff aber ist nicht derselbe, sondern insofern es sich um die Beziehung auf andere handelt, redet man von Gerechtigkeit, insofern es sich aber um einen Habitus handelt, der sich in den Akten der Gerechtigkeit auswirkt, redet man von Tugend schlechthin.

Viertes Kapitel.

Jedoch wir fragen nach der Gerechtigkeit als Teil der Tugend; eine solche gibt es nämlich, behaupten wir; und desgleichen nach der Ungerechtigkeit als besonderem Laster. Ein Zeichen für das Vorhandensein beider ist folgendes. Wer eine dem Gebiete anderer Verkehrtheiten angehörende Handlung begeht, tut zwar Unrecht, macht sich aber keiner Habsucht schuldig; z. B. wenn er aus Feigheit seinen Schild wegwirft oder in der Bosheit schimpft oder aus Geiz nicht mit Geld aushelfen will; handelt er aber habsüchtig, so begeht er oft keine von diesen Verkehrtheiten und auch gewiß nicht alle möglichen, und doch begeht er eine bestimmte Schlechtigkeit – denn man tadelt ihn – und zwar eine Ungerechtigkeit. Mithin gibt es noch eine andere Ungerechtigkeit, als einen besonderen Teil der ganzen, und ein Unrecht als einen besondern Teil des Unrechts, des Ungesetzlichen, überhaupt.

Ferner, wenn der eine einem Gewinne zuliebe Ehebruch begeht und noch Geld dazu bekommt, der andere dasselbe Verbrechen aus Wolllust verübt, so daß er Geld dafür ausgibt und Einbuße erleidet, so scheint der letztere vielmehr zuchtlos als habsüchtig zu sein, der erstere dagegen ungerecht, nicht zuchtlos; dies also offenbar des Gewinnes wegen.

Ferner, alle anderen Verstöße gegen die Gerechtigkeit lassen sich immer auf eine bestimmte Untugend zurückführen, z. B. der Ehebruch auf Zuchtlosigkeit, das Entweichen aus Reih und Glied auf Feigheit, Mißhandlung auf Zorn, unerlaubter Gewinn aber auf keine andere Untugend als auf Ungerechtigkeit.

So leuchtet denn ein, daß es außer der allgemeinen Gerechtigkeit noch eine andere, partikuläre gibt, die ihr darum synonym ist, weil in ihrer Begriffsbestimmung dieselbe Gattung wiederkehrt. Beide bedeuten nämlich etwas, was auf andere Bezug hat, nur bezieht sich die eine auf Ehre oder Eigentum oder Gesundheit oder in welchen Ausdruck wir das alles zusammenfassen mögen, und entspringt aus der unordentlichen Freude am Gewinn, während sich die andere auf alles bezieht, womit der Tugendhafte es zu tun hat.

Fünftes Kapitel.

Daß es also mehrere Gerechtigkeiten gibt und noch eine Gerechtigkeit neben der ganzen Tugend, ist klar. Bestimmen wir also, was und welcher Art sie ist.

Das Ungerechte zerfällt in das Ungesetzliche und das der Gleichheit Widerstreitende , das Gerechte in das Gesetzliche und das der Gleichheit

Entsprechende. Dem Ungesetzlichen entspricht nun diejenige Ungerechtigkeit, von der vorhin die Rede war. Da aber das der Gleichheit Zuwiderlaufende und das Ungesetzliche nicht dasselbe, sondern verschieden sind wie Teil und Ganzes – denn alles, was wider die Gleichheit verstößt, ist ungesetzlich, aber nicht alles Ungesetzliche streitet mit der Gleichheit, grade wie auch alles Zuviel die Gleichheit verletzt, aber nicht alles, was die Gleichheit verletzt, auch ein Zuviel ist – , so folgt, daß auch das Ungerechte und die Ungerechtigkeit hierin nicht dasselbe, sondern verschieden sind. Denn jene Ungerechtigkeit ist ein Teil der ganzen Ungerechtigkeit, und ebenso ist die Gerechtigkeit, nach der wir gegenwärtig fragen, ein Teil der ganzen Gerechtigkeit. Mithin müssen wir uns auch mit der Gerechtigkeit und Ungerechtigkeit und mit Recht und Unrecht *im engeren Sinne* beschäftigen. Jene Gerechtigkeit und Ungerechtigkeit also, die sich auf den ganzen Umfang der Tugend bezieht und die die Anwendung der ganzen Tugend, beziehungsweise des ganzen Lasters, auf unser Verhältnis zu anderen Menschen ist, möge als erledigt gelten. Ebenso ist leicht zu ersehen, wie das diesen entsprechende Recht und Unrecht zu bestimmen ist. Der größte Teil der Gesetzesvorschriften nämlich betrifft Handlungen der ganzen Tugend. Denn das Gesetz gebietet, im Leben jede Tugend zu üben und verbietet, irgend welchem Laster Raum zu geben. Das Mittel aber diese ganze Tugend zu verwirklichen sind jene gesetzlichen Bestimmungen, die die Erziehung für das Gemeinwesen regeln. Was freilich die Einzelerziehung betrifft, die da zum tugendhaften Manne schlechthin bildet, so ist die Frage, ob sie zur Staatslehre oder zu einer anderen Disziplin gehört, weiter unten zu erledigen. Denn vielleicht ist es nicht dasselbe, ein guter Mensch und ein guter Bürger eines beliebigen Staates zu sein.

Von der *partikulären Gerechtigkeit* aber und dem ihr entsprechenden Rechte ist eine Art die, die sich bezieht auf die *Zuerteilung* von Ehre oder Geld oder anderen Gütern, die unter die Staatsangehörigen zur Verteilung gelangen können – denn hier kann der eine ungleich viel und gleich viel erhalten wie der andere –; eine andere ist die, die *den Verkehr* der Einzelnen unter einander regelt. Die letztere hat zwei Teile. Es gibt nämlich einen freiwilligen Verkehr und einen unfreiwilligen. Zum freiwilligen Verkehre gehören z. B. Kauf, Verkauf, Darlehen, Bürgschaft, Nießbrauch, Hinterlegung, Miete. Hier spricht man von freiwilligem Verkehr, weil das Prinzip der genannten Verträge beiderseits der freie Wille ist. Zu dem unfreiwilligen Verkehr gehören teils heimliche Handlungen, wie Diebstahl, Ehebruch, Giftmischerei, Kuppelei, Sklavenverführung, Meuchelmord, falsches Zeugnis, teils gewaltsame, wie Mißhandlung, Freiheitsberaubung, Todtschlag, Raub, Verstümmelung, Scheltreden, Herabwürdigung.

Sechstes Kapitel.

Da aber der Ungerechte wie das Unrecht die Gleichheit verletzen, so gibt es offenbar auch ein Mittleres zwischen dem Ungleichen. Es ist das Gleiche. Denn bei jeder Handlung, bei der es ein Mehr und ein Weniger gibt, gibt es auch ein Gleiches. Ist demnach das Unrecht ungleich, so ist das Recht gleich, wie übrigens auch jedem ohne Beweis einleuchtet. Da aber das Gleiche ein Mittleres ist, so ist also auch das Recht ein Mittleres.

Gleiches kann sich in nicht weniger Dingen finden als in zweien. Nun muß das Recht ein Mittleres, Gleiches und Relatives sein, das heißt eine Beziehung auf bestimmte Personen haben. Also muß es als ein Mittleres die Mitte zwischen bestimmten Momenten, dem Mehr und dem Weniger, sein; als ein Gleiches muß es ein Gleiches von zweien Dingen, und als Recht muß es ein solches für gewisse Personen sein. Somit fordert das Recht mindestens eine Vierheit. Denn zwei sind der Personen, für die es ein Recht gibt, und zwei der Sachen, in denen ihnen ihr Recht wird. Und es muß dieselbe Gleichheit bei den Personen, denen ein Recht zusteht, vorhanden sein, wie bei den Sachen, worin es ihnen zusteht: wie die Sachen, so müssen auch die Personen sich verhalten. Sind sie nämlich einander nicht gleich, so dürfen sie nicht gleiches erhalten. Vielmehr kommen Zank und Streit eben daher, daß entweder Gleiche nicht Gleiches oder nicht Gleiche Gleiches bekommen und genießen. Das ergibt sich auch aus dem Moment der Würdigkeit. Denn darin, daß eine gewisse

Würdigkeit das Richtmaß der distributiven Gerechtigkeit sein müsse, stimmt man allgemein überein, nur versteht nicht jedermann unter Würdigkeit dasselbe, sondern die Demokraten erblicken sie in der Freiheit, die oligarchisch Gesinnten in Besitz oder Geburtsadel, die Aristokraten in der Tüchtigkeit.

Das Recht ist demnach etwas *Proportionales*. Proportionalität findet sich nämlich nicht blos bei der aus Einheiten bestehenden Zahl, sondern auch bei der Zahl überhaupt. Proportionalität ist Gleichheit der Verhältnisse und verlangt mindestens eine Vierheit, worin sie sich finde. Daß die diskrete Proportionalität sich in mindestens vier Gliedern finden muß, ist klar; aber es gilt ebenso von der kontinuierlichen. In ihr wird eins wie zwei verwandt und zweimal gesetzt, z. B. in der Proportion: wie die Linie *a* zu *b*, so verhält sich die Linie *b* zu *c*. Hier wird *b* zweimal genannt, und so bekommt man, wenn man *b* doppelt zählt, vier Glieder.

So setzt also auch das Recht mindestens vier Glieder voraus, unter denen dasselbe Verhältnis besteht. Denn die Personen sind nach demselben Verhältnis unterschieden wie die Sachen. Es verhalte sich also wie Glied *a* zu *b*, so Glied *c* zu *d*, und also auch umgekehrt, wie Glied *a* zu *c*, so Glied *b* zu *d*. So wird sich denn auch in derselben Weise das Ganze zum Ganzen verhalten, und das ist die Verbindung, die die Zuerteilung vornimmt, und wenn sie die Personen und Sachen so zusammenstellt, so geschieht die Verbindung in gerechter Weise.

Siebentes Kapitel.

Mithin liegt darin, daß *a* mit *c* und *b* mit *d* verbunden wird, das Gerechte der Verteilung, und dieses Gerechte ist das Mittlere zwischen dem, was der Proportionalität zuwiderläuft. Denn das Proportionale ist die Mitte, und das Gerechte ist das Proportionale. Eine solche Proportion nennen die Mathematiker eine geometrische. Denn in der geometrischen Proportion verhält sich das Ganze zum Ganzen wie das Glied zum Gliede. Diese Proportionalität ist keine kontinuierliche, da die Person, der zugeteilt wird, und die Sache, die zugeteilt wird, nicht der Zahl nach eines sind.

Das *Recht* ist also dieses Proportionale, das *Unrecht* aber ist was wider die Proportionalität anläuft. Es ist also teils ein Mehr, teils ein Weniger, wie es auch tatsächlich zutrifft. Denn wer Unrecht tut, eignet sich vom Guten zuviel an, und wer Unrecht leidet, bekommt davon zuwenig. Beim Übel aber ist es umgekehrt. Denn das kleinere Übel kann im Vergleich zum größeren Übel als ein Gut gelten, da das kleinere Übel vor dem größeren der Vorzug hat, und was den Vorzug hat, ein Gut ist, und zwar ein um so größeres, je mehr es den Vorzug hat.

Das ist also die eine Art des Rechtes. Die noch übrige ist die *ausgleichende,* die im Verkehr, dem freiwilligen wie dem unfreiwilligen, Anwendung findet. Dieses Recht hat eine andere Form als das erstere. Die das Gemeinsame austeilende Gerechtigkeit verfährt immer nach der angegebenen Proportionalität; wenn z. B. eine Geldverteilung aus öffentlichen Mitteln stattfindet, so muß sie nach dem Verhältnisse geschehen, das die Leistungen der Bürger zu einander haben; und das diesem Rechte entgegengesetzte Unrecht ist was diesem Verhältnisse zuwiderläuft. Dagegen ist das Recht im Verkehr zwar auch ein Gleiches und das Unrecht im Verkehr ein Ungleiches, aber nicht nach Maßgabe der genannten, sondern gemäß der arithmetischen Proportionalität. Es trägt ja nichts aus, ob ein guter Mann einen schlechten verkürzt oder ein schlechter einen guten, oder ob ein guter oder ein schlechter Mann einen Ehebruch begeht; vielmehr sieht das Gesetz nur auf den Unterschied des Schadens, und es behandelt die Personen als gleiche, wenn die eine Unrecht getan, die andere es erlitten, die eine Schaden zugefügt hat, die andere geschädigt worden ist. Daher versucht der Richter dieses Unrecht, als welches in der Ungleichheit besteht, auszugleichen. Denn wenn der eine geschlagen worden ist, der andere geschlagen hat, oder auch der eine getödtet hat, der andere getödtet worden ist, so ist dieses Leiden und jenes Tun in ungleiche Teile geteilt; aber der Richter sucht durch die Strafe einen Ausgleich herbeizuführen, indem er dem Täter seinen Vorteil entzieht.

In diesen Dingen redet man nämlich ganz allgemein von Vorteil, wenn auch der Ausdruck für einzelne Verhältnisse nicht eigentlich paßt, wie wenn z. B. der Schläger Vorteil und der Geschlagene Nachteil haben soll; aber bei Abmessung erlittenen Unrechtes ist es nun einmal so, daß man dasselbe Nachteil, das zugefügte Unrecht aber Vorteil nennt.

So ist denn das Gleiche die Mitte zwischen dem Zuviel und dem Zuwenig, der Vorteil und Nachteil aber sind in entgegengesetzter Weise ein Zuviel und ein Zuwenig, indem der Vorteil ein Zuviel des Guten und ein Zuwenig des Übels, der Nachteil aber das Umgekehrte ist. Zwischen ihnen war die Mitte das Gleiche, das wir als das Recht bezeichnen. Und so wäre denn das ausgleichende oder wiederherstellende Recht die Mitte zwischen Nachteil und Vorteil.

Deshalb nimmt man auch in zweifelhaften Fällen seine Zuflucht zum Richter. Zum Richter gehen heißt aber soviel, als zur Gerechtigkeit gehen, da der Richter gleichsam die lebendige Gerechtigkeit sein soll. Auch sucht man in dem Richter einen Mann der Mitte, und Manche nennen sie Mittelsmänner , als träfen sie, wenn sie die Mitte treffen, das Recht. So ist denn das Recht ein Mittleres, wie es ja auch der Richter ist. Der Richter stellt die Gleichheit her und macht es, wie wenn er eine in ungleiche Teile geteilte Linie vor sich hätte, von deren größerem Teile er das Stück, um welches derselbe größer ist als die Hälfte, wegnähme und zu dem kleineren Teile hinzutäte. Wenn aber das Ganze in zwei Teile geteilt ist, so sagt man; „jeder hat sein Teil", wenn sie gleiches bekommen haben. Das Gleiche aber ist die Mitte zwischen dem zu Großen und dem zu Kleinen nach der arithmetischen Proportion. Darum heißt es auch „dikaion" (gerecht), weil es „dicha" (zweiteilig) ist, wie wenn man sagte „dichaion" und statt „dikastes" (Richter) „dichastes" (Zweiteiler). Denn wenn man von zwei gleichen Großen die eine um ein Stück vermindert und die andere um dasselbe Stück vermehrt, so übertrifft diese jene um diese beiden Stücke. Würde die eine nur vermindert, ohne daß die andere vermehrt würde, so würde diese jene nur um das einfache Stück übertreffen. So aber übertrifft sie die Mitte um das einfache Stück, und die Mitte wieder die verminderte Größe um dasselbe. Hieraus also mögen wir erkennen, was man dem, der zu viel hat, wegnehmen und dem, der zu wenig hat, hinzugeben muß. Dem, der zu wenig hat, muß man so viel hinzugeben, als die Mitte sein Teil übertrifft, und dem, der das Meiste hat, so viel wegnehmen, als die Mitte von seinem Teil übertroffen wird.

Die Linien *aa*, *bb*, *cc* seien einander gleich. Von *aa* werde *ae* genommen und zu *cc* als *cd* hinzugesetzt, so daß die ganze Linie *dcc* die Linie *ea* um das Stück *cd* und *ef* übertrifft, und mithin die Linie *bb* um das Stück *cd*.

Das Gesagte muß auch noch in anderer Hinsicht, bei den Leistungen der verschiedenen Künste, vor Augen gehalten werden. Es wäre um sie geschehen, wenn der Künstler nicht tätig ein Produkt schüfe, das sich quantitativ und qualitativ bewerten ließe, und nicht leidend dafür sowohl quantitativ als qualitativ entsprechend ausgelohnt würde.

Die Ausdrücke Verlust (Einbuße, Nachteil) einerseits und Gewinn (Zubuße, Vorteil) anderseits stammen aus dem freiwilligen Verkehr. Gewinnen bedeutet nämlich eigentlich mehr erhalten, als man hatte, und Verlieren bedeutet weniger erhalten, als man vorher besaß, wie bei Kauf und Verkauf und jedem solchen gesetzlich erlaubten Verkehr. Und wenn nicht mehr und nicht weniger vereinnahmt wird, sondern gleiches um gleiches, dann sagt man, man erhalte das Seinige und erleide weder Verlust noch mache man Gewinn.

So ist denn dieses Recht eine Mitte zwischen einem nicht auf freiem Willen beruhenden Gewinn und Verlust, also dies, daß man vor wie nach das Gleiche hat.

Achtes Kapitel.

Einige Philosophen vertreten aber auch die Ansicht, die *Wiedervergeltung* sei das Recht schlechthin. So die *Pythagoreer*, die schlechthin das Recht als das bestimmten, was man von einem anderen wiedererleide. Allein die Wiedervergeltung stimmt mit der ausgleichenden Gerechtigkeit so wenig wie mit der austeilenden überein, obschon man in diesem Sinne das Recht des *Rhadamanthys* deuten möchte: „Leidest du was du getan, so ist richtiges Recht dir geworden.“ Denn sie steht vielfach mit ihr in Widerspruch. Wenn z. B. eine obrigkeitliche Person jemanden geschlagen hat, so darf sie nicht wiedergeschlagen werden, und wenn jemand eine solche Person geschlagen hat, so muß er nicht blos geschlagen, sondern auch außerdem noch bestraft werden. Sodann trägt auch das Freiwillige und das Unfreiwillige der Handlung viel aus.

In jedem auf Gegenseitigkeit beruhenden Verkehr freilich begreift die Wiedervergeltung das fragliche Recht in sich, jedoch eine Wiedervergeltung nach Maßgabe der Proportionalität, nicht nach Maßgabe der Gleichheit. Denn dadurch, daß nach Verhältnis vergolten wird, bleibt der Bürgerschaft ihr Zusammenhalt gewahrt. Entweder nämlich sucht man das Böse zu vergelten, und ohne diese Vergeltung hätte man den Zustand der Knechtschaft, oder das Gute, und ohne das wäre keine Gegenleistung, auf der doch die Gemeinschaft beruht. Darum errichtet man auch das Heiligtum der Chariten auf öffentlichen Plätzen, damit man der Gegenleistung gedenke, die der Dankbarkeit eigen ist. Denn man muß dem, der uns gefällig gewesen ist, Gegendienste erweisen und auch selbst wieder zuerst ihm gefällig sein.

Der Entgelt nach Verhältnis kommt zustande durch eine Verbindung der Daten nach Maßgabe der Diagonale; z. B. *a* sei Baumeister, *b* Schuster, *c* Haus und *d* Schuh. Der Baumeister muß nun vom Schuster dessen Arbeit bekommen und selbst ihm die seinige dafür zukommen lassen. Wenn nun zuerst die Gleichheit im Sinne der Proportionalität bestimmt ist, und dann der Ausgleich nach diesem Verhältnisse stattfindet, so geschieht das, was wir meinen. Geschieht jenes aber nicht, so ist keine Gleichheit da, und ein geordneter Verkehr und Austausch kann nicht stattfinden. Denn nichts hindert, daß die Leistung des einen wertvoller sei als die des anderen, und folglich muß hier ein Ausgleich geschafft werden. Dasselbe Verhältnis findet sich bei den anderen Künsten und Handwerken. Es wäre um sie geschehen, wenn der Werkmeister nicht tätig ein Produkt schüfe, das sich quantitativ und qualitativ bewerten ließe, und nicht leidend dafür sowohl quantitativ als qualitativ entsprechend ausgelohnt würde. Denn aus zwei Ärzten wird keine Gemeinschaft, sondern aus Arzt und Bauer, und überhaupt aus verschiedenen und ungleichen Personen, zwischen denen aber eine Gleichheit hergestellt werden soll.

Daher muß alles, was untereinander ausgetauscht wird, gewissermaßen gleich den Zahlen addierbar sein, und dazu ist nun das *Geld* bestimmt, das sozusagen zu einer Mitte wird. Denn das Geld mißt alles und demnach auch den Überschuß und den Mangel; es dient also z. B. zur Berechnung, wie viel Schuhe einem Hause oder einem gewissen Maße von Lebensmitteln gleich kommen. Es kommen also nach Maßgabe des Verhältnisses eines Baumeisters zu einem Schuster so und so viel Schuhe auf ein Haus oder auf ein gewisses Maß von Lebensmitteln. Ohne solche Berechnung kann kein Austausch und keine Gemeinschaft sein. Die Berechnung ließe sich aber nicht anwenden, wenn nicht die fraglichen Werte in gewissem Sinne gleich wären. So muß denn für alles ein Eines als Maß bestehen, wie vorhin bemerkt worden ist. Dieses Eine ist in Wahrheit das *Bedürfnis*, das alles zusammenhält. Denn wenn die Menschen nichts bedürften oder nicht die gleichen Bedürfnisse hätten, so würde entweder kein Austausch sein oder kein gegenseitiger. Nun ist aber kraft Übereinkunft das Geld gleichsam Stellvertreter des Bedürfnisses geworden, und darum trägt es den Namen Nomisma (Geld), weil es seinen Wert nicht von Natur hat, sondern durch den Nomos, das Gesetz, und es bei uns steht, es zu verändern und außer Umlauf zu setzen.

So hat man denn eine wirkliche Wiedervergeltung, wenn eine Gleichung von der Art durchgeführt wird, daß wie der Bauer zum Schuster, so die Leistung des Schusters sich zu der des Bauers verhält. Man muß aber bei Herstellung des Ausgleiches die verschiedenen Glieder des Verhältnisses nach dem Schema der Proportionalität einsetzen, weil sonst auf das eine der beiden Extreme ein doppeltes Plus entfiele. Dagegen wenn jeder das Seine bekommt, dann stehen sie sich gleich, und es kann ein geregelter Verkehr stattfinden, weil diese Gleichheit zwischen ihnen verwirklicht werden kann.

Gesetzt wir haben Bauer *a*, einen Schäffel Getreide *c*, Schuster *b*, seine nach der Regel des Ausgleichs bemessene Leistung *d*. Ließe sich die Wiedervergeltung nicht in dieser Weise durchführen, so gäbe es keine Gemeinschaft des Verkehrs.

Daß aber das Bedürfnis als eine verbindende Einheit die Menschen zusammenhält, erhellt daraus, daß wenn kein Teil des anderen bedarf, oder auch nur der eine des anderen nicht, sie in keinen Verkehr des Austausches treten, wie sie es tun, wenn der eine Teil dessen benötigt, was der andere hat, z. B. Wein, und darum die Getreideausfuhr freigibt. Hier ist also eine Gleichheit herzustellen.

Für einen späteren Austausch ist uns, wenn kein augenblickliches Bedürfnis dafür vorliegt, das Geld gleichsam Bürge, daß wir ihn im Bedürfnisfalle vornehmen können. Denn wer mit Geld kommt, muß nach Bedarf erhalten können. Freilich geht es mit dem Gelde, wie mit anderen Dingen: es behält nicht immer genau seinen Wert. Jedoch ist derselbe naturgemäß mehr den Schwankungen entzogen.

Daher muß alles seinen Preis haben; denn so wird immer Austausch und somit Verkehrsgemeinschaft sein können. Das Geld macht also wie ein Maß alle Dinge kommensurabel und stellt dadurch eine Gleichheit unter ihnen her. Denn ohne Austausch wäre keine Gemeinschaft und ohne Gleichheit kein Austausch und ohne Kommensurabilität keine Gleichheit. In Wahrheit können freilich Dinge, die so sehr von einander verschieden sind, nicht kommensurabel sein, für das Bedürfnis aber ist es ganz gut möglich. Es muß also ein Eines geben, welches das gemeinsame Maß vorstellt, und zwar kraft positiver Übereinkunft vorstellt, weshalb es auch Nomisma heißt, gleichsam vom Gesetz, Nomos, aufgestelltes Wertmaß. Denn alles wird nach ihm gemessen.

a sei ein Haus, *b* zehn Minen, *c* ein Bett, *a* ist nun ½ *b*, wenn das Haus fünf Minen wert oder ihnen gleich ist. Das Bett *c* sei $^1/_{10}$ *b*. So sieht man denn, wie viel Betten dem Hause gleich sind, nämlich fünf. Daß in dieser Weise der Austausch vor sich ging, bevor das Geld aufkam, ist klar. Denn es trägt nichts aus, ob man fünf Betten für ein Haus gibt oder den Geldwert der fünf Betten.

Neuntes Kapitel.

So wäre denn erklärt, was das Unrecht und was das Recht ist. – Auf grund der gegebenen Bestimmungen sieht man nun auch, daß die Ausübung der Gerechtigkeit die Mitte ist zwischen Unrecht tun und Unrecht leiden. Jenes heißt zu viel, dieses zu wenig haben. Die Gerechtigkeit ist aber nicht in derselben Weise eine Mitte wie die übrigen Tugenden, doch ist sie es insofern, als sie die Mitte herstellt, während die Ungerechtigkeit die Extreme hervorbringt.

Näherhin ist die Gerechtigkeit jene Tugend, *kraft deren der Gerechte nach freier Wahl gerecht handelt und bei der Austeilung, handele es sich nun um sein eigenes Verhältnis zu einem anderen oder um das Verhältnis weiterer Personen zu einander, nicht so verfährt, daß er von dem Begehrenswerten sich selbst mehr und den anderen weniger zukommen läßt und es beim Schädlichen umgekehrt macht, sondern so, daß er die proportionale Gleichheit wahrt, und dann in gleicher Weise auch einem anderen mit Rücksicht auf einen Dritten zuerteilt*.

Die *Ungerechtigkeit* ist umgekehrt jenes Laster, *das freiwillig ungerecht handeln und ungerecht austeilen macht*. Das Ungerechte liegt aber in einem der Proportionalität zuwiderlaufenden Zuviel und Zuwenig des Nützlichen oder Schädlichen. Darum ist die Ungerechtigkeit gleichzeitig ein Zuviel und ein Zuwenig, weil sie nämlich auf das Zuviel und das Zuwenig gerichtet ist, so zwar, daß sie für sich selbst ein Plus des schlechthin Nützlichen und ein Minus des Schädlichen vorsieht, bei Anderen aber im Ganzen gleich ungerecht verfährt, nur daß es vom Zufall abhängt, wie auf beiden Seiten das richtige Verhältnis verletzt wird. Beim ungerechten Hergang liegt das Zuwenig im Unrechtleiden, das Zuviel im Unrechttun.

So viel sei denn gesagt über die Gerechtigkeit und Ungerechtigkeit und die Natur beider, und ebenso über Recht und Unrecht im allgemeinen.

Zehntes Kapitel.

Da man ein Unrecht begehen kann, ohne schon ein Ungerechter zu sein, so fragt es sich, durch was für ungerechte Handlungen man nach den einzelnen Arten der Ungerechtigkeit ein Ungerechter wird, ein Dieb z. B. oder ein Ehebrecher oder ein Räuber. Oder sollte etwa der Unterschied überhaupt darin nicht liegen? Kann man doch mit einem Weibe verkehren, wohl wissend, daß sie einem Anderen angehört, aber nicht aus prinzipieller Schlechtigkeit, sondern von der Leidenschaft verführt. Man begeht dann ein Unrecht und ist doch kein Ungerechter: man kann also stehlen, ohne ein Dieb, die Ehe brechen, ohne ein Ehebrecher zu sein, und so weiter.

Wie nun die Wiedervergeltung sich zum Recht verhält, ist vorhin erklärt worden. Man bemerke aber, daß es sich um das Recht schlechthin, nämlich *das politische Recht*, fragt. Dieses Recht hat seine Stelle, *wo eine Anzahl freier und gleichgestellter Menschen zwecks vollkommenen Selbstgenügens in Lebensgemeinschaft stehen, und richtet sich teils nach der Regel der Proportionalität* (distributive Gerechtigkeit), *teils nach der Regel der Zahl* (kommutative Gerechtigkeit); unter Menschen also, bei denen die Voraussetzung der Freiheit oder der Gleichheit nicht zutrifft, gibt es kein politisches Recht, immerhin aber noch ein gewisses, diesem ähnliches Recht. Ein eigentliches Recht ist da vorhanden, wo ein Gesetz ist, das das gegenseitige Verhältnis bestimmt; ein Gesetz wieder da, wo Personen sind, bei denen sich Ungerechtigkeit finden kann; denn der gesetzliche Rechtsspruch ist nichts anderes als ein Urteil über Recht und Unrecht. Bei wem sich aber Ungerechtigkeit findet, bei dem findet sich auch Unrechttun, wenn auch nicht immer umgekehrt bei dem, der Unrecht tut, Ungerechtigkeit vorhanden ist. Das Unrecht aber besteht darin, daß man sich selbst zu viel des schlechthin Guten und zu wenig des schlechthin Übeln zuteilt.

Darum lassen wir keinen Menschen, sondern die Vernunft herrschen, weil der Mensch sich in der bezeichneten Weise zuteilt und ein Tyrann wird. Der wahre Herrscher ist Wächter des Rechtes und mit dem Rechte auch der Gleichheit. Und da er vor den Anderen nichts voraus zu haben meint, wenn er anders gerecht ist – denn er teilt sich selber kein Plus vom schlechthin Guten zu, außer etwa nach dem bei ihm in Betracht kommenden Verhältnis, und wirkt darum für einen Anderen, daher der oben schon berührte Ausspruch, die Gerechtigkeit sei ein fremdes Gut –, so muß ihm also ein gewisser Lohn zugestanden werden, und dies ist die Ehre und der Ruhm. Wem aber dieses nicht genügt, der wird ein Tyrann.

Das Recht *des Herrn* über den Sklaven und des *Vaters* über das Kind ist dem politischen Rechte nicht gleich, sondern ähnlich. Gibt es ja doch keine Ungerechtigkeit in Bezug auf das, was schlechthin unser eigen ist. Der häusliche Besitz und das Kind, solange es noch in einem bestimmten Alter steht und nicht selbständig geworden ist, sind wie ein Teil der eigenen Person. Sich selbst aber zu schaden hat niemand die Absicht. Darum kann man auch gegen sich selbst nicht eigentlich ungerecht sein, und kann es in Bezug auf einen selbst kein politisches Recht oder Unrecht geben. Denn ein solches beruhte uns ja auf dem Gesetze und galt uns nur für solche, bei denen es nach der Natur der Sache ein Gesetz geben kann, das heißt für Personen, die sich in Bezug auf Befehlen und Gehorchen gleich stehen.

Daher gibt es eher ein Recht *gegenüber der Frau* als gegenüber den Kindern und Sklaven, das ökonomische oder *häusliche Recht* nämlich, das aber auch von dem politischen verschieden ist.

Das politische Recht zerfällt in das *natürliche* und das *gesetzliche* (positive). Natürlich ist jenes, das überall die nämliche Geltung hat, unabhängig davon, ob es den Menschen gut scheint oder nicht; gesetzlich jenes, dessen Inhalt ursprünglich indifferent ist, das aber, einmal durch Gesetz festgelegt, seinen bestimmten Inhalt hat, z. B. die Anordnung, daß das Lösegeld für einen Gefangenen eine Mine betragen, oder daß man eine Ziege, keine zwei Schafe, opfern soll, ferner gesetzliche Bestimmungen, die für einzelne Fälle getroffen werden, z. B. daß dem Brasides geopfert werden soll, und endlich alles, was durch Plebiscite festgesetzt wird.

Einige sind aber der Meinung, alles Recht sei von dieser letzteren Art, weil alles Natürliche unbeweglich ist und überall dieselbe Kraft hat – wie z. B. das Feuer bei uns so gut wie bei den Persern brennt –, während man das Recht der Bewegung und dem Wandel unterworfen sieht. Allein es ist damit doch nicht grade so, wie man sagt, sondern nur mit Unterschied. Bei den Göttern freilich mag sich gar keine Bewegung finden. Bei uns dagegen ist zwar auch ein Naturbereich, derselbe steht aber ganz unter dem Gesetze der Bewegung. Und doch bleibt der Unterschied dessen, was von Natur und dessen, was nicht von Natur ist, aufrecht. Welches Recht aber in den Dingen, die auch anders sein können, natürlich ist und welches es nicht ist, sondern auf Gesetz und Übereinkunft beruht, obschon beides gleichermaßen beweglich ist, ist von selbst einleuchtend. Diese Unterscheidung gilt ja auch sonst. Die rechte Hand ist z. B. von Natur stärker, und doch kann es Menschen geben, die beide Hände gleich gut gebrauchen. Mit denjenigen Rechtsbestimmungen aber, die auf der Übereinkunft und dem Nutzen beruhen, verhält es sich ähnlich wie mit den Maßen. Die Maße für Öl und Getreide sind nicht überall gleich, sondern da, wo diese Erzeugnisse gekauft werden, sind sie (wegen des größeren Vorrats) größer, dagegen wo sie wieder verkauft werden, kleiner. Ebenso sind die nicht natürlichen, sondern vom menschlichen Willen getroffenen Rechtsbestimmungen nicht allerorts dieselben, grade so, wie es auch die Staatsverfassungen nicht sind, und doch ist eine allein von Natur die beste, finde sie sich, wo sie wolle.

Jede einzelne Bestimmung des Rechtes und Gesetzes verhält sich wie das Allgemeine zum Besonderen. Der konkreten praktischen Fälle sind ja viele, jene Bestimmungen sind aber je eine einzelne, weil sie allgemein für alle einschlägigen Fälle gelten.

Es ist ein Unterschied zwischen ungerechter Handlung und Unrecht, so wie zwischen gerechter Handlung und Recht. Unrecht ist etwas von Natur oder kraft Verordnung. Eben dieses ist, wenn es getan wird, eine ungerechte Handlung; bevor es getan wird, ist es das noch nicht, sondern Unrecht. Dasselbe gilt von der gerechten Handlung. Als gemeinsame Bezeichnung ist das Wort „Dikaiopragema“ gebräuchlicher, während der

Ausdruck „Dikaioma“ speziell für die Berichtigung des Unrechts gebraucht wird.

Welcherlei und wie viele Unter-Arten der beiden Rechte es im einzelnen gibt, und mit was für Gegenständen diese es zu tun haben, werden wir später (in der *Politik*) betrachten.

Da es mit Recht und Unrecht so bestellt ist, so wird eine ungerechte oder eine gerechte Handlung nur dann begangen, wenn man freiwillig recht oder unrecht tut. Geschieht es unfreiwillig, so kommt nur zufällig oder mitfolgend eine ungerechte oder eine gerechte Handlung zustande, indem man nämlich tut was mitfolgend recht oder unrecht ist. Über die ungerechte und gerechte Handlung aber entscheidet das Moment der Freiwilligkeit und Unfreiwilligkeit. Erst wenn ein Unrecht freiwillig ist, unterliegt es dem Tadel, und dann liegt zugleich eine ungerechte Handlung vor, so daß etwas so lange blos Unrecht und noch keine ungerechte Handlung ist, als nicht die Freiwilligkeit herzutritt.

Als *freiwillig* gilt mir, wie schon früher erklärt worden, eine Handlung, die zu verrichten bei ihrem Urheber steht, und die man mit Wissen verrichtet, ohne bezüglich der Person, der sie gilt, und des Werkzeuges und des Beweggrundes, z. B. darüber, wen man schlägt, und womit und weshalb man ihn schlägt, in einem Irrtum befangen zu sein; auch muß man alles dieses an sich und nicht blos mitfolgend wissen und muß frei von Zwange sein. Wenn z. B. einer meine Hand nimmt und damit einen Dritten schlägt, so tue ich das nicht freiwillig, weil es nicht bei mir stand. Es kann auch geschehen, daß der Geschlagene der Vater des Schlägers ist und der letztere zwar weiß, daß der Geschlagene ein Mensch oder einer der Anwesenden ist, nicht aber, daß es sein Vater ist. Dieses gilt in gleicher Weise von dem Beweggrund und allen anderen Umständen einer Handlung. Demnach ist unfreiwillig was man unwissentlich tut oder zwar nicht unwissentlich, aber doch ohne anders zu können, oder was man aus Zwang tut. Denn auch manches, was die Natur mit sich bringt, tun und leiden wir wissentlich, was doch weder freiwillig noch unfreiwillig ist, wie daß wir alt werden und sterben.

Ebenso ist es mit der Zufälligkeit, wenn es sich um Recht und Unrecht handelt. Einer kann ein Pfand unfreiwillig und aus Furcht zurückgeben, und doch darf man darum nicht sagen, der Betreffende tue was recht ist oder verrichte eine gerechte Handlung, außer zufälliger oder mitfolgender Weise. Ebenso ist von einem, der ein Pfand nur gezwungen und unfreiwillig nicht ausfolgt, zu sagen, daß er nur mitfolgend eine ungerechte Handlung begeht und tut was unrecht ist.

Das Freiwillige tun wir teils vorsätzlich, teils unvorsätzlich: vorsätzlich was wir vorher überlegt haben, unvorsätzlich was wir nicht vorher überlegt haben. Von den drei Arten von Schädigungen nun, die im Verkehre vorkommen, liegen die *unwissentlichen Verfehlungen* dann vor, wenn die Person, der man etwas tut, und ebenso der Inhalt, das Werkzeug und der Erfolg der betreffenden Handlung andere sind, als der Handelnde meinte. Er mag nämlich gedacht haben, er werfe oder stoße überhaupt nicht, oder nicht mit dem betreffenden Instrument, oder den nicht, oder nicht mit dem Ausgang. Nun aber geschieht es mit einem Erfolg, an den er nicht gedacht hat, daß er z. B. eine Wunde schlägt, wo er nur die Haut ritzen wollte, oder es geschieht an jemanden, den er nicht gemeint hat, oder in einer Art und in einem Grade, die nicht in seiner Absicht lagen. Ist die Schädigung ohne irgend welche Absicht herbeigeführt worden, so liegt ein Unglück vor; ist sie aber nicht ganz unabsichtlich, aber doch nicht aus böser Absicht geschehen, so ist es eine Verfehlung. Denn eine Verfehlung liegt vor, wenn die erste Ursache des Vorgangs im Handelnden selbst liegt, ein Unglück dagegen, wo sie außer ihm liegt.

Hat man zwar wissentlich gehandelt, aber ohne vorherige Überlegung, so ist es eine *ungerechte Handlung*, z. B. alles, was dem Menschen im Zorn oder in anderen notwendigen oder natürlichen Affekten zu tun begegnen kann. Denn wenn man in dieser Weise einen schädigt und sich verfehlt, so tut man zwar unrecht und liegt eine ungerechte Handlung vor, aber man ist doch deswegen noch kein Ungerechter und kein Bösewicht, da die Schädigung nicht aus Bosheit geschehen ist.

Handelt man aber mit Vorsatz, so ist man ein *ungerechter und böser Mensch*.

Daher heißt es treffend: „Im Zorn getan, gilt nicht als vorbedacht getan.“ Denn der Anfang der Handlung liegt nicht in dem, der im Zorn handelt, sondern in dem, der ihn zornig gemacht hat. Ferner streitet man auch in solchen Fällen nicht darüber, ob etwas wirklich geschehen ist oder nicht, sondern darüber, ob es recht war. Denn der Zorn wird durch eine vermeintliche Ungerechtigkeit hervorgerufen. Man streitet ja hier nicht über die Tatsache wie bei Verträgen, wo der eine der Kontrahenten ein schlechter Mensch sein muß, wenn er nicht etwa seine entgegengesetzte Behauptung aus Vergeßlichkeit aufstellt, sondern über die Tatsache herrscht Einverständnis, und der Streit bewegt sich nur darum, ob etwas recht gehandelt war oder nicht. Der Betrüger aber weiß den Sachverhalt recht wohl, und so meint der eine wirklich Unrecht zu leiden, der andere nicht.

Wenn man einen aber vorsätzlich schädigt, so begeht man eine Ungerechtigkeit. Und erst wer in diesem Sinne Unrecht begeht, ist *ungerecht*, wenn was er tut, gegen die Proportionalität oder die Gleichheit anläuft. Ebenso ist man *gerecht*, wenn man vorsätzlich gerecht handelt. Gerecht handelt man aber, wenn man nur freiwillig handelt. Die unfreiwilligen Handlungen aber sind teils solche, die Nachsicht verdienen, teils solche, die Nachsicht nicht verdienen. Nachsicht verdienen fehlerhafte Handlungen, wenn sie nicht blos in Unwissenheit, sondern auch aus Unwissenheit geschehen. Keine Nachsicht dagegen verdienen jene fehlerhaften Handlungen, die nicht aus Unwissenheit geschehen, sondern zwar in Unwissenheit, aber einer solchen, die durch eine weder natürliche noch menschliche Leidenschaft verschuldet ist.

Elftes Kapitel.

Man könnte aber zweifeln, ob die gegebenen Bestimmungen über Unrechtleiden und Unrechttun zutreffend sind, wenn es für's erste einen Fall geben kann, wie den, den *Euripides* in den ungereimten Worten vorträgt:

„Getödtet hab' ich meine Mutter, kurz gesagt,
Sie wollt', ich wollte – nein, sie wollt', ich wollte nicht“;

ob es nämlich in Wahrheit möglich ist, mit Willen Unrecht zu leiden, oder ob nicht vielmehr alles Unrechtleiden unfreiwillig ist, wie alles Unrechttun freiwillig. Und ist etwa alles (Unrechtleiden) dies, oder (alles) jenes, wie alles Unrechttun freiwillig, oder ist es bald freiwillig, bald unfreiwillig?

Sodann wirft die gleiche Frage sich beim Rechtleiden auf. Alles Rechttun ist nämlich freiwillig, und so scheint die Annahme begründet, daß zu beidem (dem Unrecht- und Rechttun) das Unrecht- und Rechtleiden in Bezug auf Freiwilligkeit und Unfreiwilligkeit sich gleichmäßig umgekehrt verhält. Es erschiene auch beim Rechtleiden als Ungereimtheit, wenn es immer freiwillig sein sollte, da manche auch ihr Recht gar nicht freiwillig erleiden. Es liegt auch noch insofern Anlaß zu Bedenken vor, als man zweifeln kann, ob jeder, der erlitten hat was Unrecht ist, auch Unrecht leidet, oder ob es sich nicht vielmehr mit dem Erleiden ebenso wie mit dem Tun verhält. Man kann ja an beiden Weisen des Rechts (dem Tun und Leiden) mitfolgend Anteil haben, wie auch an den beiden Weisen des Unrechts. Etwas Unrechtes tun ist ja nicht dasselbe mit Unrechttun, etwas Unrechtes erleiden nicht dasselbe mit Unrechtleiden. Und dieselbe Bewandtnis hat es mit dem Rechttun und Rechtleiden. Denn es ist unmöglich, Unrecht zu leiden, wenn niemand ist, der Unrecht tut oder sein Recht zu leiden, wenn niemand ist, der recht tut.

Und, wenn Unrechttun nichts weiter ist, als freiwillig einen schädigen, und freiwillig schädigen so viel ist, als schädigen mit Erkenntnis der geschädigten Person und des Mittels und der Weise der Schädigung, und wenn z. B. der Unenthaltsame freiwillig sich selber schädigt, so leidet er demnach freiwillig Unrecht, und so wäre es möglich, sich selbst Unrecht zu tun – das ist auch noch eine Schwierigkeit, die der Lösung harrt, ob man sich selbst Unrecht tun kann. Ferner, man kann sich aus Unenthaltsamkeit freiwillig von einem anderen, der ebenfalls freiwillig handelt, Schaden zufügen lassen, so daß es also möglich wäre, mit Willen Unrecht zu leiden.

Oder sollte etwa die gegebene Bestimmung nicht richtig sein, sondern zu der Bedingung, daß die Schädigung mit Erkenntnis der geschädigten Person und des Werkzeugs und des Wie geschehen muß, noch als weitere gehören, daß sie gegen den Willen des Geschädigten erfolgen muß? Geschädigt werden demnach und materielles Unrecht leiden kann man mit Willen, aber förmliches Unrecht leidet niemand mit Willen. Denn das will niemand, auch der Unenthaltsame nicht, vielmehr handelt derselbe nur gegen seinen eigenen Willen. Einerseits *will* ja niemand solches, was er nicht für tugendhaft hält, und anderseits tut der Unenthaltsame nicht, was er selber glaubt tun zu sollen. Wer aber das Seinige hingibt, wie Homer den Glaukus dem Diomedes geben läßt:

„Die goldene Rüstung für Erz;
Jene war hundert Ochsen an Wert gleich, diese nur neunen“ ,

der leidet kein Unrecht; denn es steht bei ihm zu geben, Unrecht zu leiden aber steht nicht bei uns, sondern dazu gehört, daß Einer sei, der Unrecht tut.

So erhellt denn, daß das Unrechtleiden nicht freiwillig ist.

Zwölftes Kapitel.

Noch sind von den Fragen, die wir uns zur Besprechung vorgesetzt haben, zwei zu erledigen, die eine, ob etwa Unrecht tut wer mehr als billig austeilt, oder wer mehr als billig empfängt; die andere, ob man sich auch selbst Unrecht tun kann.

Bezüglich der ersten Frage erhebt sich folgendes Bedenken. Wenn es so sein kann, wie wir oben gesagt haben, daß der, der zuviel austeilt, nicht der, der zuviel erhält, Unrecht tut, so tut einer, wenn er dem anderen mit Wissen und Willen mehr zuteilt als sich, sich selbst Unrecht. Nun aber sind es erfahrungsmäßig grade die bescheidenen Charaktere, die so zu handeln pflegen. Der billige Mann ist ja sich selbst zu verkürzen geneigt. Oder ist es mit der Selbstverkürzung doch nicht so schlechthin richtig? Der Betreffende gewinnt nämlich etwa bei Gelegenheit ein Mehr an anderem Gut, an Ehre z. B. oder sittlichem Verdienste. Eine weitere Lösung dieser Schwierigkeit ergibt sich aus der gegebenen genaueren Bestimmung des Unrechttuns. Dem Manne, an den wir denken, geschieht nichts gegen seinen vernünftigen Willen, daher er auch wegen seiner Liberalität kein Unrecht, sondern, wenn man denn will, nur einen Schaden erleidet. Es ist aber auch aus positiven Gründen klar, daß immer der zuviel Austeilende, nicht der Empfänger, Unrecht tut.

Nicht der, bei dem sich Ungerechtes vorfindet, sondern der, von dem es wahr ist, daß er dies mit Willen herbeigeführt hat, tut Unrecht. Das ist aber der, in dem der Anfang der Handlung liegt, ein Anfang, der eben in dem Austeilenden, nicht in dem Empfänger zu suchen ist. Da ferner das Tun vieldeutig ausgesagt wird, und eine Tödtung z. B. auch durch Unbeseeltes und durch die Hand und durch einen von seinem Herrn beauftragten Diener geschehen kann, so tun Diener, Hand und Seelenloses kein Unrecht, sondern blos was unrecht ist (und so tut auch der leidend das zuviel Empfangende kein Unrecht, wohl aber der Austeilende). Ein Richter endlich, der unwissentlich ein Urteil gefällt hat, begeht kein gesetzliches Unrecht, und sein Urteil ist nicht ungerecht, wenn es auch so gut wie ungerecht ist – denn das gesetzliche (positive) Recht ist ein anderes als das erste, das natürliche Recht (worüber man nicht unwissend sein kann) –; hat er aber wissentlich ungerecht entschieden, so teilt er sich auch selbst ein ungerechtes Mehr zu, sei es an Gunst bei der einen, sei es an Rache gegenüber der anderen Partei. Gerade so nun, wie wenn einer sich in ungerechtes Gut mit anderen teilte, hat der, der aus solchen Rücksichten einen ungerechten Spruch gefällt hat, zu viel. Denn auch wer in einem Prozesse über den Besitz eines Ackers (in gewinnsüchtiger Absicht) entschieden hat, bekommt nicht den Acker, sondern Geld.

Dreizehntes Kapitel.

Die Leute meinen nun, es stehe bei ihnen, Unrecht zu tun, und deshalb sei es auch leicht gerecht zu sein. Aber dem ist nicht so. Der Frau des Nachbars beiwohnen, seinen Nächsten schlagen, ihm mit der Hand das geschuldete Geld geben ist leicht und steht in des Menschen Gewalt, aber aus einem festen Habitus heraus so zu handeln, ist nicht leicht und steht nicht ohne weiteres in des Menschen Gewalt.

Desgleichen meint man, Recht und Unrecht zu kennen sei keine besondere Weisheit, da es nicht schwer sei, zu verstehen wovon die Gesetze reden. Aber das ist ja nur mitfolgend das Recht: Recht an sich ist was in konkret bestimmter Weise getan und zugeteilt wird. Und hier immer das Richtige heraus zu finden, erfordert mehr, als z. B. die medizinischen Heilmittel zu kennen. Denn auch hier ist es leicht, die Wirkung von Honig, Wein und Nießwurz, vom Brennen und Schneiden zu kennen; aber zu wissen, wie und bei wem und wann man alles dieses anwenden muß, damit es der Gesundheit diene, ist gerade so schwer, als Arzt zu sein.

Eben darum meint man auch, der Gerechte sei ebenso gut im Stande, Unrecht zu tun, weil der Gerechte ebenso gut, ja, noch besser, die einzelnen Handlungen der Ungerechtigkeit ausführen könne; ebenso gut könne er einem Weibe beiwohnen und Schläge austeilen, als der Mutige den Schild wegwerfen, dem Feinde den Rücken kehren und Hals über Kopf davon laufen könne. Aber feige sein und Unrecht tun heißt nicht eben Handlungen der Feigheit und Ungerechtigkeit begehen außer mitfolgend, sondern sie aus einem bestimmten Habitus heraus begehen, grade so wie Arztsein und Heilen nicht heißt schneiden oder nicht schneiden, Arzneien geben oder nicht geben, sondern es in konkret bestimmter Weise tun.

Das Recht hat seine Stelle unter Wesen, die an den Gütern schlechthin teilhaben und davon ein Zuviel und ein Zuwenig haben können. Es gibt Wesen, die kein Zuviel davon haben können, und dies sind vielleicht die Götter, und wieder Andere gibt es, unheilbar Schlechte, denen kein Teil davon frommt, sondern alles schadet, und endlich gibt es solche, denen sie innerhalb bestimmter Grenzen nützlich sind. Darum ist das Recht ein menschliches Ding.

Vierzehntes Kapitel.

Hiernächst ist von der *Billigkeit* (Epikie) und dem *Billigen* zu handeln und zu erklären, wie sich die Billigkeit zur Gerechtigkeit und das Billige zum Recht verhält. Denn bei näherer Betrachtung erscheinen beide weder als schlechthin einerlei, noch als der Gattung nach von einander verschieden; und einerseits loben wir das Billige und den billigen Mann in der Art, daß wir lobend diesen Ausdruck statt gut auch auf anderes übertragen und zu verstehen geben, daß das Billigere das Bessere ist, anderseits erscheint es, wenn man sich an die Logik hält, als ungereimt, daß das Billige Lob verdienen und doch vom Recht verschieden sein soll. Denn entweder ist das Recht nicht trefflich und gut, oder das Billige, wenn vom Recht verschieden, nicht gerecht, oder wenn beide trefflich und gut sind, sind sie einerlei.

Das ist es so ziemlich, weshalb sich für den Begriff der Billigkeit Schwierigkeiten ergeben. Allein alles ist in gewisser Weise richtig, und von einem verborgenen Widerspruch, den es etwa einschlösse, kann keine Rede sein. Einerseits nämlich ist das Billige, mit einem gewissen Recht verglichen, ein besseres Recht, anderseits ist es nicht in dem Sinne besser als das Recht, als wäre es eine andere Gattung. Recht und Billigkeit sind also einerlei, und obschon beide trefflich und gut sind, so ist doch die Billigkeit das Bessere. Die Schwierigkeit rührt nur daher, daß das Billige zwar ein Recht ist, aber nicht im Sinne des gesetzlichen Rechts, sondern als eine Korrektur desselben. Das hat darin seinen Grund, daß jedes Gesetz allgemein ist und bei manchen Dingen richtige Bestimmungen durch ein allgemeines Gesetz sich nicht geben lassen. Wo nun eine allgemeine Bestimmung zu treffen ist, ohne daß sie ganz richtig sein kann, da berücksichtigt das Gesetz die Mehrheit der Fälle, ohne über das diesem Verfahren anhaftende Gebrechen im unklaren zu sein. Nichts destoweniger ist dieses Verfahren richtig. Denn der Fehler liegt nicht an dem Gesetze noch an dem Gesetzgeber, sondern in der Natur der Sache. Denn im Gebiet des Handelns ist die ganze Materie von vornherein so (daß das gedachte Gebrechen nicht ausbleibt). Wenn demnach das Gesetz allgemein spricht, aber in concreto ein Fall eintritt, der in der allgemeinen Bestimmung nicht einbegriffen ist, so ist es, in Betracht daß der Gesetzgeber diesen Fall außer Acht läßt und, allgemein sprechend, gefehlt hat, richtig gehandelt, das Versäumte zu verbessern, wie es auch der Gesetzgeber selbst, wenn er den Fall vor sich hätte, tun, und wenn er ihn gewußt hätte, es im Gesetze bestimmt haben würde. Daher ist das Billige ein Recht und besser als ein gewisses Recht, aber nicht besser als das Recht schlechthin, sondern als jenes Recht, das, weil es keinen Unterschied kennt, mangelhaft ist. Und das ist die Natur des Billigen: es ist eine Korrektur des Gesetzes, da wo dasselbe wegen seiner allgemeinen Fassung mangelhaft bleibt. Dies ist auch die Ursache davon, daß nicht alles gesetzlich geregelt ist; denn über manche Dinge läßt sich kein Gesetz geben, so daß es hier eines Plebiscites bedarf. Das Unbestimmte hat ja auch ein unbestimmtes Richtmaß, ähnlich wie bei der lesbischen Bauart ein bleiernes Richtmaß zur Verwendung kommt. Denn wie dieses Richtmaß sich der Gestalt des Steines angleicht und nicht dieselbe Länge behält, so gleicht das Plebiscit sich den besonderen faktischen Verhältnissen an.

So ist denn klar, was *das Billige* ist, und daß es ein Recht ist, und besser als ein gewisses Recht. Hieraus sieht man aber auch, wer *der Billige* sei: wer solches Recht will, wählt und übt, wer nicht das Recht zu Ungunsten Anderer auf die Spitze treibt, sondern vom Rechte, ob es ihm gleich beisteht, nachzulassen weiß, der ist billig und sein Habitus die Billigkeit, die eine Art Gerechtigkeit und kein von ihr verschiedener Habitus ist.

Fünfzehntes Kapitel.

Aus dem Gesagten erhellt nun auch, ob man sich selbst Unrecht tun kann oder nicht.

Recht in *einem* Sinne ist was vom Gesetze in Bezug auf jede einzelne Tugend geboten ist. Nun gebietet das Gesetz aber z. B. nicht, sich selbst zu tödten; was es aber nicht zu tödten gebietet, das zu tödten verbietet es.

Ferner, wenn man jemanden freiwillig wider das Gesetz schädigt, ohne damit eine erlittene Schädigung zu rächen, so tut man Unrecht. Freiwillig handelt aber wer da weiß, gegen wen die Handlung gerichtet ist, und womit sie vollzogen wird. Wer aber aus Zorn sich selbst entleibt, tut freiwillig gegen die rechte Vernunft was das Gesetz nicht zuläßt, tut also Unrecht.

Aber wem? Nicht etwa dem Gemeinwesen, sich aber nicht? Er leidet ja freiwillig, und niemand leidet freiwillig Unrecht. Darum straft ihn auch die Obrigkeit und haftet dem Selbstmörder, als einem Menschen, der sich am gemeinen Wesen versündigt hat, eine Makel an.

Es kann aber auch wer nur Unrecht tut und nicht ganz schlecht ist, in dem, worin er ungerecht ist, sich nicht selbst Unrecht tun – dieses (Ungerechtigkeit nach einer bestimmten Seite) ist nämlich mit jenem (gesetzlicher Ungerechtigkeit überhaupt) nicht einerlei. Ein solcher Ungerechter ist ungefähr in der Weise schlecht wie der Feige, also nicht als haftete ihm die ganze Schlechtigkeit an, und demnach tut er auch nicht in diesem Sinne Unrecht –.

Denn sonst könnte einem etwas gleichzeitig entzogen worden und zugefallen sein, was unmöglich ist: Recht und Unrecht setzt immer ein Verhältnis von mehreren voraus.

Ferner (ist das Unrechttun) freiwillig und vorsätzlich und früher (als das Unrechtleiden). Denn wer ein Unrecht erlitten hat und dem anderen dafür dasselbe wieder antut, scheint kein Unrecht zu tun. Um aber sich selbst Unrecht zu tun, müßte man etwas zugleich leiden und tun.

Ferner könnte man freiwillig Unrecht leiden.

Überdies tut niemand Unrecht, ohne eine einzelne ungerechte Handlung zu begehen; nun kann aber niemand mit seiner eigenen Frau die Ehe brechen oder in sein eigenes Haus einen Einbruch verüben oder seine eigene Habe stehlen.

Die vollständigste Lösung der Frage wegen der Möglichkeit sich selbst Unrecht zu tun, ergibt sich immer vom Gesichtspunkte der früheren Bestimmung, nach der niemand freiwillig Unrecht leiden kann.

Es leuchtet auch ein, daß zwar beides, Unrechtleiden und Unrechttun, vom Bösen ist. Denn bei dem einen hat man weniger als die Mitte, bei dem anderen mehr; die Mitte aber ist dem ähnlich, was in der Heilkunst die Gesundheit, in der Gymnastik die gute Leibesbeschaffenheit ist; aber es ist doch schlimmer, Unrecht zu tun. Denn Unrechttun führt Schlechtigkeit mit sich und ist tadelnswert, und jene Schlechtigkeit ist entweder die vollendete und schlechthinnige oder steht ihr doch nahe – denn nicht alles Freiwillige ist ungerecht –; das Unrechtleiden aber führt keine Schlechtigkeit und Ungerechtigkeit mit sich. Also an sich ist Unrechtleiden weniger schlimm, mitfolgend aber kann es gar wohl das größere Übel sein. Darum aber bekümmert sich die Wissenschaft nicht. Für sie ist eine Lungenentzündung ein schlimmerer Fall als eine Verstauchung, gleichwohl kann es mitfolgend auch einmal umgekehrt kommen, wenn der Verstauchte durch seinen Fall in die Hände der Feinde gerät und von ihnen getödtet wird.

Im übertragenen Sinne aber und im Sinne einer gewissen Ähnlichkeit gibt es allerdings ein Recht nicht der Person gegen sich selbst, aber doch des einen Teils von ihr gegen die anderen, ein Recht jedoch, das nicht mit allem Recht, sondern nur mit dem des Herrn gegen die Sklaven oder des Hausvaters gegen seine Kinder zu vergleichen ist. Nach diesen Verhältnissen nämlich bemißt sich der Abstand zwischen dem vernünftigen und dem unvernünftigen Seelenteil. Im Hinblick hierauf meint man also , es gebe auch eine Ungerechtigkeit gegen sich selbst, weil es nämlich durch die Macht der Affekte geschehen kann, daß man etwas gegen das eigene Begehren erleidet. Wie es sonach ein Recht zwischen Herrscher und Untertan gibt, so soll es auch ein Recht zwischen den verschiedenen Seelenteilen geben.

So mag denn von der Gerechtigkeit und den anderen sittlichen Tugenden in dieser Weise gehandelt sein.

Sechstes Buch.

Erstes Kapitel.

Da wir früher gesagt haben, man müsse die Mitte wählen, nicht das Übermaß und den Mangel, und da die Mitte durch die rechte Vernunft bestimmt wird, so wollen wir dieses jetzt näher erklären.

In allen habituellen Beschaffenheiten, die wir bisher behandelt haben, gibt es, wie auch bei den übrigen Fertigkeiten, einen Zielpunkt, auf den hinblickend der Inhaber der rechten Vernunft seine Kräfte anspannt und einhält, und eine Grenze, jene Mitten nämlich, die nach uns, als der rechten Vernunft entsprechend, zwischen dem Übermaß und dem Mangel liegen.

Diese Bestimmung ist nun zwar richtig, aber noch keineswegs deutlich. Ist es doch bei jedem Geschäft, von dem es eine Wissenschaft gibt, richtig, zu sagen, man müsse dabei der Sorge und der Zuversicht weder zu viel noch zu wenig einräumen, sondern die von der rechten Vernunft gewiesene Mitte halten; aber damit allein weiß man noch nichts besonderes; so weiß man noch keineswegs, was man dem Körper zukommen lassen muß, wenn einem gesagt wird: alles, was und wie die Gesundheitslehre und der mit ihr Vertraute es vorschreibt. Darum ist es auch hinsichtlich der psychischen Beschaffenheiten nicht genug, wenn der aufgestellte Grundsatz wahr ist: es muß auch genau angegeben werden, welches die rechte Vernunft ist, und wie sie sich bestimmen läßt.

Zweites Kapitel.

Als wir die Tugenden der Seele einteilten, haben wir gesagt, sie seien teils sittliche oder Charaktertugenden, teils Verstandestugenden. Nachdem wir also die sittlichen Tugenden durchgegangen sind, wollen wir die anderen in der Art erklären, daß wir erst einige Bemerkungen über die Seele selbst hersetzen.

Es wurde weiter oben gesagt, es gebe zwei Seelenteile, einen vernunftbegabten und einen unvernünftigen. Jetzt aber müssen wir den vernunftbegabten wieder ebenso einteilen. Setzen wir also voraus, daß der vernunftbegabten Teile zwei sind, einer, mit dem wir jenes Sein betrachten, dessen Prinzipien sich nicht anders verhalten können, und einen, mit dem wir betrachten was sich anders verhalten kann. Denn wenn die Objekte der Gattung nach verschieden sind, ist auch der für das eine oder das andere Objekt eingerichtete Seelenteil der Gattung nach verschieden, wenn ja doch die Erkenntnis den erkennenden Potenzen gemäß einer gewissen Ähnlichkeit und Verwandtschaft zukommt. Der eine Teil heiße nun der „epistemonische" (scientifische oder wissende), der andere der „logistische" (ratiocinierende oder folgernde). Überlegen nämlich und Gedanken in bestimmter „Folge" verknüpfen ist dasselbe, nun überlegt aber niemand was sich nicht anders verhalten kann. So ist denn ein Teil der vernunftbegabten Seele der ratiocinierende.

Unsere Aufgabe wird es nun sein, zu ermitteln, welches je die beste Verfassung dieser beiden Teile ist. Denn das ist je ihre Tugend; die Tugend aber richtet sich nach ihrer eigentümlichen Verrichtung.

Dreierlei ist in der Seele, wovon Handlung und Wahrheitserkenntnis abhängt: Sinn, Verstand, Begehren. Unter diesen dreien kann der Sinn kein Prinzip des Handelns sein, was daraus hervorgeht, daß die Tiere zwar sinnbegabt sind, aber an dem, was man Handlung nennt, keinen Anteil haben. Was nun beim Denken Bejahung und Verneinung, das ist beim Begehren Streben und Fliehen. Darum muß, da die sittliche Tugend ein Habitus der Willenswahl und die Willenswahl ein überlegtes Begehren ist, der Ausspruch der Vernunft wahr und das Begehren des Willens recht sein, wenn die getroffene Wahl der Sittlichkeit entsprechen soll, und es muß eines und dasselbe von der Vernunft bejaht und von dem Willen erstrebt werden.

Das ist nun die praktische Vernunft und Wahrheit. Das Gute und Schlechte der theoretischen Vernunft aber, die nicht handelt und nicht hervorbringt, ist Wahrheit und Falschheit, wie das von der Leistung jedes denkenden Vermögens gilt; die Leistung des zugleich praktischen Denkvermögens aber ist jene Wahrheit, die mit dem rechten Begehren übereinstimmt.

Prinzip des Handelns im Sinne des bewegenden, nicht des Zweckprinzips ist die Willenswahl und das der Willenswahl das Begehren und der Begriff oder die Vorstellung des Zweckes. Darum gibt es keine Willenswahl ohne Verstand und Denken einerseits und sittlichen Habitus anderseits. Denn richtiges und verkehrtes Handeln ist ohne Denken und ein Verhältnis zur Sittlichkeit unmöglich.

Das Denken für sich allein aber bewegt nichts, sondern nur das auf einen bestimmten Zweck gerichtete, praktische Denken. Von ihm hängt auch das hervorbringende Denken ab. Denn jeder Hervorbringende bringt sein Erzeugnis für einen bestimmten Zweck hervor, und was er hervorbringt, ist nicht schlechthin Zweck, sondern nur mit Bezug auf ein anderes und für ein anderes. Wohl aber ist die Handlung und ihr Inhalt schlechthin Zweck. Denn das richtige Handeln ist ein absoluter Zweck, und auf diesen ist auch das Begehren gerichtet. Und so ist denn die Willenswahl entweder begehrendes Denken oder denkendes Begehren, und das Prinzip, in dem sich beides, Denken und Begehren, verbunden findet, ist der Mensch.

Gegenstand der Willenswahl oder des Vorsatzes kann kein Vergangenes sein, wie sich denn niemand zum Vorsatz macht, Ilium zerstört zu haben; man überlegt oder beratschlagt ja auch nicht über Vergangenes, sondern über Zukünftiges und Mögliches, Vergangenes aber kann unmöglich nicht geschehen sein, weshalb *Agathon* treffend sagt:

„Denn dies allein, sogar der Gottheit bleibts versagt,
Ungeschehn zu machen, was einmal geschehen ist“.

So ist denn die Leistung beider vernünftigen Teile die Wahrheitserkenntnis, und in den Beschaffenheiten, vermöge deren sie die Wahrheit am besten erkennen, haben wir jene Tugenden zu erblicken, die beiden eigen sein können.

Drittes Kapitel.

Um nun die Erörterung über dieselben durchzuführen, müssen wir etwas weiter ausholen.

Der Dinge, durch die die Seele, bejahend oder verneinend, (immer) die Wahrheit trifft, sollen fünf an der Zahl sein; es sind *Kunst, Wissenschaft, Klugheit, Weisheit* und *Verstand*. Vermutung und Meinung können auch falsches zum Inhalte haben (und scheiden darum hier aus).

Was die *Wissenschaft* sei, erhellt, wenn, wir die Worte genau nehmen und uns nicht an äußere Ähnlichkeiten in der Redeweise halten wollen , aus folgendem. Wir alle halten dafür, daß das, was man weiß, sich nicht anders verhalten kann; was sich aber anders verhalten kann, von dem weiß man, sobald man es nicht mehr vor Augen hat, nicht, ob es noch ist oder nicht. Mithin ist was Gegenstand des Wissens ist, aus Notwendigkeit. Mithin ist es ewig; denn alles, was schlechthin aus Notwendigkeit ist, ist ewig, das Ewige aber ist ungeworden und unvergänglich.

Auch scheint jede Wissenschaft lehrbar und jeder Wissensgegenstand lernbar zu sein. Jede Lehre aber geht von vorher Erkanntem aus, wie wir in der *Analytik* dartun, sei es, daß sie sich der *Induktion* oder des *Syllogismus* bedient. Die Induktion ist auch Prinzip des Allgemeinen, der Syllogismus dagegen geht von dem Allgemeinen aus. Mithin gibt es Prinzipien als Prämissen des Syllogismus, die nicht wieder durch einen Syllogismus gewonnen werden. Mithin tritt hier die Induktion ein.

Die Wissenschaft ist mithin ein Habitus des Demonstrierens, zu welcher Begriffsbestimmung man weiterhin noch alles andere hinzunehmen möge, was wir in der *Analytik* angegeben haben. Wo nämlich eine bestimmte Überzeugung ist, und man die Prinzipien kennt, da ist Wissenschaft. Kannte man dieselben nicht vollkommener als den Schlußsatz, so hätte man das Wissen nur zufällig.

So viel stehe denn hier von der Wissenschaft.

Viertes Kapitel.

Was sich anders verhalten kann, ist teils Gegenstand des *Hervorbringens*, teils Gegenstand des *Handelns*. Denn Hervorbringen und Handeln ist von einander verschieden, wovon wir schon auf Grund der exoterischen Schriften versichert sein können. Demnach ist auch der mit Vernunft verbundene Habitus des Handelns von dem mit Vernunft verbundenen Habitus des Hervorbringens verschieden; daher auch keiner in dem andern enthalten ist. Denn das Handeln ist so wenig ein Hervorbringen, als das Hervorbringen ein Handeln.

Da aber zum Beispiel das Vermögen zu bauen eine *Kunst* und ein mit Vernunft verbundener Habitus des Hervorbringens ist, und da ferner keine Kunst zu finden ist, die kein mit Vernunft verbundener Habitus des Hervorbringens wäre, und umgekehrt auch kein solcher Habitus, der nicht Kunst wäre, so wird *Kunst* und *mit wahrer Vernunft verbundener Habitus des Hervorbringens* ein und dasselbe sein.

Vorwurf jeder Kunst ist das Entstehen, das regelrechte Herstellen und die Überlegung, wie etwas, was sowohl sein als nicht sein kann und dessen Prinzip im Hervorbringenden, nicht im Hervorgebrachten liegt, zustande kommen mag. Auf das, was aus Notwendigkeit ist oder wird, geht die Kunst so wenig, wie auf das, was von Natur da ist oder entsteht, da derartiges das bewegende Prinzip in sich selber hat. Da nun das Hervorbringen vom Handeln verschieden ist, so muß die Kunst auf das Hervorbringen, nicht auf das Handeln gehen. Und in gewissem Sinne bewegen sich die Kunst und der Zufall um das nämliche Objekt, wie auch Agathon sagt:

„Die Kunst den Zufall liebt, der Zufall liebt die Kunst."

Die Kunst ist also, wie gesagt, ein Habitus, etwas mit wahrer Vernunft hervorzubringen, das Widerspiel der Kunst dagegen ein Habitus, etwas mit falscher Vernunft hervorzubringen, bei Dingen, die sich so und anders verhalten können.

Fünftes Kapitel.

Was ferner die *Klugheit* sei, können wir daraus lernen, daß wir zusehen, welche Menschen wir klug nennen. Ein kluger Mann scheint sich also darin zu zeigen, daß er wohl zu überlegen weiß, was ihm gut und nützlich ist, nicht in einer einzelnen Hinsicht, z. B. in Bezug auf Gesundheit und Kraft, sondern in Bezug auf das, was das menschliche Leben gut und glücklich macht. Ein Zeichen dessen ist, daß wir auch von solchen sprechen, die in einem einzelnen Punkte klug sind, wofern sie nur im Hinblick auf einen guten Zweck und in Dingen, die unter keine Kunst fallen, wohl zu überlegen wissen. Demnach wird denn auch klug im allgemeinen sein wer wohl und richtig überlegt.

Nun stellt niemand Überlegungen an in Dingen, die sich unmöglich anders verhalten können oder deren Ausführung ihm versagt ist. Wenn also die Wissenschaft auf strenger und eigentlicher Demonstration fußt und dasjenige, dessen Prinzipien sich anders verhalten können, keine Demonstration zuläßt – denn alles, was unter die Handlung fällt, kann sich anders verhalten, und bei Dingen, die kraft der Notwendigkeit sind, gibt es kein Überlegen und Beratschlagen –, so kann die Klugheit weder Wissenschaft noch Kunst sein, nicht Wissenschaft, weil das Objekt der Handlung sich anders verhalten kann, nicht Kunst, weil Handlung und Hervorbringung dem Genus nach von einander verschieden sind. Mithin bleibt nur übrig, daß sie *ein untrüglicher Habitus vernünftigen Handelns ist in Dingen, die für den Menschen Güter und Übel sind*. Das Hervorbringen hat nämlich einen anderen Zweck als die Tätigkeit selbst, das Handeln dagegen nicht, da hier das gute Handeln selbst oder auch das gute Befinden den Zweck ausmacht.

Daher halten wir einen *Perikles* und seines Gleichen für klug, weil sie nämlich für das, was ihnen und anderen gut ist, einen richtigen Blick haben, und schreiben diese Tugend den Hausvätern und Staatslenkern zu; und daher kommt es auch, daß wir (im Griechischen) der Sophrosyne, der Mäßigkeit, diesen ihren Namen gegeben haben als einer Eigenschaft, die da eine Bewahrerin der Klugheit ist. Sie bewahrt nämlich das zur Klugheit erforderliche Urteil. Denn nicht jedes Urteilen wird durch Lust und Unlust verdorben und verkehrt, nicht das Urteil z. B. über die Frage, ob das Dreieck eine Winkelsumme hat, die zwei rechten Winkeln gleich ist, oder nicht, sondern die Urteile über das, was man tun soll. Denn die Prinzipien der Handlungen liegen in ihren Zwecken. Ist man aber einmal durch Lust oder Unlust bestochen, so verbirgt sich einem sofort das rechte Prinzip, und man vergißt, daß man seinetwegen und um seinetwillen alles wählen und tun soll. Denn es ist der Schlechtigkeit eigen, das Prinzip zu verderben. – So folgt denn mit Notwendigkeit, daß die Klugheit ein untrüglicher, vernünftiger Habitus des Handelns ist in Dingen, die die menschlichen Güter betreffen.

Aber wenn sich die Kunst die Tugend äußerlich zugesellen kann, so läßt die Klugheit solches durchaus nicht zu; und in der Kunst ist der freiwillig Fehlende vorzüglicher, bei der Klugheit aber wie bei den sittlichen Tugenden ist er schlimmer. Und so erhellt denn, daß sie eine Tugend ist und keine Kunst. Da es aber zwei Teile der vernunftbegabten Seite der Seele gibt, so wird die Klugheit dem einen derselben , dessen Funktion das Schließen oder Meinen ist, zu überweisen sein. Aber sicher ist sie auch nicht ausschließlich Vernunft-Habitus, wofür ein Zeichen darin vorliegt, daß ein solcher Habitus durch Vergessenheit schwinden kann, die Klugheit aber nicht.

Sechstes Kapitel.

Da die Wissenschaft Erfassung und Beurteilung des Allgemeinen und Notwendigen ist, und es Prinzipien oder oberste und letzte Gründe jedes Beweisbaren und jedes Wissens gibt – denn das Wissen heischt Gründe –

, so wird unmittelbar mit dem Prinzip des Gewußten selbst keine Wissenschaft zu tun haben, und ebenso keine Kunst und Klugheit. Denn das Gewußte ist demonstrierbar, und Kunst und Klugheit bewegen sich um solches, was sich anders verhalten kann. Aber auch die Weisheit hat an den Prinzipien nicht ihr Objekt. Denn dem Weisen ist es eigen, für manches einen Beweis, eine Demonstration, zu haben. Wenn es nun viererlei ist, wodurch wir das Wahre treffen und nie getauscht werden, sei es im Bereiche dessen, was sich nicht anders, oder auch dessen, was sich anders verhalten kann: Wissenschaft, Klugheit, Weisheit und Verstand, und wenn hier von den dreien – ich meine die Klugheit, Wissenschaft und Weisheit – keine auf die Prinzipien gehen kann, so bleibt allein übrig, daß dieses dem *Intellekt*, dem *Verstande*, zukommt.

Siebentes Kapitel.

Die Weisheit aber schreiben wir in den Künsten denjenigen zu, die es in denselben zur höchsten Vollendung gebracht haben, indem wir z. B. den *Phidias* einen weisen Meister in Stein und den *Polykleitos* einen weisen Bildhauer nennen, und da wollen wir mit dem Worte Weisheit nichts anderes sagen, als daß sie Kunst im vollkommenen Sinne ist. Wir halten aber Einige für ganz und gar, nicht blos in einem Stück, für weise, sollten sie auch in anderer Hinsicht nicht weise sein, nach welcher Bedeutung *Homer* im *Margites* sagt:

„Ihn nun hatten die Götter zum Gräber nicht, auch nicht zum Pflüger,
Noch sonst weise gemacht“.

Somit ist offenbar, daß die Weisheit die vollkommenste Wissenschaft ist. Mithin muß der Weise nicht blos die Folgerungen aus den Prinzipien wissen, sondern auch bezüglich der Prinzipien die Wahrheit erkennen. Demnach wäre also die Weisheit Verstand und Wissenschaft, eine Wissenschaft, die, gleichsam als Haupt über die anderen gestellt, die allerwürdigsten Objekte umfaßt.

Denn wenn man meint, die Staatskunst oder die Klugheit sei die beste Wissenschaft, so ist dies ungereimt, wofern der Mensch nicht das Beste von allem in der Welt ist. Wenn nun ein anderes für die Menschen und ein anderes z. B. für die Fische gesund und gut, das Weiße dagegen und das Gerade immer dasselbe ist, so wird auch wohl die Weisheit von allen als dasselbe bezeichnet werden, die Klugheit aber je und je für etwas anderes. Denn wer in den Dingen, die ihm je vorkommen, das Zuträgliche sieht, den nennt man klug, und dem vertraut man derartige Dinge an. Darum nennt man auch manche Tiere klug, alle diejenigen nämlich, die im Bereich ihrer Daseinssphäre ein voraussehendes Vermögen bekunden. Man sieht aber auch, daß die Weisheit und die Staatskunst nicht dasselbe sein können. Denn wollte man die Erkenntnis dessen, was einem selbst nützlich ist , Weisheit nennen, so ergäben sich viele Weisheiten. Denn es gibt nicht blos eine Wissenschaft für das, was allen lebenden Wesen gut ist, sondern für jede Art derselben eine andere, sonst müßte es auch für alle nur eine Heilkunst geben. Und hierbei verschlägt es nichts, daß der Mensch das vorzüglichste unter allen lebenden Wesen ist. Denn es gibt Dinge, die ihrer Natur nach viel göttlicher sind als der Mensch, wie dieses am augenscheinlichsten bei den Himmelskörpern hervortritt. Aus dem Gesagten sieht man also, *daß die Weisheit ein Wissen und ein Verstehen derjenigen Dinge ist, die ihrer Natur nach am ehrwürdigsten sind.*

Daher erklärt man einen *Anaxagoras,* einen *Thales* und ihresgleichen für Weise, aber nicht für klug, da man sieht, daß sie sich auf das, was ihnen Vorteil bringt, nicht verstehen, und man sagt ihnen nach, sie wüßten Ungewöhnliches, Wunderbares, Schweres, Übermenschliches, erklärt aber all dieses Wissen für unfruchtbar, weil sie nicht die irdischen Güter suchen.

Achtes Kapitel.

Die Klugheit aber hat es mit den irdischen und menschlichen Dingen zu tun, mit Dingen, die Gegenstand der Überlegung sind. Bezeichnen wir es doch als den Hauptvorzug eines klugen Mannes, daß er sich seine

Sache gut zu überlegen weiß; niemand aber überlegt und beratschlagt über Dinge, die sich nicht anders verhalten können und die nicht ihre greifbare Bestimmung haben, und zwar eine solche, die ein für den Menschen erreichbares Gut darstellt. Der Mann der guten Überlegung schlechthin aber ist wer durch Nachdenken das größte durch Handeln erreichbare menschliche Gut zu treffen weiß.

Auch geht die Klugheit nicht bloß auf das Allgemeine, sondern auch auf die Erkenntnis des Einzelnen. Denn sie hat es mit dem Handeln zu tun, das Handeln aber bezieht sich auf das Einzelne und Konkrete. Daher sind auch manche, die keine Wissenschaft haben, praktischer oder zum Handeln geschickter als andere mit ihrem Wissen; besonders sind dies die Leute mit viel Erfahrung. Denn wenn z. B. jemand wüßte, daß leichtes Fleisch gut verdaulich und gesund ist, ohne aber zu wissen, welches Fleisch leicht ist, so würde er damit keinen gesund machen, wohl aber wird es derjenige vermögen, der weiß, daß Vogelfleisch leicht und gesund ist. Die Klugheit ist aber praktisch, und darum muß man beides, Kenntnis des Allgemeinen und des Besondern, haben oder, wenn nur eines, lieber das letztere.

Es gibt aber auch wohl hier, in den irdischen und menschlichen Dingen, ein *architektonisches, leitendes* Vermögen. Die Staatskunst und die Klugheit sind nämlich im Grunde ein und derselbe Habitus, jedoch ist ihr Sein oder ihr Begriff nicht ein und derselbe. Von der auf den Staat gerichteten Klugheit ist aber der leitende und führende Teil diejenige Klugheit, die sich in der *Gesetzgebung* betätigt. Diejenige aber, dic sich mit dem Einzelnen befaßt, hat den gemeinsamen Namen *Staatskunst*, und sie ist praktische und überlegende Klugheit. Denn die Stimmabgabe ist das Letzte, was es im politischen Handeln gibt. Darum bezeichnet man nur diejenigen, die es hiermit zu tun haben, als Staatsmänner, da nur sie im Staatsleben eigentlich und unmittelbar nach Art der Handwerker handeln.

Klugheit scheint vorzüglich jene zu sein, die sich auf die eigene und eine Person bezieht. Sie behält den gemeinsamen Namen Klugheit. Von jenen ihren Arten aber, die sich auf eine Vielheit von Personen beziehen, ist die eine die *Ökonomie* oder *Haushaltungskunst*, die andere die *Gesetzgebungskunst* und die dritte die *Staatskunst*, und diese ist wiederum teils *beratende*, teils *richterliche* Staatskunst.

Neuntes Kapitel.

So ist denn die richtige Auffassung dessen, was der eigenen Person frommt, wohl sicher eine besondere Art der Einsicht, aber die Meinungen über sie sind sehr geteilt. Es hat nämlich einen Schein, als ob der, der sich selbst gut zu beraten weiß und für sein eigenes Beste sorgt, der wirklich kluge Mann wäre, neben ihm aber die politisch Tätigen übelberatene Leute, die sich viel zu tun machen, weshalb *Euripides* sagt:

„Wie wär' ich klug, der ohne Not und Plackerei,
Als einer zählend in der Menge unsres Heers,
Das gleiche Teil besitzen konnte? –
Denn wer an mehr sich wagt, als seines Amtes ist –"

Man sucht nämlich für gewöhnlich was für einen selbst gut ist, und vermeint, auf solches seine Tätigkeit richten zu sollen, und dieser Meinung ist dann die Vorstellung entsprungen, daß Leute dieses Schlages klug sind.

Indessen gibt es vielleicht kein eigenes Beste ohne Haushaltungskunst und Staatskunst. Es ist aber auch nicht von vornherein klar und darum von Fall zu Fall zu untersuchen, wie man die eigenen Angelegenheiten besorgen muß. Ein Zeichen für die Wahrheit des Gesagten hat man an der Erfahrungstatsache, daß man in jungen Jahren ein Geometriker und Mathematiker und ein Weiser oder Kundiger in solchen Disciplinen, doch schwerlich klug werden kann. Der Grund dafür ist der, daß die Klugheit sich auf das Einzelne bezieht, das man nur durch die Erfahrung kennen lernt, die eben dem jungen Manne fehlt, da sie nur die Frucht langer Jahre ist.

Freilich könnte man auch die Frage aufwerfen, warum eigentlich ein Knabe ein Mathematikus werden kann, aber kein Weiser oder Naturphilosoph. Doch wohl nur darum, weil das Objekt der Mathematik ein Abstraktum ist, wogegen die Prinzipien der genannten beiden Disziplinen aus der Erfahrung stammen. Hier bringen es die jungen Leute zu keiner eigenen Überzeugung, sondern nur zu Behauptungen, während sie sich die mathematischen Begriffe wohl klar zu machen wissen.

Daß aber die Klugheit in eigenen Dingen auch einen Blick fürs Ganze fordert, ergibt sich auch insofern, als ein Irrtum beim Überlegen entweder das Allgemeine oder das Besondere betrifft. Man weiß z. B. entweder nicht, daß alle schwergehaltigen Wasser schlecht sind, oder daß dieses bestimmte Wasser schwer ist.

Daß die Klugheit aber nicht Wissenschaft ist, ist klar. Sie befaßt sich ja wie gesagt, mit dem Letzten; denn ein solches ist der Gegenstand der Handlung. Sie ist also das Gegenstück zum Verstande. Denn der Verstand hat es mit den Begriffen zu tun, für die es keine Definition gibt, und sie mit dem Letzten, von dem es keine Wissenschaft gibt, sondern Wahrnehmung, nicht jene, die die sogenannten eigentümlichen Sinnesobjekte erfaßt, sondern eine, wie die ist, durch die wir inne werden, daß das letzte Mathematische das Dreieck ist. Denn auch hier hält man ein und geht man nicht weiter. Jenes Vermögen für die eigentümlichen Sinnesqualitäten ist mehr Sinn als Klugheit, das hier gemeinte Vermögen aber ist von anderer Art.

Zehntes Kapitel.

Die Klugheit unterscheidet sich aber vom Verstände dadurch, daß sie sucht und überlegt, da ja das Überlegen ein Suchen ist.

Wir müssen aber auch ermitteln, was die *Wohlberatenheit* ist, ob eine Wissenschaft oder Meinung oder richtiger Takt, oder ob sie zu einer anderen Gattung gehört.

Wissenschaft ist sie offenbar nicht. Denn was man weiß, danach sucht man nicht; die Wohlberatenheit ist aber eine Art Beratschlagung, und wer beratschlägt, sucht und schließt.

Ebensowenig ist sie ein richtiger Takt. Denn dieser sucht nicht nach Gründen und bedarf keiner Zeit. Zum Beraten aber gehört viele Zeit, und es ist ein bekanntes Wort, man müsse was man beraten und beschlossen, unverweilt ausführen, zum Beraten aber sich Zeit gönnen. Auch von der schnellen Auffassung oder Findigkeit ist die Wohlberatenheit verschieden, da doch die Findigkeit eine Art von richtigem Takt ist.

Die Wohlberatenheit ist endlich auch keinerlei Meinung.

Da vielmehr wer sich übel berät, fehlt, und wer sich wohl berät, sich richtig berät, so ist Wohlberatenheit offenbar eine gewisse Richtigkeit, aber eine Richtigkeit weder des Wissens noch der Meinung. Denn dem Wissen kommt nicht noch eine besondere Richtigkeit zu, weil es auch keine Verkehrtheit erträgt, bei der Meinung aber ist Richtigkeit gleich Wahrheit; zugleich steht auch schon alles, was man meint, subjektiv fest.

Aber die Wohlberatenheit entbehrt auch nicht der Gründe und des Denkens. Mithin bleibt nur übrig, daß sie zum Nachdenken gehört, das ja noch kein Behaupten ist. Denn die Meinung ist kein Suchen, sondern schon ein Behaupten, wohl aber ist es von dem, der sich berät, tue er dieses nun gut oder schlecht, wahr, daß er nach etwas sucht und Überlegungen anstellt.

Die Wohlberatenheit ist also vielmehr Richtigkeit des Rates oder der Überlegung, daher zuerst untersucht werden müßte, was Rat und Überlegung ist, und worauf sie sich beziehen.

Was aber das Moment der Richtigkeit angeht, so hat dieselbe viele Bedeutungen, so daß hier offenbar nicht jede Richtigkeit gemeint sein kann.

Der Unenthaltsame nämlich und der Schlechte wird was er zu erkennen sich vorgesetzt hat, durch seine Überlegung treffen und wird sich somit richtig beraten und doch dabei großen Schaden genommen haben. Das

Wohlberatensein gilt aber für etwas Gutes. Denn nur eine solche Richtigkeit des Rates, die uns das Gute treffen läßt, ist Wohlberatenheit.

Aber auch dieses kann man mittelst eines falschen Schlusses treffen, und so zwar treffen was man tun soll, aber nicht durch den rechten Mittelbegriff, sondern durch einen falschen. Und so ist auch das noch nicht Wohlberatenheit, wenn man zwar trifft *was* man soll, aber nicht durch den Mittelbegriff, *durch den* man sollte.

Ferner kann man sich lange Zeit beraten, bis man das Rechte trifft, während ein Anderer schnell damit zustande kommt. So ist denn auch dieses noch keine Wohlberatenheit, sondern das ist vielmehr eine Richtigkeit im Sinne des Ersprießlichen, die gleichzeitig das Was, das Wie und das Wann umfaßt.

Endlich kann man teils schlechthin wohlberaten sein, teils mit Beziehung auf ein einzelnes Geschäft. Mithin ist Wohlberatenheit schlechthin diejenige, die für den Zweck des Lebens schlechthin das Richtige trifft, dagegen Wohlberatenheit in einer bestimmten Hinsicht jene, die es für ein einzelnes Geschäft trifft.

Wenn demnach wohlberaten zu sein ein Merkmal des klugen Mannes ist, so kann man sagen: *die Wohlberatenheit ist Richtigkeit in Bezug auf das, was zu einem Zweck frommt, von dem die Klugheit eine wahre Meinung hat.*

Elftes Kapitel.

Auch die *Verständigkeit* und die *Unverständigkeit*, wonach man von verständigen und unverständigen Leuten spricht, ist einerseits nicht mit Wissenschaft oder Meinung ganz identisch – denn sonst wäre jedermann verständig –, noch ist sie anderseits eine einzelne, partikuläre Wissenschaft, wie die Medizin die Wissenschaft von dem Gesunden oder die Geometrie die Wissenschaft von der Größe ist. Denn die Verständigkeit hat es weder mit dem immer Seienden und Unbewegten, noch mit irgend einem Enstehenden zu tun, sondern mit dem, was

Gegenstand des Zweifelns und Überlegens sein kann. Daher hat sie einerlei Gebiet mit der Klugheit, ohne daß jedoch Verständigkeit und Klugheit dasselbe ist; denn die Klugheit ist *gebietend*, da es ihr Ziel ist, zu bestimmen, was man tun oder nicht tun soll; die Verständigkeit dagegen ist nur *beurteilend*; denn Verständigkeit und Wohlverständigkeit und verständig und wohlverständig ist dasselbe.

Verständigkeit ist weder der Besitz noch die Erlangung der Klugheit, sondern wie man beim Lernen von Verstehen spricht, wenn einer die Wissenschaft, die er schon hat, entsprechend anwendet, so auch, wenn man die Meinung anwendet, um über das, was der Klugheit obliegt, fremder Rede gegenüber zu urteilen, das heißt zutreffend zu urteilen. Denn wohl und zutreffend ist einerlei. Und der Name der Verständigkeit, durch die man wohlverständig ist, kommt daher, nämlich von dem Verstehen beim Lernen. Denn wir sagen oft Verstehen für Lernen.

Die sogenannte *Gnome, Diskretion* oder *Unterscheidung*, dergemäß wir von diskreten Personen reden, und sagen, man besitze Diskretion, ist *die richtige Beurteilung des Billigen*. Ein Zeichen dessen ist dieses. Dem Mann der Billigkeit sagen wir nach, er neige vorzüglich zur Nachsicht (Syggnome), und Billigkeit ist uns soviel als mit manchem Nachsicht haben. Nun ist aber die Nachsicht eben eine richtige Beurteilung des Billigen. Richtig aber ist jenes Urteil, das der Wahrhafte fällt.

Zwölftes Kapitel.

Man kann aber von allen diesen Eigenschaften mit Recht behaupten, daß sie auf dasselbe Objekt hinzielen.

Denn wir sprechen von Diskretion, Verständigkeit, Klugheit und Verstand, indem wir unbedenklich denselben Personen die Eigenschaft der Diskretion und des Verstandes zuschreiben und sie klug und wohlverständig nennen. Denn alle diese Potenzen befassen das Letzte und das Einzelne, und einmal zeigt sich der Wohlverständige und der Diskrete oder Nachsichtige darin, daß er über die Dinge, mit denen der Kluge es zu tun hat, urteilt, da das Billige ja bei allem *Guten*, das ein fremdes Interesse berührt, in betracht kommt. Alles Praktische aber gehört zum Einzelnen und zum Letzten, da sowohl der Kluge das, was zu tun ist, kennen muß, als auch die Verständigkeit und die Diskretion es mit dem Praktischen zu tun haben; das Praktische ist aber das Letzte. Sodann ist aber auch der Verstand nach beiden Seiten mit dem Letzten befaßt. Denn auf die ersten und auf die letzten Begriffe geht der Nus, der Verstand, und nicht der Logos, das Vermögen der Schlußfolgerung; und der eine Verstand, der es mit den Demonstrationen zu tun hat, geht auf die unbeweglichen und ersten Begriffe, der andere aber, der praktische, auf das Letzte, das Mögliche, den Untersatz. Solches ist Prinzip im Sinne des Zweckes oder des Beweggrundes; das Einzelne kann ja Prinzip sein, weil man aus ihm das Allgemeine gewinnt. Dieses Einzelne muß nun durch Wahrnehmung erfaßt werden, diese aber ist Verstand. Darum scheinen diese Vorzüge auch physischer Art zu sein, und während man Niemanden von Natur für weise hält, nimmt man dagegen an, daß man Diskretion, Verständigkeit und praktischen Verstand als eine Naturanlage besitze. Ein Zeichen dessen liegt in der Vorstellung, die wir haben, als folgten diese Eigenschaften den verschiedenen Lebensaltern, und darin, daß ein bestimmtes Alter Verstand und Diskretion besitzt, als wäre die Natur die Ursache davon. Daher ist der (praktische) Verstand (von Seite seines Gegenstandes) wie Anfang so auch Ende. Denn seine Schlußfolgerungen gehen vom Letzten und Einzelnen aus und beziehen sich auch darauf.

Deswegen muß man auf die ohne Beweis ausgesprochenen Behauptungen und Meinungen der Erfahrenen, Alten und Klugen nicht weniger achten als auf die Demonstrationen. Denn weil sie ein durch Erfahrung geschärftes Auge haben, so sehen sie richtig.

So hätten wir denn dargelegt, was die Klugheit und die Weisheit ist, womit jede von beiden es zu tun hat, und daß jede von ihnen die Tugend eines anderen Seelenteils ist.

Dreizehntes Kapitel.

Man könnte aber betreffs ihrer fragen, zu was sie nütze sind. Denn die Weisheit betrachtet nichts, wodurch der Mensch glücklich werden kann – sie hat es ja mit keinem Werden zu tun – , die Klugheit aber tut das zwar, aber wozu bedarf es ihrer? Sie lehrt uns zwar das Gerechte, sittlich Gute und dem Menschen Ersprießliche – das heißt eben das, was der tugendhafte Mann zu tun hat –, aber wegen des Wissens, das wir davon haben, sind wir um nichts tätiger, wenn anders die Tugenden Fertigkeiten sind, wie auch nicht wegen des Wissens von der Gesundheit und Kraft, so lange es sich nämlich um Dinge fragt, die kein bloßes Tun bedeuten, sondern die Äußerung eines Habitus. Wir sind ja darum, weil wir die Heilkunde und die gymnastische Methode inne haben, noch um nichts tätiger.

Wollte man aber sagen, die Klugheit sei nicht dafür da, um die Tugenden besser zu äußern, sondern um tugendhaft zu werden, so wäre sie dem, der tugendhaft ist, zu nichts nütze; aber auch dem nicht, der die Tugend nicht hat. Denn ob einer die Klugheit selbst besitzt oder Anderen, die sie besitzen, Folge leistet, möchte nichts austragen. Das letztere könnte uns genügen, wie es ja auch bezüglich der Gesundheit der Fall ist. Wir wollen alle gesund sein und studieren darum doch nicht alle Medizin.

Zudem scheint es ungereimt, wenn sie (die Klugheit), die doch geringer ist als die Weisheit, wichtiger und maßgebender sein soll als sie. Denn die hervorbringende Tugend herrscht und befiehlt in allen Dingen.

Hierüber also müssen wir uns erklären. Denn bis jetzt haben wir nur Fragen und Bedenken aufgeworfen.

Wir sagen also zuerst, daß diese beiden Tugenden, selbst wenn keine von ihnen etwas hervorbrächte, doch notwendig an und für sich begehrenswert wären, insofern jede von ihnen die Tugend und Vollkommenheit eines anderen Seelenteils ist.

Sodann bringen sie aber auch wirklich etwas hervor; aber nicht wie die Medizin, sondern wie die Gesundheit die Gesundheit hervorbringt, so die

Weisheit die Glückseligkeit. Denn als Teil der ganzen Tugend macht sie durch ihren Besitz und ihre Tätigkeit glücklich.

Ferner kommen die menschlichen Handlungen unter dem maßgebenden Einflusse der Klugheit und der sittlichen Tugend zu stande. Die Tugend macht, daß man sich das rechte Ziel setzt, die Klugheit, daß man die rechten Mittel dazu wählt. Der vierte Seelenteil, der vegetative, hat keine solche Tugend, weil es nicht bei ihm steht, zu handeln oder nicht zu handeln.

Was aber den Einwand angeht, daß niemand wegen der Klugheit in höherem Grade sittliche und gerechte Handlungen verrichte, so müssen wir zu seiner Entkräftung etwas weiter zurückgreifen und von folgendem ausgehen. Manche Personen, die gerechte Handlungen vollbringen, nennen wir darum noch nicht gerecht, solche z. B. nicht, die die gesetzlichen Vorschriften unfreiwillig oder unwissentlich oder aus sonst einem Grunde, nicht aber wegen der Vorschriften selbst beobachten, ob sie gleich das tun, was sie sollen und dem Tugendhaften die Pflicht auferlegt. Ebenso nun, scheints, gibt es auch eine bestimmte Verfassung, die erst jegliches so zur Ausführung gelangen läßt, daß es wahrhaft gut ist, ich meine ein Handeln aus freier Willenswahl und um der tugendhaften Handlung selbst willen. Daß nun die Willenswahl die rechte sei, ist das Werk der Tugend, daß aber alles das geschehe, was von Natur zur Erreichung des von der Tugend gewählten Zieles dient, ist nicht das Werk der Tugend, sondern eines anderen Vermögens. Wir müssen uns das noch deutlicher zum Verständnis bringen und noch etwas ausführlicher davon reden.

Es gibt ein Vermögen, das man als *Geschicklichkeit* bezeichnet. Der Geschicklichkeit ist es eigen, daß sie das, was zum vorgesetzten Ziele führt, zu tun versteht und zu treffen weiß. Ist nun das Ziel gut, so ist sie löblich; ist es schlecht, so ist sie Schlauheit und Durchtriebenheit. Daher nennen wir die Klugen wie die Schlauen geschickt. Die Klugheit ist nicht die Geschicklichkeit, aber sie ist nicht ohne dieses Vermögen. Die Entfaltung zum Habitus aber wird diesem Auge der Seele nicht ohne Tugend zuteil, wie wir gesagt haben und auch leicht einzusehen ist. Denn die Schlüsse, die dem Handeln als Prinzip vorangehen, lauten: „Weil das und das das Ziel und das Beste ist – was es ist, ist gleichgültig; als Beispiel diene das erste Beste –, so…“ Dieses Ziel aber offenbart sich nur dem Tugendhaften. Denn die Schlechtigkeit verkehrt das Urteil der Vernunft und führt hinsichtlich der Prinzipien des Handelns in die Irre, und so ist es offenbar unmöglich klug zu sein, ohne tugendhaft zu sein.

Wenden wir nun wieder der Tugend unser Augenmerk zu. Auch sie verhält sich zur Geschicklichkeit ähnlich wie die Klugheit: ohne mit ihr eins zu sein, ist sie ihr doch ähnlich. Ebenso verhält sich die natürliche Tugend zu der Tugend im eigentlichen Sinne. Denn jedermann scheint die einzelnen Charaktereigenschaften, die er hat, gewissermaßen von Natur zu besitzen. Die Eigenschaften der Gerechtigkeit, der Mäßigkeit, des Mutes und so weiter haben wir gleich von Geburt an, und dennoch fordern wir, daß das eigentliche Gute noch etwas anderes sei, und daß der Mensch solche Eigenschaften noch auf eine andere Weise besitze. Denn die natürlichen Dispositionen sind auch Kindern und Tieren eigen; da sie aber bei ihnen ohne das Geleite des Verstandes erscheinen, so richten sie leicht auch Schaden an. Jedenfalls ist, scheints, soviel ersichtlich, daß wie es einem starken Körper, der sich ohne Sehkraft bewegt, begegnen kann, daß er stark anstößt, weil ihm das Gesicht fehlt, es sich ebenso auch hier verhält. Wenn aber zu einem solchen Körper der Verstand hinzutritt, so leistet er Ausgezeichnetes. Der Habitus aber wird dann eigentliche Tugend, da er bis dahin ihr nur ähnlich war. Wie es also in dem meinenden und theoretisch urteilenden Seelenteil zwei Arten von Prinzipien des Handelns gibt, die Geschicklichkeit und die Klugheit, so gibt es auch im appetitiven und ethischen Teil ihrer zwei, die eine ist natürliche, die andere die eigentliche Tugend, und von diesen entwickelt die eigentliche sich nicht ohne Klugheit.

Daher begegnet man hier und da der Behauptung, alle Tugenden seine ebensoviele Arten der Klugheit, und die sokratische Forschung hatte mit dieser Ansicht teils Recht, teils war sie im Irrtum. Darin daß *Sokrates* die Tugenden insgesamt für besondere Arten der Klugheit ansah, irrte er; daß er sie aber als untrennbar von der Klugheit dachte, darin urteilte er durchaus zutreffend. Ein Zeichen dafür liegt darin: heutzutage unterläßt niemand, der die Tugend definieren will, bei dem Moment des Habitus, das er einsetzt, dessen Richtung anzugeben, daß dieselbe nämlich der rechten Vernunft entspricht; die rechte Vernunft aber ist die der Klugheit gemäße. Jedermann scheint also gleichsam zu ahnen, daß die Tugend ein solcher Habitus ist, der der Klugheit gemäß ist. Man muß aber noch einen kleinen Schritt weiter gehen. Nicht der Habitus, der blos der rechten Vernunft gemäß ist, ist Tugend, sondern der mit der rechten Vernunft verbundene Habitus ist es. Rechte Vernunft aber ist eben die Klugheit in diesen Dingen. *Sokrates* meinte also, die Tugenden seien je besondere Äußerungen der Vernunft – sie sollten ja insgesamt Wissenschaften sein – , wir dagegen sagen, sie seien mit der Vernunft verbunden. So erhellt denn aus dem Gesagten, daß man nicht im eigentlichen Sinne tugendhaft sein kann ohne Klugheit, noch klug ohne die sittliche Tugend.

Hiermit ist auch der Grund widerlegt, auf den hin man die Tugenden für getrennt von einander erklären könnte, da nicht eine und dieselbe Person von Natur zu allen Tugenden die gleichen glücklichen Anlagen hat und sie so schon im Besitze der einen sein kann, ohne auch die andere erlangt zu haben. Dies ist nämlich zwar in Ansehung der natürlichen Tugenden möglich, aber nicht in Ansehung derjenigen Tugenden, auf grund deren man schlechthin tugendhaft heißt: diese werden mit der einen Klugheit sämtlich vorhanden sein.

Aber auch wenn die Klugheit zum Handeln nichts beitrüge, bedürfte man ihrer offenbar doch, weil sie die Vollkommenheit eines Seelenvermögens ist, und weil die Willenswahl ohne Klugheit und ohne Tugend nicht recht geraten kann. Diese läßt uns das Ziel bestimmen, jene die Mittel dazu gebrauchen.

Dennoch steht die Klugheit nicht über der Weisheit, noch ist sie Eigenschaft eines höheren Vermögens. Die Heilkunde steht ja auch nicht über der Gesundheit. Denn sie bedient sich derselben nicht, sondern ist darauf bedacht sie herzustellen. Sie gibt also ihre Vorschriften nicht ihr, sondern ihretwegen. Auch könnte man eben sogut sagen, die Staatskunst herrsche über die Götter, weil sie für alles im Staate (mit Einschluß des Kultus) ihre Anordnungen trifft.

Siebentes Buch.

Erstes Kapitel.

Hiernach haben wir einen anderen Ausgangspunkt zu nehmen und zu sagen, daß es drei Arten dessen gibt, was man auf dem sittlichen Gebiete meiden muß: *Schlechtigkeit, Unenthaltsamkeit* und *tierische Rohheit*. Das Gegenteil der beiden ersten ist klar: das eine nennen wir Tugend, das andere Enthaltsamkeit; das Gegenteil der tierischen Rohheit würde am passendsten eine übermenschliche, gewissermaßen heroische und göttliche Tugend heißen können, wie schon Homer den Priamus von Hektor wegen seiner hohen Vortrefflichkeit sagen läßt:

„– schien er doch nimmer

Wie einem sterblichen Mann, nein, wie einem Gotte entsprossen."

Wenn daher, wie man sagt, aus Menschen durch ein Übermaß der Tugend Götter werden, so wäre offenbar der der tierischen Rohheit entgegengesetzte Habitus gleichsam von solcher Art. Denn wie dem Tiere weder Schlechtigkeit noch Tugend zukommt, so auch Gott nicht, sondern die göttliche Vollkommenheit ist etwas Ehrwürdigeres als Tugend, die tierische Bosheit aber ist eine andere Art der Schlechtigkeit. Wie aber ein göttlicher Mann – ein Ausdruck, den die Lacedämonier gebrauchen, wenn sie jemanden sehr bewundern; ein *seios aner* sagen sie – selten vorkommt, so ist auch ein tierisch verwilderter Mensch eine seltene Erscheinung. Am häufigsten noch kommen solche bestialische Naturen unter den Barbaren vor; einzelne Individuen werden auch infolge von Krankheiten und Verstümmelungen soweit gebracht. Aber auch Menschen von ganz besonderer Lasterhaftigkeit bezeichnen wir mit diesem Schmähwort. Indessen werden wir dieser Gemütsbeschaffenheit noch weiter unten kurz gedenken, die Schlechtigkeit dagegen ist schon früher zur Sprache gekommen. Jetzt wollen wir von der Unenthaltsamkeit, Weichlichkeit und Üppigkeit, sowie von der Enthaltsamkeit und Abgehärtetheit handeln. Jede dieser beiden Klassen von Eigenschaften ist nämlich weder als ein und dasselbe mit der Tugend und dem Laster, noch als von ihnen der Gattung nach verschieden zu denken.

Auch hier müssen wir wie sonst die Ansichten, die einen Schein haben, hersetzen und zuerst die Zweifel über sie vortragen, um dann entweder wo möglich alles, was bezüglich der gedachten Affekte annehmbar erscheint, nachzuweisen, oder doch das Meiste und Wichtigste davon. Denn wenn die Schwierigkeiten gelöst sind und das Annehmbare übrig bleibt, hat die Untersuchung das Ihrige getan.

Zweites Kapitel.

Die *Enthaltsamkeit* also wie die *Abgehärtetheit* scheint zu den trefflichen und lobenswerten Dingen, die *Unenthaltsamkeit* und *Weichlichkeit* dagegen zu den schlechten und tadelnswerten zu gehören. Ebenso scheint Enthaltsamkeit soviel als Beharren bei dem einmal gefällten Urteil der Vernunft und Unenthaltsamkeit soviel als Abfall von demselben zu sein. Endlich weiß der Unenthaltsame, daß das, was er tut, verkehrt ist, und tut es aus Leidenschaft doch; der Enthaltsame aber weiß, daß seine Begierden böse sind, und gibt ihnen aus Vernunft nicht nach.

Auch sagt man, der Mäßige sei enthaltsam und starkmütig; umgekehrt aber meint man teils, jeder, der die beiden letzten Eigenschaften habe, sei mäßig, teils bestreitet man es. Ebenso gilt den einen der Zuchtlose unterschiedslos für unenthaltsam und der Unenthaltsame für zuchtlos, während die anderen zwischen beiden einen Unterschied machen. – Von dem Klugen aber bestreitet man bald, daß er unenthaltsam sein könne, bald behauptet man, daß Einige zwar klug und geschickt, aber doch unenthaltsam sind. Endlich spricht man von Unenthaltsamen nach seiten des Zornes, der Ehre und des Gewinnes. Dies also sind die gangbaren Ansichten.

Drittes Kapitel.

Man könnte es aber bedenklich finden, daß einer trotz richtiger Ansichten sollte unenthaltsam sein können. Und daher behaupten Einige, bei Einem, der ein wahres Wissen in einer Sache habe, sei dieses unmöglich. So meinte *Sokrates*, es sei entsetzlich, wenn Jemanden wirkliches Wissen inne wohnte, und doch etwas anderes stärker wäre und ihn wie einen Sklaven hin- und herzöge. *Sokrates* nämlich bekämpfte überhaupt den Begriff, wie wenn es Unmäßigkeit gar nicht gäbe. Niemand sollte ihm zufolge wissentlich gegen das Beste handeln, sondern immer nur aus Unwissenheit. Allein diese Vorstellung ist mit den klaren Tatsachen entzweit, und man muß nur sein Augenmerk auf den Affekt, die Leidenschaft, richten und wenn wirklich unwissentlich gefehlt wird, die Frage stellen, in welcher Art die Unwissenheit entsteht. Liegt es doch auf der Hand, daß der Unenthaltsame erst dann meint, das Verbotene tun zu sollen, wenn die Leidenschaft ihn übermannt.

Einige pflichten nun dem sokratischen Standpunkt in einer Hinsicht bei, in anderer nicht. Sie geben zu, daß nichts stärker sei als die *Wissenschaft*, daß aber niemand gegen das nach seiner *Meinung* Bessere handele, geben sie nicht zu, und deshalb behaupten sie, wenn der Unenthaltsame von seinen Lüsten übermannt werde, so habe er keine Wissenschaft, sondern nur eine Meinung. – Aber, sollte uns bedünken, wenn es sich um Meinen, nicht um Wissen handelt, und die der Lust ungünstige Annahme nicht auf starken, sondern auf schwachen Füßen steht und dem Zweifel nahe kommt, so verdient es Nachsicht, wenn man einer solchen Meinung bei starken Begierden nicht treu bleibt. Nun aber gebührt der Schlechtigkeit wie allem, was sonst Tadel verdient, keine Nachsicht.

So wäre es also die Klugheit, die hier Einspruch erhöbe; denn sie ist im Besitze der sichersten und festesten Meinung. Aber das ist ungereimt; denn da würde einer klug und unenthaltsam zugleich sein; und doch würde niemand es für des klugen Mannes Art ausgeben, freiwillig das schlechteste zu tun. Zudem ist vorhin gezeigt worden, daß der Kluge sich im Handeln zeigt; denn er ist ein Mann, der es mit dem Letzten, dem Einzelnen, zu tun hat und außerdem die anderen Tugenden, die sittlichen, besitzt.

Ferner, wenn man darum enthaltsam sein soll, weil man starke und schlechte Begierden hat , so wird der Mäßige nicht enthaltsam und der Enthaltsame nicht mäßig sein. Denn es ist weder des mäßigen Mannes Art, heftige Begierden zu haben noch schlechte. Und doch müßte dies so sein. Denn wenn die Begierden gut sind, so ist der Habitus, der uns abhält, ihnen Folge zu geben, schlecht, so daß also nicht jede Enthaltsamkeit gut wäre; wenn sie aber schwach und nicht schlecht sind, so ist es kein Ruhm, sie zu überwinden, und wenn sie schlecht und schwach sind, so ist es nichts großes, ihnen zu widerstehen.

Ferner, wenn die Enthaltsamkeit macht, daß man bei jeder Meinung beharrt, so ist sie schlecht, wenn sie einen z. B. auch bei einer falschen Meinung beharren läßt; und wenn umgekehrt die Unenthaltsamkeit macht, daß man bei keiner Meinung beharrt, so muß es eine gute Unenthaltsamkeit geben, wie die des Neoptolemus im *Philoktet* des *Sophokles* eine war. Denn er verdiente Lob, weil er aus Abscheu vor der Lüge nicht bei dem blieb, wozu er von Odysseus überredet werden war. Auch muß der sophistische Trugschluß für den, der den gedachten Standpunkt vertritt, eine Schwierigkeit sein. Weil man nämlich etwas Paradoxes zu erweisen sucht, um sich, wenns gerät, einen großen Schein zu geben, so bringt der Schluß, der herauskommt, den Hörer in Verlegenheit; denn das Denken findet sich alsdann gebunden, weil es sich einerseits bei der mißlichen Folgerung nicht beruhigen, und doch auch wieder, unvermögend den vorgebrachten Grund zu entkräften, nicht von der Stelle kommen kann. Auch würde es eine Erwägung geben, die zu der Folgerung führte, daß Unverstand gepaart mit Unenthaltsamkeit Tugend wäre. Man tut nämlich das Gegenteil von dem vermeintlich Rechten aus Unenthaltsamkeit, meint aber, das Gute sei schlecht und dürfe nicht geschehn, und so wird man denn das Gute, nicht das Böse, tun.

Ferner, wer in gutem Glauben handelt und so das Lustbringende erstrebt und wählt, darf wohl als besser gelten denn jener, der das nicht in gutem Glauben, sondern aus Unenthaltsamkeit tut. Denn er ist leichter zu heilen, weil es möglich ist, daß er sich eines besseren belehren läßt. Dagegen paßt auf den Unenthaltsamen das Sprüchwort, worin wir sagen: „Wenn das Wasser würgt, was soll man drauf trinken?“ Denn wenn er von der Verkehrtheit seines Tuns nicht überzeugt gewesen wäre, so hätte er bei besserer Überzeugung davon abgelassen; so aber weiß er es besser, und handelt doch anders.

Ferner, wenn es in allem Unenthaltsamkeit und Enthaltsamkeit gibt, wer ist dann der Unenthaltsame an sich, und doch sagen wir von gewissen Leuten, daß sie schlechthin unenthaltsam sind.

Viertes Kapitel.

Derart sind etwa die sich erhebenden Schwierigkeiten, die wir nunmehr teils zu lösen, teils zu bestätigen haben. Denn die Lösung einer Schwierigkeit ist ein Finden.

Zuerst müssen wir sehen, ob der Unenthaltsame wissentlich oder unwissentlich, und inwiefern oder wie unwissentlich handelt, darauf dann, was man als Gegenstand der Unenthaltsamkeit und der Enthaltsamkeit aufstellen soll, ob nämlich jede Lust und Unlust oder nur bestimmte Arten derselben, ferner ob enthaltsam und abgehärtet dasselbe sind oder verschieden; zuletzt sind ähnlich die anderen dieser Betrachtung verwandten Punkte zu erledigen.

Der erste Ausgangspunkt dieser Erörterung ist die Frage, ob der Unterschied zwischen dem Enthaltsamen und dem Unenthaltsamen in dem Gegenstande oder in dem Wie liegt, das heißt ob der Unenthaltsame nur darum, weil er es mit einem bestimmten Gegenstande zu tun hat, unenthaltsam ist, oder vielmehr darum, weil sein Verhalten ein bestimmtes ist, oder endlich aus beiden Gründen zugleich. An zweiter Stelle ist die Frage zu beantworten, ob die Unenthaltsamkeit und die Enthaltsamkeit es mit allen Dingen zu tun hat oder nicht.

Der schlechthin Unenthaltsame hat es nämlich nicht mit allem zu tun, sondern vielmehr mit eben dem, worauf die Unmäßigkeit sich bezieht, und er ist unenthaltsam, nicht insofern er überhaupt zu dem betreffenden Ding ein Verhältnis hat, da das dasselbe wäre wie die Unmäßigkeit, sondern insofern er dieses bestimmte Verhältnis hat. Der eine nämlich gibt sich mit Vorsatz und aus freier Wahl der Begierde hin und hat dabei die Meinung, daß man immer die Lust des Augenblicks genießen müsse; der andere meint das nicht, fröhnt der Lust aber doch.

Fünftes Kapitel.

Was nun die Ansicht betrifft, es sei wahre Meinung, nicht Wissen, was bei der Unenthaltsamkeit verläugnet wird, so ist dieses für unsere Untersuchung ganz gleichgültig. Mancher meint nur und hat doch keinen Zweifel, sondern glaubt seiner Sache ganz sicher zu sein. Soll also der Meinende darum, weil seine Überzeugung nur schwach ist, eher und leichter gegen seine Ansicht handeln, so kann zwischen Wissen und Meinen kein Unterschied sein. Denn mancher glaubt so fest an das, was er meint, wie andere an das, was sie wissen; das sieht man an *Heraklit*.

Man wird vielmehr, da Wissen ein doppelsinniger Ausdruck ist – gilt doch als Wissender ebensowohl wer die Wissenschaft hat und sie nicht anwendet, als wer sie anwendet –, unterscheiden müssen, ob jemand tut was er nicht soll, indem er zwar das Wissen hat, aber an das, was er weiß, nicht denkt, oder indem er es hat und auch entsprechend denkt: das letztere erscheint schrecklich, nicht das erstere, wenn er an nichts denkt. Da es ferner zwei Arten von Vordersätzen gibt, so steht nichts im Wege, daß man im Besitze beider dennoch gegen sein Wissen handelt, indem man nämlich den allgemeinen Vordersatz anwendet, den partikulären aber nicht; denn was zur Ausführung kommt, ist das einzelne. Aber auch beim allgemeinen ist ein Unterschied: man kann es nehmen, wie es für sich und wie es in den Dingen ist; in der ersten Weise nimmt man es z. B. in dem Satze: allen Menschen frommt trockene Nahrung; in der zweiten in dem Satze: das ist ein Mensch, oder: diese Speise von dieser konkreten

Beschaffenheit ist trocken. Daß aber dieses bestimmte Ding die und die Beschaffenheit hat, das weiß man entweder nicht, oder man denkt nicht aktuell daran. So bekommen wir denn einmal gemäß diesen Arten der Geistesverfassung einen gar großen Unterschied, so daß es durchaus nicht ungereimt scheinen kann, wenn man sich in dem einen Fall verfehlt, desto verwunderlicher aber, wenn es in dem anderen geschehen sollte; sodann aber kann auch abgesehen von den jetzt angegebenen Weisen das Wissen noch in einer anderen Art im Besitz des Menschen angetroffen werden. Es tritt uns nämlich ein Unterschied des Habitus insofern entgegen, als man ihn zwar hat, aber nicht anwendet, so daß man ihn gleichsam hat und nicht hat, wie im Zustande des Schlafes, der Raserei und der Trunkenheit. In solcher Verfassung befindet sich nun eben der leidenschaftlich Erregte. Zorn, fleischliche Begierde und dergleichen verändern ja offenbar sogar den Körper und versetzen manche selbst in Raserei. So sieht man denn, daß der Zustand des Unenthaltsamen ganz ähnlich aufzufassen ist. Daß man dabei Reden führen kann, die aus dem Wissen stammen, ist kein Gegenbeweis. Es führen ja wohl auch die, die sich in den bezeichneten Zuständen befinden, Sprüche und Beweise des *Empedokles* an, und auch die Schüler der Anfangsstufe reihen Worte an einander, wissen aber noch nicht, was sie bedeuten. Denn die Sache muß ihnen zuerst in Fleisch und Blut übergegangen sein, und das bedarf der Zeit. Man muß also annehmen, daß ein Mensch, der sich nicht beherrschen kann, Worte macht wie ein Schauspieler auf der Bühne.

Man kann sich die Ursache der Erscheinung, die uns beschäftigt, auch in folgender Weise nach dem natürlichen Hergang in der Seele klar machen. Die eine das Handeln bestimmende Meinung ist allgemein, die andere geht auf das einzelne, das als solches der Sinnlichkeit untersteht. Wird nun aus den beiden Meinungen durch logische Verknüpfung eine, so muß die Folgerung da, wo es sich blos um die Erkenntnis handelt, von der Seele bejaht, dagegen im Praktischen sogleich in die Handlung übersetzt werden; es muß z. B., wenn man alles Süße verkosten muß und dieses bestimmte Ding, als ein im Allgemeinen befaßtes Einzelnes, süß ist, der Mensch, wenn er es kann und nicht gehindert oder abgehalten wird, dieses gleichzeitig auch tun. Wenn demnach zwar die eine allgemeine Meinung, die das Verkosten verbietet, in der Seele vorhanden ist, daneben aber eine andere, daß alles Süße angenehm und dieses bestimmte Ding süß ist – und diese singuläre Meinung wirkt –, und wenn überdies die Begierde die Seele einnimmt, so heißt zwar jene erste Meinung den Genuß meiden, aber die Begierde treibt und führt zu ihm hin, da sie jeden Seelenteil zu bewegen vermag, und so geschieht es, daß man gewissermaßen durch Schuld der Vernunft und der Meinung unenthaltsam ist, einer Meinung aber, die nicht an sich, sondern mitfolgend mit der Vernunft entzweit ist; denn die Begierde, nicht die Meinung, ist mit der rechten Vernunft entzweit, daher die Tiere auch deswegen nicht unenthaltsam sind, weil sie keine Meinung von dem Allgemeinen haben, sondern nur Vorstellungsvermögen und Gedächtnis für das Einzelne. – Was die Weise betrifft, wie die Unwissenheit gehoben wird und der Unenthaltsame wieder zur Vernunft kommt, so verhält es sich damit ebenso wie mit denen, die betrunken sind oder schlafen: es ist dies nicht etwas, was dem gedachten Seelenzustand eigentümlich wäre, und man muß darüber die Naturkundigen hören.

Da aber die zweite Prämisse im praktischen Schlußverfahren eine Meinung über etwas Sinnenfälliges und Herrin der Handlungen ist, so ist der leidenschaftlich Erregte entweder nicht in ihrem Besitze oder doch nur so, daß dieser Besitz kein Wissen ist, sondern ein Reden in der Art, wie ein Betrunkener den *Empedokles* zitiert. Und weil der letzte Begriff, der das Handeln bestimmt, nicht allgemein und nicht ähnlich wissenschaftlich wie ein allgemeiner erscheint, so gewinnt es auch das Ansehen, als ob das Philosophem des *Sokrates* zu recht bestände. Denn nicht im Angesicht der eigentlich als solche erscheinenden Wissenschaft tritt die Leidenschaft auf, noch ist es Wissenschaft, die durch sie verkehrt wird, sondern nur der sinnlichen Erkenntnis gegenüber kommt sie auf.

So viel sei denn gesagt über die Frage, ob man wissend oder nicht wissend unenthaltsam ist, und bei welcher Art Wissen man es sein kann.

Sechstes Kapitel.

Hiernächst ist zu erörtern, ob jemand schlechthin unenthaltsam ist, oder jeder nur teilweise, und wenn schlechthin, in was für Dingen er es ist.

Daß der Enthaltsame und Abgehärtete sowie der Unenthaltsame und Weichliche es mit Lust und Unlust zu tun haben, ist klar. Da aber das Lustbringende teils notwendig teils an sich begehrenswert, aber eines Übermaßes fähig ist, so ist notwendig jenes Lustbringende, das sich auf den Körper bezieht, und hierunter versteht man was zur Nahrung, zum Geschlechtsleben und zu denjenigen körperlichen Dingen gehört, mit denen es nach unserer früheren Darlegung die Unmäßigkeit und die Mäßigkeit zu tun haben. Anderes ist nicht notwendig, aber an sich begehrenswert; darunter sind z. B. der Sieg, die Ehre, der Reichtum und ähnliche Güter und Annehmlichkeiten zu verstehen. Wer nun hierin die Grenzen der in ihm selbst liegenden rechten Vernunft überschreitet, den bezeichnen wir nicht als schlechthin unenthaltsam, sondern mit einem Zusatze, z. B. unenthaltsam in bezug auf Geld, Gewinn, Ehre, Zorn, aber nicht schlechthin, als einen Mann also, der von anderer Art ist und nur der Ähnlichkeit wegen so genannt wird, wie jener Mann, der in den Olympischen Spielen gesiegt hatte, „Mensch" hieß. Bei ihm unterschied sich ja der gemeinsame Begriff von dem singulären nur wenig, aber immerhin unterschied er sich. Ein Zeichen des vorhandenen Unterschiedes ist, daß man die Unenthaltsamkeit nicht nur als einen Fehler tadelt, sondern auch als eine Schlechtigkeit, sei sie nun wirklich eine solche schlechthin oder vielmehr nur einem Teile nach, während das bei den genannten besonderen Arten der Unenthaltsamkeit niemals der Fall ist.

Von denen aber, die es mit den körperlichen Genüssen zu tun haben, auf die sich die Mäßigkeit und die Unmäßigkeit bezieht, wird derjenige, der nicht mit Vorsatz dem Übermaß der Lust nachgeht und dem Übermaß des Schmerzes, des Hungers, des Durstes, der Hitze, der Kälte und aller unter das Gefühl und den Geschmack fallenden Dinge ausweicht, sondern dies gegen seinen Vorsatz und gegen sein besseres

Urteil tut –, ein solcher, sage ich, wird unenthaltsam genannt, nicht mit einem Zusatze, also unenthaltsam mit bezug auf das und das, z. B. Zorn, sondern nur schlechthin unenthaltsam. Ein Zeichen dessen ist, daß man auch von Weichlichen mit bezug auf Dinge wie Hunger und Durst redet, doch nie mit bezug auf solche Dinge wie Armut oder Ehrverlust. Und darum stellen wir den Unenthaltsamen und den Unmäßigen sowie den Enthaltsamen und den Mäßigen zusammen, aber keinen der anderen Art, weil sie es gewissermaßen mit denselben Arten von Lust und Unlust zu tun haben, nur daß sie zwar zur nämlichen Sache in einem Verhältnisse stehen, aber nicht in dem nämlichen Verhältnisse, indem die einen vorsätzlich, die anderen unvorsätzlich handeln. Darum könnten wir eher den unmäßig nennen, der ohne Begierde oder nur mit schwacher Begierde dem Übermaß nachgeht oder selbst kleine Schmerzen flieht, als den der aus heftiger Begierde handelt; denn was täte er erst, wenn jugendlich heftige Begierde und starke Unlust über Mangel der Notdurft hinzukäme?

Da aber die Begierden und Ergötzungen teils ihrer Art nach gut und lobenswert sind – denn manches Lustbringende ist von Natur begehrenswert, anderes aber ist das Gegenteil davon, und noch anderes liegt in der Mitte zwischen beiden, wie wir das vorhin von Geld und Gewinn, Ehre und Sieg bemerkt haben –, so unterliegt in betreff der ganzen ersten und mittleren Klasse nicht der Affekt, die Begierde und Liebe an sich dem Tadel, sondern nur ein gewisses Übermaß davon. Wer sich darum wider die Vernunft von einem natürlich schönen und guten Dinge einnehmen läßt oder ihm nachgeht, wer z. B. über Gebühr an der Ehre oder den Kindern oder den Eltern hängt – auch sie sind ja ein Gut und wem sie am Herzen liegen, der erntet Lob, und doch gibt es auch hier ein Zuviel, wenn man z. B. wie *Niobe* selbst die Götter zum Kampfe herausforderte oder wie *Satyrus*, mit dem Beinamen der Vaterliebende, die Anhänglichkeit an seinen Vater übertriebe; denn er schien in seiner Torheit jedes Maß zu verläugnen –, also gegenüber solchen Objekten des Affektes gibt es zwar aus dem angeführten Grunde keine Verruchtheit, weil jegliches von Natur seiner selbstwegen begehrenswert ist, allein das Zuviel ihnen gegenüber ist schlecht und zu meiden. Im gleichen gibt es hier keine Unenthaltsamkeit; denn die Unenthaltsamkeit ist nicht blos zu meiden, sondern auch als sittlich häßlich zu tadeln. Doch brauchen wir wegen Ähnlichkeit der Gemütsverfassung im Hinblick auf jedes von den gedachten Objekten den Ausdruck Unenthaltsamkeit mit einem Zusatz, ähnlich wie wir einen einen schlechten Arzt und einen schlechten Schauspieler nennen, den wir doch nicht einfachhin schlecht nennen würden. Wie wir also hier an keine eigentliche Schlechtigkeit denken, weil es sich beidemal nicht um eine solche, sondern nur um etwas ihr durch Analogie Ähnliches handelt, so müssen wir offenbar auch dort daran festhalten, daß nur das Unenthaltsamkeit und Enthaltsamkeit ist, was sich auf demselben Felde hält wie die Mäßigkeit und die Unmäßigkeit; vom Zorn aber brauchen wir den Ausdruck wegen der Ähnlichkeit, daher wir auch mit einem Zusatz sagen: unenthaltsam im Zorn, ebenso wie wir von Unenthaltsamkeit betreffs der Ehre und des Erwerbs reden.

Da aber manches von Natur lustbringend ist, und zwar teils schlechthin, teils je nach den verschiedenen Gattungen von Tieren und Menschen, anderes dagegen es nicht von Natur ist, sondern teils durch Krankheit des Organismus, teils durch Angewöhnung, teils auch durch schlimme Naturanlagen, so lassen sich auch jedem dieser Fälle entsprechende psychische Dispositionen beobachten. Ich denke hier einmal an die Erscheinungen tierischer Wildheit wie bei jenem Weibe, die die Schwangeren aufgeschlitzt und die Kinder verzehrt haben soll, oder an das, was man von den Liebhabereien gewisser entmenschten Völker an den Küsten des schwarzen Meeres erzählt, die rohes und Menschenfleisch verzehren und ihre Kinder aneinander zum Schmause verschenken sollen, oder auch an das, was man von *Phalaris* berichtet. Das sind also Erscheinungen, in denen eine tierische Art zutage tritt, andere treten hie und da in folge von Krankheiten und Wahnsinn auf, wie es bei jenem Menschen der Fall war, der seine Mutter schlachtete und aufaß, oder bei dem Sklaven, der die Leber seines Mitsklaven verzehrte. Wieder andere Abnormitäten haben Ähnlichkeit mit krankhaften Zuständen oder kommen von der Gewohnheit her, so das Ausraufen der Haare, das Verzehren der Nägel, das Verschlingen von Kohlen und Erde. Auch die Päderastie gehört hieher, zu der den einen die Neigung von Natur anhaftet, den anderen, z. B. solchen, die von Jugend auf mißbraucht worden sind, in folge der Gewohnheit.

Diejenigen nun, bei denen die Natur an solchen Dingen schuld ist, nennt wohl niemand unenthaltsam, so wenig man etwa die Frauen darum so nennen würde, weil sie sich bei der Beiwohnung hingebend, nicht tätig verhalten; auch diejenigen nicht, die durch die Macht der Gewohnheit in einen krankhaften Zustand gebracht worden sind. Was also diese Dispositionen selbst angeht, so überschreiten sie jede für sich, wie auch die tierische Wildheit, die Grenzen menschlicher Verkehrtheit. Wenn aber der mit ihnen Behaftete sie bemeistert oder von ihnen bemeistert wird, so ist das nicht Enthaltsamkeit oder Unenthaltsamkeit schlechthin, sondern beides nur der Ähnlichkeit nach, gleich wie man den Zornmütigen nur unenthaltsam nach dieser Art des Affektes nennen darf, nicht einfach und ohne Zusatz. Nämlich jedes Übermaß von Dummheit, Feigheit, Unmäßigkeit und Grausamkeit ist teils tierischer teils krankhafter Art. Wer von Natur so ist, daß er sich vor allem fürchtet, auch wenn eine Maus raschelt, der hat eine tierische Feigheit; ein anderer fürchtet die Katzen infolge von Krankheit; und die Dummen, die durch ihre natürliche Veranlagung keinen Verstand haben und ein blos sinnliches Leben führen wie einige ferne Barbarenstämme, sind tierisch, die aber wegen körperlicher Störungen wie Fallsucht oder Wahnsinn so sind, sind von krankhafter Art. Es kommt aber mitunter vor, daß einer zwar die eine oder die andere Disposition der gedachten Art hat, ohne jedoch sich von ihr bemeistern zu lassen; denken wir uns z. B. den Fall, daß ein *Phalaris*, wenn ihn die Begierde ankömmt, ein Kind aufzuessen, oder in Versuchung zu ungeziemender geschlechtlichen Befriedigung, Enthaltung übt; und wieder kommt es vor, daß einer die ungesunde Affektion hat und auch von ihr bemeistert wird. Wie nun bei der Schlechtigkeit die menschliche als Schlechtigkeit einfachhin bezeichnet wird, die andere aber nicht, sondern vielmehr durch den Zusatz tierisch oder krankhaft unterschieden wird, ebenso gibt es offenbar auch eine tierische und eine krankhafte Unenthaltsamkeit, während doch nur jene Unenthaltsamkeit schlechthin so heißt, die der menschlichen Unmäßigkeit entspricht.

Siebentes Kapitel.

Wie haben gesehen, daß Unenthaltsamkeit und Enthaltsamkeit es ausschließlich mit denselben Dingen zu tun haben wie Unmäßigkeit und Mäßigkeit, und daß es den anderen Dingen gegenüber eine andere Art von Unenthaltsamkeit gibt, die nur metaphorisch und nicht schlechthin so heißt. Betrachten wir nun auch, daß die Unenthaltsamkeit im Zorn weniger schimpflich ist als die in den Begierden.

Der Zorn scheint nämlich noch in etwa ein Ohr für die Vernunft zu haben, nur daß er nicht richtig hört, gleich einem behenden Diener, der, ohne seinen Herrn ganz ausreden zu lassen, hinausläuft und dann den Befehl verkehrt ausführt, oder gleich einem Hunde, der wenn es blos klopft, gleich Laut gibt, ohne Acht zu geben, ob es ein Freund ist: gerade so stürmt der Zorneseifer aus Hitze und Lebhaftigkeit der Natur auf die Rache los: er hat zwar gehört, aber nicht das Befohlene gehört. Der Verstand oder die Einbildung haben ihm gesagt, es liege übermütige oder geringschätzige Behandlung vor, der Zorn aber, gleichsam schlußfolgernd, daß man sich gegen ein solches Verhalten wehren müsse, läßt sich nun ohne weiteres gehen. Die Begierde dagegen stürmt, wenn nur Verstand oder Sinn anzeigen, daß etwas angenehm sei, zum Genuß, und so folgt der Zorn gewissermaßen der Vernunft, die Begierde aber nicht, und darum ist sie schimpflicher, d. h. sittlich häßlicher. Denn der im Zorne Unenthaltsame unterliegt in gewissem Sinne der Vernunft, der Sinnenmensch aber wird nicht von der Vernunft, sondern von der Begierde überwunden.

Ferner, es ist verzeihlicher dem natürlichen Verlangen zu folgen, wie es auch eher verzeihlich ist, den allen Menschen gemeinsamen sinnlichen Begierden, insofern sie gemeinsame sind, nachzugeben. Der Zorn aber und die Heftigkeit ist naturgemäßer als die Begierden nach dem Übermaß und nach dem, was nicht notwendig ist, und, in diesem Sinne auf die ererbte Natur sich berufend, suchte jener Mensch, der seinen Vater schlug, sich zu rechtfertigen, indem er sagte: „Auch er hat den seinigen geschlagen und der wieder den seinen, und“ – auf seinen Sohn zeigend – „der wird mich schlagen, wenn er ein Mann geworden ist; denn es liegt uns im Blute.“ Ebenso sagte ein anderer zu seinem Sohne, der ihn an den Haaren fortschleifte, er solle ihn nicht weiter als bis zur Türe schleifen, denn er habe auch seinen Vater nur so weit geschleift.

Ferner, die Größe des Unrechts wächst mit dem Grade der Hinterlistigkeit. Nun ist aber der Zornmütige und der Zorn nicht hinterlistig, sondern offen, wohl aber ist es die Begierde. Darum heißt *Aphrodite* bei den Dichtern „die ränkesüchtige Tochter Cyperns“, und *Homer* sagt von ihrem gestickten Gürtel, es wohne darin

„Schmeichelnde Bitte, die auch des Verständigsten Sinne betöret.“

Wenn also diese Unenthaltsamkeit ungerechter und häßlicher ist als die im Zorn, so ist sie auch Unenthaltsamkeit schlechthin und gewissermaßen ein Laster.

Endlich verübt niemand mit Trauer Frevel und Unrecht; jeder aber, der im Zorn handelt, handelt mit Trauer, dagegen der Frevler mit Lust. Wenn nun also die Dinge, worüber wir uns mit Recht am ärgsten entrüsten, auch die Gerechtigkeit ärger verletzen, so muß das auch von der aus der Begierde entspringenden Unenthaltsamkeit gelten, da sie zu Frevel und eigentlicher Ungerechtigkeit verleitet, was der Zorn nicht tut.

So haben wir denn gesehen, daß die Unenthaltsamkeit des Lüstlings schimpflicher ist als die des Zornmütigen, und daß die Enthaltsamkeit und die Unenthaltsamkeit es mit den körperlichen Begierden und Lüsten zu tun hat. Nehmen wir nun auch die Unterschiede dieser letzteren in betracht.

Wie anfangs gesagt worden, sind die Begierden und Lüste teils nach Art und Grad menschlich und natürlich, teils sind sie tierischer Art oder endlich drittens auch Folgeerscheinungen von körperlichen Defekten oder von Krankheiten. Von diesen drei Arten ist es nur die erste, womit die Mäßigkeit und die Unmäßigkeit es zu tun hat. Daher nennen wir auch die Tiere nicht mäßig oder unmäßig, es müßte denn im übertragenen Sinne sein, oder wenn eine Tiergattung es der anderen ganz und gar in Wildheit, Geilheit und Gefräßigkeit zuvortut. Denn das Tier hat nicht Willenswahl und Vernunft, sondern es fällt wohl einmal von seiner Natur ab wie ein rasender Mensch.

Vertiertheit ist im Vergleich zur Schlechtigkeit ein Minus, aber furchtbarer. Denn bei ihr ist nicht das Beste verderbt, wie bei dem, der noch Mensch bleibt, sondern man hat es nicht. Es ist also ähnlich, wie wenn man Unbeseeltes und Beseeltes mit Rücksicht darauf vergleicht, was schlechter ist. Die Schlechtigkeit dessen, was kein seiner selbst mächtiges Prinzip hat, ist immer harmloser, ein solches Prinzip ist aber der Verstand. Es ist also ähnlich, wie wenn man die Ungerechtigkeit und den Ungerechten vergleicht; beides ist in gewissem Sinne schlechter; denn ein schlechter Mensch kann tausendmal mehr Schlechtes tun als ein Tier.

Achtes Kapitel.

Zu den auf dem Gefühl und dem Geschmack beruhenden Arten von Lust und Unlust, Begehren und Fliehen, die weiter oben als die Sphäre der Unmäßigkeit und der Mäßigkeit bezeichnet worden sind, kann man sich einesteils so verhalten, daß man denjenigen Regungen unterliegt, worüber die Mehrzahl Herr bleibt, anderseits so, daß man über die Herr bleibt, denen die Mehrzahl unterliegt. Hier heißt der, der es mit der Lust zu tun hat, unenthaltsam oder enthaltsam, und der es mit der Unlust zu tun hat, weichlich oder abgehärtet. In der Mitte hält sich der Habitus der meisten, wenn sie auch mehr nach der schlechten Seite neigen.

Da aber die verschiedenen Arten der Lust teils notwendig sind teils nicht, und die notwendigen es bis zu einem gewissen Grade sind, während das Übermaß und der Mangel es nicht ist, und da es sich ebenso mit den verschiedenen Arten des Begehrens und der Unlust verhält, so ist derjenige, der dem Übermaß der Lust nachgeht oder der Lust auf übermäßige Weise, falls er es vorsätzlich, um ihrer selbst willen, nicht wegen eines außer ihr liegenden Zweckes tut – unmäßig und ledig der Zucht. Denn er ist der Reue unfähig und mithin unheilbar. Denn wo keine Reue, da keine Möglichkeit der Besserung. Das Gegenteil ist wer darin zu wenig tut, und in der Mitte steht der Mäßige, der Mann der Selbstzucht. Ihm steht gleich wer die körperliche Unlust flieht, nicht aus Schwäche, sondern vorsätzlich. Von denen, die nicht vorsätzlich handeln, wird der eine durch die Lust verleitet, der andere durch die Scheu vor der Unlust der nicht gestillten Begierde, und so unterscheiden sie sich denn von einander.

Jedermann aber hält den für schlimmer, der ohne Begierde oder mit schwacher Begierde Schändliches tut, als den, der es im Zustande heftiger Begierde tut, und den, der ohne Zorn schlägt, für schlimmer als den, der es im Zorn tut. Denn was täte er erst in der Leidenschaft? Daher ist der Unmäßige schlimmer als der Unenthaltsame.

Von den Unterarten dieser Klasse ist die eine mehr weichlich, die andere mehr unenthaltsam. Dem Unenthaltsamen steht der Enthaltsame, dem Weichling der Abgehärtete gegenüber. Die Abgehärtetheit zeigt sich nämlich im Widerstehen, die Enthaltsamkeit im Beherrschen. Das Widerstehen ist aber vom Beherrschen wie das nicht Unterliegen vom Siegen verschieden; daher ist auch die Enthaltsamkeit begehrenswerter als die Abgehärtetheit. Wer sich in Dingen schwach zeigt, in denen die meisten widerstehen und widerstehen können, ist weichlich und verzärtelt – denn auch die Verzärtelung ist eine Art Weichlichkeit –, ist ein Mensch, der sein Gewand auf dem Boden schleifen läßt, um nicht die Beschwerde des Aufhebens zu erleiden, der sich krank und leidend stellt und sich nicht für elend hält, wenn er dem Elenden ähnlich ist. Ebenso verhält es sich mit der Enthaltsamkeit und der Unenthaltsamkeit. Nicht wenn einer von starker und übermäßiger Lust oder Unlust überwältigt wird, liegt ein Grund zur Verwunderung vor, vielmehr ist solches verzeihlich, wenn man eine Zeitlang Widerstand geleistet hat, wie der von der Natter gebissene *Philoktet* des *Theodektes* oder *Kerkyon* in der *Alope* des *Karkinus* oder einer, der das Lachen verbeißen will und dann auf einmal ausplatzt, wie es dem *Xenophantus* widerfuhr ; wohl aber ist es verwunderlich und unverzeihlich, wenn einer in Dingen, denen sonst jedermann Widerstand zu leisten vermag, unterliegt und nicht zu widerstehen weiß, vorausgesetzt, daß nicht die Natur des Geschlechtes oder Krankheit daran Schuld ist, wie den szythischen Königen die Weichlichkeit durch Abstammung anhaftet, oder wie das weibliche Geschlecht im Verhältnis zum männlichen geartet ist.

Auch der ausgelassen Lustige ist scheinbar unmäßig; in Wirklichkeit ist er weichlich, da die Lustigkeit als Erholung eine Art der Ausspannung ist und das Zuviel in letzterer eben den ausgelassen Lustigen kennzeichnet.

Die Unenthaltsamkeit ist teils Übereilung, teils Schwäche. Die einen überlegen zwar, beharren aber in folge der Leidenschaft nicht bei ihrem Entschlusse, die anderen werden mangels vorheriger Überlegung von der Leidenschaft fortgerissen. Wollten sie sich besser beraten, so widerführe ihnen dieses nicht. Einige nämlich machen es wie die, die sich selbst vorher kitzeln, um keinen Kitzel zu empfinden, sie verstehen sich darauf, im voraus zu merken und zu sehen, und dann sich selbst und ihren Verstand wachzurufen, und so kann sie die Empfindung, sei sie lieb oder leid, nicht bemeistern.

Vorzüglich trifft man die Unenthaltsamkeit aus Übereilung bei den cholerischen und melancholischen Charakteren. Die einen warten wegen ihrer Raschheit, die anderen wegen ihrer Heftigkeit den Ausspruch der Vernunft nicht ab, weil sie gewohnt sind, sich von ihrer Einbildungskraft leiten zu lassen.

Neuntes Kapitel.

Der Unmäßige fühlt, wie gesagt, keine Reue. Er bleibt bei seiner Willensrichtung. Der Unenthaltsame ist stets der Reue fähig. Es ist darum nicht so, wie wir zuvor in den Aporien meinten, sondern der eine ist unheilbar, der andere ist heilbar. Die Bosheit oder Schlechtigkeit gleicht nämlich solchen Krankheiten wie Wassersucht und Schwindsucht, die Unenthaltsamkeit der Epilepsie. Die eine ist dauernde, die andere nur zeitweilige Verkehrtheit. Überhaupt aber gehört die Unenthaltsamkeit und die Schlechtigkeit einer verschiedenen Gattung an. Denn die Schlechtigkeit weiß nicht von sich, die Unenthaltsamkeit aber wohl.

Unter den Unenthaltsamen selbst sind wieder die, die sofort aus dem Lot kommen, besser oder nicht so schlimm als die, die überlegen und an ihrem Entschlüsse nicht festhalten. Denn die Leidenschaft, der letztere unterliegen, ist kleiner und kommt ihnen nicht unversehens wie jenen. Wer sich aus sittlicher Kraftlosigkeit nicht enthält, gleicht einem Menschen, der rasch, von einem kleinen Quantum Wein und von weniger, als die meisten vertragen können, betrunken wird.

Daß also die Unenthaltsamkeit nicht Schlechtigkeit ist, leuchtet ein, sie möchte es jedoch beziehungsweise sein. Sie ist nämlich unvorsätzlich, während die Schlechtigkeit vorsätzlich ist; auf die Handlungen der Unenthaltsamkeit aber paßt der Ausspruch des *Demodokus* über die Milesier: „die Milesier sind zwar keine Toren, handeln aber wie Toren." So ist auch der Unenthaltsame nicht ungerecht, tut aber unrecht. Da aber der eine von der Art ist, daß er nicht aus Überzeugung, als ob es so gut wäre, den übermäßigen und der rechten Vernunft zuwiderlaufenden Sinnesgenüssen nachgeht, der andere dagegen wirklich meint, es sei so gut, und das eben darum, weil er so beschaffen ist, daß er der Lust nachgeht, so folgt, daß der erste leicht umzustimmen ist, der zweite nicht. Die Tugend und die Schlechtigkeit nämlich haben das an sich, daß diese das Prinzip verdirbt, jene es heil erhält; bei den Handlungen aber ist der Zweck Prinzip, wie in der Mathematik die Voraussetzungen oder die obersten Axiome; nun ist aber weder dort, in der Mathematik, ein Grund, der die Prinzipien lehrte, noch hier, sondern Tugend, natürliche oder durch Gewöhnung erworbene, lehrt recht über das Prinzip des Handelns denken. Wer also so ist, wie ausgeführt worden, ist mäßig, mit wem es umgekehrt steht, der ist unmäßig.

Mancher wird auch leidenschaftlich wider die rechte Vernunft erregt, den die Leidenschaft zwar so weit beherrscht, daß er nicht nach der rechten Vernunft handelt, aber nicht auch soweit, daß sie ihn zu einem Menschen machte, der überzeugt wäre, man müsse rückhaltlos den sinnlichen Lüsten nachgehen. Das ist der Unenthaltsame, besser als der Unmäßige oder Zuchtlose, und nicht einfachhin schlecht. Denn er hat das Beste, das Prinzip, nicht verloren. Ein anderer ist das Gegenteil von ihm: wer fest bei der Vernunft bleibt und sich nicht von seinem Sinne bringen läßt, wenigstens durch den Affekt nicht.

So sieht man denn hieraus, daß das eine der gute, das andere der schlechte Habitus ist.

Zehntes Kapitel.

Ist nun, wie oben in den Aporien gefragt wurde, enthaltsam wer an der wie immer beratenen Vernunft und an jedem wie immer beschaffenen Vorsatz festhält, und hinwieder unenthaltsam wer an jedem wie immer beschaffenen Vorsatz und an der beliebig beratenen Vernunft nicht festhält, oder wer an der übel beratenen Vernunft und dem verkehrten Vorsatz nicht festhält oder festhält? Oder sollte es nicht vielmehr so sein, daß es mitfolgend zwar jeder beliebige Vorsatz, an sich jedoch nur die wahre Vernunft und der rechte Vorsatz ist, woran der eine festhält, der andere nicht? Wenn nämlich jemand diese bestimmte Sache um dieser willen sich vornimmt oder verfolgt, so ist es an sich das Zweite, was er verfolgt und sich vorsetzt, aber mitfolgend das Erste. Für „an sich“ sagen wir schlechthin, und so ist es beziehungsweise zwar jede beliebige Meinung, die der eine festhält und der andere verläugnet, schlechthin enthaltsam und unenthaltsam aber ist wer die wahre Meinung festhält und preisgibt.

Es gibt auch einige, die an ihrer Meinung festhalten, die man *starrköpfisch* nennt, weil sie schwer zu überzeugen und nicht leicht umzustimmen sind; sie haben wohl eine gewisse Ähnlichkeit mit dem Enthaltsamen, wie sie der Verschwender mit dem Freigebigen und der Tollkühne mit dem Mutigen hat, sind aber doch in mancher Hinsicht von ihm verschieden. Jener, der Enthaltsame, läßt sich durch Leidenschaft und Begierde nicht umstimmen, aber ein Enthaltsamer wird gegebenen Falls leicht eines Besseren zu belehren sein; der andere ist durch Gründe nicht umzustimmen, aber Leute von seiner Art sind vielfach den Begierden zugänglich und lassen sich von den Lüsten fortreißen. Ein *Starr*kopf ist der Eigensinnige, der Unbelehrbare und der Ungebildete; der Eigensinnige insbesondere steht unter dem Einflusse von Lust und Unlust: er freut sich durchzudringen, wenn er sich nicht anders belehren läßt, und ärgert sich, wenn es seinem Willen und seiner Meinung ergeht wie einem Volksbeschlusse, der kassiert wird, und so gleicht er mehr dem Unenthaltsamen als dem Enthaltsamen.

Einige gibt es auch, die an ihrer Meinung und Absicht nicht festhalten nicht aus Unenthaltsamkeit, wie *Neoptolemus* im *Philoktet* des *Sophokles*. Gleich wohl war es Lust, weshalb er an seinem Vorhaben nicht festhielt, aber eine sittlich schöne Lust: ihm galt es für schön, die Wahrheit zu sagen, und von Odysseus war er überredet worden zu lügen. Denn nicht jeder, der etwas aus Lust tut, ist unmäßig oder schlecht oder unenthaltsam, sondern wer es aus böser Lust tut.

Elftes Kapitel.

Da es auch Leute gibt, die weniger für die körperliche Lust empfänglich sind, als sie sollten, und als solche der Vernunft nicht treu bleiben, so steht der Enthaltsame in der Mitte zwischen ihnen und den Unenthaltsamen. Der Unenthaltsame bleibt der Vernunft nicht treu wegen eines Zuviel, dieser wegen eines Zuwenig; der Enthaltsame aber bleibt ihr treu und läßt sich durch keines von beiden davon abbringen. Wenn anders aber die Enthaltsamkeit etwas gutes ist, so müssen die ihr entgegengesetzten Eigenschaften beide schlimm sein, und als solche erscheinen sie denn auch; weil aber die eine bei wenigen Menschen und in wenigen Fällen zu tage tritt, so scheint die Enthaltsamkeit nur das Gegenteil von der Unenthaltsamkeit zu sein, grade so wie die Mäßigkeit nur das Gegenteil der Unmäßigkeit.

Da aber die Sprache vieles nach der Ähnlichkeit benennt, so kommt es auch von der Ähnlichkeit, daß man von einer Enthaltsamkeit des

Mäßigen spricht. Der Enthaltsame wie der Mäßige ist nämlich ein Mann, der nichts aus sinnlicher Lust der Vernunft zuwider tut, doch mit dem Unterschied, daß der eine, der erste, böse Begierden hat, der andere nicht, und daß der zweite die Eigenschaft besitzt, keine Lust der Vernunft zuwider zu empfinden, während der erste so beschaffen ist, daß er sie zwar empfindet, aber sich von ihr nicht leiten läßt. Auch der Unenthaltsame und der Unmäßige sind sich ähnlich und doch wieder verschieden: beide gehen der sinnlichen Annehmlichkeit nach, jedoch der eine in der Meinung, daß es sich so gehöre, der andere ohne diese Meinung.

Derselbe Mensch kann ferner nicht zugleich klug und unenthaltsam sein. Wir haben gezeigt, daß der Kluge zugleich auch sittlich gut ist. Auch ist man nicht schon durch das Wissen klug, sondern erst durch die Fähigkeit und Neigung, entsprechend zu handeln, die dem Unenthaltsamen fehlt. Dagegen steht nichts im Wege, daß der *Geschickte* unenthaltsam sei, daher es auch mitunter den Anschein hat, als ob gewisse Leute klug aber unenthaltsam wären, weil sich die Geschicklichkeit von der Klugheit auf die in den früheren Erörterungen angezeigte Weise unterscheidet und beide hinsichtlich der Intelligenz verwandt, aber hinsichtlich des Vorsatzes verschieden sind.

Der Unenthaltsame ist auch nicht wie einer, der weiß und denkt, sondern wie einer, der schläft oder betrunken ist. Und er handelt zwar freiwillig, da er in gewisser Weise weiß, was er tut und weshalb er es tut, ist aber nicht schlecht; sein Vorsatz ist ja gut, und so ist er nur halb schlecht; und er ist nicht ungerecht; er handelt ja nicht mit vollkommener Überlegung. Denn die eine Klasse der Unenthaltsamen hat die Kraft nicht, ihrem Entschlusse treu zu bleiben, und die andere Klasse, das melancholische Temperament, bringt es überhaupt zu keiner Überlegung. Und so gleicht denn der Unenthaltsame einer Stadt, die alles Notwendige beschließt und vortreffliche Gesetze hat, dieselben aber nicht in Vollzug bringt, wie *Anaxandrides* spottete:

„die Stadt beschloß, die auf Gesetze doch nichts gibt.“

der Schlechte aber einer Stadt, die ihre Gesetze zwar in Vollzug bringt, aber schlechte Gesetze hat.

In der Unenthaltsamkeit und Enthaltsamkeit liegt ein Hinausgehen über den Habitus der großen Mehrheit: die eine bleibt ihrem Vorsatze mit mehr Entschiedenheit, die andere mit weniger treu, als der die meisten fähig sind. Die Unenthaltsamkeit, an der die melancholischen Charaktere kranken, ist leichter zu heilen als die Unenthaltsamkeit derer, die sich die Sache zwar überlegen, aber an ihren Entschließungen nicht festhalten, und leichter werden geheilt die in folge schlechter Gewohnheit unenthaltsam sind, als die es von Natur sind. Die Gewohnheit ist nämlich leichter zu ändern als die Natur. Denn nur darum wird auch die Gewohnheit so schwer geändert, weil sie der Natur gleicht, wie *Euenus* spricht:

„Lange, glaube mir, Freund, muß dauern die Übung; sie wird dann
Sich als die zweite Natur der Menschen am Ende erweisen."

So wäre denn erklärt, was Enthaltsamkeit und Unenthaltsamkeit, was Abgehärtetheit und Weichlichkeit ist, und wie sich diese Eigenschaften zu einander verhalten.

Zwölftes Kapitel.

Die Betrachtung über *Lust* und *Unlust* aber ist Sache dessen, der über die Staatskunst philosophiert. Denn er ist der Architekt, der maßgebende Lehrer des Zieles, auf das wir hinblicken, wenn wir nur irgend etwas schlechthin gut oder böse nennen. Diese Untersuchung ist aber auch notwendig. Haben wir doch im obigen die sittliche Tugend und Schlechtigkeit auf Lust und Unlust bezogen, und sagt man doch von der Glückseligkeit ziemlich allgemein, sie sei mit Lust verbunden, weshalb man auch den Glückseligen (μακάριος) von der Freude (χαίρειν) so genannt hat.

Nun meinen einige Philosophen, keine Lust sei ein Gut, an sich nicht und auch nicht mitfolgend, da Gut und Lust nicht dasselbe sei; andere meinen, gewisse Arten der Lust seien gut, sehr viele aber schlecht; dazu gesellt sich noch eine dritte Meinung, die dahin geht, daß wenn auch jede Lust gut wäre, doch Lust nicht das höchste Gut sein könne.

Sie soll überhaupt kein Gut sein, weil jede Lusterregung ein Vorgang ist, durch den etwas in fühlbarer Weise zur Natur wird oder in sie eintritt, kein Werden aber mit den Zwecken verwandt oder gleichartig ist, wie z. B. kein Bauen mit dem Gebäude.

Ferner, der Mäßige fliehe die Lüste.

Ferner, der Kluge trachte nach Schmerzlosigkeit, nicht nach Ergötzung.

Ferner, die Lustgenüsse behinderten das Denken, und das umsomehr, je intensiver die Lust sei, so beim Geschlechtsgenuß, wobei niemand eines Gedankens fähig sei.

Ferner, es gebe kein Kunst der Belustigung, und doch sei jedes Gute ein Werk der Kunst.

Und endlich: auch Kinder und Tiere suchten die Lust.

Dafür, daß nicht jede Lust gut sei, wird angeführt, daß es auch schändliche, schimpfliche, ja, schädliche Ergötzungen gebe; denn manches Lustbringende habe Krankheiten zur Folge.

Dafür endlich, daß die Lust nicht das höchste Gut sei, führt man an, sie sei nicht Ziel und Ende, sondern ein gewisses Werden und Entstehen.

Das ist es also etwa, was man gemeinhin vorbringt.

Dreizehntes Kapitel.

Daß sich aber aus diesem mit nichten ergibt, die Lust sei kein Gut oder nicht das höchste Gut, erhellt aus folgendem.

Fürs erste, es gibt ein zweifaches Gutes, eines schlechthin und eines beziehungsweise oder für den oder jenen, und hiernach werden sich also die Naturen und die habituellen Beschaffenheiten und ihnen entsprechend denn auch die verschiedenen Arten von Bewegung und

Werden richten, und von denen, die als schlecht erscheinen, werden es die einen einfachhin sein, aber für ein bestimmtes Individuum nicht, vielmehr für den und den begehrenswert; einige andere aber auch nicht für den und den, außer in einem singulären Fall und für kurze Zeit, und auch dann nicht eigentlich begehrenswert; noch andere endlich werden nicht einmal Genüsse oder Ergötzungen sein, sondern haben nur den Schein davon, wenn sie nämlich mit Unlust verbunden sind und der Heilung dienen wie bei Kranken. Sodann, das Gute ist teils Tätigkeit teils Habitus, und demnach sind die Arten von Bewegung und Werden, die den Menschen in den naturgemäßen Habitus versetzen, mitfolgend lustbringend. Die Tätigkeit vollzieht sich da unter den Begehrungen eines Habitus und einer Natur, denen es irgend wie mangelt, während es auch Ergötzungen, wie die Tätigkeiten des Denkens, ohne Unlust und Begehren gibt, indem die Natur von Notdurft frei ist. Ein Zeichen dessen ist, daß man sich nicht an demselben Lustbringenden ergötzt, wenn und während die Natur sich erst vollendet, und wenn sie ihren vollkommenen Stand erreicht hat, da man vielmehr nach der Erreichung desselben an dem schlechthin Lustbringenden Gefallen hat, über der Vollendung der Natur aber auch am Gegenteil. Denn da ergötzt man sich auch an sauren und bittern Dingen, deren keines von Natur und schlechthin angenehm ist, daher es auch die Lustgefühle oder Ergötzungen nicht sind. Denn wie sich die angenehmen Dinge zu einander verhalten, so auch die aus ihnen entspringenden Lustgefühle. Drittens, es besteht keine Notwendigkeit, daß ein anderes besser sei als die Lust, wie da einige Philosophen behaupten, daß das Ziel besser sei als das Werden. Denn die Lüste sind nicht alle ein Werden, sondern manche sind auch Tätigkeiten und Ziel; auch stellen diese sich ein, nicht wenn ein Habitus in uns wird, sondern wenn wir aus ihm heraus handeln; und nicht alle Lüste haben ihr Ziel in einem anderen, sondern nur die Lüste derer, die zur Vollendung der Natur geführt werden. Darum ist es auch nicht zutreffend, wenn man sagt, die Lust sei ein fühlbares Werden; man muß vielmehr sagen, sie sei *Tätigkeit* des *naturgemäßen Habitus*, und statt „fühlbar" muß man sagen „*ungehemmte*". Sie scheint eine Art Werden zu sein, weil sie im eigentlichen Sinne gut ist. Man meint nämlich, die *Tätigkeit* sei Werden, sie ist aber etwas anderes.

Daß die Lüste schlecht sein sollen, weil manches Lustbringende krank macht, heißt grade so viel, wie wenn manche Kuren darum schlecht sein sollten, weil sie die Kasse angreifen. In dieser Beziehung sind ja beide schlecht, aber doch wohl nicht insofern, als sie ergötzen oder heilen; denn auch das Denken schadet einem zuweilen an der Gesundheit, dagegen wird weder die Klugheit noch sonst ein Habitus durch die aus ihm selbst fließende Lust gehemmt, sondern nur durch fremde Lustempfindungen; denn diejenigen, die aus dem Denken und Lernen entspringen, können nur bewirken, daß man umsomehr denkt und lernt.

Daß aber keine Lust ein Werk der Kunst ist, hat seinen guten Grund; denn es gibt auch für sonst keine Tätigkeit eine Kunst, sondern nur für ein Vermögen; immerhin hat scheints die Salbenbereitungskunst und die Kochkunst es mit der Lust zu tun.

Für die Einwürfe ferner, daß der Mäßige die Lust fliehe, der Kluge nur nach einem schmerzlosen Leben trachte und Kinder und Tiere der Lust nachgehen, gilt insgesamt eine und dieselbe Widerlegung. Wir haben erklärt, inwiefern die Lüste schlechthin gut und inwiefern sie dies nicht alle sind. Solchen nun gehen die Tiere und die Kinder nach – und vor ihnen will der Kluge Ruhe haben –, den mit Begierde und Unlust verbundenen und den sinnlichen Lüsten – denn diese sind eben nicht schlechthin gut – und ihrem Übermaß, das den Unmäßigen zum Unmäßigen macht. Darum flieht der Mäßige diese Lust; es gibt dafür andere, die auch für ihn vorhanden sind.

Vierzehntes Kapitel.

Es ist aber auch ohne Zweifel zugestanden, daß die Unlust ein Übel und zu fliehen ist. Sie ist teils schlechthin ein Übel, teils nur insofern, als sie für ein anderes in irgend einer Hinsicht hinderlich ist. Das Gegenteil dessen aber, was zu fliehen ist, insofern es zu fliehen und ein Übel ist, ist das Gute. Mithin muß die Lust ein Gut sein. Die Weise, wie *Speusippus* dieser Folgerung zu entgehen suchte, indem er sagte, das Größere sei das Gegenteil vom Kleineren und vom Gleichen, ist unzulässig, da er doch nicht sagen kann, die Lust sei wesentlich ein Übel. Daß aber eine bestimmte Lust das höchste Gut sei, verträgt sich mit der Tatsache, daß manche Lüste schlecht sind, sehr wohl, wie ja auch eine Wissenschaft die beste sein kann, wenn auch manches Wissen und Können schlecht ist.

Vielleicht ist es aber auch notwendig, daß, wenn anders es ungehemmte Tätigkeiten eines jeden Habitus gibt, sei nun die ungehemmte Tätigkeit ihrer aller die Glückseligkeit oder die eines einzelnen unter ihnen, diese am begehrenswertesten ist. Das ist aber Lust. Und so wäre denn eine Lust das höchste Gut, mögen auch die meisten Lüste einfachhin schlecht sein. Darum halten alle Menschen das glückselige Leben für lustvoll und verbinden die Glückseligkeit mit der Lust: mit Recht, denn keine Tätigkeit ist vollkommen, wenn sie gehemmt ist, die Glückseligkeit ist aber etwas Vollkommenes. Daher bedarf der Glückselige auch noch der leiblichen und der äußerlichen und Glücksgüter, auf daß die Tätigkeit und die Glückseligkeit nicht gehindert werde. Die aber erklären, ein Mensch, der aufs Rad geflochten werde oder der ins größte Elend gerate, sei glückselig, wenn er tugendhaft sei, stellen absichtlich oder unabsichtlich eine nichtige Behauptung auf. Weil es aber zum glückseligen Leben auch noch der Glücksgüter bedarf, so scheint manchen das zufällige äußere Glück dasselbe zu sein wie die Glückseligkeit; dies ist jedoch nicht der Fall; denn es hindert dieselbe sogar, wenn es im Übermaße vorhanden ist, und dann ist es wohl gar nicht mehr richtig, es Glück zu nennen; denn es hat seinem Begriffe nach eine Beziehung zur Glückseligkeit.

Auch der Umstand, daß alles, Tier und Mensch, nach der Lust verlangt und strebt, ist ein Zeichen, daß sie in gewissem Sinne das höchste Gut ist.

„Nicht kann völlig ersterben die Kunde, welche die Völker
Melden von Munde zu Mund."

Weil aber nicht dieselbe Natur und derselbe Habitus für alle ohne Unterschied der beste ist oder dafür gehalten wird, so trachten auch nicht alle nach derselben Lust, und doch ist die Lust es, nach der alle trachten. Vielleicht trachten sie auch nicht nach der, die sie zu begehren meinen oder auch zu begehren vorgeben würden, sondern in Wirklichkeit immer nach einer und derselben. *Denn alle Wesen haben von Natur etwas Göttliches.* Jedoch ist ihr Name wie durch Erbschaft auf die körperlichen Lüste übergegangen, weil wir zu ihnen uns so oft verleiten lassen und alle an ihnen teil haben, und so hält man diese allein für Lüste, weil sie allein die allbekannten sind.

Offenbar könnte auch, wenn Lust und lustbringende Tätigkeit kein Gut wäre, das Leben des Glückseligen nicht mit Lust verbunden sein. Denn weswegen bedürfte er ihrer, da sie doch kein Gut sein soll? – Aber der Glückselige würde auch mit Unlust leben können. Denn sie wäre weder ein Übel noch ein Gut, wenn auch die Lust es nicht wäre. Warum sollte er sie also fliehen? – Auch kann gewiß das Leben des Tugendhaften nicht lustbringender sein als das des Lasterhaften, wenn nicht auch seine Tätigkeiten es sind.

In bezug auf die körperlichen Lüste nun aber gilt es acht zu geben, wenn man Wort haben will, daß einige Lüste sehr begehrenswert sind, nämlich die schönen, die sittlich guten, aber nicht die körperlichen, mit denen es der Unmäßige zu tun hat. – Warum sind denn die diesen entgegengesetzten Unlustgefühle schlecht, da doch dem Schlechten das Gute entgegengesetzt ist? Oder sind die notwendigen Lustgefühle gut wie das, was nicht schlecht ist? Oder sind sie bis zu einer bestimmten Grenze gut? Denn ist in einem Habitus oder einer Bewegung kein Überschreiten des rechten Maßes möglich, so ist auch in der entsprechenden Lust kein Übermaß möglich; überall aber, wo der Habitus oder die Bewegung ein Übermaß zuläßt, da läßt auch die Lust eines zu. Nun gibt es aber in den sinnlichen Gütern ein Übermaß, und der Schlechte ist schlecht, weil er das Übermaß und nicht die notwendige Lust begehrt. Denn alle Menschen erfreuen sich einigermaßen an guten Speisen, Weinen und Geschlechtsgenuß, aber nicht alle in gebührender Weise. Mit der Unlust ist es entgegengesetzt: nicht ihr Übermaß flieht der Unmäßige, sondern er flieht sie gänzlich. Denn die Unlust ist nicht dem Übermaße entgegengesetzt, außer für den, der das Übermaß begehrt.

Fünfzehntes Kapitel.

Man muß aber nicht blos die Wahrheit darlegen, sondern auch die Ursache des Irrtums, da das die Glaubhaftigkeit der Behauptungen mehrt; denn wenn man den Grund eingesehen hat, aus dem der Irrtum als Wahrheit erscheint, da er es doch nicht ist, so bestimmt uns das, der Wahrheit desto entschiedener beizupflichten. Wir wollen daher erklären, warum die körperlichen Lüste und Ergötzungen vor den anderen begehrenswert erscheinen.

Der erste Grund ist also, daß die körperliche Lust die Unlust vertreibt und man wegen des Übermaßes der Unlust die übermäßige und überhaupt die körperliche Lust als eine Arznei begehrt. Die Arzneien aber erhalten die Intensität ihrer Wirkung, die sie gerade zum Gegenstande des Verlangens macht, dadurch, daß sie neben und gegenüber ihrem Gegenteil erscheinen. So sind es denn auch diese beiden Gründe, weshalb die Lust einigen Philosophen wie gesagt nichts gutes zu sein scheint: die auf sie gerichteten Handlungen kommen teils von einer schlechten Natur, sei sie nun wie beim Tiere von Haus aus schlecht oder wie bei den Menschen durch Gewöhnung, teils sind sie Arzneien und erscheinen so als schlecht, weil sie ein Bedürfnis voraussetzen und Haben besser ist als Werden. Die Lust aber begleitet in diesem Falle den Durchgang zur Vollendung und ist darum nur mitfolgend gut.

Der zweite Grund ist, daß diese Lustgefühle wegen ihrer Stärke oder Heftigkeit von denen erstrebt werden, die sich an anderen Freuden nicht ergötzen können, daher sie sich selbst eine Art Durst darnach erregen. Sind sie nun unschädlich, so mag man es nicht grade tadeln, und nur, wenn sie schädlich sind, ist es schlimm und verwerflich. Denn die Menschen haben einerseits nichts anderes, um sich daran zu ergötzen, und auf der anderen Seite ist ein Zustand, wo man weder Lust noch Unlust fühlt, für viele wegen der Eigenart unserer Natur schon so gut wie Unlust.

Denn das Sinnenwesen ist immer angestrengt, wie auch die Physiologen bezeugen, die uns sagen, das Sehen und Hören errege Unlust, nur daß wir, wie sie meinen, daran gewöhnt sind. Gleicherweise ist man in der Jugend wegen des Wachsens in einer ähnlichen Verfassung wie ein Betrunkener; auch ist die Jugend süß und weckt so schon von selbst das Verlangen nach Freude. Die melancholischen Naturen aber bedürfen stets einer Arznei. Denn ihr Körper erleidet wegen der Säftemischung beständig eine Art Nagen und sie befinden sich stets im Zustande heftiger Begierde. Die Unlust aber wird durch die Lust verdrängt, durch die entgegengesetzte und jede andere, wenn sie nur stark ist, und so kommt es, daß der Melancholiker leicht unmäßig und schlecht wird.

Diejenige Lust aber, der keine Unlust gegenübersteht, hat kein Übermaß. Das ist die Lust an dem von Natur, nicht mitfolgend Lustbringenden. Unter dem mitfolgend Lustbringenden verstehe ich das als Arznei Dienende. Denn weil die Heilung durch eine Wirkung dessen, was am Organismus gesund geblieben ist, zustande kommt, so erscheint sie deswegen als lustbringend. Dagegen ist mir von Natur lustbringend das, wodurch die Tätigkeit der betreffenden Natur hervorgerufen wird. Nun gibt es aber für uns nichts, was gleichmäßig immer Lust erweckte, weil unsere Natur nicht einfach ist, sondern noch etwas anderes in sich hat, was den Grund der Korruptibilität der Lebewesen bildet; wenn daher der eine Teil etwas tut, so ist das dem anderen gegen die Natur, sind aber beide im Gleichgewicht der Tätigkeit, so erregt die Handlung weder Unlust noch Lust. Wenn daher die Natur eines Wesens einfach ist, so muß eine und dieselbe Handlung ihm beständig die größte Lust erwecken. *Darum besteht die Seligkeit Gottes ewig in einer einen und einfachen Freude. Denn es gibt nicht nur eine Tätigkeit in der Bewegung, sondern auch eine solche in der Freiheit von Bewegung, und die Lust findet sich mehr in der Ruhe als in der Bewegung*. Die Veränderung aber kann nur darum nach des Dichters Wort das süsseste aller Dinge sein, weil unserer Natur eine Art Schlechtigkeit anklebt. Denn wie der wankelmütige Mensch der schlechte ist, so auch die der Veränderung bedürftige Natur, weil sie nicht einfach ist und nicht vollkommen gut.

Von Enthaltsamkeit und Unenthaltsamkeit also und von Lust und Unlust hätten wir jetzt gehandelt und hätten erklärt, was jedes ihrer ist, und wie das eine darunter ein Gutes, das andere ein Schlechtes ist. Nun bleibt uns noch die *Freundschaft* zu erörtern übrig.

Achtes Buch.

Erstes Kapitel.

Nach diesem kommt die Erörterung der *Freundschaft* an die Reihe; denn sie ist eine Tugend oder mit der Tugend verbunden.

Ferner ist sie fürs Leben das Notwendigste. Ohne Freundschaft möchte niemand leben, hätte er auch alle anderen Güter. Der Reiche, der Herrscher und der Mächtige scheint der Freunde ganz besonders zu bedürfen. Denn was nützte ihm die Gunst des Schicksals, wenn ihm die Möglichkeit entzogen würde, jenes Wohltun zu üben, das man am besten und lobenswürdigsten gegen Freunde beweist? Oder wie ließe sich das Glück ohne Freunde hüten und wahren? Es ist ja um so unsicherer, je größer es ist. In Armut und sonstiger Not aber gilt der Freund als die einzige Zuflucht. Den Jünglingen erwächst aus der Freundschaft Bewahrung vor Fehltritten, den Greisen die wünschenswerte Pflege und Ersatz für das, was ihre Schwäche selbst nicht mehr vermag, dem starken Manne Förderung zu jeder guten Tat.

„Gehn zwei Männer gesellt . . . .“

heißts bei *Homer*

„Zwei auf dem Marsche vereint, da sieht der eine vorm andern,
wie den Erfolg man erreicht. Soll einer allein es bedenken,
zeigt sein Verstand sich weniger stark und schwächer die Einsicht!“

Denn zu zweien ist man fähiger zu Rat und Tat.

Ja, die Natur selbst scheint sie dem Erzeuger gegen das Erzeugte, und umgekehrt, eingepflanzt zu haben, nicht nur unter den Menschen, sondern auch unter den Vögeln und den meisten anderen Tieren; sie hat diesen Trieb den Wesen gleicher Abstammung gegen einander verliehen, besonders den Menschen, daher wir die Philanthropen, die Menschenfreunde, loben. In der Fremde kann man's sehen, wie nah verwandt der Mensch dem Menschen ist und wie befreundet.

Freundschaft ist es auch, die die Staaten erhält und den Gesetzgebern mehr am Herzen liegt als die Gerechtigkeit. Denn die Eintracht ist offenbar mit ihr verwandt, und auf diese ist das Hauptaugenmerk der Staatslenker gerichtet, während sie die Zwietracht als eine Feindschaft am meisten zu verbannen bemüht sind.

Auch bedarf es unter Freunden der Gerechtigkeit nicht, wohl aber unter Gerechten der Freundschaft als einer Ergänzung der Gerechtigkeit, und das höchste Recht wird unter Freunden angetroffen.

Doch nicht blos notwendig ist sie, auch schön, auch sittlich gut. Den Sinn für Freundschaft erheben wir mit Lob, und den Besitz vieler Freunde halten wir für schön, und mancher glaubt, die braven Männer müßten auch Freunde sein.

Zweites Kapitel.

Es bestehen aber nicht wenige Zweifel über sie. Die einen erklären sie für eine Gleichheit und für Freunde solche, die sich gleich sind; daher das Wort: „Gleich und Gleich", und „Dohle zur Dohle", und was dergleichen mehr ist. Andere sagen umgekehrt, alle solche seien gegen einander wie ein Töpfer gegenüber dem anderen

„Wie der Töpfer dem Töpfer grollt, der Zimmrer dem Zimmrer,
Neidet der Bettler dem Bettler den Lohn, der Sänger dem Sänger."

Manche gehen in der Untersuchung über eben diese Frage weiter zurück und suchen sie mehr aus der Naturwissenschaft zu beantworten. So sagt *Euripides* , dürres Land liebe den Regen, und den hehren Himmel treibe die Liebe, wenn er regenschwanger sei, zur Erde sich zu senken, und *Heraklit* sagt, Widerstrebendes tauge zusammen, aus dem

Verschiedenen entspringe die schönste Harmonie, und alles entstehe auf dem Wege des Streites. Umgekehrt wie sie äußert sich unter anderen *Empedokles* , wenn er behauptet, daß Gleiches nach Gleichem verlangt.

Wir werden die physikalische Seite der Sache, als der gegenwärtigen Untersuchung fremd, aus dem Spiele lassen, dagegen das, was den Menschen angeht und mit der Sinnesweise und den Affekten zusammenhängt, erörtern, also z. B. die Frage, ob Freundschaft unter allen Menschen vorkommt, oder schlechte Menschen keine Freunde sein können, und ob es nur eine Art von Freundschaft gibt oder mehrere. Denn die darum nur eine Art annehmen, weil sie ein Mehr und Minder zuläßt, stützen ihre Ansicht auf ein unzureichendes Kennzeichen, da auch was der Art nach verschieden ist, ein Mehr und Minder zuläßt. Von solchem war vorhin die Rede.

Vielleicht können wir hierüber ins klare kommen, wenn wir zuvor erkannt haben, was das *Liebenswerte* ist. Denn nicht alles wird geliebt und ist demnach Gegenstand der Freundschaft, sondern nur das Liebenswerte, dieses aber ist entweder gut oder lustbringend oder nützlich. Nützlich aber kann man nennen woraus uns ein Gutes oder eine Lust zufließt, und so ist als Zweck nur das Gute und das Lustbringende liebenswert. Liebt der Mensch nun was gut oder was ihm gut ist? Denn beides widerstreitet sich manchmal; und die gleiche Frage trifft das Lustbringende. Es liebt also jedermann scheints was ihm gut ist, und schlechthin liebenswert ist das Gute, und für den Einzelnen liebenswert das dem Einzelnen Gute. Aber nun liebt doch jedermann nicht was ihm gut ist, sondern was ihm als gut erscheint. Aber das trägt nichts aus: wir können eben sagen: liebenswert ist was als gut erscheint.

Es sind also drei Dinge, derentwegen man liebt. Nun spricht man aber bei der Liebe zu leblosen Dingen nicht von Freundschaft. Denn hier ist keine Gegenliebe noch Wohlwollen vorhanden. Es wäre ja wohl lächerlich, dem Wein wohlzuwollen, höchstens will man ihn erhalten, um ihn selbst zu haben. Dem Freunde aber, sagt man, muß man um seiner selbst willen das Gute wünschen.

Denjenigen aber, der jemanden in dieser Weise das Gute wünscht, nennt man wohlwollend, wenn nicht seitens des anderen dasselbe geschieht; denn erst gegenseitiges Wohlwollen nennt man Freundschaft.

Oder muß man noch hinzufügen, daß keinem diese Gesinnung des anderen verborgen bleiben dürfe? Viele sind wohlwollend gegen solche, die sie nie gesehen haben, aber für tugendhaft und tüchtig halten, und ebenso kann es den letzteren wieder mit bezug auf jene gehen. Somit herrscht augenscheinlich zwischen ihnen gegenseitiges Wohlwollen. Aber wie könnte man sie Freunde nennen, da dem einen die Gesinnung des anderen verborgen bleibt? Mithin gehört zur Freundschaft, *daß man sich gegenseitig wohlwolle und Gutes wünsche, ohne daß einem diese gegenseitige Gesinnung verborgen bleibt, und zwar aus einer der angeführten Ursachen*.

Drittes Kapitel.

Da diese Ursachen der Art nach von einander verschieden sind, so sind es folgerichtig auch die Zuneigungen und die Freundschaften. Demnach sind drei Arten der Freundschaft, entsprechend der dreifachen Beschaffenheit des Liebenswerten, da es bei jedem Liebenswerten eine Gegenliebe gibt, die nicht verborgen bleibt, und die sich Liebenden sich unter der Rücksicht Gutes wünschen, unter der sie sich lieben.

Die sich also des Nutzens wegen lieben, lieben nicht einer den anderen an sich, sondern insofern, als ihnen von einander Gutes widerfährt, und ebenso ist es mit denen, die sich der Lust wegen lieben: man hat den artigen Mann gern, nicht wegen seiner persönlichen Eigenschaften, sondern weil er einem Vergnügen gewährt. Wo demnach die Liebe auf dem Nutzen beruht, da wird sie durch den Nutzen des Liebenden, und wo sie auf der Lust beruht, durch die Lust des Liebenden bestimmt und gilt dem Geliebten, nicht insofern er der Geliebte ist, sondern insofern er Nutzen oder Lust gewährt. Diese Freundschaften sind demnach nur mitfolgend solche. Denn in ihnen wird der Geliebte nicht darum geliebt, weil er ist der er ist, sondern weil er in einem Falle Gutes, im anderen Falle

Lust gewährt. Daher sind solche Freundschaften leicht lösbar, wenn die Personen sich nicht gleich bleiben: sind sie nicht mehr angenehm oder nützlich, so hört man auf, sie zu lieben; das Nützliche aber bleibt nicht dauernd dasselbe, sondern bald ist dieses nützlich, bald jenes. Fällt also dasjenige weg, weshalb solche Menschen Freunde waren, so löst sich auch die Freundschaft auf, weil sie durch jenes bedingt war.

Eine derartige Freundschaft kommt wohl zumeist unter alten Leuten vor, da es solchen nicht um das Lustbringende, sondern um das Vorteilhafte zu tun ist, bei reifen Männern und jungen Leuten nur dann, wenn sie auf ihren Vorteil aus sind. Freunde dieses Schlages pflegen auch auf das Zusammenleben nicht eben viel zu geben; denn manchmal erwecken sie nicht einmal bei dem anderen Gefallen; daher vermissen sie den gegenseitigen Verkehr gar nicht, wenn ihnen kein Nutzen daraus erwächst, da ihre ganze Anziehungskraft darin besteht, daß sie die Aussicht auf einen Vorteil gewähren. Zu dieser Art von Freundschaft zählt man auch die Gastfreundschaft.

Die Freundschaft der jungen Leute aber scheint auf der Lust zu beruhen; denn die Jugend wird vom Affekt beherrscht und lebt vorwiegend der Freude und der Gegenwart. Mit den Jahren wird aber auch das Lustbringende ein Anderes, daher die Jugendfreundschaften sich schnell schließen und lösen. Denn mit dem Lustbringenden schlägt auch die Freundschaft um, und die jugendliche Freude unterliegt raschem Wechsel. Dann sind die jungen Leute aber auch stark zur Liebe geneigt, sofern in dieser eben Affekt und Lust vorwiegen. Daher lieben und erkalten sie schnell, oft so, daß sie noch am selben Tage eine Neigung fassen und wieder fahren lassen. So lange dieselbe aber anhält, wollen sie mit dem Freunde zusammen sein und zusammen leben; denn so gestaltet sich bei ihnen das Freundschaftsverhältnis.

Viertes Kapitel.

Vollkommen aber ist die Freundschaft guter und an Tugend sich ähnlicher Menschen. Denn sie wünschen einander gleichmäßig Gutes, insofern sie gut sind, und sind gut an sich. Die aber dem Freunde um seiner selbst willen Gutes wünschen, sind Freunde im vollkommenen Sinne, weil sie diese Gesinnung an sich, nicht mitfolgend, haben. Daher bleibt die Freundschaft zwischen solchen Menschen bestehen, solange sie tugendhaft sind, Tugend aber ist beständig.

In solchem Freundschaftsverhältnis ist jeder der beiden Freunde schlechthin gut und gut für den Freund. Denn die Tugendhaften sind gleichzeitig schlechthin gut und einander nützlich, und in der nämlichen Weise sind sie lustbringend, sofern der Tugendhafte wie schlechthin so auch einer beim anderen Gefallen erweckt. Denn ein jeder hat Freude an seiner und verwandter Handlungsweise: Tugendhafte aber haben die gleiche oder eine ähnliche Handlungsweise.

Daß solche Freundschaft beständig ist, hat seinen guten Grund, da in ihr alles zusammentrifft, was unter Freunden vorhanden sein muß. Denn jegliche Freundschaft fußt auf einem Gute oder einer Lust, die beide dies entweder schlechthin sind, oder blos für den Freund, und setzt außerdem noch eine gewisse Ähnlichkeit voraus. In ihr aber hat man alles Genannte an und für sich. Denn in ihr stimmt auch sonst alles zusammen, und das schlechthin Gute ist auch schlechthin lustbringend. Da eben dieses auch das Liebenswerteste ist, so wird auch Liebe und Freundschaft dann am größten und am besten sein, wenn sie auf ihm, dem schlechthin Guten, fußt.

Naturgemäß sind aber derartige Freundschaften selten, da es Männer der bezeichneten Art nur wenige gibt. Auch bedarf es zur Bildung solcher Herzensbünde der Zeit und der Gewohnheit des Zusammenlebens; denn nach dem Sprüchwort kann man sich nicht kennen lernen, wenn man nicht zuvor den bekannten Scheffel Salz mit einander gegessen hat; also kann man auch nicht eher an einander Gefallen finden und Freundschaft schließen, als man sich einander als liebenswert erwiesen und bewährt hat. Die sich schnell auf freundschaftlichen Fuß mit einander stellen, wollen wohl Freunde sein, sind es aber nicht, wenn sie nicht zugleich auch liebenswert sind und das von einander wissen. Denn nur der Entschluß zur Freundschaft, nicht die Freundschaft, kommt schnell zustande.

Fünftes Kapitel.

Diese Freundschaft also ist hinsichtlich der Zeit und der übrigen Bedingungen vollkommen; in ihr wird jedem seitens des anderen in allweg Dasselbe und das Gleiche zu teil, wie es bei Freunden sein muß. Die Freundschaft aber, die auf der Lust beruht, hat mit dieser Ähnlichkeit. Denn auch die Tugendhaften sind für einander eine Quelle der Lust. Dasselbe gilt von der auf dem Nutzen beruhenden Freundschaft. Denn die Tugendhaften sind einander auch von Nutzen. Aber auch unter solchen Menschen, deren Neigung auf Lust oder Vorteil beruht, haben die Freundschaften den längsten Bestand, wenn jedem von dem anderen das Gleiche, z. B. Lust, zu teil wird, und nicht blos das, sondern auch seitens des gleichen lustbringenden Gegenstandes, wie z. B. im gegenseitigen Verkehre artiger und witziger Männer, nicht wie in dem Verhältnisse zwischen dem Liebhaber und dem Liebling. Hier freuen sich beide nicht über dasselbe, sondern der eine an dem Anblick des Geliebten, der andere an den Dienstleistungen des Liebhabers. Hört aber die Jugendanmut auf, so hat manchmal auch die Liebe ein Ende, da dem einen der Anblick keine Lust mehr gewährt und der andere nicht mehr die gewohnten Dienste empfängt. Oft dauert aber auch die Freundschaft fort, wenn die beiden im Charakter übereinstimmen, und jeder die Gemütsart des anderen im Verkehr liebgewonnen hat. Diejenigen aber, die in ihren Beziehungen nicht Lust um Lust, sondern Vorteil um Vorteil vertauschen, sind sich weniger Freund und bleiben es auch weniger, vielmehr hören Verhältnisse, die auf dem Vorteil beruhen, mit eben diesem Vorteil auf, weil hier die Liebe nicht der Person galt, sondern lediglich dem eigenen Nutzen.

Um der Lust und des Nutzens willen können auch schlechte Menschen untereinander und gute mit schlechten und die keins von beiden sind, mit jedwedem Freunde sein, um ihrer selbst willen aber offenbar nur die tugendhaften. Denn die schlechten Menschen finden nur darum an einander Gefallen, weil ein Vorteil für sie abfällt. Auch gegen Verleumdung ist nur die Freundschaft der Guten gefeit. Denn man glaubt einem nicht leicht in betreff eines Mannes, den man selbst in langer Zeit bewährt gefunden hat. In dieser Freundschaft herrscht auch das Vertrauen und stete Enthaltung von Kränkungen sowie alles andere, was zur wahren Freundschaft erfordert wird. Dagegen können bei den anderen Freundschaften recht wohl Störungen vorkommen.

Da nämlich die Leute sowohl diejenigen, die der Nutzen zusammenführt, Freunde nennen, wie dies auch die Staaten tun, die sich doch wohl in ihren Bündnissen durch den Vorteil bestimmen lassen, als auch diejenigen, deren Neigung auf der Lust beruht, wie das die Knaben tun, so müssen vielleicht auch wir solche Menschen Freunde nennen, dagegen aber mehrere Arten der Freundschaft aufstellen, und zwar zu oberst und in eigentlichem Sinne die Freundschaft unter Tugendhaften, insofern sie tugendhaft sind, und dann die anderen Freundschaften, insofern sie jener ersten ähnlich sind; denn da ist man sich Freund, insofern als ein Gut oder ein ihm Ähnliches in frage kommt; auch das Lustbringende ist ja für die Liebhaber der Lust ein Gut. Diese beiden Freundschaften treffen aber nicht immer zusammen, und nicht die nämlichen sind um des Nutzens und um der Lust willen Freunde; denn was nur zufällig zusammen trifft, kommt nicht oft verbunden vor.

Sechstes Kapitel.

Da die Freundschaft in diese Arten zerfällt, so werden schlechte Menschen der Lust oder des Nutzens wegen Freunde sein, da sie in dem Streben nach diesen Dingen sich gleich sind, gute aber ihrer selbst wegen, da sie eben als gute Menschen sich lieben. Daher sind sie schlechthin Freunde, jene dagegen mitfolgend und wegen der Ähnlichkeit mit ihnen. Wie aber mit Rücksicht auf die Tugenden die einen habituell, die anderen aktuell gut sind, so ist es auch bei der Freundschaft. Wenn die Freunde zusammen leben, so erfreuen sie sich an einander und tun sich gutes, wenn sie aber schlafen oder räumlich getrennt sind, so betätigen sie zwar ihre Freundschaft nicht, behalten aber den entsprechenden Habitus. Denn die örtliche Trennung hebt nicht die Freundschaft, sondern ihre

Betätigung auf. Dauert aber die Trennung lange, so mag sie auch die Freundschaft in Vergessenheit bringen, daher der Ausspruch:

„Oft schon hat die Freundschaft der Mangel an Umgang gelockert."

Auch ältliche Leute und mürrische Gemüter erscheinen als wenig zur Freundschaft geeignet. Denn bei ihnen ist wenig Vergnügen zu holen, und niemand kann es lange bei einem unangenehmen oder auch nur nicht angenehmen Menschen aushalten. Was aber die Natur am meisten flieht, ist ja die Unlust, und was sie am meisten begehrt, die Lust. Das Verhalten derer aber, die an einander Geschmack finden, aber doch nicht mitsammen leben, hat eher den Charakter des Wohlwollens als der Freundschaft. Denn nichts ist Freunden so eigen als das Zusammenleben. Nach dem Nutzen der Freundschaft trachtet der Dürftige, nach dem Zusammenweilen auch der vom Glück Begünstigte, da es für ihn am wenigsten paßt, allein zu stehen. Tägliche Lebensgemeinschaft aber ist nur möglich unter Menschen, die einander angenehm sind und an denselben Dingen Freude haben, und das findet sich in der Freundschaft derer, die zusammen aufgewachsen sind.

Siebentes Kapitel.

Im höchsten Sinne Freundschaft ist also die der Tugendhaften, wie schon oft gesagt worden. Denn für liebens- und begehrenswert gilt das schlechthin Gute oder Lustbringende, für den Einzelnen aber was für ihn solches ist, und der Tugendhafte für den Tugendhaften aus beiden Ursachen zugleich.

Das Lieben scheint aber den Charakter eines sinnlichen Gefühls, die Freundschaft den eines Habitus zu haben. Denn ein Lieben gibt es auch gegenüber dem Unbeseelten, Gegenliebe aber erfordert Willenswahl, und Willenswahl geht von einem Habitus aus. Auch wünscht man denen, die man liebt, um ihrentwillen Gutes, nicht aus sinnlichem Gefühle, sondern aus einem Habitus heraus. Wer so den Freund liebt, liebt zugleich was ihm selbst gut ist. Denn der Gute wird, zum Freunde geworden, für den ein Gut, dessen Freund er ist. Daher liebt da jeder das, was für ihn selbst gut ist, und vergilt doch auch dem Freunde mit Gleichem durch die Gesinnung, die er für sein Wohlergehen hegt, und die Lust, die er ihm gewährt. Man bezeichnet ja auch die Gleichheit als Freundschaft. Dieses gilt aber am meisten von der Freundschaft der Tugendhaften.

Unter mürrischen Personen aber und ältlichen Leuten werden Freundschaften um so seltener geschlossen, je launenhafter sie sind, und je weniger ihnen der Umgang mit anderen Freude macht. Denn freundliches Wesen und Geselligkeit scheinen der Freundschaft vorzugsweise eigen zu sein und ihre Entstehung zu bewirken. Daher befreunden jüngere Leute sich schnell, ältere aber nicht. Denn man befreundet sich nicht mit solchen, an denen man keine Freude hat. Dasselbe gilt von den griesgrämigen Personen. Wohl aber können solche Leute einander wohlwollen: sie können sich gutes wünschen und in Notfällen Hülfe leisten. Freunde aber sind sie streng genommen nicht, weil sie nicht zusammenweilen und kein Gefallen an einander finden, was doch ganz besonders zur Freundschaft gehört.

Freund im Sinne der vollkommenen Freundschaft kann man nicht mit vielen sein, so wenig man gleichzeitig in viele verliebt sein kann. Denn solche Freundschaft hat etwas vom Übermaße an sich, und das Übermaß der Neigung ist seiner Natur nach auf einen gerichtet. Auch geschieht es nicht leicht, daß viele gleichzeitig dem nämlichen in hohem Grade gefallen, und auch das trifft sich wohl nicht leicht, daß viele tugendhaft sind. Auch muß man vom Charakter des anderen in langem Umgang Erfahrung getan haben, was sehr schwer ist. Wohl aber kann man, wo es Vorteil und Vergnügen gilt, vielen gefallen; denn der Leute, die das bieten können, hat man manche, und Dienste zu erweisen kostet wenig Zeit.

Von diesen zwei Arten der Freundschaft hat wohl die auf der Lust beruhende mehr von eigentlicher Freundschaft an sich, wenn zwei sich gleiches leisten und man an einander oder an denselben Dingen Gefallen hat, dergleichen die Freundschaften der jungen Leute sind: denn in ihnen ist mehr idealer Sinn, während die Interessenfreundschaft Krämergeist verrät. Auch bedürfen die vom Glück Gesegneten nicht solcher, die ihnen nützlich, sondern solcher, die ihnen angenehm sind. Sie müssen mit anderen zusammenleben; was einem aber widerwärtig ist, mag man eine Zeitlang ertragen, auf die Dauer hält es niemand aus, selbst nicht das sittlich Gute der Tugendübung, wenn es ihm widerwärtig oder beschwerlich ist. Daher suchen die Günstlinge des Glücks solche Freunde, die ihnen angenehm sind. Vielleicht sollten sie auch darauf sehen, daß die Gesuchten als gute Menschen, ja, als gut und förderlich auch für sie, ihnen angenehm wären. Dann hätte ihre Freundschaft alles, was sie haben soll.

Hochgestellte scheinen zweierlei Freunde zu brauchen: die einen sind ihnen nützlich, die anderen angenehm; beides aber ist nicht oft in einer Person vereint. Sie suchen nämlich weder angenehme Leute, die zugleich tugendhaft wären, noch nützliche für sittlich schöne Zwecke. Vielmehr verlangen sie auf der einen Seite, wenn sie das Angenehme im Auge haben, nur gute Gesellschafter, auf der anderen Seite nur brauchbare Werkzeuge zur Vollführung ihrer Befehle. Das aber findet sich nicht leicht in einer Person zusammen. Wir haben wohl vorhin gesagt, daß der Tugendhafte angenehm und nützlich zugleich ist. Aber der Mann der Tugend schließt mit keinem Freundschaft, der ihn überragt, wenn derselbe nicht gleichzeitig von ihm an Tugend überragt wird. Sonst wäre der Hochstehende ihm nicht insofern gleich, als er auch wieder entsprechend tiefer stände. Solche pflegen aber nicht oft vorzukommen.

Achtes Kapitel.

Die bezeichneten Freundschaften beruhen also auf *Gleichheit*. In ihnen leisten und wünschen sich beide Teile dasselbe, oder tauschen eines gegen das andere, wie z. B. Lust gegen Vorteil, ein. Daß diese Freundschaften geringeren Grades und von geringerer Dauer sind, haben wir schon gesagt. Sie scheinen wegen der Ähnlichkeit und der Unähnlichkeit mit demselben Verhältnis zugleich Freundschaften zu sein und es nicht zu sein. In Anbetracht der Ähnlichkeit mit der auf Tugend beruhenden Freundschaft erscheinen sie als Freundschaften, da die eine Lust gewährt, die andere Nutzen, was beides auch jener eigen ist; insofern die letztere aber über Verleumdung erhaben und beständig ist, sie dagegen rasch wechseln und auch noch in manchen anderen Stücken von der wahren Freundschaft abweichen, erscheinen sie wieder wegen ihrer Unähnlichkeit mit ihr nicht als Freundschaften.

Es gibt aber noch eine andere Art von Freundschaft, bei der ein Verhältnis der *Überlegenheit* besteht, so die Freundschaft des Vaters mit dem Sohne und überhaupt eines Älteren mit einem Jüngeren, die des Mannes mit der Frau und die eines jeden Vorgesetzten mit dem Untergebenen. Diese Freundschaften sind auch unter sich verschieden; die Freundschaft der Eltern mit ihren Kindern ist nicht die nämliche wie die der Vorgesetzten mit ihren Untergebenen, aber auch die des Vaters mit dem Sohne ist nicht die gleiche wie die des Sohnes mit dem Vater und die des Mannes mit der Frau nicht die gleiche wie die der Frau mit dem Manne. Jede dieser Personen hat nämlich eine andere Tugend und eigentümliche Verrichtung und jede ein anderes Motiv der Liebe, und darum ist auch die Liebe und die Freundschaft jedesmal eine andere. So leisten denn hier beide Teile einander nicht das Gleiche, und man darf das auch nicht verlangen; wenn vielmehr die Kinder den Eltern erweisen was den Erzeugern gebührt, und die Eltern ihren Söhnen was denen, die sie erzeugt haben, zukommt, dann wird die Freundschaft unter solchen beständig und von rechter Art sein. In allen diesen auf einer Überlegenheit beruhenden Freundschaften muß die Liebe eine *verhältnismäßige* sein, muß der Bessere, Nützlichere und sonst Überlegene mehr geliebt werden als lieben. Denn dann, wenn beide Teile nach Würden geliebt werden, entsteht gewissermaßen *Gleichheit*, was ja als Grundzug aller Freundschaft gilt.

Neuntes Kapitel.

Mit der Gleichheit hat es aber nicht die nämliche Bewandtnis im Recht und in der Freundschaft. Im Recht steht die Gleichheit nach der Würdigkeit zuerst, und die quantitative Gleichheit folgt auf sie. Dagegen in der Freundschaft steht die quantitative Gleichheit zuerst, und die nach der Würdigkeit folgt auf sie. Man sieht das deutlich, wenn unter verschiedenen Personen ein großer Abstand bezüglich der Tugend oder Schlechtigkeit, des Wohlstandes oder sonst einer Sache herrscht: da ist man nicht mehr Freund und beansprucht es auch nicht. Am klarsten aber sieht man es an den Göttern, die uns an allen Gütern so sehr überlegen sind. Aber auch an den Königen sieht man es; auch ihre Freundschaft sucht nicht wer tief unter ihnen steht, so wenig wie minderwertige Leute die Freundschaft der Besten und Weisesten beanspruchen.

Eine genaue Bestimmung, wie weit der Unterschied gehen darf, um noch für eine Freundschaft Raum zu lassen, ist freilich nicht möglich: sie kann sich behaupten, wenn ein Teil auch vieles verliert; ist aber der Abstand groß, wie bei Gott, so kann keine Freundschaft mehr sein. Man wirft darum auch die Frage auf, ob nicht etwa Freunde den Freunden die allergrößten Güter mißgönnen, das Glück und die Ehre z. B., unter die Götter versetzt zu werden. Sie wären dann ja ihre Freunde nicht mehr und also auch kein Gut mehr für sie, was der Freund doch ist. Die Lösung ist diese: wenn die Bestimmung, daß der Freund dem Freunde Gutes um des Freundes willen wünscht, richtig getroffen ist, so liegt ihr die Voraussetzung zugrunde, daß der Geliebte auf alle Fälle bleibt der er ist, und so wünscht man ihm als Menschen die größten Güter; aber nicht alle vielleicht, da jedermann vor allem sich selbst gutes wünscht.

In der Regel, scheints, will man aus Ehrgeiz mehr geliebt sein als lieben und ist daher der Schmeichelei zugänglich. Denn der Schmeichler ist ein Freund, der einem untergeordnet ist oder sich so stellt, als ob er es wäre, und als ob er uns mehr liebte als wir ihn. Das Geliebtwerden scheint aber dem Geehrtwerden verwandt zu sein, und das letztere ist es ja, wonach die meisten trachten. Doch scheint man die Ehre nicht an sich, sondern mitfolgend zu begehren. In der Regel freut man sich an der Ehre, die man von Hochgestellten empfängt, aus Hoffnung, da man meint, man werde, wenn man etwas bedarf, es von ihnen erlangen, und so erfreut einen die Ehre als eine Gewähr späterer Wohltat. Diejenigen hinwieder, die nach der Ehre von Seiten tugendhafter und urteilsfähiger Personen verlangen, haben dabei den Wunsch, in ihrer eigenen Meinung von sich bestärkt zu werden, und so freut es sie, daß sie tugendhaft sind, indem sie dem Urteile derer, die es sagen, vertrauen. Dagegen an der Liebe, die man erfährt, erfreut man sich um ihrer selbst willen, und so sieht man denn, daß sie besser ist als die Ehre, die man empfängt, und daß die Freundschaft an sich begehrenswert ist.

Sie liegt aber mehr im Lieben als im Geliebtwerden. Das zeigen die Mütter, deren Freude es ist, zu lieben. Manche Mütter lassen ihre Kinder von anderen ernähren und schenken ihnen bewußte Liebe, verlangen aber keine Gegenliebe, wenn beides zusammen nicht sein kann, sondern halten sich schon für glücklich, wenn sie nur sehen, daß es ihren Kindern gut geht, und sie haben sie lieb, auch wenn diese aus Unwissenheit ihnen nichts von dem erweisen, was der Mutter gebührt.

Zehntes Kapitel.

Da aber die Freundschaft mehr im Lieben liegt und diejenigen Lob ernten, die ihre Freunde lieben, so erscheint als die Tugend der Freunde das Lieben, daher die, bei denen das nach Würdigkeit und Verhältnis geschieht, beständige Freunde sind und ihre Freundschaft ebenfalls. So kann es noch am ehesten geschehen, daß Ungleiche Freunde sind, weil so unter ihnen Gleichheit hergestellt wird. Gleichheit und Übereinstimmung ist aber Freundschaft, besonders die Übereinstimmung in der Tugend. Da nämlich die Tugendhaften an sich beständig sind, bleiben sie es auch gegen einander und bedürfen so wenig des Schlechten, als sie dazu helfen, ja, sie würden, wenn überhaupt unter Guten davon die Rede sein könnte, es verhindern. Ist es doch den Tugendhaften eigen, weder selbst zu fehlen, noch es ihren Freunden zu gestatten. Die Lasterhaften haben keine Beständigkeit, da sie nicht einmal sich selbst gleich bleiben, doch werden sie auf kurze Zeit Freunde unter sich, da der eine an der Schlechtigkeit des anderen Gefallen findet. Länger dauert die Freundschaft derer, die einander nützlich oder angenehm sind, so lange nämlich, als sie sich gegenseitig Vergnügen oder Vorteile gewähren.

Unter Personen von entgegengesetzten Verhältnissen und Eigenschaften scheint besonders die auf dem Nutzen beruhende Freundschaft vorzukommen, wie die Freundschaft zwischen dem Reichen und dem Armen, dem Unwissenden und dem Unterrichteten. Denn jeder begehrt nach dem, was ihm mangelt, und gibt dafür anderes als Gegengabe. Man kann dahin auch den Liebhaber und den Liebling, den Schönen und den Häßlichen zählen. Daher machen sich auch die Liebhaber mitunter lächerlich, wenn sie so geliebt sein wollen, wie sie lieben. Das kann man ja vielleicht verlangen, wenn man gleich liebenswert ist; hat man aber nichts derartiges an sich, so ist es lächerlich. Vielleicht strebt aber auch Entgegengesetztes nicht an sich nach Entgegengesetztem, sondern mitfolgend, und geht das Verlangen eigentlich nach dem Mittleren; denn dieses ist gut. So ist es dem Trockenen nicht gut, wenn es naß wird, sondern wenn es den Zustand der Mitte gewinnt, ähnlich dem Warmen und so weiter. Doch wollen wir uns hierauf nicht weiter einlassen, da es weniger in den gegenwärtigen Zusammenhang gehört.

Elftes Kapitel.

Man darf aber, wie wir schon eingangs bemerkt haben, wohl annehmen, daß die Freundschaft es mit denselben Dingen und Personen zu tun hat wie *das Recht*. Denn in jeder Gemeinschaft scheint es, wie ein Recht, so auch eine Freundschaft zu geben. Reden sich doch die Gefährten einer Seereise, die Kriegsgenossen und gleicherweise wer in sonst einer Gemeinschaft steht, als Freunde an. So weit man in Gemeinschaft steht, so weit gibt es eine Freundschaft, weil auch ein Recht. Darum ist das Sprüchwort ein wahres Wort: „Freundesgut, gemeinsam Gut“; denn die Freundschaft besteht in Gemeinschaft.

Unter Brüdern und solchen, die sich wie Brüder sind, ist alles, unter anderen sind nur bestimmte Dinge gemeinsam, teils ihrer mehr teils weniger, wie ja auch die Freundschaften teils enger teils weiter sind. So ist auch das Recht nicht überall das Gleiche. Das Recht der Eltern gegenüber den Kindern ist ein anderes als das Recht unter Brüdern, das Recht unter engverbundenen Gefährten ein anderes als das unter Mitbürgern, und ähnlich hat jede andere Freundschaft ihr besonderes Recht. Folgerichtig ist auch das Unrecht gegen jede dieser Klassen von Personen ein anderes und wird um so größer, je näher einem die Freunde sind, gegen die es sich richtet; so ist es ein größerer Frevel, einen Busensfreund seines Geldes zu berauben als einen Mitbürger, einem Bruder nicht zu helfen als einem Fremden, seinen Vater zu schlagen als einen beliebigen anderen Menschen. Daß das Recht in dieser Weise zugleich mit der Freundschaft wächst, liegt in der Natur der Sache, da beide es mit denselben Personen zu tun haben und sich sachlich gleich weit erstrecken.

Alle Gemeinschaften haben aber Ähnlichkeit mit Teilen der staatlichen Gemeinschaft. Denn man vereinigt sich in ihnen um eines bestimmten Nutzens willen, und um sich etwas zu verschaffen, was man zum Leben bedarf. Der Nutzen scheint es aber auch zu sein, der die staatliche Gemeinschaft ursprünglich ins Leben gerufen hat und sie seitdem erhält. Denn der Nutzen ist das Ziel der Gesetzgeber, und als Recht bezeichnet man was dem gemeinen Wesen frommt. Die anderen Gemeinschaften nun verfolgen je einen besonderen oder partikulären Vorteil, so die Schiffahrtsgenossen den aus der Seefahrt erwachsenden Gewinn, Gelderwerb und dergleichen, die Kriegsgenossen jenen Gewinn, den der Krieg abwirft; sei es nun Beute oder Sieg oder die Eroberung einer Stadt, worauf sie ausgehen; das Gleiche ist der Fall bei den Angehörigen einer Phyle oder eines Demos.

Einige Gemeinschaften scheinen des Vergnügens halber zu bestehen; so die Kult- und Gastmahlsverbände, die der Opfer und der Geselligkeit wegen da sind. Von allen diesen Verbindungen kann man aber sagen, daß sie unter der staatlichen Gemeinschaft stehen. Denn diese zielt nicht auf den Nutzen des Augenblicks ab, sondern umfaßt das gesamte Leben (die Zwecke der anderen Verbände aber ordnen sich insgesamt dem Staatszwecke unter, und das gilt auch von Geselligkeitsvereinen nach Art der eben genannten). Man bringt da Opfer dar, findet sich im Anschluß daran freundschaftlich zusammen und weiß so gleichzeitig die Götter zu ehren und sich selbst eine angenehme Erholung zu verschaffen. Man scheint nämlich die alten Opfer und Festversammlungen als eine Art Erstlingsfeier auf die Zeit nach dem Einbringen der Früchte verlegt zu haben, weil man da am meisten Muße hatte.

So sieht man denn, *daß alle Gemeinschaften Teile der staatlichen Gemeinschaft sind.* Nach ihnen aber müssen sich je und je die entsprechenden *Freundschaften* richten.

Zwölftes Kapitel.

Der Staat aber hat drei Arten oder Formen, und es gibt ebensoviele Ausartungen, gleichsam Verderbnisse dieser Formen. Die Staatsformen sind das Königtum, die Aristokratie und drittens die auf dem Zensus beruhende Verfassung, die man eigentlich als Timokratie bezeichnen sollte, die aber meistens Verfassung schlechthin oder Freistaat genannt wird.

Von diesen ist die beste das Königtum, die schlechteste die Timokratie. Die Ausartung des Königtums ist die Tyrannis, die Gewaltherrschaft. Beide sind Alleinherrschaften, aber sehr stark von einander verschieden. Der Tyrann ist auf seinen eigenen Vorteil bedacht, der König auf das Wohl seiner Untertanen. Denn König kann nur sein wer sich selbst genügt und durch den Besitz aller Güter die anderen überragt. So ausgestattet bedarf er niemandes und sucht, nicht was ihm, sondern was den Untertanen frommt. Wäre er nicht so ausgestattet, so wäre er nur ein durch das Loos gewählter König. Die Tyrannis ist das Gegenteil vom Königtum. Denn der Tyrann verfolgt seinen eigenen Vorteil. Auch ist es bei ihr so recht augenscheinlich, daß sie die schlechteste Staatsform ist; das aber ist das Schlechteste, was das Gegenteil vom Besten ist.

Das Königtum geht in Tyrannis über, insofern diese eine Entartung der Monarchie, der Alleinherrschaft, ist und ein nichtswürdiger König zum Tyrannen wird. Die Aristokratie aber geht in Oligarchie über durch die Schlechtigkeit der Machthaber, die die Güter des Staats wider Verdienst verteilen, alles oder das meiste davon für sich behalten, die Ämter immer in die gleichen Hände legen und den Reichtum als das höchste Glück ansehen. Da regieren also Wenige und Schlechte an stelle der Tugendhaftesten und Tüchtigsten. Die Timokratie endlich geht in die Demokratie über; denn diese beiden grenzen aneinander. Auch die Timokratie nämlich überträgt die Herrschaft an die Menge und alle, die die Bedingung des Zensus erfüllen, hält sie als gleich. Die Demokratie ist am wenigsten schlecht, weil sie sich nur wenig von der richtigen Staatsform der Timokratie entfernt. Das ist also meistens die Weise, in der die Staatsformen wechseln, weil so der Übergang von der einen Form in die andere mit den geringsten Änderungen verknüpft ist und am leichtesten zustande kommt.

Zu diesen Staatsformen lassen sich nun im Familienleben Gegenstücke und gleichsam Beispiele nachweisen. Das Gemeinschaftsverhältnis des Vaters zu seinen Söhnen hat die Form des Königtums, da dem Vater seine Kinder am Herzen liegen, daher auch Homer den Zeus Vater nennt. Das Königtum will ja eine väterliche Herrschaft sein. Bei den Persern dagegen ist die Herrschaft des Vaters tyrannisch, da bei ihnen der Vater seine Söhne als Sklaven behandelt. Ebenfalls tyrannisch ist das Verhältnis des Herrn zu seinen Sklaven, indem bei diesem der Vorteil des Herrn maßgebend ist. Hier freilich erscheint die Gewaltherrschaft richtig, die persische aber ist verkehrt. Denn die Herrschaft muß je nach den Personen, die ihr unterstehen, verschieden sein. Das Verhältnis von Mann und Frau erscheint als aristokratisch. Denn der Mann herrscht gebührender Weise, und zwar auf dem dem Manne zustehenden Gebiete, und überläßt dagegen der Frau was sich für diese schickt. Will der Mann aber in allem gebieten, so verkehrt er das naturgemäße Verhältnis in Oligarchie, weil er das wider Gebühr tut, nicht insofern er der Bessere ist. Zuweilen aber, wenn die Frauen Erbtöchter sind, herrschen sie. Da entscheidet denn nicht die Tugend über die Gewalt, sondern Reichtum und Macht, wie in den Oligarchien. Der timokratischen Verfassung gleicht das Verhältnis unter Brüdern: sie sind einander gleichberechtigt, außer insoweit sie im Alter verschieden sind; ist daher der Abstand im Alter groß, so ist die Freundschaft zwischen ihnen keine brüderliche mehr. Die Demokratie findet sich vorzüglich in den Häusern, wo der Herr fehlt – denn da sind alle gleich –, und wo das Oberhaupt schwach ist und jeder tut, was ihm gefällt.

Dreizehntes Kapitel.

Gemäß einer jeden Staatsverfassung gibt es nun eine entsprechende Freundschaft, weil auch ein Recht; beim Könige gegenüber seinen Untertanen jene, die auf überwiegendem Wohltun beruht. Der König ist der Wohltäter seiner Untertanen, wenn anders er in edler Gesinnung für sie sorgt, daß es ihnen wohl ergehe, wie ein Hirt für seine Schafe. Darum hat auch Homer den Agamemnon einen Hirten der Völker genannt. Dieser Art ist auch die väterliche Freundschaft, nur daß sie sich von der königlichen durch die Größe der Wohltaten unterscheidet. Denn dem Vater danken die Kinder das Dasein, das als das größte gilt, die Ernährung und Erziehung. Das gleiche Verdienst schreibt man den Vorfahren zu, und es ist die Natur selbst, die dem Vater die Herrschaft über die Kinder, den Vorfahren die über die Nachkommen und dem Könige die über die Untertanen zuweist. Diese Freundschaften beruhen auf Überlegenheit, daher *werden auch die Eltern geehrt*. Und deshalb ist auch das Recht unter solchen Freunden nicht dasselbe, sondern es bestimmt sich nach Verhältnis und Würdigkeit, weil gleiches von der Freundschaft gilt. Die Freundschaft ferner des Mannes mit der Frau ist dieselbe wie die in der Aristokratie. Sie richtet sich nach den Vorzügen jedes Teils und gesteht dem Besseren das größere Gut zu, und doch jedem das Gebührende; und gleiches gilt von dem Rechte. Die Freundschaft zwischen Brüdern aber gleicht der zwischen Hetären, d. h. gemeinsam erzogenen Genossen. Denn sie sind einander gleich an Stellung und Alter, und die so sind, stimmen auch meistens in Gemütsanlage und Charakter überein. Mit ihr kann daher die Freundschaft verglichen werden, der man in der Timokratie begegnet. Denn die Bürger eines Verfassungsstaates beanspruchen gleiches Recht und gleichen Wert; somit ist die Herrschaft gleichmäßig unter sie verteilt, und danach gestaltet sich denn auch ihre Freundschaft.

In den Auswüchsen oder Ausartungen dieser Staatsformen aber findet sich wie nur wenig Recht und Gerechtigkeit, so auch nur wenig Freundschaft, am wenigsten in der ärgsten, der Tyrannis; in ihr trifft man wenig oder gar keine Freundschaft an; denn wo Herrscher und Beherrschter nichts gemeinsam haben, da ist, weil kein Recht, auch keine Freundschaft, sondern nur ein Verhältnis wie das des Werkmeisters zu seinem Werkzeuge, der Seele zum Leibe und des Herrn zum Sklaven. Denn all dies ist zwar Gegenstand der Fürsorge für den, der es zu seinem Dienste verwendet, aber ein Freundschaftsverhältnis gibt es zum Leblosen so wenig wie ein Rechtsverhältnis. Aber auch nicht zu einem Pferd oder Ochs, oder zu einem Sklaven, insofern als er Sklave ist. Denn hier fehlt jedes Gemeinsame: der Sklave ist ein beseeltes Werkzeug, wie das Werkzeug ein unbeseelter Sklave. Sofern er also Sklave ist, ist keine Freundschaft mit ihm möglich, wohl aber sofern er Mensch ist. Denn jeder Mensch, kann man sagen, steht im Rechtsverhältnis zu jedem Menschen, der Gesetz und Vertrag mit ihm gemeinsam haben kann, und damit ist auch die Möglichkeit eines Freundschaftsbandes gegeben, insofern der Sklave ein Mensch ist. Auch in der Tyrannis ist also Freundschaft und Recht nur wenig zu finden, in der Demokratie aber noch am meisten. Denn wo man sich gleich steht, hat man vieles gemeinsam.

Vierzehntes Kapitel.

Jede Freundschaft beruht also, wie gesagt, auf Gemeinschaft. Dabei lassen sich die *verwandtschaftliche* Freundschaft und die *hetärische*, d. h. die Freundschaft unter solchen, die mit einander aufgewachsen sind, als besondere Arten abscheiden. Dagegen trägt die Freundschaft unter Mitbürgern, Stammesgenossen, Reisegefährten u. s. w. mehr das Gepräge *äußerer Vereinigung*, da sie gleichsam auf Vertrag zu beruhen scheint. Dahin kann man auch das Verhältnis unter Gastfreunden rechnen.

Auch die *verwandtschaftliche* Freundschaft hat offenbar wieder viele Arten, doch hängt sie ihrem ganzen Umfange nach von der *väterlichen* Freundschaft ab. Die Eltern lieben nämlich ihre Kinder wie ein Stück von sich selbst und die Kinder hinwieder ihre Eltern als die, denen sie ihr Dasein verdanken. Die Eltern wissen aber besser, wer als Kind von ihnen abstammt, als die Kinder, daß sie von ihnen abstammen. Und der Erzeuger steht dem Erzeugten näher, als das Werk seinem Urheber und das Gezeugte seinem Erzeuger steht. Denn was von einem herkommt, gehört dem zu eigen, von dem es ist, wie jedem Menschen seine Zähne, seine Haare oder sonst was zu eigen gehören, dem Erzeugten aber gehört der Erzeuger nicht zu eigen, oder doch weniger. Aber auch die Länge der Zeit begründet einen Unterschied, indem die Eltern ihre Kinder gleich von ihrer Geburt an lieben, diese aber jene erst im Verlauf der Zeit, wenn sie Verstand bekommen oder doch schon so weit beobachten, daß sie ihre Eltern von anderen Leuten unterscheiden. Daraus sieht man auch, warum die Mütter ihre Kinder mehr lieben als die Väter.

Die Eltern lieben nun ihre Kinder gleichsam als sich selbst – denn die von ihnen abstammen, sind durch die Trennung so zu sagen ihr anderes Selbst –, und die Kinder ihre Eltern, als von ihnen geboren; die Geschwister lieben sich unter einander, weil sie von denselben Eltern geboren sind. Denn da sie mit ihnen ein und dasselbe sind, sind sie es auch unter sich, daher man sagt: dasselbe Blut, derselbe Stamm und dergleichen. So sind sie denn, wenn auch in getrennten Personen, gewissermaßen dasselbe Wesen. Zu ihrer Freundschaft hilft auch viel, daß sie zusammen aufwachsen und gleichaltrig sind; denn „gleich und gleich" heißt es, und gleiche Sitten machen treue Gefährten, daher auch die brüderliche Freundschaft der unter Jugendgenossen ähnlich ist.

Vettern und sonstige Verwandte sind von den Brüdern her mit einander verbunden. Denn sie sind darum verwandt, weil sie letzthin denselben Ursprung haben. Die einen stehen sich näher, die anderen ferner, je nachdem der gemeinsame Stammvater ihnen näher oder ferner steht.

Das Verhältnis der Kinder zu ihren Eltern ist, wie das der Menschen zu den Göttern, eine Freundschaft mit dem Guten und Überlegenen. Denn die Eltern haben ihren Kindern die größten Wohltaten erwiesen: sie haben ihnen das Dasein geschenkt und sie ernährt und später für ihre Erziehung Sorge getragen. Auch die Lust und der Nutzen ist in dieser Freundschaft um so größer als in der unter Fremden oder Nichtverwandten, je enger die Lebensgemeinschaft ist, die hier beide Teile mit einander unterhalten.

In der brüderlichen Freundschaft finden sich alle Eigenschaften der hetärischen, besonders wenn die Brüder gleichmäßig brav und sich auch sonst ähnlich sind. Denn Brüder stehen sich besonders nahe und lieben sich von Geburt an; als Kinder derselben Eltern, mit einander aufgewachsen und nach denselben Grundsätzen erzogen, sind sie gleicher Denkungsart und Charakterrichtung, und die Erprobung in der Länge der Zeit ist bei ihnen die stärkste und zuverlässigste.

Analog liegt das Freundschaftsverhältnis unter den sonstigen Verwandten.

Zwischen *Mann* und *Frau* scheint von Natur aus ein Verhältnis der Freundschaft oder der Liebe zu bestehen. Denn der Mensch ist von Natur noch mehr zur ehelichen als zur bürgerlichen Gemeinschaft bestimmt, da die Familie früher und notwendiger ist als der Staat und die Fortpflanzung allen Sinnenwesen gemeinsam ist. Bei den übrigen Lebewesen nun beschränkt sich die Gemeinschaft und der Verkehr auf eben dieses letztere, die Menschen aber werden nicht blos durch die Fortpflanzung, sondern auch durch die Bedürfnisse des Lebens zusammengeführt. Die Aufgaben und Verrichtungen der beiden Geschlechter sind von vornherein geteilt und bei dem Manne andere als bei der Frau. Und so sind sie sich gegenseitig genug, indem jedes seine besonderen Gaben in den Dienst der Gemeinschaft stellt. Darum ist in dem ehelichen Verhältnis auch das Nützliche und das Angenehme gleichermaßen anzutreffen. Diese Annehmlichkeit kann aber auch in der Tugend ihren Grund haben, wenn die Gatten brav sind, da jeder Eheteil seine eigentümliche Tugend besitzt, und das kann für sie eine Quelle der Lust sein. Ein weiteres Band zwischen den Ehegatten scheinen die Kinder zu bilden, daher kinderlose Ehen sich leicht lösen. Denn die Kinder sind ein beiden gemeinsames Gut, und das Gemeinsame hält zusammen. Die

Frage aber, wie der Mann mit der Frau und überhaupt der Freund mit dem Freunde zusammenleben muß, scheint nichts anderes zu bedeuten als die Frage nach der Beschaffenheit des hier obwaltenden Rechtsverhältnisses. Denn das Recht ist offenbar nicht dasselbe unter Freunden und unter Fremden oder Jugendgefährten oder Mitschülern.

Fünfzehntes Kapitel.

Da es, wie im Eingang gesagt worden, drei Arten der Freundschaft gibt, und in jeder die Freunde einander entweder gleich oder überlegen sind – denn es können ebensowohl gleich Gute mit einander Freund werden als der Bessere mit dem Schlechteren, und ebenso gleich und ungleich Angenehme, und bei den auf den Nutzen berechneten Freundschaften solche, die einander gleichen, und solche, die einander ungleichen Nutzen gewähren –, so müssen die Gleichen *nach Gleichheit* im Lieben und in allem es einander gleich tun, die Ungleichen aber *nach Verhältnis* das Übermaß auf der anderen Seite wettmachen.

Daß aber Klagen und Vorwürfe entweder ausschließlich oder doch vorwiegend in der Interessenfreundschaft vorkommen, ist leicht verständlich. Diejenigen, die ihre Tugend zu Freunden gemacht hat, sind von dem Eifer beseelt, einander nur gutes zu erweisen; denn das ist der Tugend und der Liebe eigen. Bei einem solchen Wetteifer aber sind Klagen und Zwiste gar nicht möglich. Niemand ist dem gram, der ihn liebt und ihm gutes tut, sondern wenn er vornehm gesinnt ist, vergilt er ihm mit gleicher Wohltat. Der aber mehr leistet, als er empfängt, wird doch dem Freunde keinen Vorwurf machen, wenn er selbst erlangt, was er begehrt; denn beide Teile streben nach dem Guten. Auch wo man um der Lust willen Freundschaft hält, werden nicht manche Klagen vorkommen. Denn beide Freunde erreichen zugleich was sie begehren, wenn ihnen der gegenseitige Verkehr Freude macht. Es wäre doch auch lächerlich, wenn jemand einem anderen einen Vorwurf darüber machen wollte, daß ihm sein Umgang keine Unterhaltung gewähre, da es ihm ja freisteht, den Verkehr mit ihm aufzugeben. Dagegen kommt es in der

Interessenfreundschaft naturgemäß oft zu Klagen und Vorwürfen. Denn da hier der Vorteil die Leute zusammenführt, so begehren sie immer mehr und meinen weniger zu bekommen, als ihnen gebührt, und schimpfen, daß ihnen nicht soviel zugestanden werde, als sie gerechter Weise forderten; und der Wohltuende vermag nicht soweit Genüge zu leisten, als die Forderungen des Empfängers der Wohltat gehen.

Man darf aber annehmen, daß, wie es ein doppeltes Recht gibt, ein ungeschriebenes und ein gesetzliches, so auch die Interessenfreundschaft teils ethischer teils legaler Natur ist. Die Klagen kommen nun meistens daher, daß Leistung und Gegenleistung nicht beiderseits im Sinne derselben Freundschaft erfolgt. Die legale Freundschaft ist die auf ausdrückliche Bedingungen eingegangene, teils die ganz gemeine, wo Leistung und Gegenleistung Zug um Zug erfolgt, teils die von vornehmerer Form, wo die Gegenleistung später erfolgen soll, doch so, daß Leistung und Gegenleistung kontraktlich bestimmt werden. Hier ist die Verpflichtung deutlich und dem Streit entzogen, und die Freundschaft kommt nur so weit in betracht, daß sie einen Aufschub der Leistung gestattet. Daher gibt es mancherorts in solchen Dingen kein Rechtsverfahren, indem man meint, daß diejenigen, die auf Treu und Glauben Verbindungen eingehen, sich vertragen müssen. Die ethische Freundschaft dagegen wird nicht auf ausdrückliche Bedingungen gestellt, vielmehr gibt sich in ihr jede Leistung, sei es eine Schenkung oder sonst was, als eine Bekundung der Freundschaft; man rechnet aber darauf, gleich viel oder noch mehr zu empfangen, weil man tatsächlich nicht geschenkt, sondern nur geliehen hat, und erfolgt nun die Gegenleistung nicht in eben der Weise wie die Leistung, so kommt es zu Klagen, und zwar deshalb, weil alle oder doch die meisten Menschen zwar das sittlich Schöne wollen, aber das Nützliche vorziehen. Sittlich schön aber ist es, gutes zu tun, nicht um gutes dafür zu empfangen, nützlich aber, sich gutes antun zu lassen.

Wer also kann, muß nach dem Werte des Empfangenen vergelten, und zwar freiwillig, weil man niemanden zumuten darf, einem wider Willen Freund und Wohltäter zu sein. Man tue also lieber, als habe man sich von vornherein in dem anderen geirrt und Wohltat angenommen, wo es nicht am Platze war, nämlich nicht von einem Freunde und nicht von einem, der in Freundesgesinnung handelte, und daher gleiche man seine Verbindlichkeit ganz so aus, als hätte man die Wohltat nur unter der ausdrücklichen Bedingung solcher Ausgleichung angenommen. Ja, man wird gut tun, gerade heraus zu sagen, man wolle Vergeltung leisten, wenn man könne; wenn man es aber nicht kann, so wird selbst der andere Teil es nicht verlangen. Das Ergebnis ist also: wenn man dazu im stande ist, so muß man die empfangene Leistung erwidern. Von Anfang an aber möge man wohl zusehen, von wem und unter welchen Bedingungen man eine Wohltat empfängt, damit man sie hiernach entweder annehme oder ablehne.

Hier entsteht der Zweifel, ob man die Gegenleistung nach dem Nutzen, den die Leistung für den Empfänger hatte, bemessen und einrichten soll, oder nach dem Werte, den die Leistung für den Geber hatte. Denn die Empfänger verkleinern die Sache und wollen nur solches erhalten haben, was für die Geber ein kleines war, und was man auch von anderen hätte haben können. Die Geber aber wollen umgekehrt das höchste ihnen mögliche geleistet haben, was kein anderer gekonnt hätte, und das in Gefahren und gefährlichen Bedrängnissen. Sollte nun, da es sich um eine Interessenfreundschaft handelt, nicht der Nutzen, den die Leistung für den Empfänger hatte, der richtige Maßstab sein? Er ist ja der Bedürftige und der andere hilft seinem Bedürfnisse in der Meinung ab, daß er gleiches dafür empfangen werde. Die Hülfe ist also so groß geworden als der Nutzen des Empfängers, und so hat er dem Geber soviel zu vergelten, als er Hülfe erfahren, oder auch mehr, da dies sittlich schöner ist.

Bei Freundschaften, die auf der Tugend beruhen, gibt es keine Klagen und gilt als Maßstab die Absicht des Gebers. Denn bei der Tugend und Sittlichkeit liegt das Entscheidende in der Absicht.

Sechszehntes Kapitel.

Zu Differenzen kommt es auch in den auf Überlegenheit beruhenden Freundschaften. Jeder verlangt da, mehr zu bekommen, und wenn das geschieht, löst sich die Freundschaft auf. Der Bessere meint, ihm gebühre es, mehr zu erhalten, da dem Guten und Tüchtigen mehr zugeteilt werde; dasselbe meint der, der mehr Nutzen gewährt. Wer nichts leiste, so heißt es, dürfe auch nicht das gleiche haben; es sei ein Ehrendienst, wie man ihn wohl dem Staate leistet, aber kein Freundesverhältnis, wenn die Beweise der Freundschaft sich nicht nach dem Werte der Leistungen richteten. Nämlich man stellt sich vor, es müsse in der Freundschaft zugehen wie bei einem gemeinschaftlichen Handel, wo auf den größeren Einsatz auch der größere Gewinn trifft. Der Bedürftige dagegen und der minder Gute und Tüchtige nimmt die Sache umgekehrt: er denkt, ein guter Freund sei verpflichtet, dem bedürftigen Freunde zu helfen. Denn, so sagt man, was nützt es, einem trefflichen oder einflußreichen Mann befreundet zu sein, wenn man keinen Vorteil davon haben soll?

Hier kann man nun den Anspruch beider Teile für begründet ansehen und sagen, daß jeder auf Grund des Freundschaftsverhältnisses dem anderen mehr leisten muß; aber der Gegenstand dieses Mehr kann nicht derselbe sein, vielmehr gebührt dem überlegenen Teil mehr Ehre, dem bedürftigen mehr Gewinn. Denn der Lohn der Tugend und Wohltat ist die Ehre; was aber der Bedürftigkeit Hülfe bringt, ist der Gewinn. Daß dem so ist, zeigt sich auch im staatlichen Leben: wer der Gemeinschaft nichts gutes leistet, genießt auch keine Ehre. Denn was das Gemeinwesen gewähren kann, wird dem zuteil, der um das Gemeinwesen sich verdient macht, das aber ist die Ehre. Es geht nämlich nicht an, daß einer vom Gemeinwesen Geldvorteil und Ehre zugleich erhält, und ebenso erträgt es niemand, in allen Stücken zu kurz zu kommen. Wer darum bei dem Gelde zu kurz gekommen ist, wird durch Ehre entschädigt, und wer gern Geschenke nimmt, erhält Geld. Denn das Verhältnismäßige stellt den Ausgleich her und erhält die Freundschaft, wie wir gesagt haben. In dieser Weise müssen also auch die Beziehungen unter ungleichen Freunden geregelt werden, und wer aus der Freundschaft materielle Vorteile zieht oder durch sie in der Tugend und Tüchtigkeit gefördert wird, der muß es dem anderen mit Ehre vergelten, so viel als er kann. Denn die Freundschaft verlangt nur das Mögliche, nicht das Gebührende. Letzteres ist auch gar nicht in allen Verhältnissen möglich, wie z. B. bei der Ehre, die den Göttern zu erweisen ist und den Eltern; da kann niemand nach Würden vergelten, und wer ihnen gegenüber nur nach Kräften seine Schuldigkeit tut, gilt für rechtschaffen.

Darum muß es auch als unstatthaft gelten, daß ein Sohn sich von seinem Vater lossagt, wohl aber darf ein Vater sich von seinem Sohne lossagen. Denn wer schuldet, muß bezahlen, der Sohn aber kann mit allem, was er tut, die empfangenen Wohltaten nicht nach Würden vergelten, und so bleibt er immer in der Schuld. Dem Schuldherrn dagegen steht es frei, den Schuldner aus der Pflicht zu entlassen, mithin auch dem Vater. Gleichzeitig kommt hier in betracht, daß vielleicht kein Vater sich von seinem Sohne trennt, wenn derselbe nicht ein ausgesucht lasterhafter Mensch ist. Denn abgesehen von der natürlichen Liebe und Freundschaft, ist es den Menschen angetan, eine Hilfe nicht von sich zu stoßen. Wenn der Sohn dagegen nichtswürdig ist, so erscheint ihm die seinem Vater zu leistende Hilfe als etwas, dem man sich entziehen oder wofür man sich doch nicht besonders erwärmen muß. Denn Gutes empfangen wollen alle, aber gutes zu tun hütet man sich, weil es nichts einbringt.

So viel über diese Dinge.

Neuntes Buch.
Erstes Kapitel.

In allen ungleichartigen Freundschaften stellt wie gesagt das Verhältnißmäßige den Ausgleich her und erhält die Freundschaft; so empfängt auch im bürgerlichen Verkehr der Schuster für die Schuhe eine entsprechende Gegenleistung, desgleichen der Weber und die sonstigen Handwerker. Hier ist nun freilich ein gemeinsames Maß an dem Gelde gegeben, und so wird alles auf dieses zurückgeführt und danach bemessen. Dagegen in Liebesverhältnissen beklagt sich mancher Liebhaber, der vielleicht gar nichts Liebenswürdiges an sich hat, daß er trotz seiner übergroßen Liebe keine Gegenliebe finde, und mancher Liebling beklagt sich, daß der andere ihm zuerst alles versprochen habe und nun nichts halte. Dies kommt da vor, wo der eine der Lust, der andere des Nutzens wegen Freundschaft hält, und beide finden, daß sie ihre Absicht nicht erreichen. Denn wenn die Freundschaft darauf beruht, so muß es zur Trennung kommen, sobald ihnen das nicht zuteil wird, weswegen sie sich liebten. Ihre Neigung galt ja nicht ihnen selbst, sondern dem, was sie besaßen, und was nicht von Dauer war, daher auch ihre Freundschaft die gleiche Beschaffenheit haben mußte. Dagegen die Freundschaft, die auf dem Charakter beruht, die an sich Freundschaft ist, hat wie gesagt, festen Bestand.

Indessen kommt es auch zu Zerwürfnissen, wenn einem der Freunde statt dessen, was er begehrt, etwas anderes zuteil wird. Denn erlangt er nicht was er wünscht, so ist es, wie wenn er gar nichts erhielte. So ging es jenem Citherspieler, dem jemand versprochen hatte, je besser er spiele, desto höher werde seine Belohnung sein: als er am anderen Tage um Erfüllung des Versprechens anhielt, antwortete ihm jener, er habe Lust für Lust bezahlt. Wenn hier jeder von beiden dies gewollt hätte, so wäre die Sache in Ordnung gewesen; war es aber dem einen um Unterhaltung, dem anderen um Gewinn zu tun und hat jener seinen Zweck erreicht, dieser ihn verfehlt, so sieht es mit der Beobachtung der getroffenen Übereinkunft übel aus. Denn man hat doch seine Absicht auf das gerichtet, was man gerade nötig hat, und das wird denn auch das Motiv zu jener Leistung gewesen sein, deren wir Meldung getan.

Wer von beiden hat aber den Lohn festzusetzen, derjenige, der zuerst gibt, oder derjenige, der zuerst empfängt? Wer zuerst gibt, scheint damit gewiß die Vergütung dem anderen anheimzustellen. So soll es auch *Protagoras* gemacht haben: wenn er irgend etwas gelehrt hatte, ließ er den Schüler sein erlangtes Wissen abschätzen und nahm nach dessen Schätzung seinen Lohn. In solchen Fällen aber sagt vielen mehr das Wort zu: „dem Manne sein Lohn“. Die aber im voraus sich bezahlen lassen und hernach, weil sie zu viel versprochen haben, ihr Wort nicht halten können, verfallen gerechtem Tadel, weil sie nicht dasjenige leisten, wofür sie sich anheischig gemacht. So sind vielleicht die Sophisten zu handeln gezwungen, weil ihnen niemand für das, was sie wissen, Geld geben würde. Diejenigen also, die das nicht leisten, wofür sie bezahlt worden sind, unterliegen billig dem Tadel.

Wo aber keine Verständigung über die Dienstleistung stattfindet, da kommt es, wie schon bemerkt worden ist, in dem Falle, daß der eine Teil dem anderen in ganz uneigennütziger Absicht dient, zu keinerlei Klagen. Eine solche Freundschaft ist nämlich die auf Tugend beruhende. Hier muß die Gegenleistung nach der Absicht des anderen Teils bemessen werden; denn so geziemt es sich für einen Freund und für die Tugend. Dasselbe gilt für das Verhältnis zwischen einem Lehrer der Philosophie und seinen Schülern. Der gebührende Dank läßt sich da nicht in Geld abschätzen, und einen würdigen Lohn gibt es da nicht, sondern es wird, wie bei den Göttern und Eltern genügen, wenn der Einzelne tut was er kann. Ist aber der Dienst nicht von dieser Art, sondern auf Gegendienst berechnet, so ist es wohl das beste, wenn die Gegenleistung in einer Weise erfolgt, die beide Teile für angemessen halten. Sollte dies aber nicht gehen, so muß es nicht blos als notwendig, sondern auch als gerecht erscheinen, daß der Empfänger des Dienstes seinen Wert festsetzt. Denn wenn er dem anderen soviel leistet, als er Nutzen von ihm gezogen, oder als er für den Genuß gegeben hätte, der ihm durch ihn zu teil geworden, so hat er ihm den gebührenden Ersatz geleistet. So geht es ja offenbar auch bei Kauf und Verkauf zu. Mancherorts bestehen aber auch Gesetze, daß kein Rechtshandel über ein freies Verhältnis geführt werden darf. Hierbei ist die Erwägung maßgebend, daß man mit einem Mann, dem man sein Vertrauen schenkte, sich auch ebenso auseinander setzen müsse, wie man sich mit ihm eingelassen habe. Denn es erscheint den Gesetzgebern als billig, daß derjenige eine Sache abschätzt, dem sie von vornherein im Vertrauen zugewendet wurde, nicht der andere, der ihm die Sache überließ. Schätzen doch meistenteils wer eine Sache hat und wer sie haben möchte, dieselbe nicht gleich, sofern jeder sein Eigentum und das, was er hergibt, hoch bewertet. Und dennoch findet der Austausch zu dem Preis statt, den der Empfänger bestimmt. – Man muß aber den Wert einer Sache nicht danach abmessen, wie man sie schätzt, wenn man sie hat, sondern danach, wie man sie schätzte, bevor man sie hatte.

Zweites Kapitel.

Schwierig sind auch Fragen wie die folgenden, ob man seinem Vater alles gewähren und ihm in allem folgen müsse, oder ob man in Krankheitsfällen dem Arzte folgen und bei der Wahl eines Feldherrn einem kriegstüchtigen Manne seine Stimme geben solle; ebenso, ob man einem befreundeten Manne mehr Dienste leisten müsse als einem tugendhaften und tüchtigen, und ob man Liebe und Gunst eher einem Wohltäter wieder erweisen als einem lieben Gefährten zuvor erweisen müsse, wenn beides zusammen nicht möglich ist. Alle solche Fragen genau zu entscheiden, ist gewiß nicht leicht, da hier viele und mannigfache Unterschiede auftreten, je nachdem die fragliche Sache groß oder klein und die betreffende Handlung mehr sittlich schön oder mehr notwendig ist. So viel indessen steht außer Zweifel, daß man nicht Einem alles gewähren solle, und ebenso, daß meistens die Pflicht, empfangene Wohltaten zu vergelten, der Pflicht, Gefährten gefällig zu sein, vorangeht, indem die Wohltat einem Darlehen verglichen werden kann, auf das der Gläubiger ein größeres Recht hat als der Gefährte. Aber vielleicht gilt selbst das nicht für alle Fälle. Es fragt sich z. B.: muß einer, der aus Räuberhänden losgekauft worden ist, seinen Befreier, wer er auch sei, wieder loskaufen und ihm selbst, wenn er nicht gefangen ist, aber das Lösegeld wieder haben will, es zurückzahlen, oder muß er zuerst seinen gefangenen Vater loskaufen? Man sollte doch meinen, da sei man noch eher verpflichtet, den Vater loszukaufen als sich selbst.

Wie gesagt nun, im allgemeinen gilt die Regel, daß man vor allem seine Schuld bezahlen muß; wenn aber in einem freiwilligen Dienste das sittlich Schöne oder die Notwendigkeit überwiegt, so muß man zugunsten dieser

Momente von der Regel abweichen. Denn manchmal entspricht es nicht einmal der Forderung der Gleichheit, wenn man einen empfangenen Dienst erwiedert, wenn nämlich jemand einem Manne, dessen Rechenschaft ihm bekannt ist, gutes erwiesen hat, und ihm dann der andere, obschon er ihn für schlecht hält, vergilt. Man darf ja mitunter nicht einmal einem Menschen, der einem geborgt hat, wieder borgen; denn er hat im Vertrauen, das Geld wiederzubekommen, einem rechtlichen Manne geborgt, während man die Zurückzahlung von einem gewissenlosen Menschen nicht erwarten kann. Verhalte sich nun die Sache wirklich so, oder habe man blos so gemeint, so trägt das nicht viel aus; denn im ersten Falle ist die Würdigkeit beider Teile nicht gleich, und im zweiten Falle handelt man wenigstens nicht unvernünftig. Man sieht also hier unseren oft wiederholten Satz bestätigt, daß die Erörterungen über die menschlichen Affekte und Handlungen keinen höheren Grad von Bestimmtheit zulassen als ihr Gegenstand.

Daß man nun nicht allen dasselbe schuldet, und auch seinem Vater nicht alles hinzugeben braucht, wie man ja auch dem Zeus nicht alles opfert, unterliegt keinem Zweifel. Da vielmehr Eltern, Brüder, Jugendgenossen und Wohltäter verschiedene Ansprüche haben, so muß man jedem das grade ihm Gebührende und Angemessene erweisen. Und so verfährt man auch in der Tat. Zu Hochzeiten lädt man die Verwandten ein; denn mit ihnen teilt man das Geschlecht und darum auch das Interesse an den das Geschlecht berührenden Handlungen. Ebendeshalb meint man auch, daß sich zu Bestattungsfeiern vorzugsweise die Verwandten einfinden müssen. Den Eltern soll man vor allem den Lebensunterhalt gewähren, da man hierin ihr Schuldner ist, und es höheren sittlichen Wert hat, den Urhebern seines Daseins den Unterhalt zu gewähren, als in diesem Sinne für sich selber zu sorgen. Auch Ehre soll man den Eltern wie den Göttern erweisen, doch nicht alle Ehre; denn die Mutter erhält schon nicht die gleiche Ehre wie der Vater; auch nicht die Ehre, die man dem Weisen oder dem Feldherrn erweist, sondern man gibt dem Vater die ihm gebührende Ehre und ebenso der Mutter die ihr gebührende. Auch jedem Älteren soll man die Ehre des Alters erweisen, durch Aufstehen, Einräumen des Ehrenplatzes bei Tische und was dergleichen mehr ist. Den Jugendgenossen wiederum und Brüdern gegenüber gehört sich Offenheit und Gemeinsamkeit in allen Stücken. Ebenso muß man nun auch den Verwandten, Zunftgenossen, Mitbürgern und allen sonstigen Genossen stets das ihnen Gebührende zu erweisen suchen, und dabei nach Möglichkeit ihre Vertrautheit mit uns, ihre Tugend und den Wert, den sie für uns haben, berücksichtigen. Bei Personen von gleicher Abstammung ist das Urteil hierüber leichter, bei Fremden schwerer. Doch darf man deshalb nicht davon abstehen, sondern muß die Ansprüche eines jeden so weit zu ermitteln suchen, als es eben geht.

Drittes Kapitel.

Man kann auch zweifeln, ob man die Beziehungen zu solchen Freunden, die nicht die Alten bleiben, abbrechen darf und soll, oder nicht. Es scheint jedoch der Abbruch der auf dem Nutzen oder der Annehmlichkeit beruhenden freundschaftlichen Beziehungen, wenn diese Voraussetzung nicht mehr vorhanden ist, keinem Bedenken zu unterliegen. Man war ja nur Freund dieser Annehmlichkeit oder dieses Nutzens, und es ist natürlich, wenn mit ihrem Wegfall auch die Liebe aufhört. Wohl aber dürfte man sich beklagen, wenn jemand, der des Nutzens oder der Annehmlichkeit wegen Freundschaft hielt, sich stellte, als täte er dies wegen unseres Charakters. Denn die meisten Mißhelligkeiten unter Freunden kommen, wie wir eingangs bemerkt haben, daher, daß die Freundschaft in Wahrheit eine andere *ist*, als man *meint*. Wenn nun jemand hier sich selbst getäuscht und angenommen hat, er werde wegen seines Charakters geliebt, da doch der andere nichts dergleichen tat, so mag er die Schuld daran sich selbst zuschreiben; ist er aber durch die Verstellung des anderen getäuscht worden, so kann er demselben mit Recht deshalb Vorwürfe machen, und das weit mehr als einem Falschmünzer, da die Sache, die hier von dem Betrug getroffen wird, weit höher an Wert steht.

Wenn man aber jemanden als einem ehrenhaften Charakter seine Freundschaft geschenkt hat, und derselbe dann schlecht wird und sich auch als schlecht zeigt, muß man ihm da die Freundschaft und Liebe bewahren? Oder ist das nicht möglich, wenn doch nicht alles liebenswert ist, sondern allein das Gute? Aber man hat nicht blos keine Verpflichtung, einen schlechten Mann wie einen Freund zu lieben, man darf es auch nicht. Denn man darf kein Freund des Bösen sein und sich dem Schlechten nicht gleich machen; das täte man aber bei der Fortsetzung der Freundschaft; denn, wie schon gesagt, gleich und gleich gesellt sich gern. Soll man aber nun in einem solchen Falle die Freundschaft sofort auflösen? Oder ist es nicht vielmehr so, daß sich das nicht immer und überall empfiehlt, sondern nur solchen Personen gegenüber, die keine Aussicht auf Besserung bieten. Dagegen ist es eine weit höhere Pflicht, denjenigen, die noch einer Besserung fähig sind, dazu behilflich zu sein, als dem Freunde materiellen Beistand zu leisten, da das sittliche Moment höheren Wert hat und enger mit der Freundschaft zusammenhängt. Wer aber die Freundschaft auflöst, tut nichts verkehrtes. Denn die bisherige Neigung galt einem solchen Menschen nicht. Da er also ein anderer geworden ist, und man ihm nicht wieder aufhelfen kann, so scheidet man von ihm.

Wenn aber der eine Freund der alte bliebe, der andere aber tugendhafter würde und hierin den ersten um vieles überträfe, könnte er ihn da noch fort und fort als seinen Freund behandeln? Daß das unmöglich wäre, sieht man am besten bei großem Abstände beider Teile, wie er z. B. bei Freundschaften aus der Knabenzeit sich herausbilden kann. Bliebe der eine geistig ein Kind, und der andere würde einer der besten Männer seiner Zeit, wie könnten sie da Freunde bleiben, da sie nicht denselben Geschmack hätten, und das, was ihnen Lust oder Unlust erweckte, nicht das Gleiche wäre? Auch an einander würde ihnen nicht das Gleiche gefallen oder mißfallen, und ohne das erschien uns eine Freundschaft als unmöglich, da kein Zusammenleben mehr sein könnte. Wir haben uns darüber schon ausgesprochen.

Muß man sich nun in diesem Falle zu dem ehemaligen Freunde etwa gar nicht anders stellen, als wenn er niemals unser Freund gewesen wäre? Gewiß nicht! Einer alten Vertrautheit darf man nicht vergessen, und wie man glaubt, gegen Freunde gefälliger sein zu müssen als gegen Fremde, so muß man auch gewesenen Freunden um der früheren Freundschaft willen etwas zugestehen, wenn nicht die Trennung wegen gar zu großer Schlechtigkeit erfolgt ist.

Viertes Kapitel.

Die Art, wie man die Liebe zu den Freunden betätigt, und die Merkmale, durch die man den Begriff der Freundschaft bestimmt, scheinen aus dem Verhalten hervorgegangen zu sein, das wir gegen uns selbst beobachten.

Man bezeichnet als Freund denjenigen, der uns das Gute, oder was so erscheint, um unseretwillen wünscht und tut, oder denjenigen, der uns Sein und Leben um unseretwillen wünscht, wie das die Gesinnung der Mütter gegen ihre Kinder oder die von Freunden in dem Falle ist, daß sie wegen eines Zerwürfnisses nicht zusammen leben können. Andere verstehen unter einem Freunde den, der mit uns umgeht und mit uns die gleichen Neigungen hat, oder den, der Leid und Freude mit uns teilt, was auch wieder vorzugsweise bei den Müttern in Bezug auf ihre Kinder der Fall ist. Entsprechend diesen verschiedenen Auffassungen bestimmt man auch die Freundschaft.

Alles dieses findet sich nun aber bei dem Tugendhaften im Verhältnis zu sich selbst und in dem gleichen Verhältnisse auch bei den anderen, so weit sie glauben, es zu sein. Denn die Tugend und der Tugendhafte scheint wie gesagt das Richtmaß für jeden Menschen zu sein. Der Mann der Tugend steht mit sich selbst in Übereinstimmung und begehrt seiner ganzen Seele nach ein und dasselbe und darum wünscht er auch sich selbst Gutes und was so erscheint und setzt es ins Werk – denn dem Guten ist es eigen, das Gute zu verwirklichen –, und zwar um seiner selbst willen, *nämlich zu gunsten seines denkenden Teils, der ja das eigentliche Selbst des Menschen ist.* Aber auch daß er lebe und erhalten bleibe, will er, und besonders wünscht er dies demjenigen Teile, mit dem er denkt: denn für den Tugendhaften ist sein Sein ein Gut. Jeder aber wünscht das Gute eben sich, und keiner will ein anderer werden, so daß dann das neue Wesen alles Gute hätte. *Denn auch Gott hat schon jetzt das Gute, aber darum hat er es, weil er jetzt ist, was er jemals ist*. Nun scheint aber jeder Mensch das zu sein, *was in ihm denkt*, oder doch dieses vor allem. – Der Tugendhafte findet auch Gefallen an dem Verkehr mit sich selbst; denn daraus fließt ihm reiche Lust. Die Erinnerungen an seine Vergangenheit sind angenehm und die Hoffnungen auf seine Zukunft gut, solche Hoffnungen aber gewähren Lust; auch findet er in seinem Geiste immer Stoff zu wahren und nützlichen Betrachtungen. – Endlich teilt er Leid und Freude am meisten mit sich selbst: allezeit ist ihm das nämliche lieb und leid, und nicht bald dies bald das. Denn er ist so zu sagen über die Reue erhaben. Da sich nun ein jedes von diesen Dingen bei dem Tugendhaften im Verhältnis zu sich selbst vorfindet, und er gegen seinen Freund wie gegen sich selbst gesinnt ist – ist doch der Freund ein zweites Selbst –, *so scheint auch die Freundschaft eines von diesen Dingen zu sein und Freunde diejenigen, bei denen sich diese Dinge finden*. Ob es aber eine Freundschaft mit sich selbst gibt oder nicht, bleibe für jetzt dahingestellt. Insofern kann man sagen, daß eine besteht, als zwei oder mehrere der angegebenen Stücke irgendwo vorhanden sind; auch spricht das dafür, daß das höchste Maß der Freundschaft der Liebe gleicht, die man zu sich selbst hat.

Die angegebenen Dinge finden sich scheinbar auch bei der großen Menge, mag sie auch schlecht sein. Hat man nun wirklich teil an ihnen, insofern als man an sich selbst Gefallen findet und sich für vortrefflich hält? Daß kein vollendeter Bösewicht und Übeltäter sie hat, auch nicht dem Scheine nach sie hat, ist ja selbstverständlich. Aber das gleiche gilt wohl auch so ziemlich von schlechten Menschen überhaupt. Sie liegen mit sich selbst im Zwiespalt, und ihre sinnliche Gier steht nach anderen Dingen als ihr vernünftiger Wille, wie es bei den Unenthaltsamen der Fall ist. Sie ziehen dem, was sie selbst als gut ansehen, das Lustbringende, das ihnen schädlich ist, vor. Andere wieder scheuen sich aus Feigheit und Trägheit, das zu tun, was nach ihrer eigenen Überzeugung das beste für sie wäre. Die aber in ihrer Schlechtigkeit viele schwere Verbrechen begangen haben, hassen und fliehen das Leben und enden durch Selbstmord. – Der schlechte Mensch verlangt nach Gesellschaft und flieht vor sich selbst; in der Einsamkeit kommen ihm viele böse Erinnerungen und nicht minder schlimme Ängsten, die er in Gesellschaft anderer vergißt; da er nichts Liebenswertes an sich hat, so kann er auch nicht mit sich selbst in Freundschaft leben. – Auch teilt ein solcher Mensch so wenig Freude als Leid mit sich selbst. Seine Seele ist in Aufruhr; der eine Teil von ihr empfindet aus Schlechtigkeit Schmerz über Entbehrungen, der andere freut sich darüber, und der Teil zieht die Seele hieher, der dorthin, als sollte sie zerrissen werden. Und wenn es nicht möglich ist, gleichzeitig Unlust und Lust zu empfinden, so ärgert man sich doch in kurzer Frist über die gehabte Freude und möchte sie lieber nicht gehabt haben. Denn böse Menschen sind übervoll von Reue. So sieht man also, daß der böse Mensch nicht einmal gegen sich selbst freundschaftlich gesinnt ist, weil er nichts Liebenswertes an sich hat. Wenn demnach solch ein Zustand überaus unglücklich ist, so muß man mit dem Aufgebot seiner ganzen Kraft das Laster fliehen und die Tugend zu erwerben suchen. Dann wird man mit sich selbst in Freundschaft leben und auch eines anderen Freund werden.

Fünftes Kapitel.

Das *Wohlwollen* hat mit der Freundschaft Ähnlichkeit, ohne doch Freundschaft zu sein. Wohlwollen hat man auch gegen Unbekannte und ohne Wissen des anderen, Freundschaft nicht. Wir haben das schon früher bemerkt. Aber Wohlwollen ist auch nicht Lieben. Denn es tritt ohne die seelische Spannung und die sinnliche Begierde auf, die das Lieben begleitet. Auch entsteht die Liebe erst im vertrauten Verkehr, das Wohlwollen aber kann auch plötzlich hervortreten; so das für einen Wettkämpfer, dem man wohl will und den Preis wünscht, ohne doch etwas für ihn tun zu wollen. Denn wie gesagt das Wohlwollen ist die Geburt des Augenblicks, und die Liebe, die es einschließt, bleibt an der Oberfläche. So scheint es denn ein Anfang der Freundschaft zu sein, wie die Freude an dem Anblick einer Person der Anfang der sinnlichen Liebe zu ihr ist. Denn niemand liebt, ohne zuvor an der Erscheinung des Geliebten Gefallen zu finden; wer aber nur an dem Äußern eines anderen Freude hat, liebt ihn darum noch nicht, sondern das tut er erst dann, wenn er in seiner Abwesenheit sich nach ihm sehnt und nach seiner Gegenwart begehrt. So kann es nun auch zu keiner Freundschaft kommen, ohne daß ein Wohlwollen vorangeht, darum ist aber Wohlwollen noch keine Freundschaft. Denn der Wohlwollende wünscht nur Gutes, hilft aber nicht dazu und übernimmt keine Anstrengungen dafür.

Daher könnte man das Wohlwollen metaphorisch *eine untätige Freundschaft* nennen, die aber, wenn sie länger dauert und zur Vertrautheit wird, in wirkliche Freundschaft übergeht, eine Freundschaft nicht wegen des Vorteils oder der Lust, da wegen solcher Dinge kein Wohlwollen entsteht. Denn derjenige, der Wohltaten empfangen hat und zum Dank für das Empfangene Wohlwollen schenkt, erfüllt nur eine Forderung der Gerechtigkeit; und wer jemanden Wohlergehn wünscht, weil er davon Vorteile für sich erhofft, ist nicht sowohl gegen jenen wohlwollend als vielmehr gegen sich selbst, so wie auch der sein Freund nicht ist, der ihm in eigennütziger Absicht Aufmerksamkeiten erweist. Überhaupt wird Wohlwollen wegen irgend einer Tugend und trefflicher Eigenschaft erworben, wenn uns jemand als sittlich gut, tapfer u. s. w. erscheint, wie das bei den Wettkämpfern zutrifft, von denen die Rede war.

Sechstes Kapitel.

Auch *die Eintracht* scheint eine Art von Freundschaft zu sein, daher sie nicht mit Gleichheit der Ansichten verwechselt werden darf. Denn diese findet sich auch da, wo man sich gar nicht kennt. Auch nennt man einträchtig nicht alle, die in irgend etwas Beliebigem, z. B. in astronomischen Fragen, übereinstimmen, sondern man bezeichnet eine Stadt als einträchtig, wenn die Bürger über ihre Interessen einer Meinung sind, dieselben Absichten verfolgen und die gemeinsam gefaßten

Beschlüsse auch zur Ausführung bringen. Einträchtig ist man also in Dingen, die dem Gebiet des Handelns angehören, und zwar in solchen, die wichtig sind und beiden oder allen zukommen können; so herrscht z. B. in einer Stadt Eintracht, wenn alle gemeinsam beschließen, daß die Ämter durch Wahl zu besetzen sind, oder daß man sich mit den Lacedämoniern verbünden solle, oder wenn die ganze Bürgerschaft beschloß, *Pittakus* solle die Staatsleitung übernehmen, als er auch selbst dazu bereit war. Wenn aber wie bei den Zweien in den *Phönicierinnen* jeder selbst an der Spitze stehen will, herrscht Zwietracht. Denn das heißt nicht einträchtig sein, wenn beide nur nach demselben trachten, sondern wenn sie es auch in derselben Person verwirklicht sehen wollen, wenn z. B. sowohl das gewöhnliche Volk als die Tugendhaften wollen, daß die Besten die Herrschaft haben; denn so geschieht allen nach Wunsch.

Man kann wohl sagen, daß die Eintracht *Freundschaft unter Mitbürgern* ist, und so nennt man sie auch. Denn sie bezieht sich auf die Interessen und auf die Erfordernisse des Lebens. Ihre Verwirklichung findet solche Eintracht unter tugendhaften Menschen. Diese sind einträchtig mit sich selbst und einträchtig miteinander, da sie, möchte man fast sagen, jederzeit sich gleich bleiben. Denn die Willensmeinungen solcher Menschen haben Bestand und schwanken nicht gleich den Wassern des Euripus hin und her, und was sie wollen und mit vereinten Kräften verfolgen, ist das Gerechte und Heilsame. Schlechte Menschen können auf die Dauer so wenig untereinander die Eintracht bewahren als Freundschaft halten, da sie von dem Nützlichen zu viel und von den Mühen und Leistungen zu wenig haben wollen. Denn da jeder das für sich begehrt, rechnet er dem Nächsten nach und hindert ihn, für sich dasjenige zu erlangen, was ihm zukommt. Wo das gemeinsame Interesse keine Pflege erfährt, muß es ja Schaden leiden. So wird denn Zwietracht unter ihnen die Folge sein, da niemand selbst recht tun, wohl aber den anderen dazu zwingen will.

Siebentes Kapitel.

Der Geber *einer Wohltat* scheint für den Empfänger derselben mehr Freundschaft und Liebe zu hegen als der Empfänger für den Geber, und man fragt nach dem Grunde dieser paradoxen Erscheinung. Sehr häufig will man sie daraus erklären, daß der eine Gläubiger, der andere Schuldner ist. Wie nun bei Darlehensgeschäften der Schuldner möchte, daß keiner wäre, dem er etwas schuldete, dagegen derjenige, der das Darlehen gewährt hat, sogar um das Wohlergehen des Schuldners besorgt ist, so, meint man, wünsche auch der Spender einer Wohltat ihrem Empfänger das Leben, um Dank von ihm zu ernten, während dieser sich um die Erstattung des Dankes keine Sorge mache. Von einer solchen Deutung der Tatsache würde ein *Epicharmus* vielleicht sagen, sie stamme aus übertriebenem Pessimismus, und doch sieht eine Gesinnung wie die bezeichnete der menschlichen Art ähnlich. Denn die meisten Menschen haben für empfangene Wohltaten ein schlechtes Gedächtnis und wollen lieber nehmen als geben.

Aber der Grund der Sache dürfte natürlicher sein und mit der Erklärung, die man von dem Gläubiger und seinem Schuldner hernimmt, nichts zu tun haben. Denn was der Gläubiger gegen den Schuldner fühlt, ist nicht Liebe, sondern der Wunsch, ihn erhalten zu sehen, wegen der Wiedererstattung. Wohltäter dagegen sind denen, die ihre Wohltaten empfangen, in Freundschaft und Liebe zugetan, wenn sie ihnen auch gar keinen Vorteil bringen und dazu auch für die Zukunft keine Aussicht ist. Ganz dasselbe pflegt bei den Künstlern vorzukommen: jeder liebt sein eigenes Werk mehr, als dieses ihn lieben würde, wenn es eine Seele bekäme. Am meisten kommt es aber vielleicht bei den Dichtern vor, die in ihre eigenen Dichtungen über die Maaßen verliebt sind und an ihnen hängen, als ob es ihre Kinder wären. Solchen Gefühlen sind nun auch die des Wohltäters ähnlich. Was ihre Wohltat empfangen hat, ist gleichsam ihr Werk, und das liebt man ja mehr als das Werk den Meister. Davon ist der Grund der, daß das Sein allen Wesen begehrens- und liebenswert ist, und wir insofern sind, als wir tätig sind, nämlich leben und handeln. Durch seine Tätigkeit ist also der Meister gewissermaßen das Werk, und daher liebt er das Werk darum, weil er das Sein liebt, eine Liebe, die in der Natur begründet ist. Denn was er in Möglichkeit ist, zeigt das Werk in Wirklichkeit.

Zugleich ist es für jemanden, der sich um einen anderen verdient gemacht hat, schön und ehrenvoll, das getan zu haben, und darum hat er seine Freude an dem Gegenstande der das Gefäß dieses Schönen ist. Für den Empfänger der Wohltat aber entspringt durch ihren Urheber nichts Schönes, oder doch nur jenes, das mit dem Nützlichen zusammenfällt, das aber auch weniger genußreich und liebenswert ist. Genußreich ist an dem Gegenwärtigen die Wirklichkeit, am Zukünftigen die Hoffnung und am Vergangenen die Erinnerung. Am genußreichsten aber und in gleichem Grade liebenswert ist das Wirkliche. Nun bleibt aber dem, der gutes getan, sein Werk, während der Nutzen dessen, der das Gute empfangen hat, vergeht. – Und die Erinnerung an edle Taten ist genußreich, aber die Erinnerung an gehabte Vorteile ist es nicht eben oder doch weniger. Mit der Erwartung aber scheint es sich umgekehrt zu verhalten.

Ferner gleicht das Lieben dem Tun, das Geliebtwerden aber dem Leiden. Daher kommt denen, die sich im Tun überlegen zeigen, das Lieben und der Erweis der Liebe zu.

Endlich liebt jeder das mühsam Erlangte mehr, wie das Geld dem teurer ist, der es erworben, als dem, der es ererbt hat. Nun scheint aber das Erweisen von Wohltaten mühevoll, das Empfangen aber mühelos zu sein. Darum haben auch die Mütter eine größere Liebe zu ihren Kindern als die Väter. Denn die Mutter trifft die größere Mühsal des Gebärens, und sie weiß besser, daß die Kinder ihre eigenen sind. Eben dies aber dürfte auch den Wohltätern eigen sein.

Achtes Kapitel.

Man kann auch darüber im Zweifel sein, ob man sich selbst am meisten lieben soll oder einen anderen. Gemeinhin hat man für die, die am meisten sich selbst lieben, nur Tadel und wirft ihnen den Fehler der Eigenliebe vor. Auch scheint der Schlechte alles um seiner selbst willen zu tun, und je nichtswürdiger er ist, desto mehr, und man klagt ihn an, daß er nichts tut, als was ihm Vorteil bringt. Der Rechtschaffene dagegen wird in seinem Tun durch das sittlich Schöne bestimmt, desto mehr, je edler er ist, so wie durch die Rücksicht auf den Freund, während er das eigene Interesse hintansetzt. Zu diesen Gründen stimmt aber das Verhalten nicht, das die Menschen tatsächlich beobachten, und zwar mit Recht beobachten. Man sagt wohl, den besten Freund müsse man am meisten lieben, aber der beste Freund ist doch derjenige, der, wenn er uns Gutes wünscht, es uns unseretwegen wünscht, auch wenn niemand es erfährt. Das trifft aber am meisten im Verhältnis des Menschen zu sich selbst zu und dann auch alles andere, was die Freundschaft charakterisiert. Denn es ward schon bemerkt, daß aus dem Verhalten gegen sich selbst jede anderweitige Freundschaftsbetätigung erst abgeleitet wird. Hiermit stimmen auch alle Sprüchwörter überein, z. B.: „eine Seele", „unter Freunden ist alles gemeinsam", „Gleichsein, Freundsein", „das Knie ist einem näher als die Wade". Denn dieses alles gilt am meisten von dem Verhältnis zu sich selbst. Jeder ist sich selbst der beste Freund, und darum soll man auch sich selbst am meisten lieben.

Man mag mit Fug zweifeln, welcher von beiden Ansichten man folgen soll, da jede Gründe für sich hat. – Vielleicht daß man bei diesen und ähnlichen Raisonnements unterscheiden und angeben muß, wie weit und inwiefern sie richtig sind. Die Sache läßt sich leicht ins Reine bringen, wenn wir den Begriff der Selbstliebe nehmen und uns fragen, was sich beide Seiten darunter denken. Die eine Seite legt die Selbstliebe in tadelndem Sinne denen bei, die für sich selbst an Geld, Ehre und sinnlicher Lust zu viel beanspruchen. Denn das sind die Dinge, nach denen der große Haufe begehrt, und um die er sich ereifert und bemüht, als wären sie die höchsten Güter, weshalb auch beständiger Streit um sie ist. Die nun von den genannten Dingen nie genug haben können, sind willfährige Knechte ihrer sinnlichen Lüste und überhaupt ihrer Leidenschaften und des vernunftlosen Seelenteils. Das ist aber der Charakter der meisten Menschen, daher man auch die fragliche Bezeichnung von der großen Menge und ihrer Schlechtigkeit hergenommen hat; und so trifft denn die Selbstliebe in diesem Sinne gerechter Tadel. Daß das Volk bei denen von Selbstliebe zu reden pflegt, die in diesem Sinne auf sich bedacht sind, ist nicht zu verkennen. Denn wenn jemand sich immer beeiferte, selbst mehr als alle anderen die Werke der Gerechtigkeit, der Mäßigkeit oder sonst einer Tugend zu üben, und wenn er überhaupt das sittlich Schöne immer für sich in Anspruch nähme, so würde bei einem solchen Manne niemand von Selbstliebe reden und niemand ihn tadeln. Und doch kann man sagen, daß er diese Eigenschaft noch in höherem Grade besitzt. Beansprucht er doch für sich das Schönste und Beste, dient mit Willfährigkeit dem vornehmsten Teil seines Selbst und gehorcht ihm in allem. So wie nun das vornehmste Stück eines Staates oder sonst eines geordneten Ganzen am meisten der eigentliche Staat und das eigentliche Ganze ist, so ist es auch beim Menschen. Und so ist denn auch der am meisten ein Liebhaber seiner selbst, der diesem seinem vornehmsten Teile in Liebe ergeben und willfährig ist. Auch sprechen wir dem Menschen Selbstbeherrschung zu oder ab, jenachdem die Vernunft in ihm herrscht oder nicht, als wäre diese sein eigentliches Sein. Und ebenso gilt das am meisten als von uns und freiwillig getan, was wir mit vernünftiger Überlegung getan haben. Es ist also unverkennbar, daß dieses, die Vernunft, der Mensch ist, es wenigstens am meisten ist, und der tugendhafte Mann sie am meisten liebt. Daher ist er am meisten ein Liebhaber seiner selbst, freilich nach einer anderen Art als jener schimpflichen, von der die seine so verschieden ist wie das Leben nach der Vernunft von dem Leben nach der sinnlichen Leidenschaft, und wie das Streben nach sittlichen Zielen von dem Streben nach scheinbarem Vorteil.

Diejenigen nun, die bemüht sind, sich in edeln Taten auszuzeichnen, finden Billigung und Lob bei jedermann. Würden aber alle um die Wette nach Sittlichkeit streben und bemüht sein, das Beste zu tun, so hätte nicht nur die Gesamtheit alles, was ihr not tut, sondern es wäre auch jeder einzelne für sich im Besitze der größten Güter, wenn anders die Tugend ein solches hervorragendes Gut ist. Daher soll der Gute die Selbstliebe besitzen, da es ihm selbst und anderen frommen wird, wenn er, von dieser

Liebe getrieben, das sittlich Schöne vollbringt; der Schlechte aber soll sie nicht besitzen, da er sonst schlimmen Leidenschaften folgen und sich und seine Umgebung in Schaden bringen wird. Demnach besteht für den Schlechten ein Zwiespalt zwischen Pflicht und Handlung, bei dem Tugendhaften dagegen befindet sich die Handlung mit der Pflicht in Einklang. Denn die Vernunft begehrt in jedem Menschen was für sie das beste ist, die Vernunft aber ist es, der der Tugendhafte gehorcht.

Aber von dem braven Manne ist es auch wahr, daß er für seine Freunde und sein Vaterland vieles tut, und, wenn es sein muß, selbst dafür stirbt. Er wird Vermögen und Würden und alle die viel umworbenen Güter hingeben, um sich dafür was gut und schön ist, zu gewinnen. Er will lieber kurze Zeit die höchste Befriedigung genießen als lange Zeit nur eine mäßige; lieber ein Jahr voll schöner Taten verleben als viele Jahre, wie es sich eben trifft; lieber *eine* schöne und große Tat verrichten als viele kleine. Das ist wohl der Fall derer, die für das Vaterland oder die Freunde sterben; denn sie erwählen für sich selbst eine Sache von hoher sittlichen Schönheit. Auch Geld wird der rechtliche Mann opfern, damit seine Freunde dadurch mehr gewinnen; der Freund gewinnt dann Geld, er das sittlich Schöne, und so teilt er sich selbst das größere Gut zu. Mit Ehren und Ämtern hat es dieselbe Bewandtnis: er wird dies alles dem Freunde zuwenden, weil es so für ihn selbst schön und ehrenvoll ist und ihn des Lobes würdig macht. So wird er denn mit Recht als ein trefflicher Mann erscheinen, da er das sittlich Schöne allem anderen vorzieht. Ja, auch Handlungen kann er dem Freunde überlassen, und es gibt Fälle, wo es schöner ist, den Freund zu einer Tat zu vermögen, als sie selbst auszuführen. In allem Preiswürdigen zeigt sich also der brave Mann als den, der den größeren Teil des sittlich Schönen für sich selber haben will. In diesem Sinne also soll man, wie gesagt, Selbstliebe haben, doch so wie der große Haufe darf man sie nicht haben.

Neuntes Kapitel.

Man zweifelt auch, ob der Glückliche Freunde bedarf oder nicht. Man sagt, wer glücklich sei und sich selbst genüge, brauche keine Freunde, da er alle Güter schon besitze. Indem er sich selbst genug sei, bedürfe er nichts weiter, während doch der Freund, als ein zweites Selbst, einem das verschaffen solle, was man durch sich selbst nicht vermöge. Daher jener Vers:

„Wer braucht wohl Freunde, wenn der Himmel hold ihm ist?" –

Aber es sieht wie eine Ungereimtheit aus, dem Glücklichen alle Güter zuzuteilen und ihm keine Freunde zu geben, die doch als das größte aller äußeren Güter erscheinen. Und wenn es dem Freunde eher zukommt, gutes zu erweisen als zu empfangen, wenn ohne dieses Wohltun der Tugendhafte und die Tugend nicht denkbar sind, und es sittlich schöner ist, dasselbe gegen Freunde zu üben als gegen Fremde, so wird der brave Mann Freunde bedürfen, denen er wohltun kann. Darum wirft man auch die Frage auf, ob man Freunde mehr im Glück oder im Unglück bedarf, da einerseits der Unglückliche der Wohltäter bedürfe, andererseits die Glücklichen solcher, denen sie gutes erzeigen können. Es ist auch vielleicht ungereimt, den Glücklichen zu einem Einsiedler zu machen; niemand möchte allein stehen, wenn ihm auch alle Güter der Welt zugehören sollten. Denn der Mensch ist von Natur ein geselliges Wesen und auf das Zusammenleben angelegt; daher kommt dieses Zusammenleben dem Glücklichen zu, da er ja alle natürlichen Güter besitzt. Es ist aber offenbar besser, mit befreundeten und trefflichen Menschen zu leben als mit fremden und gewöhnlichen Leuten. Mithin braucht der Glückliche Freunde.

Was ist nun an jener ersten Meinung stichhaltiges, und inwiefern ist sie richtig? Sie ist es wohl insofern, als die Menge diejenigen als Freund betrachtet, die einem Vorteil bringen. Solche Freunde hat der Glückliche freilich nicht nötig, da es ihm an Hab und Gut nicht fehlt. Auch der Lust wegen bedarf er der Freunde entweder gar nicht, oder doch nicht in besonderem Grade. Denn da sein Leben bereits genußreich ist, so bedarf dasselbe einer weiteren, von außen ihm zugebrachten Lust mitnichten. Er braucht also solche Freunde nicht, und so braucht er scheints überhaupt keine.

Indessen möchte dieses doch nicht richtig sein. Wir haben eingangs erklärt, daß die Glückseligkeit eine Tätigkeit ist. Die Tätigkeit ist aber offenbar ein Geschehen, ein Vorgang; sie existiert nicht nach Weise eines bleibenden Dinges, z. B. eines Besitztums. Wenn nun die Glückseligkeit in Leben und Tätigsein besteht, und die Tätigkeit des guten Menschen, wie eingangs bemerkt worden, an sich gut und genußbringend ist, wenn ferner einem jeden das ihm Eigentümliche und Zugehörige Genuß gewährt, und wir endlich unseren Nächsten leichter beobachten können als uns selbst und fremde Handlungen leichter als unsere eigenen, so folgt daraus, daß für den Tugendhaften die Handlungen anderer guten Menschen, die seine Freunde sind, genußbringend sein müssen. Denn beides, das Gute und das Befreundete, birgt das in sich, was von Natur angenehm und genußreich ist. So wird denn der Glückliche solcher Freunde bedürfen, wenn anders er ein sittliches und ihm verwandtes Handeln gerne sieht, und ein solches Handeln in einem guten und befreundeten Manne ihm entgegentritt. Man meint ja auch, das Leben des Glücklichen müsse freudenreich sein. Nun ist aber für einen alleinstehenden Menschen das Leben schwer. Denn es ist nicht leicht, für sich allein beständig tätig zu sein, dagegen ist es mit anderen und für andere schon leichter. So wird demnach die an sich mit Lust verbundene Tätigkeit um so anhaltender werden, und so muß es beim glücklichen Menschen sein. Der rechtliche Mann hat als solcher an tugendhaften Handlungen Gefallen, an Handlungen dagegen, die aus Schlechtigkeit hervorgehen, hat er Mißfallen, ähnlich wie ein musikalisch Gebildeter über schöne Weisen Lust, über häßliche aber Unlust empfindet. Auch gestaltet sich das Zusammenleben mit trefflichen Menschen zu einer Art Tugendschule, wie schon *Theognis*

„Denn von Edlen lernst du Edles; den Schlechten gesellet
Büssest auch das du noch ein, was an Vernunft du gehegt."

bemerkt.

Betrachtet man die Sache mehr vom naturphilosophischen Standpunkt, so erscheint ein tugendhafter Freund für einen Tugendhaften als von Natur begehrenswert. Wir haben gesagt, daß das von Natur Gute von selbst für den Tugendhaften gut und genußreich ist. Das Leben aber bestimmt man bei den Sinnenwesen als Vermögen der Wahrnehmung, beim Menschen als Vermögen der Wahrnehmung und des Denkens. Das Vermögen wird nun auf die Tätigkeit zurückgeführt, die das eigentlich Wertvolle und Maßgebende ist, und so muß denn als eigentliches Leben das Wahrnehmen oder Denken erscheinen. Das Leben aber gehört zu dem an sich Guten und Genußreichen, sofern es bestimmt und umschrieben ist, und die Bestimmtheit zur Natur des Guten gehört – was aber von Natur gut ist, das ist es auch für den Tugendhaften –, und eben darum findet jeder das Leben süß und angenehm. Man darf hier aber an kein lasterhaftes, verdorbenes oder mit Unlust verbundenes Leben denken; denn ein solches ist ebenso wie das, was ihm anhaftet, unbestimmt und unumschrieben, wie das im folgenden, wo von der Unlust die Rede sein wird, genauer erklärt werden soll. Wenn nun das Leben an sich gut und angenehm ist – wie auch daraus hervorgeht, daß alle nach ihm begehren, und am meisten die Tugendhaften und Glücklichen, weil für sie das Leben am begehrenswertesten und das Lebenslos am glücklichsten ist –, wenn ferner der Sehende wahrnimmt, daß er sieht, der Hörende, daß er hört, der Gehende, daß er geht, und so im übrigen immer etwas ist, womit wir unsere Tätigkeit wahrnehmen, so daß wir also wahrnehmen dürften, daß wir wahrnehmen, und denken, daß wir denken, was wieder so viel ist als Wahrnehmen oder Denken, daß wir sind – Sein hieß uns ja Wahrnehmen oder Denken –; wenn ferner die Wahrnehmung, daß man lebt, etwas an sich Angenehmes ist, sofern das Leben von Natur ein Gut und es angenehm ist, das Gute in sich vorhanden zu fühlen; wenn außerdem noch das Leben begehrenswert ist, besonders für den Guten, weil das Sein für ihn gut und angenehm ist, sofern das Bewußtsein des an sich Guten ihm Freude macht; wenn endlich der Tugendhafte wie zu sich selbst ebenso auch zum Freunde sich verhält, der ja sein anderes Ich ist, – nun denn, so wird, wie das eigene Dasein von jedem begehrt wird, ebenso oder ähnlich das Dasein des Freundes von ihm begehrt. Das Dasein aber erschien als begehrenswert wegen des Bewußtseins der eigenen Güte, das wir aus ihm schöpfen, ein Bewußtsein, das an sich eine Quelle der Lust ist. Mithin bedarf es auch eines Bewußtseins vom Dasein des Freundes, und ein solches wird vermittelt durch das Zusammenleben und den Austausch der Worte und Gedanken. In diesem Sinne ist ja doch das Zusammenleben bei Menschen zu verstehen, nicht wie beim lieben Vieh vom Weiden auf *einer* Trift. Wenn also für den Glücklichen das Dasein an sich begehrenswert ist, weil es von Natur ein Gut und eine Lust ist, und ähnliches von dem des Freundes gilt, so muß auch der Freund zu den begehrenswerten Dingen zählen. Was der Glückliche aber begehrt, das muß er haben, sonst geht ihm in diesem Punkte etwas ab. Mithin wird man, um glücklich zu sein, tugendhafte Freunde haben müssen.

Zehntes Kapitel.

Soll man sich also *möglichst viele Freunde* machen, oder hat das, was für das Gastverhältnis wohl mit Recht empfohlen wird: „weder bei vielen Gast noch bei niemanden“ , auch bei der Freundschaft seine Richtigkeit, so daß man also weder gar keine Freunde noch übermäßig viele haben soll? Bei den Freunden, die man des Nutzens wegen hat, dürfte das Gesagte nur zu sehr angebracht sein. Denn vielen Freunden Gegendienste zu leisten ist beschwerlich, und es zu vollbringen, ist das Leben nicht lang genug. Daher sind mehr Freunde, als für das eigene Leben genügen, überflüssig und der Ausübung der Tugend hinderlich , und so bedarf man ihrer nicht. Auch der Freunde, die man um der Lust willen hat, braucht man nur wenige, wie auch bei der Speise wenig Gewürz hinreicht.

Was aber die Tugendhaften betrifft, so kann man wirklich im Zweifel sein, ob man sich deren eine möglichst große Menge zu Freunden machen soll, oder ob es auch für die Zahl der Freunde eine Grenze gibt, so gut wie für die der Bürger einer Stadt. Es können ja so wenig zehn Bürger schon eine Stadtgemeinde bilden, als hunderttausend noch als Stadtgemeinde gelten. Die Anzahl kann hier vielleicht durch keine festen Ziffern ausgedrückt werden, sondern jede Zahl möchte zulässig sein, die zwischen zwei bestimmte Grenzen fällt. So ist auch die Zahl der Freunde begrenzt, und ihr Maximum wird sich wohl danach bestimmen, mit wie vielen man zusammenleben kann. Hierin schien uns ja die Freundschaft recht eigentlich zum Ausdruck zu kommen; es ist aber offenbar ein Ding der Unmöglichkeit, mit vielen zusammen zu leben und sich unter sie zu teilen.

Ferner müßten die vielen Freunde wieder unter einander Freunde sein, wenn alle mit einander leben sollen, was sich schwerlich bei vielen findet.

Endlich ist es schwer, mit vielen Freud und Leid persönlich zu teilen; denn es könnte sich leicht gleichzeitig treffen, daß man mit dem einen froh und mit dem anderen traurig sein müßte.

Es dürfte sich also empfehlen, daß man nicht darauf aus ist, möglichst viele Freunde zu erwerben, sondern nur so viele, als zum gemeinsamen Leben genügen. Es ist ja auch allem Anscheine nach nicht möglich, mit vielen innig befreundet zu sein. Eben darum kann man auch nicht in mehrere verliebt sein. Denn eine solche Verliebtheit will ein Übermaß der Freundschaft sein, das nur gegen einen möglich ist, und so ist auch eine innige Freundschaft nur mit wenigen möglich.

So scheint es sich denn auch im wirklichen Leben zu verhalten. Freunde im Sinne jener hetäristischen Freundschaft, die gleichsam ein Bund fürs Leben ist, kommen nicht viele vor, und die Freundschaften, von denen die Dichter singen, haben immer nur zwischen zweien bestanden. Die viele Freunde haben und mit allen vertraut tun, sind eigentlich niemandes Freunde, sofern es nicht blos ein Verhältnis wie zwischen Mitbürgern sein soll, und man bezeichnet ihr Verhalten als Liebedienerei. Nur im Sinne der Freundschaft unter Mitbürgern kann man ohne Liebedienerei und sogar im besten Einklang mit den Forderungen der Ehrenhaftigkeit vielen Freund sein. Dagegen ist eine Freundschaft, die den sittlichen Vorzügen und der Person selber gilt, gegen viele nicht möglich, und man muß sich schon glücklich schätzen, wenn man auch nur wenige solche Freunde findet.

Elftes Kapitel.

Bedarf man aber der Freunde *mehr im Glück oder im Unglück?* – In beiden Lagen werden sie gesucht, da die Unglücklichen Hilfe brauchen und die Glücklichen Gesellschafter und solche, denen sie gutes tun können. Denn das ist dem Tugendhaften ein Bedürfnis.

Notwendiger also ist der Besitz von Freunden im Unglück, weil man da die nützlichen Freunde braucht, sittlich schöner aber im Glück, weil man da nach trefflichen Menschen sucht, da es wünschenswerter ist, diesen Wohltaten zu erweisen und mit diesen zu verkehren. Denn die bloße Gegenwart der Freunde ist angenehm, auch im Unglück, da die Bekümmerten sich erleichtert fühlen, wenn die Freunde ihren Schmerz teilen. Daher könnte man auch zweifeln, ob die Freunde gleichsam die Last mittragen, oder ob vielmehr ihre angenehme Gegenwart und die Überzeugung von ihrer Teilnahme den Schmerz verringert. Ob nun die Erleichterung daher rührt oder einen anderen Grund hat, stehe dahin; genug, daß sie tatsächlich eintritt. Doch dürfte die Wirkung, die von der Gegenwart der Freunde ausgeht, gemischter Art sein. Einerseits ist schon der Anblick der Freunde, besonders für den von einem Mißgeschick Betroffenen, erfreulich und angenehm und eine Art Gegenmittel gegen den Kummer. Denn der Freund tröstet uns durch Miene und Wort, wenn er das Geschick dazu hat, da er unseren Charakter kennt und weiß, was uns angenehm und unangenehm berührt. Andererseits aber muß es uns weh tun, wenn wir den Freund über unsere Mißgeschicke bekümmert sehen. Niemand will gern einem Menschen, den er lieb hat, Anlaß geben, sich zu betrüben. Darum scheuen es mannhafte Naturen, den Freund zum

Teilnehmer ihres Kummers zu machen, und wenn sie nicht sehen, daß sie durch eine kleine Betrübnis des anderen einer eigenen großen Betrübnis entledigt werden, so ertragen sie es nicht, daß die Freunde ihretwegen Leid haben sollen, und überhaupt suchen sie weinerliche Naturen von sich fern zu halten, weil sie selbst nicht zum Weinen und Klagen veranlagt sind. Weiber jedoch und weibische Männer haben Freude an dem Mitgeseufze anderer und lieben sie als wahre Freunde und mitleidige Seelen. Man soll sich aber gewiß in allem den besseren Menschen zum Vorbild nehmen. Im Glück dagegen verschafft uns die Gegenwart der Freunde einen angenehmen Umgang und gibt uns das Bewußtsein, daß sie an dem Guten, was wir besitzen, ihre Freude haben.

Deshalb scheint sich die Regel zu empfehlen, daß man die Freunde zur Teilnahme an seinem Glücke bereitwillig und ungesäumt herbeirufe, da es sittlich schön ist, wohltätig zu sein, jedoch nur zögernd zur Teilnahme an seinen Mißgeschicken, da man den Freunden von den Übeln so wenig als möglich mitteilen soll, daher der Ausspruch:

„Genug, daß *ich* unglücklich bin."

Am ersten noch darf man sie in solchen Fällen in Anspruch nehmen, wo sie uns mit geringer Mühe einen großen Dienst erweisen können. Dagegen dürfte es schicklich sein, ungerufen und ungesäumt zu den Freunden hinzugehen, wenn sie von Mißgeschicken betroffen worden sind – denn es ist Freundespflicht, wohl zu tun, besonders denen, die in Not sind und uns nicht darum gebeten haben, was für beide Teile würdiger und seliger ist –. Sind aber unsere Freunde in glücklichen Umständen, so gehe man gern zu ihnen, wenn man ihnen dienlich sein kann; denn dazu hat man den Freund; aber nur ungern und langsam, wenn es gilt, Wohltat anzunehmen. Denn geflissentlich Nutzen von anderen ziehen, ist nicht schön. Den Schein der Sprödigkeit muß man aber freilich vermeiden, wenn man Freundeshilfe ablehnt; denn es kommen Fälle vor, wo man solchen Schein wirklich auf sich lädt.

Die Gegenwart der Freunde erscheint also in allen Lebenslagen als begehrenswert.

Zwölftes Kapitel.

Ist nun nicht, wie verliebten Personen der gegenseitige *Anblick* am liebsten ist und sie diese Wahrnehmung jeder anderen vorziehen, sofern die sinnliche Liebe wesentlich durch sie besteht und entsteht, so auch für Freunde das liebste, *zusammen zu leben?*

Freundschaft ist ja doch Gemeinschaft.

Auch verhält man sich, wie zu sich selbst, so zum Freunde. Nun ist uns bezüglich unser selbst die Wahrnehmung des Daseins angenehm, mithin auch in bezug auf den Freund. Die Tätigkeit aber, aus der man des anderen Dasein erkennt, vollzieht sich im Zusammenleben, so daß das Streben der Freunde naturgemäß hierauf gerichtet ist.

Endlich will jeder was immer ihm als eigentliches Sein oder als des Lebens Endzweck gilt, in Gemeinschaft mit den Freunden treiben. Daher die einen mit dem Freunde trinken, die anderen mit ihm Würfel spielen, wieder andere mit ihm gymnastische Übungen machen oder jagen oder philosophieren, kurz, jeder will das gemeinsam mit dem Freunde treiben, was er von allen Dingen am liebsten hat. Man will ja mit ihm zusammenleben, und darum treibt und teilt man mit ihm dasjenige, was man unter Leben und Zusammenleben versteht.

Daher wird die Freundschaft unter Schlechten eine Gemeinschaft im Bösen. Leichtlebig wie sie sind, nimmt der eine das Schlechte von dem anderen an, und so werden sie beide gleich böse. Dagegen die unter Guten wird eine Gemeinschaft im Guten. Von Tag zu Tag gewinnt sie durch den Umgang an sittlichem Gehalt, und der Fortschritt wird hier durch gemeinsame Tugendübung nicht minder als durch gegenseitige Zurechtweisung herbeigeführt. Jeder nimmt von den ihm zusagenden Eigenschaften des anderen einen Abdruck in sich auf, daher das Dichterwort:

„Edeles lernst du von Edeln."

Soviel sei denn von der Freundschaft gesagt. Hieran mag sich die Erörterung von der Lust anschließen.

Zehntes Buch.
Erstes Kapitel.

Hiernach ist die Erörterung der *Lust* an der Reihe. Unser Geschlecht hat nichts so eigen als die Lust, daher man die Jünglinge in der Art erzieht, daß man sie wie mit einem doppelten Steuer durch Lust und Unlust lenkt. Auch für die sittliche Tugend scheint es von der allergrößten Wichtigkeit zu sein, daß man den richtigen Dingen Liebe und Haß entgegenbringt. Denn diese Gefühle erstrecken ihren Einfluß auf alle Lebensverhältnisse, da sie für die Tugend und die Glückseligkeit so wichtig und bedeutsam sind. Man begehrt ja was Lust gewährt, und flieht was schmerzlich ist. Einen so weittragenden Gegenstand darf man daher gewiß nicht mit Stillschweigen übergehen, besonders da über ihn großer Streit der Meinungen herrscht.

Die einen nämlich setzen die Lust dem höchsten Gute gleich, die anderen behaupten umgekehrt, sie sei ganz und gar schlecht, mögen sie das nun wirklich glauben, oder mögen sie es im praktischen Interesse für besser halten, die Lust, wenn sie es auch nicht ist, als schlecht hinzustellen, da die Mehrzahl zu ihr hinneige und den Lüsten fröhne, weshalb man sie nach der entgegengesetzten Seite leiten müsse, um sie so in die rechte Mitte zu bringen.

Indessen dürfte dieses schwerlich das Richtige sein. Wo Gefühle und Handlungen ins Spiel kommen, haben Worte weniger Überzeugungskraft als Werke. Wenn sie nun mit dem, was die Leute an einem beobachten, nicht übereinstimmen, bringt man sich mit seiner strengen Lehre in Mißkredit und macht sogar die Wahrheit selbst verdächtig. Denn wenn man den Tadler der Lust sie dennoch in einem einzelnen Falle begehren sieht, meint man leicht, seine Neigung sei in jedem Falle der Lust zugewandt, als ob die eine wäre wie die andere. Denn das Unterscheiden ist nicht die Sache der Menge. Uns dünkt, wahre Grundsätze sind nicht blos für die Wissenschaft von höchstem Werte, sondern ebenso für das Leben. Sie verschaffen sich Glauben, da sie mit den Werken im Einklang stehen, und sind für verständige Hörer ein Sporn, sich nach ihnen zu richten.

Doch genug darüber. Kommen wir jetzt zu den verschiedenen Ansichten über die Lust.

Zweites Kapitel.

Eudoxus meinte, die Lust sei das Gute, weil man alles, Vernunftbegabtes und Vernunftloses, nach ihr streben sehe. In allen Dingen aber sei das Begehrte gut und das am meisten Begehrte am besten. So beweise denn die Erscheinung, daß alles zu dem Einen und Selben hingezogen wird, daß dieses für alle das Beste sei. Wie nämlich jedes Wesen seine Nahrung zu finden wisse, so auch was ihm gut sei. So müsse denn was allen gut sei und wonach alles strebe, das Gute schlechthin sein. Diese Lehren fanden aber ihrer Zeit mehr Glauben wegen des tugendhaften Charakters des Eudoxus als um ihrer selbst willen. Denn er galt für einen Mann von nicht gewöhnlicher Mäßigkeit, und so bekam man denn den Eindruck, daß er nicht als Freund der Lust solches lehre, sondern daß es sich wirklich so verhalte. Die Richtigkeit seines Satzes sollte ihm zufolge nicht minder deutlich aus dem Gegenteil der Lust erkannt werden können. Die Unlust nämlich gelte allen an sich als etwas, was man fliehen müsse; demnach müsse das Gegenteil von ihr an sich begehrenswert sein. Am meisten aber sei begehrenswert was wir nicht mit Rücksicht auf ein anderes oder um eines anderen willen begehren. Das sei aber eingestandenermaßen das unterscheidende Merkmal der Lust. Niemand frage, zu welchem Zwecke man sich freuen wolle, und darin spreche sich die Tatsache aus, daß die Freude und die Lust an sich begehrenswert ist. Auch mache sie als Zugabe zu jedwedem Gute, wie zur Übung der Gerechtigkeit oder der Mäßigkeit, dasselbe noch begehrenswerter; nun wachse aber das Gute nur durch sich selbst.

Aber dieses letzte Argument möchte doch wohl lediglich dartun, daß die Lust ein Gut neben anderen ist, nicht mehr als sonst eines. Jedes Gut ist in Verbindung mit einem anderen begehrenswerter als für sich allein. Das ist das Argument, mit dem *Plato* umgekehrt erweisen will, daß die Lust nicht das Gute ist. Das lustvolle Leben, sagt er, sei im Verein mit Klugheit begehrenswerter als ohne Klugheit; wenn aber das Vereinte besser sei, so sei die Lust nicht das Gute. Denn das Gute an sich könne durch keinerlei Zusatz begehrenswerter werden. Allein man sieht, daß so auch sonst nichts das Gute wäre, was zusammen mit etwas an sich Gutem begehrenswerter wird. Was wäre denn also ein solches Gute, woran auch wir teil haben könnten? Um ein solches fragt es sich doch.

Die aber den Satz, gut sei wonach alles strebt, beanstanden wollen, dürften damit leicht eine Meinung zu vertreten scheinen, mit der sich kein gesunder Sinn verbinden läßt. *Was alle glauben, das, behaupten wir, ist wahr. Wer diesen übereinstimmenden Glauben der Menschheit verwirft, wird schwerlich glaubwürdigeres zu sagen wissen*. Wären es bloß die vernunftlosen Wesen, die nach dem Lustbringenden Verlangen trügen, so möchte vielleicht an jener Meinung etwas sein, nun es aber auch die vernunftbegabten sind, wie könnte sie da einen Sinn haben? *Vielleicht ist aber auch in schlechten Individuen noch ein natürlich Gutes, besser als sie selbst, was nach dem eigentümlichen Gute begehrt*. Aber auch das scheint verfehlt, was man wohl zu dem Argumente aus dem Gegenteil der Lust bemerkt. Man sagt nämlich: wenn die Unlust ein Übel ist, so folgt nicht, daß die Lust ein Gut ist. Es könne ja auch einem Übel ein Übel entgegengesetzt sein, und beide, Gutes und Schlimmes, einem Dritten, das keines von beidem sei. Diese Bemerkung ist an sich nicht unrichtig, aber doch in unserem Falle verfehlt. Wären beide schlecht, so wären notwendig auch beide zu fliehen; wäre es keins von beiden, so wären auch beide nicht zu fliehen, oder man müßte sich gegen beide gleichmäßig verhalten. Nun aber sieht man, wie die Menschen das eine als ein Übel fliehen und das andere als ein Gut begehren. Also ist sich auch beides so entgegengesetzt.

Auch wenn die Lust kein Qualitatives ist, folgt daraus nicht, daß sie kein Gut ist. Auch die tugendgemäßen Tätigkeiten und die Glückseligkeit sind ja keine Qualitäten.

Man sagt ferner, das Gute sei bestimmt, die Lust aber sei unbestimmt, weil sie ein Mehr und Minder zuläßt. Aber wenn man auf Grund des Fühlens der Lust so urteilt, so wird ein gleiches von der Gerechtigkeit und den anderen Tugenden gelten müssen, wo man unbedenklich sagt, daß die Inhaber tugendhafter Eigenschaften das mehr und minder sind. Denn es gibt solche, die in höherem Grade gerecht und mutig sind; und auch gerecht handeln und mäßig sein kann man mehr und weniger. Ist aber das Mehr oder Minder in den Lüsten gemeint, so trifft man wohl den eigentlichen Grund der Sache nicht, wenn es wahr ist, daß die Lüste teils gemischt teils ungemischt sind. Denn weshalb soll es nicht mit der Lust sein können wie mit der Gesundheit, die ja ebenfalls zwar bestimmt ist, aber doch ein Mehr und Minder zuläßt? Das Gleichmaß, worauf sie beruht, ist nicht in allem ein und dasselbe, auch nicht bei einem immer das gleiche, sondern es kann bis zu einem bestimmten Grade nachlassen, unbeschadet seines Fortbestandes, und gestattet so verschiedene Grade. So kann es also auch mit den verschiedenen Graden der Lust sein.

Weiterhin sagt man, das Gute sei vollendet, die Bewegung und das Werden aber unvollendet, und sucht zu zeigen, daß die Lust Bewegung und Werden ist. – Aber schon das scheint verfehlt, daß die Lust Bewegung sein soll. Jeder Bewegung ist Schnelligkeit und Langsamkeit eigen, wenn auch nicht im Vergleich mit sich selbst, so doch im Verhältnis zu einem anderen, wie man an der Himmelsbewegung sieht. Bei der Lust aber findet sich keines von beiden, keine Schnelligkeit und keine Langsamkeit. Ja, bekommen kann man das Gefühl der Lust schnell, wie auch das des Zorns, aber haben kann man es nicht schnell, auch nicht im Vergleich mit einem anderen, wohl aber kann man schnell gehen, wachsen und dergleichen. Also der Übergang zur Lust kann schnell und langsam zustande kommen, aber schnell aktuell sein in bezug auf die Lust, will sagen, schnell Lust fühlen, das kann man nicht. Und wie sollte sie weiter ein Werden sein? Es wird oder entsteht doch nicht unterschiedslos jedes aus jedem, sondern jedes löst sich in das auf, woraus es wird. So müßte auch, wenn die Lust das Werden einer Sache ist, das Vergehen derselben Sache die Unlust sein. Man sagt nun, die Unlust sei der Mangel einer Sache, die von der Natur gefordert wird, und die Lust der Ausgleich dieses Mangels. Aber solche Dinge wie Mangel und Ausgleich sind körperlicher Art. Wenn also die Lust der von der Natur geforderte Ausgleich ist, so muß das, was den Ausgleich erfährt, der Körper also, Lust fühlen, und das wird man schwerlich annehmen. Mithin ist die Lust kein Ausgleich, sondern sie stellt sich nur gelegentlich eines solchen ein, wie auch die Unlust aus Anlaß des Gegenteils, z. B. wenn man sich schneidet, ausgelöst wird. Diese Meinung ist wohl hauptsächlich durch das Gefühl der Unlust und Lust veranlaßt, das sich auf die Ernährung bezieht. Man beruft sich darauf, daß man zuerst ein Bedürfnis verspürt und Unlust fühlt und hernach über die Stillung des Bedürfnisses Lust fühlt. Allein das trifft nicht bei allen Arten der Lust zu. Der Lust am Studium z. B. geht keine Unlust voraus, der sinnlichen Lust, die auf dem Geruch beruht, auch keine, und das gleiche gilt von so vielem, was man hört und sieht, und so manchen Erinnerungen und Hoffnungen. Wovon also sollten diese Genüsse ein Werden sein? Es ging ja kein Mangel voraus, den sie ausgleichen könnten.

Wenn man sich endlich auf die schimpflichen Lüste beruft, so kann man antworten, daß sie keine Lust sind. Sind sie für Menschen von schlechter sittlichen Verfassung eine Lust, so darf man darum nicht meinen, daß sie es auch noch für andere als jene sind, wie ja auch was den Kranken zuträglich ist oder süß oder bitter vorkommt, das darum noch nicht an sich ist, oder was den Augenkranken weiß erscheint, darum noch nicht weiß ist. – Oder man kann auch antworten, daß zwar die Lüste begehrenswert sind, aber nicht, wenn sie aus solchen Quellen fließen, wie es auch gut ist, reich zu sein, aber nicht für den, der Verrat geübt hat, und gut ist, gesund zu sein, aber nicht für den, der alles durcheinander gegessen hat. – Oder man kann sagen, daß die Lüste der Art nach verschieden sind. Diejenigen, die aus sittlich reinen Quellen fließen, sind anders als diejenigen, die aus unreinen Quellen geschöpft sind, und jener

Lust und jenes Genusses, dessen sich der Gerechte, der Gebildete oder der Inhaber sonstiger Vorzüge erfreuen kann, ist man nicht fähig, ohne gerecht, gebildet und so weiter zu sein.

Auch der Freund im Unterschied von dem Schmeichler scheint einen Beweis dafür zu liefern, daß die Lust nichts gutes ist oder es ihrer verschiedene Arten gibt. Der Verkehr des Freundes mit uns scheint auf das Gute abzuzielen, der des Schmeichlers auf die Lust, und diesen tadelt man, jenem spendet man wegen der Verschiedenheit seiner Absicht Lob. – Auch möchte niemand leben, wenn er immer nur den Verstand eines Kindes haben und alles was den Kindern Freude macht im höchsten Maße genießen sollte; und niemand möchte eine Freude haben um den Preis einer sehr schimpflichen Handlung, auch wenn ihm aus derselben niemals eine Unlust erwachsen sollte. – Auch liegt uns manches sehr am Herzen, das für uns keine Lust im Gefolge hat, wie Sehen, Gedenken, Wissen, Tugenden Haben. Führen diese Dinge notwendig einen Genuß und eine Befriedigung mit sich, so trägt das nichts aus. Denn wir würden sie auch dann begehren, wenn keine Lust aus ihnen flösse.

So könnte es also erwiesen scheinen, daß die Lust weder ein Gut, noch jede Lust begehrenswert ist, und daß einige Lüste an sich begehrenswert sind, die sich von den anderen der Art oder dem Ursprung nach unterschieden.

Dies möge bezüglich der über Lust und Unlust bestehenden Meinungen genügen.

Drittes Kapitel.

Was sie wirklich ist oder wie sie ist, mag deutlicher werden, wenn wir die Frage wieder von vorne aufnehmen. Der Akt des Sehens scheint in jedem Zeitmoment vollendet zu sein, sofern ihm nichts abgeht, was noch nachträglich hinzukommen müßte, um seiner Form die letzte Vollendung zu geben. Ihm ist nun die Lust ähnlich. Sie ist ein Ganzes, und es läßt sich in keinem Zeitmoment eine Lust aufweisen, deren Form durch die Verlängerung ihrer Dauer erst vollendet würde. Eben deshalb ist sie auch keine Bewegung. Jede Bewegung geschieht in einer Zeit und hat ein Ziel. So vollendet z. B. die Baukunst ihr Werk, wenn sie das, worauf sie abzielt, zustande gebracht hat, also entweder in der ganzen Zeit oder ihrem letzten Moment. Aber die Bewegungen in den einzelnen Zeitteilen sind alle unvollendet und von der ganzen Bewegung und von einander der Art nach verschieden. Die Zusammenfügung der Steine ist der Art nach verschieden von der Kannelierung der Säulen und beide wieder von der Erbauung des Tempels. Diese Herstellung des Tempels ist ein vollkommenes Werden, weil für den fraglichen Zweck weiter nichts mehr erfordert wird. Dagegen die Herstellung des Fundamentes und des Dreischlitzes über dem Architrav ist als bloße Herstellung eines Teils ein unvollkommenes Werden. Wir haben hier also der Art nach verschiedene Bewegungen, und man kann in keiner Zeit eine ihrer Form nach vollendete Bewegung aufweisen außer in der ganzen Zeit, die die jedesmalige Herstellung beansprucht. Ebenso ist es mit dem Gehen und den anderen Arten der Fortbewegung. Wenn die örtliche Bewegung eine Bewegung von irgendwoher nach irgendwohin ist, so umfaßt sie auch spezifische Unterschiede, das Fliegen, Gehen, Springen und dergleichen. Aber der Unterschied tritt nicht blos in diesem Sinne auf, er findet sich auch im Gehen selbst. Denn der Ausgangs- und der Endpunkt ist nicht derselbe bei einem Stadium und bei einem Stück davon, und wieder bei diesem Stück und bei jenem; und ebenso ist es nicht dasselbe, wenn man diese und wenn man jene Linie durchläuft; man geht ja nicht blos in einer Linie, sondern dieselbe hat auch die Eigenschaft, an einem bestimmten Orte zu sein, die eine an diesem, die andere an jenem. Genauer ist nun von der Bewegung anderswo gehandelt worden , hieher gehört nur soviel, daß sie nicht in der ganzen Zeit vollendet zu sein scheint; vielmehr sind die meisten Bewegungen unvollendet und der Art nach verschieden, wenn anders der Ausgangs- und Zielpunkt artbildend ist. Dagegen ist die Art und somit auch die Form der Lust jederzeit vollendet, und so wird klar, daß sie von der Bewegung verschieden und ein Ganzes und Vollendetes ist.

Das Gleiche erhellt daraus, daß eine Bewegung, die in keiner Zeit geschähe, nicht möglich ist, wohl aber ein Lustgefühl. Denn das Gefühl, das man in einem Moment hat, ist ein Ganzes. Man sieht hieraus, daß man die Lust mit Unrecht für eine Bewegung oder ein Werden ausgibt. Denn diese Begriffe werden nicht auf alles angewandt, sondern nur auf das, was teilbar und kein Ganzes ist. Der Akt des Sehens, der Punkt, die Einheit hat kein Werden und ist kein Werden und keine Bewegung. Und so hat auch die Lust kein Werden, da sie ein unteilbares Ganze ist.

Viertes Kapitel.

Da jeder Sinn sich mit bezug auf sein Objekt betätigt , und zwar vollkommen dann, wenn er selbst in guter Verfassung und sein Objekt das schönste und angemessenste ist, das er wahrnehmen kann – so etwas ist doch wohl wesentlich die vollkommene Tätigkeit; ob wir aber sagen, der Sinn sei tätig oder das Wesen, das ihn hat, steht uns gleich –, so ist also bei aller Tätigkeit diejenige die beste, bei der das Tätige in bester Verfassung und das Objekt das Vollkommenste ist, das in den Bereich der betreffenden Tätigkeit fällt. Diese beste Tätigkeit muß wie die vollkommenste so auch die genußreichste sein. Jeder Sinn hat nämlich seine Lust, und ebenso gibt es eine Lust des Denkens und Betrachtens, und die höchste Lust liegt in der vollkommensten Tätigkeit, und am vollkommensten ist die Tätigkeit eines in guter Verfassung befindlichen Tätigen gegenüber seinem vornehmsten Gegenstand. Die Lust ist demnach der Tätigkeit Vollendung. Freilich bringt die Lust die Vollendung nicht in dem Sinne, wie die letztere unter den erforderlichen Bedingungen von dem Objekte und den Sinnen kommt, wie ja auch die Gesundheit nicht in demselben Sinne Ursache des Gesundseins ist wie der Arzt.

Daß aber jeder Sinn seine Lust hat, ist klar. Wir nennen ja Gesichts- und Gehörswahrnehmungen lustbringend. Klar ist auch, daß die Lust am größten ist, wenn der Sinn die beste Verfassung hat und sich gegenüber einem Objekt der besten Art betätigt. Entsprechen das wahrgenommene

Objekt und das wahrnehmende Subjekt diesen Bedingungen, so wird sich immer Lust einstellen; denn dann ist ebensowohl was sie hervorrufen als was sie empfinden kann, vorhanden. Jedoch vollendet die Lust die Tätigkeit nicht wie eine habituelle Form, sondern wie etwas, was zur Form hinzutritt, wie die Schönheit sich im Gefolge der vollkommenen körperlichen Entwickelung einstellt. So lange nun das geistig gedachte oder sinnlich wahrgenommene Objekt in der erforderlichen Verfassung bleibt und das sinnlich unterscheidende oder verständig denkende Subjekt desgleichen, so lange wird die Tätigkeit mit Lust verpaart sein. Denn so lange Leidendes und Tätiges sich gleich bleiben und sich gleichmäßig zu einander verhalten, erfolgt naturgemäß die gleiche Wirkung.

Wie kommt es nun, daß niemand beständig Lust empfindet? Nicht etwa von der Ermüdung? Kein menschliches Vermögen kann ja beständig tätig sein, und so bleibt denn auch die Lust, als welche der Tätigkeit folgt, aus. Manches ergötzt uns auch, weil es nun ist, und später eben deshalb nicht mehr. Denn zuerst wird die Aufmerksamkeit davon in Anspruch genommen und beschäftigt sich lebhaft damit, wie man z. B. einen Gegenstand, der in die Augen trifft, angestrengt betrachtet. Danach aber ist die Tätigkeit keine solche mehr, sondern sie läßt nach, und dadurch wird denn auch die Lustempfindung geschwächt.

Man kann wohl sagen, wo alles zu leben begehre, verlange auch alles nach der Lust. Das Leben ist nämlich eine Tätigkeit, und jeder ist in dem und durch das tätig, was er am meisten liebt. So ist der Freund der Musik mit dem Gehör in dem Bereich der Töne tätig, der Lernbegierige mit dem Verstand im Bereich der Erkenntnisse, und so die Übrigen alle. Es hat also seinen guten Grund, daß man auch nach der Lust strebt, da aus ihr einem jeden für das Leben, dieses begehrenswerte Gut, die Vollendung erwächst.

Fünftes Kapitel.

Ob wir aber wegen der Lust das Leben begehren oder wegen des Lebens die Lust, stehe für jetzt dahin. Denn diese beiden Dinge scheinen zusammengepaart zu sein und keine Trennung zu gestatten, da ohne Tätigkeit keine Lust entsteht und jede Tätigkeit durch die Lust vollendet wird.

Daher scheinen auch die Lüste der Art nach verschieden zu sein. Denn was selbst spezifisch verschieden ist, das, nehmen wir an, erhält auch durch spezifisch Verschiedenes seine Vollendung. Man sieht das ja auch an den Erzeugnissen der Natur und der Kunst, an Tieren und Bäumen, an Bildern, Statuen, Häusern und Geräten. Ebenso scheints müssen demnach auch spezifisch verschiedene Tätigkeiten durch spezifisch Verschiedenes vollendet werden. Nun sind aber die geistigen Tätigkeiten von den sinnlichen und wieder die einzelnen geistigen und sinnlichen Tätigkeiten unter sich spezifisch verschieden; so müssen es denn auch die Lüste sein, von denen sie ihre Vollendung empfangen.

Man kann das auch daraus abnehmen, daß jede Lust der Tätigkeit, die sie vollendet, verwandt ist. Denn die Tätigkeit wird durch die ihr verwandte Lust gesteigert. Die mit Lust tätig sind, unterscheiden alles schärfer und führen alles genauer durch; gute Geometriker z. B. werden die, die an der Geometrie Freude haben, und solche verstehen alles besser; ebenso machen auch die Freunde der Musik, der Baukunst und so weiter je in ihrem Fach, dank der Freude, die es ihnen macht, Fortschritte. Die Steigerung kommt aber von der Lust, und das Steigernde ist verwandt. Was aber spezifisch verschiedenem verwandt ist, das ist auch selbst spezifisch verschieden.

Noch deutlicher aber sieht man das daraus, daß für die eine Art von Tätigkeit eine Lust hinderlich ist, die aus einer anderen Art von Tätigkeit erwächst. Die Freunde des Flötenspiels können keinem Vortrage mehr folgen, wenn sie einen Flötenspieler hören, indem ihnen das Spiel mehr Freude macht als die Tätigkeit, die sie gerade beschäftigte. Somit zerstört die Lust, die das Flötenspiel gewährt, die Tätigkeit des Aufmerkens auf den Vortrag. Und ähnlich geht es überall, wo man mit zwei Dingen zugleich beschäftigt ist: die angenehmere Tätigkeit verdrängt die andere, und das um so mehr, je mehr sie sich durch Annehmlichkeit auszeichnet, so daß jene zuletzt ganz aufhört. Wenn uns daher eine Sache in hohem

Grade ergötzt, tun wir nicht leicht etwas anderes, und umgekehrt treiben wir andere Dinge, wenn uns etwas nur geringe Befriedigung bietet, und in den Theatervorstellungen sprechen die Freunde von Naschwerk demselben allemal besonders zu, wenn die Schauspieler nichts taugen.

Da aber die verwandte Lust die Tätigkeiten schärft, anhaltender und besser macht, fremde Lustgefühle aber sie schädigen, so kann man sehen, wie sehr sie von einander verschieden sind. Die fremden Lustgefühle haben fast die gleiche Wirkung wie die verwandten Unlustgefühle. Diese letzteren heben die Tätigkeiten auf, wie z. B. wenn jemanden das Schreiben oder das Rechnen unlieb und verhaßt ist: der eine schreibt dann nicht, und der andere rechnet nicht, weil ihn die Tätigkeit verdrießt. So wird denn auf eine Tätigkeit von den ihr verwandten Gefühlen der Lust und der Unlust eine entgegengesetzte Wirkung ausgeübt; verwandt aber sind die Gefühle, die bei der Tätigkeit an sich entstehen. Von den fremden Lustgefühlen aber haben wir gesagt, daß sie eine ähnliche Wirkung haben wir die Unlust: sie heben die Tätigkeit, wenn auch nicht auf gleiche Weise, auf.

Da sich die Tätigkeiten durch sittliche Güte und Schlechtigkeit unterscheiden, und die einen begehrenswert, die anderen verwerflich, noch andere keins von beidem sind, so ist es ebenso mit den Lustgefühlen bewandt; denn jeder Tätigkeit entspricht eine eigentümliche Lust. Die der tugendhaften Tätigkeit eigentümliche Lust ist sittlich, die der lasterhaften eigentümliche unsittlich. Denn auch die Begierden sind, wenn sie dem sittlich Guten gelten, lobenswert, und wenn sie dem sittlich Schlechten gelten, tadelnswert. Nun sind aber die Lustgefühle, die eine Tätigkeit begleiten, derselben viel näher verwandt als die Begierden. Diese sind von ihr zeitlich und ihrer Natur nach geschieden, jene aber sind mit den Tätigkeiten eng verbunden und von ihnen so wenig geschieden, daß man fragen kann, ob nicht Tätigkeit und Lust dasselbe ist. Dennoch sieht die Lust nicht aus, als ob sie Gedanke oder Wahrnehmung wäre, das wäre ungereimt, aber sie gilt doch hin und wieder für das nämliche, weil sie von der Tätigkeit nicht getrennt ist. Demnach sind, wie die Tätigkeiten, so auch die Lustgefühle verschieden.

Das Gesicht ist von dem Gefühl an *Reinheit* verschieden, wie das Gehör und der Geruch von dem Geschmack. So sind es denn ebenso die *Lustempfindungen*, sowohl von denen der Sinne die des Geistes, wie auch die einzelnen Lustempfindungen des Geistes und der Sinne je unter sich.

Man kann auch sagen, daß jedes Sinnenwesen, wie eine eigene Verrichtung, so eine eigene Lust hat, nämlich die seiner Tätigkeit entsprechende. Man sieht das auch, wenn man die einzelnen Arten der Lebewesen betrachtet. Eine andere ist die Lust des Pferdes, eine andere die des Hundes und eine andere die des Menschen, wie ja auch *Heraklit* sagt, daß ein Esel die Spreu dem Golde vorziehen würde. Nämlich für Esel ist Futter angenehmer als Gold. Wie also die Wesen selbst, so sind auch ihre Lüste oder Ergötzungen der Art nach verschieden, dagegen ist anzunehmen, daß die von Wesen einer Art nicht verschieden sind.

Nur *beim Menschen* tritt hier eine große Mannigfaltigkeit hervor. Ein und dasselbe kann den einen ergötzen und den anderen schmerzen, bei dem einen Unlust und Haß, bei dem anderen Lust und Liebe hervorrufen. Dies ist auch beim Süßen der Fall. Nicht das nämliche kommt dem Fieberkranken und dem Gesunden süß vor, und nicht das nämliche erscheint dem Leidenden und dem, der sich wohl befindet, als heiß. In allen solchen Fällen aber scheint das wahr zu sein, was der Tugendhafte dafür hält. Und ist dieser Satz richtig, wie wir annehmen dürfen, und ist die Tugend und der Tugendhafte jedes Dinges Maß, so folgt auch, *daß wahre Freuden jene sind, die er dafür hält, und wahrhaft erfreulich das ist, woran er sich erfreut*. Wenn aber das, was ihm zuwider ist, einem anderen erfreulich vorkommt, so ist daran nichts Wunderbares; denn der Mensch unterliegt mannigfacher Verderbniß und Schädigung; aber genußreich ist es nicht, außer eben für diejenigen, die sich in solch verderbter Verfassung befinden.

So leuchtet denn ein, daß man die anerkannt schimpflichen Arten der Lust nicht als Lust gelten lassen darf, außer für verderbte Naturen. Dagegen erhebt sich nun bezüglich der als sittlich geltenden Arten von Lust die Frage, *welche oder was für eine man für die dem Menschen eigentümliche Lust erklären soll.* Die Tätigkeiten werden uns darüber Aufschluß geben müssen; nach ihnen richtet die Lust sich ja. *Mag es nun der Tätigkeiten des vollkommenen und glückseligen Mannes nur eine oder mehrere geben, so wird die s i e vollendende Lust es sein, die man für die eigentlich und vorzüglich menschliche Lust zu erklären hat.* Die übrigen Arten von Lust können dafür erst an zweiter und weiterer Stelle gelten, entsprechend den Tätigkeiten.

Sechstes Kapitel.

Unsere Erörterung über die Tugenden, die Freundschaft und die Lust ist nun zu Ende, und so bleibt noch *die Glückseligkeit* im Umrisse zu behandeln, die uns Ziel und Ende alles menschlichen Tuns bedeutet. Unser Vortrag über sie wird an Kürze gewinnen, wenn wir uns auf das Vorausgehende zurückbeziehen.

Wir haben gesagt, die Glückseligkeit sei kein Habitus. Sonst könnte ja auch derjenige sie besitzen, der sein Leben lang schläft und so ein bloß vegetatives Dasein führt, oder auch ein Mensch, den die größten Unglücksfälle träfen. Wenn uns dies nun nicht befriedigen kann, und wir sie vielmehr, wie in den früheren Ausführungen gesagt worden ist, in eine gewisse Tätigkeit setzen müssen, und wenn ferner die Tätigkeiten teils notwendig und als Mittel, teils an sich begehrenswert sind, so ist die Glückseligkeit offenbar für eine von den Tätigkeiten zu erklären, die an sich, und nicht für eine von denen, die blos als Mittel begehrenswert sind. Sie ist ja keines anderen Dinges bedürftig, sondern sich selbst genug.

An sich begehrenswert aber sind die Tätigkeiten, bei denen man nichts weiter sucht als die Tätigkeit selbst Diesen Charakter scheinen einmal die tugendgemäßen Handlungen zu haben, da es an sich begehrenswert ist, schön und tugendhaft zu handeln, sodann die Unterhaltungen, die dem Genusse dienen, da man sie nicht als Mittel zum Zweck begehrt. Man hat ja mehr Schaden als Nutzen von ihnen, indem man ihretwegen Gesundheit und Vermögen vernachlässigt. Zu solchem Zeitvertreib nimmt die Mehrheit derer, die die Welt glücklich preist, ihre Zuflucht.

Darum stehen bei den Großen der Erde diejenigen, die derlei Kurzweil gut zu veranstalten wissen, in so hoher Gunst. Sie machen sich ihnen angenehm in dem, wonach ihr Sinn steht; nun sind es aber grade solche Dinge, die sie zu bedürfen glauben. So gewinnt es denn den Schein, als ob derartiges ein notwendiger Bestandteil der Glückseligkeit wäre, da die Machthaber ihre Mußestunden damit zubringen. Indessen dürfte das Verhalten solcher Männer wohl nichts beweisen. Denn Tugend und Verstand, diese Quellen jeder schönen Tat, beruhen nicht auf dem Besitz der Macht. Und wenn jene Menschen, da der Geschmack für reine und edle Freude ihnen fehlt, ihre Zuflucht zu den sinnlichen Ergötzungen nehmen, so darf man darum nicht glauben, daß diese begehrenswerter sind. Glauben doch auch Kinder, das sei das Höchste, was bei ihnen was gilt. So ist es denn begreiflich, daß, so wie für Kinder andere Dinge Wert haben als für Erwachsene, so auch für schlechte Menschen andere Dinge als für tugendhafte. Wie wir also schon oft wiederholt haben, wertvoll und genußreich zugleich ist das, was dem guten Manne solches ist. Nun ist aber einem jeden diejenige Tätigkeit am liebsten, die seiner eigentümlichen Beschaffenheit entspricht. Also kann das für den guten Mann nur die der Tugend gemäße Tätigkeit sein.

Die Glückseligkeit besteht mithin nicht in den Vergnügungen, nicht in Spiel und Scherz. Es wäre ja ungereimt, wenn unsere Endbestimmung Spiel und Scherz wäre, und wenn die Mühe und das Leid eines ganzen Lebens das bloße Spiel zum Ziele hätte. Fast alles begehren wir als Mittel, ausgenommen die Glückseligkeit, die ja Zweck ist. Nun erscheint es doch als töricht und gar zu kindisch, kindischen Spieles wegen zu arbeiten und sich anzustrengen; dagegen der Spruch des *Anacharsis* : „Spielen, um zu arbeiten“, darf als die richtige Maxime gelten. Das Spiel ist ja eine Art Erholung, und der Erholung bedürfen wir darum, weil wir nicht in einem fort arbeiten können. Nun ist aber die Erholung nicht Zweck, weil sie der Tätigkeit wegen da ist.

Auch scheint das glückselige Leben ein tugendhaftes Leben zu sein. Dieses aber ist ein Leben ernster Arbeit, nicht lustigen Spiels. Das Ernste nennen wir ja besser als das Scherzhafte und Lustige, und die Tätigkeit des besseren Teiles und Menschen nennen wir immer auch ernster. Nun ist aber die Tätigkeit des Besseren vorzüglicher und so denn auch seliger. Auch kann die sinnliche Lust der Erste Beste genießen, der Sklave nicht minder als der ausgezeichnetste Mensch. Die Glückseligkeit aber erkennt niemand einem Sklaven zu, außer es müßte auch sein Leben dem entsprechen. Denn die Glückseligkeit besteht nicht in solchen Vergnügungen, sondern in den tugendgemäßen Tätigkeiten, wie wir schon früher erklärt haben.

Siebentes Kapitel.

Ist aber die Glückseligkeit eine der Tugend gemäße Tätigkeit, so muß dieselbe natürlich der vorzüglichsten Tugend gemäß sein, und das ist wieder die Tugend des Besten in uns. Mag das nun der Verstand oder etwas anderes sein, was da seiner Natur nach als das Herrschende und Leitende auftritt und das wesentlich Gute und Göttliche zu erkennen vermag, sei es selbst auch göttlich oder das Göttlichste in uns: – *immer wird seine seiner eigentümlichen Tugend gemäße Tätigkeit die vollendete Glückseligkeit sein.*

Daß diese Tätigkeit *theoretischer* oder *betrachtender Art* ist, haben wir bereits gesagt. Man sieht aber auch, daß das sowohl mit unseren früheren Ausführungen wie mit der Wahrheit übereinstimmt.

Denn zunächst ist diese Tätigkeit die vornehmste. Der Verstand oder die Vernunft ist nämlich das Vornehmste in uns, und die Objekte der Vernunft sind wieder die vornehmsten im ganzen Felde der Erkenntnis.

Sodann ist sie die anhaltendste. Anhaltend betrachten oder denken können wir leichter, als irgend etwas Äußerliches anhaltend tun.

Ferner geht die gemeine Meinung dahin, daß die Glückseligkeit mit Lust verpaart sein muß. Nun ist aber unter allen tugendgemäßen Tätigkeiten die der Weisheit zugewandte eingestandenermaßen die genußreichste und seligste. Und, in der Tat bietet das Studium der Weisheit Genüsse von wunderbarer Reinheit und Beständigkeit, selbstredend ist aber der Genuß noch größer, wenn man schon weiß, als wenn man erst sucht.

Auch was man Selbstgenüge nennt, findet sich am meisten bei der Betrachtung. Was zum Leben erforderlich ist, dessen bedarf auch der Weise und der Gerechte und die Inhaber der anderen sittlichen Tugenden. Sind sie aber mit dergleichen ausreichend versehen, so bedarf der Gerechte noch solcher, gegen die und mit denen er gerecht handeln kann, und das gleiche gilt von dem Mäßigen, dem Mutigen und jedem anderen; der Weise dagegen kann, auch wenn er für sich ist, betrachten, und je weiser er ist, desto mehr; vielleicht kann er es besser, wenn er Mitarbeiter hat, aber immerhin ist er sich selbst am meisten genug.

Und, von ihr allein läßt sich behaupten, daß sie ihrer selbst wegen geliebt wird. Sie bietet uns ja außer dem Denken und Betrachten sonst nichts; vom praktischen Handeln dagegen haben wir noch einen größeren oder kleineren Gewinn außer der Handlung.

Und, die Glückseligkeit scheint in der Muße zu bestehen. Wir opfern unsere Muße, um Muße zu haben, und wir führen Krieg, um in Frieden zu leben. Die praktischen Tugenden nun äußern ihre Tätigkeit im bürgerlichen Leben oder im Kriege. Die Aktionen auf diesen Gebieten aber dürften sich mit der Muße kaum vertragen. Die kriegerische Tätigkeit schon gar nicht. Niemand will Krieg und Kriegsrüstungen des Krieges wegen. Denn man müßte als ein ganz blutdürstiger Mensch erscheinen, wenn man sich seine Freunde zu Feinden machte, nur damit es Kampf und Blutvergießen gäbe. Aber auch die friedliche Tätigkeit im Dienste des Gemeinwesens verträgt sich nicht mit der Muße und verfolgt neben der Besorgung der öffentlichen Angelegenheiten selbst den Besitz der Macht und den Genuß der Ehren oder doch das wahre Lebensglück für die eigene Person und die Mitbürger, als ein Ziel, das vom Staatsdienst verschieden ist, und das wir Menschen auch durch das Leben in der staatlichen Gemeinschaft zu erreichen suchen, selbstverständlich als etwas von diesem Leben selbst Verschiedenes. Wenn also nun zwar unter allen tugendhaften Handlungen diejenigen, die sich um Staat und Krieg drehen, an Schönheit und Größe obenan stehen, und sie gleichwohl mit der Muße unvereinbar und auf ein außer ihnen liegendes Ziel gerichtet sind und also nicht ihrer selbst wegen begehrt werden, und wenn dagegen die Tätigkeit der Vernunft, die denkende, ebensowohl an Ernst und Würde hervorragt, als sie keinen anderen Zweck hat, als sich selbst, auch eine eigentümliche Lust und Seligkeit in sich schließt, die die Tätigkeit steigert, so sieht man klar, daß in dieser Tätigkeit, so weit es menschenmöglich ist, das Selbstgenüge, die Muße, die Freiheit von Ermüdung und alles, was man sonst noch dem Glückseligen beilegt, sich finden muß. *Und somit wäre dies die vollendete Glückseligkeit des Menschen, wenn sie auch noch die volle Länge eines Lebens dauert, da nichts, was zur Glückseligkeit gehört, unvollkommen sein darf.*

Aber das Leben, in dem sich diese Bedingungen erfüllen, ist höher, als es dem Menschen als Menschen zukommt. Denn so kann er nicht leben, insofern er Mensch ist, sondern nur insofern er etwas *Göttliches* in sich hat. So groß aber der Unterschied ist zwischen diesem Göttlichen selbst und dem aus Leib und Seele zusammengesetzten Menschenwesen, so groß ist auch der Unterschied zwischen der Tätigkeit, die von diesem Göttlichen ausgeht, und allem sonstigen tugendgemäßen Tun. Ist nun die Vernunft im Vergleich mit dem Menschen etwas Göttliches, so muß auch das Leben nach der Vernunft im Vergleich mit dem menschlichen Leben göttlich sein.

Man darf aber nicht jener Mahnung Gehör geben, die uns anweist, unser Streben als Menschen auf Menschliches und als Sterbliche auf Sterbliches zu beschränken, sondern wir sollen, so weit es möglich ist, uns bemühen, unsterblich zu sein, und alles zu dem Zwecke tun, dem Besten, was in uns ist, nachzuleben. Denn ob auch klein an Umfang, ist es doch an Kraft und Wert das bei weitem über alles Hervorragende. Ja, man darf sagen: dieses Göttliche in uns ist unser wahres Selbst, wenn anders es unser vornehmster und bester Teil ist. Mithin wäre es ungereimt, wenn einer nicht sein eigenes Leben leben wollte, sondern das eines anderen. Und was wir oben gesagt, paßt auch hieher. Was einem Wesen von Natur eigentümlich ist im Unterschiede von anderen, ist auch für dasselbe das Beste und Genußreichste. Also ist das für den Menschen das Leben nach der Vernunft, wenn anders die Vernunft am meisten der Mensch ist. Mithin ist dieses Leben auch das glückseligste.

Achtes Kapitel.

An zweiter Stelle ist dasjenige Leben glückselig, das der sonstigen Tugend gemäß ist.

Denn, die dieser sonstigen Tugend entsprechenden Tätigkeiten sind *menschlicher* Art. Gerechtigkeit, Mut, und die anderen Tugenden üben wir gegeneinander im geschäftlichen Verkehr, in Notlagen, in Handlungen aller Art und dadurch, daß wir von Lasten jedem so viel zumessen, als sich gebührt. Das sind aber offenbar lauter menschliche Dinge. Manches, was zu diesen Tugenden gehört, beruht auch auf unserer leiblichen Natur, und die ethische Tugend hat es vielfach mit den Affekten zu tun, so daß sie in mancher Hinsicht mit den guten Affekten verwandt scheint. Auch ist mit der ethischen Tugend die Klugheit verpaart und diese mit der Klugheit, da ja die Grundsätze der Klugheit auf grund der ethischen Tugenden Richtung gebend wirken und die letzteren wieder durch jene geordnet werden. Da nun beide, ethische Tugend wie Klugheit, auch auf die Affekte bezug haben, so haben sie es ohne Zweifel mit dem Ganzen aus Leib und Seele zu tun. Die Tugenden dieses Ganzen sind aber menschliche Tugenden. Somit ist auch das auf die Übung dieser Tugenden gerichtete Leben menschlich, und menschlich denn auch die Glückseligkeit, die es gewähren kann. Dagegen diejenige, die das Leben nach der Vernunft gewährt, ist getrennt und göttlich. Weiteres sagen wir hierüber nicht. Denn wenn wir uns über des Geistes Eigenart genauer aussprechen wollten, so ginge das über die Grenzen der vorliegenden Aufgabe hinaus.

Auch bedarf das Leben nach dem Geiste und die entsprechende Glückseligkeit der äußeren Güter nur wenig oder doch weniger als das Leben gemäß den sittlichen Tugenden. Mögen beide das zum Unterhalt Nötige auch gleich sehr brauchen – wenn auch der Mann des öffentlichen Lebens sich um den Körper und was damit verwandt ist, mehr bemühen muß; doch trägt das nicht viel aus –, so muß sich doch ein großer Unterschied ergeben, sobald man die Bedeutung erwägt, die der Besitz oder Nichtbesitz äußerer Güter für die beiderseitigen Tätigkeiten hat. Der Freigebige braucht Geld, um freigebig zu handeln, und der Gerechte braucht es, um Empfangenes zu vergelten – denn das bloße Wollen ist nicht erkennbar, und auch wer nicht gerecht ist, tut so, als wolle er gerecht handeln –; der Mutige bedarf der Kraft, wenn er eine Tat des Mutes vollbringen will, und der Mäßige bedarf der Freiheit und Ungebundenheit. Wie könnte man sonst wissen, ob einer diese oder eine andere Tugend wirklich hat oder nicht? Man zweifelt freilich, welches von den beiden Erfordernissen der Tugend das wichtigere ist, der Wille oder das Werk. Doch findet sie offenbar ihre Vollendung erst in beiden zugleich. Nun bedarf sie aber, um zu handeln, vieler Dinge und bedarf ihrer desto mehr, je großer und schöner ihre Handlungen sind. Der Mann des Denkens aber hat, wenigstens für diese seine Tätigkeit, keines dieser Dinge nötig, ja, sie hindern ihn eher daran. Sofern er aber Mensch ist und mit vielen zusammenlebt, wird er auch wünschen, die Werke der sittlichen Tugenden auszuüben, und so wird er denn solcher Dinge bedürfen, um als Mensch unter Menschen zu leben.

Aber auch aus folgendem mag man sehen, daß die vollkommene Glückseligkeit eine Denktätigkeit ist. Von den Göttern glauben wir, daß sie die glücklichsten und seligsten Wesen sind. Aber was für Handlungen soll man ihnen beilegen? Etwa Handlungen der Gerechtigkeit? Wäre es aber nicht eine lächerliche Vorstellung, sie Verträge schließen und Depositen zurückerstatten zu lassen und dergleichen mehr? Oder Handlungen des Mutes, wobei sie vor Furchterregendem standzuhalten und Gefahren zu bestehen hätten, weil es sittlich schön ist, solches zu tun? Oder vielmehr Handlungen der Freigebigkeit? Aber wem sollen sie denn geben? Es wäre ja ungereimt, wenn sie Geld oder dergleichen zu vergeben hätten. Beobachtung der Mäßigkeit ferner, was hieße das bei den Göttern? Es wäre doch gewiß ein plumpes Lob, daß sie keine bösen Begierden hätten. Und so mögen wir nehmen was wir wollen, alles was zur Tugendübung gehört, muß als klein und der Götter unwürdig erscheinen. Und doch hat man immer geglaubt, daß sie leben und mithin tätig sind; denn niemand denkt doch, daß sie schlafen wie Endymion. Nimmt man aber dem Lebendigen jenes Handeln auf grund ethischer Tugend und Klugheit, und nimmt man ihm noch viel mehr das Schaffen, was bleibt dann noch als das Denken? *Und so muß denn die Tätigkeit Gottes, die an Seligkeit alles übertrifft, die denkende Tätigkeit sein.* Eben darum wird aber auch von menschlichen Tätigkeiten diejenige die seligste sein, die ihr am nächsten verwandt ist.

Ein Zeichen dessen ist endlich, daß die übrigen Sinnenwesen an der Glückseligkeit keinen Anteil haben, weil sie der gedachten Tätigkeit vollständig ermangeln. Das Leben der Götter ist seiner Totalität nach selig, das der Menschen insofern, als ihnen eine Ähnlichkeit mit dieser Tätigkeit zukommt, von den anderen Sinnenwesen aber ist keines glückselig, da sie an dem Denken in keiner Weise teil haben. So weit sich demnach das Denken erstreckt, so weit erstreckt sich auch die Glückseligkeit, und den Wesen, denen das Denken und die Betrachtung in höherem Grade zukommt, kommt auch die Glückseligkeit in höherem Grade zu, nicht mitfolgend, sondern eben auf Grund des Denkens, das seinen Wert und seine Würde in sich selbst hat. So ist denn die Glückseligkeit ein Denken.

Neuntes Kapitel.

Der Glückselige wird aber als Mensch auch in äußeren guten Verhältnissen leben müssen. Denn die Natur genügt sich selbst zum Denken nicht; dazu bedarf es auch der leiblichen Gesundheit, der Nahrung und alles andern, was zur Notdurft des Lebens gehört.

Indessen darf man, wenn man ohne die äußeren Güter nicht glückselig sein kann, darum nicht meinen, daß dazu viele und große Güter erforderlich wären. Denn daß einer ein volles Genüge und die Möglichkeit der Betätigung habe, liegt nicht an Reichtum und Überfluß: man kann, auch ohne über Land und Meer zu herrschen, sittlich handeln; denn auch mit mäßigen Mitteln läßt sich der Tugend gemäß handeln. Man kann das deutlich daran sehen, daß die Privatleute den Fürsten im rechten und tugendhaften Handeln nicht nachzustehen, sondern eher voraus zu sein scheinen. Es genügt also, wenn dazu die nötigen Mittel vorhanden sind. Denn das Leben muß glückselig sein, wenn es in tugendgemäßer Tätigkeit verbracht wird.

Auch *Solon* hat die Frage, wer glückselig sei, wohl treffend beantwortet, wenn er sagte, glückselig seien diejenigen, die, mit äußeren Gütern mäßig bedacht, die nach seiner Ansicht schönsten Taten verrichtet und mäßig gelebt hätten. Denn auch mit bescheidenen Mitteln läßt sich pflichtgemäß handeln. Und *Anaxagoras* scheints hat sich den glückseligen Menschen nicht als Reichen oder Fürsten gedacht, wenn er sagte, ihn würde es nicht wunder nehmen, wenn derjenige, den er selbst für glückselig hielte, der Menge als ungeeignet für solche Bezeichnung erscheinen würde. Denn die Menge urteilt nach dem Äußeren, wofür sie allein Sinn hat. So stimmen denn die Ansichten der Weisen mit den von uns dargelegten Gründen überein, und zweifellos liegt in solchen Zeugnissen auch eine gewisse Beweiskraft. Doch muß man im Gebiet des Praktischen die Wahrheit nach den Werken und dem Leben beurteilen. Denn diese sind hier entscheidend. So muß man denn auch Aussprüche der Philosophen wie die vorhin angeführten in der Art prüfen, daß man sie mit ihrem Leben und ihren Werken vergleicht, und sie, falls sie damit zusammenstimmen, für wahr halten, falls sie aber damit in Widerspruch stehen, nur als leere Worte betrachten.

Wer aber denkend tätig ist und die Vernunft in sich pflegt, mag sich nicht nur der allerbesten Verfassung erfreuen, sondern auch von der *Gottheit* am meisten geliebt werden. Denn wenn die Götter, wie man doch allgemein glaubt, um unsere menschlichen Dinge irgend welche Sorge haben, muß man ja vernünftiger Weise urteilen, daß sie an dem Besten und ihnen Verwandtesten Freude haben – und das ist unsere Vernunft –, und daß sie denjenigen, die dasselbe am meisten lieben und hochachten, mit gutem vergelten, weil sie für das, was ihnen lieb ist, Sorge tragen und recht und löblich handeln. Es ist aber unverkennbar, daß dies alles vorzüglich bei dem Weisen zu finden ist. Mithin wird er von der

Gottheit am meisten geliebt; wenn aber das, so muß er auch der Glückseligste sein. Somit wäre der Weise auch aus diesem Grunde der Glücklichste.

Zehntes Kapitel.

Wir haben also nunmehr hierüber und über die Tugenden, sowie auch über die Freundschaft und die Lust das Nötige im Umrisse beigebracht. Sind wir demnach jetzt mit unserem Vorhaben am Ziele, oder ist nicht der Satz richtig, daß beim Handeln das Ziel nicht darin liegt, das einzelne zu erforschen und zu erkennen, sondern vielmehr darin, es zu tun? So ist es denn auch bei der Tugend mit dem Wissen nicht genug, sondern man muß darnach streben, sie zu haben und zu üben oder sonst den Weg einzuschlagen, auf dem wir gute Menschen werden können.

Wären nun Reden hinreichend, um vortreffliche Menschen zu bilden, so würden sie nach *Theognis*

Hätte ein Gott verliehn dies des Asklepios Schaar,
Daß sie die Bosheit heile und schlimme Begierde der Menschen,
Trüge sie reichlichen Sold, große Geschenke davon.

vielen und großen Lohn einbringen, und man müßte sie sich verschaffen. Nun aber scheints können dieselben zwar für Jünglinge von edeler Gemütsart ein Sporn und Antrieb werden und einen vornehmen und wahrhaft für das Schöne eingenommenen Charakter an die Tugend fesseln, aber sie vermögen nicht die Menge für das Schöne und Gute zu gewinnen. Denn die Menge läßt sich ihrer Natur gemäß nicht durch sittliche Scheu, sondern durch die Furcht bestimmen und enthält sich des Schlechten, nicht weil es schimpflich ist, sondern weil darauf Strafe steht. Da sie der Leidenschaft nachlebt, trachtet sie nach den ihrem Geschmacke entsprechenden Genüssen und nach dem, was dieselben verschaffen kann, und flieht die entgegengesetzten Arten der Unlust. Von dem sittlich Schönen aber und der wahren Freude hat sie nicht einmal einen Begriff, da sie es nicht gekostet hat. Welche Rede sollte nun solche Menschen bekehren? Es ist ja nicht möglich oder doch sehr schwer, durch das Wort alt eingewurzelte Gewohnheiten abzustellen. Wir müssen also wohl zufrieden sein, wenn wir beim Vorhandensein alles dessen, wodurch wir nach allgemeiner Ansicht sittliche Menschen werden, die Tugend erlangen.

Tugendhaft wird man aber nach einer Meinung von *Natur*, nach einer anderen durch *Gewöhnung* und nach einer dritten durch *Lehre.* Als Naturanlage steht die Tugend offenbar nicht bei uns, sondern ist dank gewissen göttlichen Ursachen das Teil der wahrhaft Glücklichen. Wort und Lehre aber haben nicht bei Allen hinlängliche Kraft, sondern die Seele des Hörers muß wie die zur Aufnahme des Samens bestimmte Erde *durch Gewöhnung* vorbereitet sein, um recht zu lieben und zu hassen. Denn es würde einer auf das warnende Wort nicht hören, ja, es nicht einmal verstehen, wenn er der Leidenschaft nachlebt; und wie ist es dann möglich, ihn durch Worte anderen Sinnes zu machen? Überhaupt kann man sagen, daß gegen die Leidenschaft das Wort nichts ausrichtet, sondern nur die Gewalt. Demnach muß ein der Tugend verwandter Sinn, der das sittlich Schöne liebt und das Häßliche verabscheut, schon in gewisser Weise vorhanden sein.

Nun ist es aber schwer, von Jugend auf die rechte sittliche Anleitung zu erhalten, wenn man nicht *unter entsprechenden Gesetzen* erzogen wird. Denn mäßig und abgehärtet zu leben, ist nicht nach dem Geschmack der Menge, und am wenigsten nach dem Geschmack der Jugend. Daher muß deren Erziehung und Beschäftigung durch Gesetze geregelt werden. Denn was einem zur Gewohnheit geworden ist, macht einem hernach keine Beschwerde mehr.

Vielleicht genügt es aber nicht, in der Jugend die rechte Zucht und Sorge zu erfahren, sondern da man auch als Mann die guten Gewohnheiten und Bestrebungen beibehalten muß, so werden wir auch hiefür und somit überhaupt für das ganze Leben der Gesetze bedürfen. Denn in der Mehrzahl fügen sich die Menschen mehr dem Zwange als dem Worte und mehr der Strafe als dem Gebot der Pflicht. Ebendarum sind auch einige der Ansicht, die Gesetzgeber müßten zwar durch Berufung auf den Wert des Guten zur Tugend ermahnen und antreiben, da dieses Motiv bei denen, die durch Gewöhnung schon zum Guten geneigt wären, seine Wirkung nicht verfehlen werde; allein den Ungehorsamen und den gemeineren Naturen müßten sie Züchtigungen und andere Strafen auferlegen und die Unheilbaren gänzlich beseitigen. Denn der sittliche Mensch, der für das Edele lebe, werde dem Worte gehorchen, der unsittliche aber, der nach der Lust trachte, werde durch Schmerz gebändigt, wie ein Tier im Joch. Daher verlangt man auch eine solche Beschaffenheit der Strafen, daß sie der Lust, die einer liebt, am meisten entgegengesetzt sind.

Wenn aber nun wie gesagt wer tugendhaft werden soll, gut erzogen und gewöhnt sein und sodann edlen Bestrebungen leben muß und schlechtes weder unfreiwillig noch freiwillig tun darf, so dürfte das wohl in der Weise ermöglicht werden, *daß man nach einer gewissen Vernunft und rechten Ordnung lebt, der zugleich nötigende Kraft beiwohnt*. Der väterlichen Anordnung steht Gewalt und Zwang in solcher Weise nicht zu und überhaupt nicht dem Willen eines einzelnen Menschen, wenn er nicht König ist oder sonst eine ähnliche Stellung einnimmt. *Dagegen hat das Gesetz zwingende Kraft und ist zugleich eine Rede, die von einer Einsicht und Vernunft ausgeht*. Und, auf Menschen, die unsern Neigungen entgegentreten, wirft man, auch wenn sie Recht daran tun, einen Haß; das Gesetz dagegen, wenn es das Rechte befiehlt, ist keinem Hasse ausgesetzt.

Nun hat aber wohl nur im Staate der Lazedämonier und in wenigen anderen der Gesetzgeber für die Erziehung und Lehre der Staatsangehörigen Sorge getragen; in den meisten Staaten dagegen ist dieser Punkt ganz außer Acht geblieben, und jeder lebt, wie er will, und richtet nach Zyklopenweise über Weib und Kind. Das Beste wäre demnach, wenn eine richtige Fürsorge vom Staate ausginge und verwirklicht werden könnte. Wo aber der Staat sich darum nicht bekümmert, da liegt es dem Einzelnen ob, seinen Kindern und Freunden zur Erwerbung der Tugend behilflich zu sein oder dies sich doch zum Zweck zu setzen. Nach dem Gesagten wird man das aber dann am besten vermögen, *wenn man sich die Fähigkeit erwirbt, Gesetze zu geben*.

Denn, die Fürsorge für das gemeine Wesen vollzieht sich bekanntlich durch Gesetze, gute Fürsorge aber durch die guten Gesetze. Ob dieselben aber geschrieben oder ungeschrieben sind, kann keinen Unterschied machen, auch nicht, ob einer oder viele nach ihnen erzogen werden sollen, ebensowenig wie das in der Musik, der Gymnastik und den anderen Fächern einen Unterschied macht. Denn wie in den Staatsgemeinden Gesetz und Herkommen, so machen in Haus und Familie das Wort des Vaters und die von ihm eingeführten Gewohnheiten ihren Einfluß geltend, ja, sie tun es noch in höherem Grade, weil der Vater mit den Kindern verwandt und ihr Wohltäter ist. Denn so haben ihn die Kinder von vornherein von Natur lieb und folgen ihm gern.

Ferner, die Einzelerziehung ist von der gemeinsamen verschieden, wie dieser Unterschied des Besonderen und des Allgemeinen ja auch in der Heilkunst hervortritt. Dem Fieberkranken ist im allgemeinen Ruhe und Fasten zuträglich, in einem einzelnen Falle aber vielleicht nicht; auch der Lehrer im Faustkampf hält nicht alle zu den nämlichen Übungen an. Darum dürfte das einzelne sorgfältiger behandelt werden, wenn ihm eine eigene Fürsorge zu teil wird: dann erhält der einzelne eher was ihm frommt. Jedoch wird die Sorge für das einzelne beim Arzt, beim Fechtmeister und dem Vertreter jedes anderen Faches am vollkommensten sein, wenn er das Allgemeine kennt, und weiß, was sich für alle oder eine bestimmte Klasse gehört. Denn als Gegenstand der Wissenschaften gilt das Allgemeine, und das ist es auch. Es mag ja gewiß nichts hindern, daß man einen einzelnen Fall auch ohne Wissenschaft richtig behandelt, wenn man nur durch Erfahrung genau darüber unterrichtet ist, was sich in einem Einzelfalle begibt. So ist vielleicht mancher für sich selbst ein sehr guter Arzt, der einem anderen durchaus nicht helfen kann. Nichts destoweniger muß wer ein Künstler werden und die Theorie einer Kunst sich aneignen will, auf das Allgemeine gehen und dasselbe nach Möglichkeit zu erkennen suchen. Denn dieses ist es wie gesagt, womit Kunst und Wissenschaft es zu tun hat. *Und so muß wohl auch wer durch seine Fürsorge die Menschen bessern will, gleichgültig ob viele oder wenige, nach der Befähigung trachten, Gesetze zu geben*, falls wir durch Gesetze tugendhaft werden können. Denn jeden beliebigen und jeden, der uns unter die Hand kommt, in die richtige Verfassung zu bringen, das vermag nicht der nächste Beste, sondern, wenn irgend einer, der Wissende, wie man an der Heilkunst und an allen anderen Dingen sieht, mit denen menschliche Sorge und Klugheit sich beschäftigt.

Haben wir also nach diesem zu untersuchen, wie und woher man sich die Eigenschaften eines Gesetzgebers verschafft, oder lernt man dieselben etwa nach der Analogie auf anderen Gebieten von den Staatsmännern? Die Kunst des Gesetzgebers ist ja, wie wir gesehen haben, ein Teil der Staatskunst. Oder sollte es sich mit der Staatskunst etwa doch nicht in gleicher Weise verhalten wie mit den anderen Wissenschaften und Künsten? Sonst sehen wir ja überall dieselben Männer eine Kunst lehren und ausüben, wie z. B. die Ärzte und Maler. Was dagegen die Staatskunst betrifft, so machen die Sophisten sich anheischig sie zu lehren, aber keiner von ihnen übt sie aus, sondern das tun die mit den Staatsgeschäften Befaßten, von denen man aber wieder sagen möchte, daß sie mehr gestützt auf Erfahrung und eine gewisse Routine ihres Amtes walten als geleitet von wissenschaftlicher Einsicht. Denn man sieht weder, daß sie über Politik schreiben, noch daß sie über dieselbe Vorträge halten – und doch wäre das vielleicht mehr wert, als wenn sie vor Gericht und in Volksversammlungen sprechen –, und ebensowenig sieht man, daß sie ihre Söhne oder sonst einen, den sie lieb haben, zu Staatsmännern ausgebildet hätten. Und doch hätten sie es gewiß getan, wenn sie dazu im stande wären. Denn sie könnten ihrem Vaterlande kein besseres Geschenk hinterlassen, und würden gewiß auch sich selber und so denn auch ihren besten Freunden keine andere Kunst mehr als diese wünschen. Dabei muß freilich eingeräumt werden, daß die Erfahrung auf dem Gebiete der Staatskunst von großer Wichtigkeit ist, sonst könnte die politische Praxis keine Staatsmänner bilden, und darum ist derjenige, der in der Staatskunst gut Bescheid wissen will, auch auf die Erfahrung angewiesen.

Was aber diejenigen Sophisten betrifft, die sich anheischig machen, die Staatskunst zu lehren, so sind sie offenbar weit davon entfernt, dies wirklich zu leisten. Sie wissen ja gar nicht einmal, was sie ist und womit sie es zu tun hat. Sonst sagten sie nicht, sie sei dasselbe wie die Rhetorik oder ihr untergeordnet, und meinten nicht, es sei leicht Gesetze zu geben, wenn man nur diejenigen Bestimmungen, die sich allgemeinen Beifalls erfreuen, zusammenstelle. Sie halten es nämlich für eine leichte Sache, die besten außzuwählen , als ob nicht grade eine solche Auswahl Verstand erforderte, und das richtige Urteil die Hauptsache wäre, wie bei einer musikalischen Komposition. Nur der mit den Einzelheiten durch Erfahrung Vertraute kann Kunstleistungen richtig beurteilen und weiß, durch welche Mittel und auf welchem Wege sie zustande kommen, und was gegenseitig zusammenstimmt. Der Unerfahrene dagegen ist schon zufrieden, wenn ihm nur nicht entgeht, ob eine Leistung gut oder schlecht geraten ist, wie in der Malerei. Nun sind aber die Gesetze gleichsam die Leistungen der Staatskunst. Wie soll man also durch bloße Kenntnisnahme von ihnen zur Gesetzgebung befähigt werden können, oder wie soll man die besten herausfinden? Man sieht doch auch nicht, daß man blos aus Büchern ein Arzt wird. Gleichwohl suchen die medizinischen Schriftsteller nicht blos die Heilmittel anzugeben, sondern auch das Heilverfahren, das man beobachten und die Behandlung, die man den einzelnen Patienten mit Rücksicht auf ihre besondere Konstitution angedeihen lassen muß. Eine solche Anleitung mag zwar für die Erfahrenen ihren Nutzen haben, aber dem Laien kann sie nichts helfen. So werden wohl auch die Sammlungen der verschiedenen Gesetze und Verfassungen denjenigen gut zu statten kommen, die untersuchen und entscheiden können, was daran gut ist und was nicht, und was zusammenpaßt. Diejenigen aber, die ohne die erforderliche, nur durch Erfahrung mögliche Routine solche Sammlungen durchgehen, werden nicht richtig über sie zu urteilen vermögen, außer etwa zufällig. Nur ein besseres Verständnis auf diesem Gebiete läßt sich vielleicht auf diese Weise gewinnen.

Da also unsere Vorgänger die Theorie der Gesetzgebung unerforscht gelassen haben, so empfiehlt es sich, daß wir selbst die Untersuchung über sie und so denn *über die Staatslehre überhaupt* weiter verfolgen und so die Philosophie der menschlichen Dinge nach dem Maße unserer Kräfte zu Ende führen.

Zuerst wollen wir versuchen, zu bestimmen, was die Älteren hin und wieder Richtiges über unseren Gegenstand gelehrt haben, und sodann, aus der Zusammenstellung der verschiedenen Verfassungen zu entnehmen, was die Staaten und was die einzelnen Staatsformen erhält und was sie verdirbt, und aus welchen Ursachen einige Gemeinwesen sich in gutem, andere in schlechtem Zustande befinden. Denn haben wir diese Punkte untersucht, so können wir gewiß leichter darüber ins klare kommen, welches die beste Verfassung ist, und wie sie jedesmal geordnet sein und welche Gesetze und Bräuche sie haben müßte.

So wollen wir denn mit dieser weiteren Darlegung beginnen.